JN096170

韓国文学セレクション

我らが願いは戦争

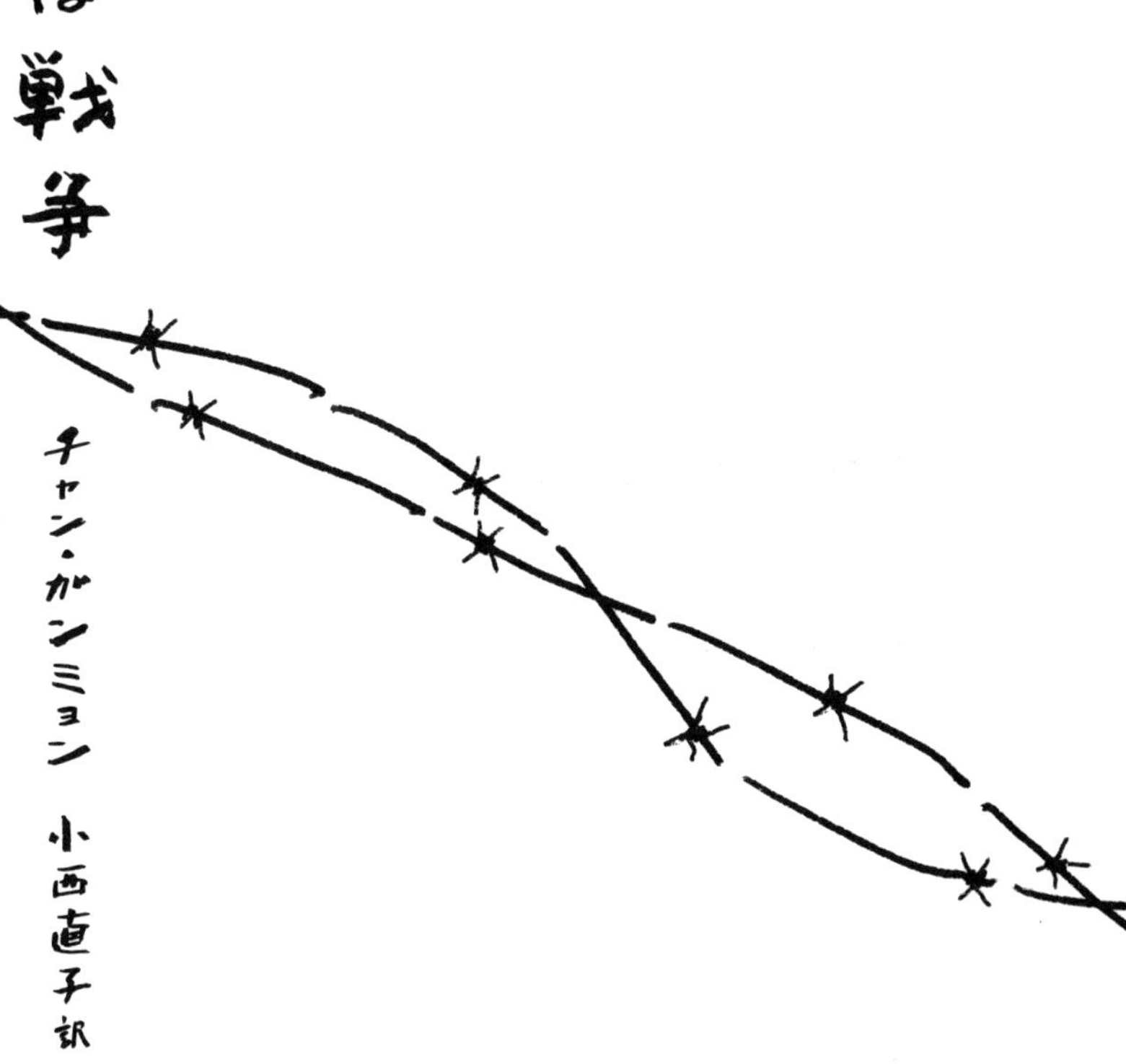

チャン・ガンミョン

小西直子 訳

新泉社

우리의 소원은 전쟁
장강명

United We War
by Chang Kang-myoung

Japanese translation edition arranged with Wisdom House Inc.
through Eric Yang Agency Inc.

This book is published with the support of
The Literature Translation Institute of Korea (LTI Korea).

Jacket design by OKURA Shinichiro
Illustration by SODA Masahiro

我らが願い*

我らが願いは統一
夢の中でも願いは統一
この命かけても統一
統一をなしとげよう

わが民族の息　吹き返させる統一
この国をよみがえらせる統一
統一よ　早く
早く来い　統一

日本の読者の皆様へ

この本を手に取ってくださった日本の皆様、チャン・ガンミョンです。『我らが願いは戦争』が日本語に訳されて出版されることになり、心から嬉しく思っています。とはいえ一方では、皆さんがこの小説を読まれてどんな感想を抱かれるんだろう。そんな思いにドキドキしたりもしています。

昨年〔二〇二〇年〕、韓国ドラマ『愛の不時着』が日本で大人気だったそうですね。その男性主人公、北の将校を演じたヒョンビンさんは以前、韓国映画『コンフィデンシャル／共助』で北の特殊部隊出身の刑事も演じています。余談になりますが、本作『我らが願いは戦争』もいま韓国で映画化が進められているのですが、ヒョンビンさんが主演を引き受けてくれたらなあ、格好いいだろうなあ……などとひとり妄想しています。

北の武力による挑発に脅威を感じるとともに、北の引き起こす問題が国内政治においても重大なトピックとして扱われる国、それが韓国と日本です。二十一世紀の民主主義国家である韓国と日本が、二十世紀に発生した問題にいまだとりつかれている。そんななか、北はというと、世襲政治が保たれ、十九世紀以前の王朝国家のような様相を呈しつつあります。

複雑かつ長期にわたるこの問題を二十一世紀の眼で眺めてみよう。その試みとして誕生したのがこの『我らが願いは戦争』という小説です。二十世紀の韓国で生まれ育った僕の受けた教育は、二十世紀の眼でこの問題を眺めること、つまり「我らが願いは民族の統一」というものでした。それは、自分たちのことをひとつの民族であると思っている人たちにのみ通じる論理です。

ドラマ『愛の不時着』に関し、韓国では北を美化しているという声があがりました。その論争の背景には、きわめて二十世紀的なものの見方があります。その見方によると、北とは韓国にとって、必ずやひとつにならなければならない同胞の住む国であると同時に、憎悪の対象、悪魔とみなすべき敵です。それらの概念はどちらもどことなくおかしい。僕にはそう感じられます。

いまや何か新しい、二十一世紀的な見方が求められているときです。民族という概念ではなく普遍的な人権の価値に基づいて、どこの国の人であれ、北が引き起こす問題に力を合わせて対応できるようにしてくれるような、そんな……。そして、韓国と日本の人たちはみな、そのための準備ができているように僕には思えます。

『我らが願いは戦争』には、そんな課題が僕らに課せられているという訴えが込められてもいます。日本の皆さんがまずこの物語を楽しんでくださり、そのうえで、そんな問題についても一緒に考えるようになってくださったとしたら、そうしたら、この小説の作者としては望外の喜びです。

二〇二一年五月、ソウルにて

チャン・ガンミョン

目次

装画 祖田雅弘
装幀 大倉真一郎

0
200km
ロシア
豆満江
羅先
白頭山
咸鏡北道
中華人民共和国
清津
和坪
蓋馬高原
鴨緑江
江界
両江道
慈江道
咸鏡南道
平安北道
新義州
寧辺
咸興
朝鮮民主主義
人民共和国
平安南道
耀徳
平壌
元山
大同江
江原道
金剛山
黄海北道
鉄原（北）
信川
沙里院
兎山
鉄原（南）
黄海南道
長豊郡
開城
漣川
江原道
金川郡
仁川
ソウル
京畿道
忠清北道
大韓民国
忠清南道
慶尚北道
大田
大邱
全羅北道
慶尚南道
昌原
釜山
光州
全羅南道
福岡
済州島
漢拏山

主な登場人物

◆チャン・リチョル……右の眉の下に刃物で傷つけられたような長い傷跡がある男。濃い眉に長めの顎、中背で筋肉質のさすらい人。

◆ウン・ミョンファ……北朝鮮で生まれ育った二十代前半の女性。身のこなしに育ちのよさが漂う。

◆カン・ミンジュン大尉……予備役として徴兵され、英語ができるという理由で韓国軍希望部隊（国連平和維持軍に派遣）に配属された韓国人男性。韓国での職業はゲームプランナー。

◆ミッシェル・ロング大尉……国連平和維持軍の将校。マレーシア人女性。父親は華人で、母親は韓国人。

◆パク・ウヒ……長豊バーガーの女性店主。息子の失踪の真相を探っている。

◆ムン・グモク……長豊バーガーの女性従業員。パク・ウヒの息子とともに失踪した夫を捜している。

◇チェ・テリョン組織（テリム建設／テリム物産）関係者

◆チェ・テリョン……テリム建設、テリム物産の社長。裏ビジネス界でのし上がろうとしている野心家。

◆チェ・テリョンの長男……テリム物産副社長。

◆チェ・テリョンの次男……テリム物産常務。

◆チェ・シンジュ……チェ・テリョンの甥で、チェ・テリョンの養子になった。

◆ケ・ヨンムク……テリム建設部長。朝鮮解放軍所属。旧朝鮮人民軍の特殊部隊たる「信川復讐隊（シンチョンボクス）」の元中隊長。

◆チョ・ヒスン……テリム物産部長。朝鮮解放軍所属。信川復讐隊の元隊員。

◆パク・ヒョンギル……テリム建設次長。元朝鮮解放軍所属。信川復讐隊の元隊員。

ペク・サング組織（通称ペク・コグマ組織）関係者

◈ペク・サング……「ペク・コグマ（サツマイモ）」の通称をもつ。長豊郡（チャンプン）における裏ビジネス界の最大のボスで、新興勢力のチェ・テリョンとライバル関係。

朝鮮解放軍 関係者

◈最高司令官……金王朝崩壊後、蓋馬高原（ケマコウォン）一帯を実効支配する「朝鮮解放軍」のトップ。両江道（リャンガンド）の諸企業を配下に収め、薬物製造工場の半分近くを独占。朝鮮人民軍の元陸軍大佐。

◈総参謀長……朝鮮解放軍の裏ビジネスの陣頭指揮を執る。信川復讐隊の元大隊長。

◈中佐……少佐二人を連れて「雪虎（ヌンホランイ）作戦」に参加。

韓国軍希望部隊 関係者

◈憲兵隊長……国連平和維持軍として北に派遣された韓国軍の中領。チェ・テリョン社長と癒着。

◈ファン・ドンオ……北出身の男性で、軍務員として憲兵隊に勤務。憲兵隊長の手下。十歳年下の美女と結婚。

開城（ケソン）織維縫製協会とその関係者

◈開城織維縫製協会……開城を根拠地とする麻薬・覚醒剤流通組織の表向きの顔。北の薬物流通ルートにおいて卸売業者の役割を担う。室長、局長、次長が「雪虎作戦」に参加。

凡例

一、作中に出てくる〝金王朝崩壊〟後の南北の国名について、原文で「南韓／北韓」となっている箇所は原則的には「南／北（一部、北朝鮮）」とし、「南朝鮮／北朝鮮」「大韓民国・韓国／朝鮮民主主義人民共和国」と記されている箇所は一部の例外を除きそれに従った。なお、韓国では一般に北朝鮮を「北韓（ブッカン）」と呼び、さほど多用はされないが「南韓（ナムハン）」という言葉もある。他方、北朝鮮においては、韓国のことを「南朝鮮（ナムチョソン）」と呼び、自国のことを「朝鮮（チョソン）」「共和国（コンファグク）」等という。

一、北朝鮮で用いられている独特の用語や言い回しについては、初出時に❖のルビを付し、当該頁左側に解説註を置いた。それ以外に解説註を置いた箇所には＊のルビを付し、巻末の「編註」にまとめて掲載した。短い補足註については、本文中の〔 〕内に記した。

「……韓国の国民は一般に、南北が統一されれば、誰もが自由に行き来できるようになるものと信じている。」

（チェ・ウンソク「統一後の北朝鮮地域住民の南北境界線離脱と居住・移転の自由および制限に伴う法的問題」）

プロローグ

酒や理念というものは、はじめのうちは人を酔わせる。けれど、それは長くは続かない。

ベルリンの壁が崩れたとき、西ドイツの専門家らは、東ドイツのエリート層、またはシュタージなどの情報機関による強硬な抵抗を懸念した。ところがそれは杞憂に終わった。彼らは予想外の無気力さで崩れ去った。

ソ連の崩壊にあたり、アメリカの専門家は懸念した。赤軍の強硬派がアメリカに対して核攻撃を強行するのではないか……。ところがそんな事態は発生しなかった。彼らはソ連の領土内でクーデターを起こしはしたが、あっけなく鎮圧された。

北朝鮮の崩壊もまた、静かなものだった。金（キム）王朝が求心力を失うや、配下のエリートたちは、海外へ高飛びする者あり、身分を隠して潜伏する者ありと、みな己の保身に走った。あれほど叫んできた金王朝への忠誠も南朝鮮（ナムチョソン）への敵愾心も、みな空虚なスローガンにすぎなかったことが満天下に知らしめられたわけだ。独裁政権と運命を共にしようとする者も、武力による抵抗を試みる者もいなかった。

酔いから醒めた人間は、己が身の振り方を模索するのに汲々（きゅうきゅう）とし始めるものだ。
それでも南の人たちは、西ドイツのケースから学んでいた。手に手にハンマーを取った人々に、両側からガンガンと壁を打ち壊すに任せてはならないということ。難民とはその実、物乞いの群れにほかならないということ。それで彼らは休戦ラインを撤廃せず残した。名前だけ「分界ライン」に変えて。非武装地帯*にも手をつけず、鉄条網も地雷も取り除かなかった。

北のほうもまた、東ドイツのケースから学んでいた。記録を残しておくと、ひどい報復を受ける羽目になるということ。シュレッダーにかけた文書も、専門家の忍耐強い手にかかれば復元され得るということ。それで彼らは金王朝時代の書類をすべて焼き捨てた。その地に国連平和維持軍が進駐してくる前に。

北の新政権は「統一過渡政府」を名乗った。その〝統一〟と〝過渡〟という言葉の裏に、こんなメッセージを込めて。

「南の政権と北の人民は我々に手を貸せ。それから、こちらの不手際は大目に見るべし」

統一過渡政府の面々は、その運命が外部の勢力の手中に握られていることを重々承知していた。彼らは大量破壊兵器をただちに放棄するとともに、国際機関による核関連の査察を全面的に受け入れるという意思を明らかにした。そのことで、アメリカによる介入の名分はかなり乏しくなった。一方の中国は、アメリカとの無用な摩擦は避けたい。ということで、アメリカは休戦ライン以北に軍隊を送らず、中国は鴨緑江（アムノッカン）〔中朝国境の川〕以南に人民解放軍を送り込まないということで、合意がなされた。

そうした交渉にまともに混ぜてもらえなかった大韓民国政府はしかし、その結果については「韓国外交の勝利」と言い張った。韓国の北朝鮮情勢専門家らが最も理想的なケースと想定していたシナリオ。それが現実になったのは確かだった。金王朝は周囲にまったく波風立てることなく崩壊し、局地戦の勃発や大規模な難民の発生もなく、中国の人民解放軍が北に駐留することも、北朝鮮の領土の一部が中国に割譲されることもなかった。

ただし、北には国連平和維持軍が派遣された。オランダ、フィンランド、インド、タイ、マレーシア、モンゴル、そして南の軍隊からなる多国籍軍で、費用は南が負担していた。

南の政府は「我らの願いは統一ではあるが、唐突な統一は双方に災いをもたらしかねない」と南北の国民を説得したうえで、「全面的、しかし漸進的な統合の段階を踏み、最終的に分界ラインを撤廃、完全な統一に至るようにする」との考えを明らかにした。

そうして時は流れた。

金王朝時代の北朝鮮は、世界の常識を無視したならず者国家だった。そして金王朝が崩れ去ったいま、北はいわばゾンビ国家となった。「国」の皮を辛くもかぶった弱肉強食の無法地帯。

いまや北は、メキシコやコロンビア、ホンジュラスと同列に見られていた。

治安などろくすっぽ守られない国。

膨大な量の麻薬や薬物を製造し、輸出している国。

麻薬カルテルが腐敗した政治家と結託している国。

国民が絶えず国境を越え、隣国への不法入国をたくらむ国。

先進国にへばりついた最貧国。

北東アジアの癌。

つい何年か前まで統一関連の専門家によって最も理想的と謳われていたシナリオ。それがいざ現実のものとなるや、餓鬼と修羅の跋扈する畜生道への扉が開かれたのだ。

第I部

1

五月だというのに両江道(リャンガンド)の空気は冷たかった。積もった雪もまだとけきらずに残っている。朝鮮解放軍の最高司令官室に向かっていた総参謀長は、ぶるっと体を震わせた。

副官が出てきて敬礼をする。総参謀長は彼に拳銃を預けた。ボディチェックはしない。総参謀長は、ボディチェックなしで最高司令官に面会できる数少ない人物の一人だった。

「最高司令官はただいま、電話をしておられます。少々お待ちください」

副官が告げた。地下につくられた掩体壕(えんたいごう)の廊下に立ったままで、総参謀長は待った。自分の武器を他人に預けるたびに、彼は心中穏やかではなかった。万が一、副官が銃を向けてきたらどう反撃するか。総参謀長はほとんど無意識のうちにシミュレーションをしていた。

最高司令官の執務室があるこの掩体壕は、このあたりでは最も手のかけられた施設だ。けれど、見栄えにおいては落第点だった。インテリアと呼べるものはほとんどなく、壁は何の風情も感じられない灰色。とはいえ、ほとんどほら穴のようなものだった朝鮮人民軍時代の宿所に比べればはるかにマシか。それに、こんな内装にしたのはそもそも、物資がないからでも資材がないからでもなかった。最高司令官の執務室がある掩体壕だとて、一般の兵士のものと何ら変わらないのだと示すため、わざと装飾を省いたのだ。

朝鮮人民軍時代とは、何もかもが比べものにならなかった。兵士たちが栄養失調に苦しむこともなく、電力の供給が途切れたときに備えて飲み水用の井戸を掘る必要もない。武器が不良品だということもなく、車にはガソリンがたっぷり給油されている。外部には秘密にしていたが、朝鮮解放軍は実のところ、ありあまるほどの資金を持っていた。やろうと思えば、すべての掩体壕の内装材を最高級の大理石にすることもできた。朝鮮民主主義人民共和国の政治局員を総入れ替えすることもできた。南朝鮮(ナムチョソン)の大統領を暗殺することもできた。あえてそうする理由がないだけだ。

掩体壕のインテリアにこだわったり、南朝鮮の大統領を葬ったりする代わりに、彼らは武器や車を買い込んだ。彼らが保有する武器の中には、携帯型地対空誘導ミサイルも数十基ほどあった。平和維持軍によるヘリコプター攻撃の可能性に備えてロシアの闇市場で購入したものだ。

総参謀長が思うに、この掩体壕をつくった頃、自分たちが犯したミスがあるとしたらただひとつ、ネーミングだった。北の住民にとって、「解放」という言葉はいまひとつ語感がよろしくない。「南朝鮮解放軍」と呼ばれた米軍を連想させるからだ。

ところが、そんな名前など大したハードルにはならなかった。労働条件が悪くないうえに高額の報酬が約束され、契約金までもらえるという評判が広まり、入隊志願者は北の全域から押し寄せた。行くあてのない朝鮮人民軍の元兵士、「市庭経済(いちば)❖」に適応できずにいる農村の男たち、逃亡中の犯罪者など、素性もさまざまな者たちが入隊してきた。朝鮮解放軍は彼らに衣食を提供し、訓練を施

❖市庭経済……北朝鮮で市場経済のことを指す。

した。訓練は、その質といい厳しさといい、客観的な基準に照らしても高度なものだった。

彼らはレーダーや盗聴防止設備を備え、小規模とはいえ発電所も持っていた。両江道一帯の住民たちへの人気取り作戦として、医療奉仕なども行っている。だがその一方で、批判勢力や危険分子とみなした者については、たとえ民間人であっても残酷に処刑し、その事実を公表した。

両江道の中・南部から咸鏡南道（ハムギョンナムド）の北部にかけて広がる蓋馬高原（ケマコウォン）一帯は、事実上、朝鮮解放軍の自治区域となっていた。朝鮮解放軍の努力、統一過渡政府の無能さ、そして厳しい自然環境という三拍子が揃ったおかげだ。蓋馬高原一帯は、海抜高度が平均一千三百メートルに及ぶ、世界レベルの極寒の地だ。一九五〇年に米軍の海兵第一師団が全滅の危機に陥ったのがこの地域だった。朝鮮王朝時代、咸鏡道（ハムギョンド）は常に反逆の地であり続けたが、それは中央政府がこの地を支配下に収めきれなかったためだった。

蓋馬高原はいま、ふたたび反逆の地となった。

そのすべての企ての計画者兼責任者が、目の前の部屋の中にいる。

「入れ」

廊下に取りつけられたインターフォンのスピーカーから最高司令官の声が流れ出た。総参謀長と副官は、最高司令官室へと足を踏み入れた。

*

最高司令官室の内装は、廊下と似たり寄ったりのものだった。一人で使うにはやや大きいかと思われる部屋はコンクリート剝き出しで、照明は心持ち絞られている。ただ、ここには人目を引くインテリアが二つあった。

一つは机の下に敷かれた虎の皮だ。毛並みといい模様といい、申し分ない品だった。偽物ではない。とはいえ〝本物〟と自慢するにはいまひとつ気が引ける代物だった。白頭山（ペクトゥサン）*で捕らえられたシベリア虎なら申し分ないところだが、そいつはそもそも野生の虎ですらなかった。あちこちの闇市を流れ流れてこの部屋にたどり着いた、アメリカ人のペットのベンガル虎だったのだ。

もう一つは、机の後ろに置かれた巨大なガラスの水槽だった。大人が二人並んで入れるほどの大きさだが、水ではなく練炭の燃えかすのような物質が入っている。そのあちこちから突き出ているもの、それは人骨だった。頭蓋骨、あばら骨、脊柱（せきちゅう）……。ほんの少し注意して見れば、その形から見当がつく。

作り物ではない。朝鮮解放軍は、批判勢力や危険分子を情け容赦なく処刑し、その体を焼き捨てた。ガラスの水槽の中の骨はその残骸だった。中には生きたまま焼かれた者もいる。朝鮮解放軍は裏切り者に対してはとりわけ手厳しく、「敵と通じた者や密告者は必ず火刑（かけい）に処す」という原則を貫いていた。最高司令官がとにかく陰惨な性格で……というわけではない。そんな悪名を轟（とどろ）かすことが、彼らのビジネスに有利に働いたためだ。死体を焼いた後の骨をわざわざ拾ってきて自室のガラスの水槽に入れ、飾っているのも一種のマーケティングだった。

「用件は？」

最高司令官は手短に尋ねた。総参謀長の敬礼をうなずいて受けたが、答礼はしない。

「雪虎（ヌンホランイ）作戦についてお話がありまして」総参謀長が答える。

「進展はあったのか？」

「はい」

そう答えると、総参謀長は副官のほうに目をやった。

「席を外せ」

最高司令官が顎（あご）で指示した。副官は敬礼をして部屋を出る。総参謀長の拳銃は持ったままだ。

総参謀長は、ドアが閉められたのを確認してから報告を始めた。事情を知らぬ者が彼らの様子を見たら、新しいビジネスアイテムについて盛んに意見を述べ合うビジネスマンに見えたかもしれない。それはある意味で最も正確な見方だった。

朝鮮解放軍は自分たちのことを「平和維持軍が強制的に解体した朝鮮人民軍の後を継ぐものである」と主張していたが、実際のところはまったく別物だった。彼らは残党などではなかった。彼らの動機にしても、外部に吹聴しているような、金一族に対する忠誠心や南朝鮮に対する憎悪などではない。朝鮮解放軍は、軍閥であると同時に財閥だった。彼らは「両江道（リャンガンド）企業」と呼ばれる蓋馬（ケマ）高原（コウォン）一帯の薬物製造工場を半分近く所有していた。

北朝鮮の麻薬ビジネスは九〇年代の中頃、金正日（キムジョンイル）の指示に従ってスタートした。苦難の行軍（こうぐん）*の一環だった。外貨を稼ぐ必要があったのだが、外国に売れるものがほかになかったのだ。アヘンは「ペクトラジ（桔梗）事業」、覚醒剤は「ピンドゥ❖事業」と呼ばれた。国民の間に薬物が広まることを恐れていた金正日政権は、薬物工場を主に両江道と咸鏡道に建設した。主な輸出先が中国だったということもある。咸興（ハムン）化学工業大学の教授たちが咸興のナナム製薬と清津（チョンジン）のチョンラ製薬に派遣され、薬物の製造法を開発するとともにその工程を監督した。

ところが二〇〇〇年代に入り、国境地帯の薬物の持ち込みに対する中国の取り締まりが大幅に強化された。そのため工場の従業員たちは、薬物を北の人々に売り始めた。咸興化学工業大の教授たちはみな思い思いの場所へと散ってゆき、そこに工場を構えた。これが「両江道企業」だ。そうしてピンドゥは国境地帯を南下していった。それはたちどころに広まり、後には取り締まる側の人間まで中毒させるに至った。

金王朝が崩壊して国連平和維持軍が北朝鮮に進駐してきたとき、朝鮮人民軍の一部は武器の返納を拒み、無駄な抵抗を繰り広げた。最高司令官もそのうちの一人だったのだが、陸軍大佐だった彼には人並み外れた洞察力があった。いまのところ、北朝鮮で最も値打ちのある資源は両江道企業だ。その薬物工場は自分の部隊の近くにある。その工場を切り回すには武力が不可欠……。そう考えた最高司令官は、兵士たちを従えて両江道企業を手中に収め、流通組織を再編した。収益は研究開発と武装強化に再投資した。「朝鮮解放軍」という大企業の誕生だった。彼をＣＥＯとし、社内ベンチャーを率いる有能なチーム長として総参謀長を擁する財閥……。

彼らにとって雪虎作戦は、太陽電池や自動運転車のような次世代オリジナル技術に等しかった。リスクはあるが、うまくやれば莫大な利益が保証される有望ビジネス。

そして総参謀長はいま、その事業パートナーとして、ある人物を推しているところだった。その人物は、チェ・テリョンといった。

「チェ・テリョンのほかに、もう一人候補者がいると言ってなかったか？　ペク……何某とか？」

最高司令官の問いに、総参謀長は答えた。

「ペク・サングですね。〝ペク・コグマ〔コグマはサツマイモの意〕〟という名で通っています。チェ・テリョンとはライバル関係にあります」

「そのうち、いま我々と取引している者は？」

❖ピンドゥ……覚醒剤のこと。中国語由来の隠語（「冰（氷）毒」）。

「直接取引はしておりません。ですが、どちらも間接的にはつながっております。ご存じのとおり、我々の組織は平安道（ピョンアンド）以南では直接販売を行わず、地元の組織に委ねておりますが、南へ行くほど監視が厳しくなるため、販売も複雑な段階を踏むことになります。工業団地の開発が盛んな開城（ケソン）周辺には平和維持軍の部隊も複数駐留しておりますし。チェ・テリョンとペク・サングは、黄海北道（ファンヘブクト）の長豊（チャンプン）郡でピンドゥ（シャブ）を売っております。その地域ではもともとペク・サングが幅をきかせていたのですが、新興勢力のチェ・テリョンの組織がこのところにわかに追い上げているとのことです」

「チェ・テリョンというのはどんな人物だ？」

　最高司令官が訊いた。

「野心家で、頭が切れます。それだけに、金の卵を産むガチョウは慎重に扱わねばならないということも心得ていますし、我々を裏切ればどうなるのかもよく承知しています」

　総参謀長が答えた。

「我々だけで雪虎作戦を繰り広げるというのは不可能なのか？」

「いくつか方策を検討してみましたが、やはり手を借りられる長豊郡の地元勢力が必要です。長豊郡には南朝鮮（ナムチョソン）軍のほかにマレーシア部隊も駐留しています。人民保安部❖も奴らの顔色を窺（うかが）わざるを得ず、おいそれとは動けません。平和維持軍を抱き込んでみようかとも思いましたが、それもやはり長豊郡で橋渡しをしてくれる者がなければ難しいかと。結局は、チェ・テリョンまたはペク・サングを通じて平和維持軍と接触するしかないということになります。しかしそうなると、チェ・テリョンであれペク・サングであれ、我々の真の狙いが何なのか、詮索しようとするでしょう」

「ならばいっそのこと、はじめから一枚嚙ませて利益を分け合ったほうがいいと？」

「はい。それが最善かと。またペク・サングよりはチェ・テリョンのほうが適任と思われます」

総参謀長が答えた。

「どちらか一方を仲間に入れておいて、もう一方は放っておくというわけにはゆくまい。作戦を開始する頃には周りがきれいに片づいておらんとな。そやつらにも頭があるのだから、すぐに気づくだろう。相手の組織が鼻先で突然、目に見えて大きくなるわけだしな」

「ペク・サングの組織をあらかじめ始末しておこうと思っております。あの二人ははなから犬猿の仲ですし、チェ・テリョンのほうに少し手を貸してやれば済むはずです」

「万が一、チェ・テリョンが雪虎(ヌンホランイ)を独り占めしようとしたり、それをタネに脅してきたとして、その対策はあるのか?」

最高司令官が尋ねた。

「最悪の場合、雪虎を放棄すれば済むことです。雪虎を爆破し、チェ・テリョンも一緒に始末します」

最高司令官は考え込んだ。そして数分後、顔を上げて命じた。

「実行せよ。チェ・テリョンには、朝鮮解放軍を裏切ったらどんな結果を招くことになるか、よく言い聞かせておけ」

＊

総参謀長は、自室に戻って電話をかけた。中国人技術者の手になる特注品の携帯電話だ。多種多

❖人民保安部……北朝鮮の警察組織。たびたび組織改編され、「人民保安省」「社会安全省」と改称されている。

様な盗聴防止装置が搭載されているその端末の値段は、一万ドルではきかなかった。同じものをチェ・テリョンも持っている。チェ・テリョンは車の中で電話を取った。

　彼は、熊と人間の混血といった印象の男だった。短く刈った髪に原始人のように引っ込んだ額。目は細く、ナイフで横長に切れ目を入れたような目だった。にもかかわらず、彼の瞳の動きに気づかぬ部下はいなかった。その細い目からビーム光線のような強い光を放っていたからだ。顔はてらてらと脂ぎっていた。肩はがっちりと広かったが、背丈はさほど高くない。張り出した胸と突き出た腹のせいで、シャツのボタンがいまにもはち切れそうだった。ズボンも同様だ。しかしなぜか、あまり肥満には見えなかった。

「雪虎(ヌンホランイ)作戦だが、最高司令官の許可が下りた」

　朝鮮解放軍の総参謀長が言った。

「なら、そろそろ教えていただけませんかね、雪虎の位置を……」

　チェ・テリョンが言った。ひどいがらがら声だった。

「近いうちに伝令を送る。とりあえず、準備でもしておられよ。人員の確保も必要だろうし、揃えないといけない装備もあるだろう。細かいことはそちらに任せる」

「準備作業の最優先はペク・コグマの始末です。そのことも許可されたと考えてよろしいですね。開城(ケソン)繊維縫製協会には我々も説明しますが、朝鮮解放軍のほうからもひとこと言っておいていただけると助かるんですがね」

　チェ・テリョンが言った。

　開城繊維縫製協会とは、開城を根拠地とする薬物流通組織の表向きの顔だった。そんな名前を掲げておいて、マネーロンダリングと組織管理を行っているのだ。

つまり、北の地を横切る薬物の流通ネットワークにおいて、朝鮮解放軍は生産者兼現地販売者、開城繊維縫製協会は中間の卸売業者、ペク・サングやチェ・テリョンは街のスーパー格、といった役割を担っていると言える。彼らは時に協力し、時に小競り合いをしつつ、現在の分業体制を完成させたのだった。

朝鮮解放軍は蓋馬高原(ケマコウォン)一帯を掌握したが、だからといって、すべてが思いどおりになるわけではなかった。咸興(ハムン)以南は平和維持軍の支配下にあり、そこで薬物の販売や運搬をしたいと思ったら、多数の独立した極小規模の組織を精巧にネットワーク化し、それを切り回す能力が求められた。身を潜める場所や運送手段の提供も受けられる組織のネットワーク。朝鮮解放軍は、そんなパートナー組織を都市ごとに持っていたが、その最南端の協力業者が開城繊維縫製協会だった。ペク・サングとチェ・テリョンは、開城繊維縫製協会から品物を仕入れる、いわば傘下の小売業者といった存在だった。

チェ・テリョンはいま、同じ長豊郡で競合するペク・サングの組織を潰す許可を求めたのだった。ふつうならば、卸売業者である開城繊維縫製協会が認めるわけがない事案だ。地域ごとに小売商を少なくとも二つは共存させ、競争させるというのが流通業の大原則なのだから。

しかし、いまはふつうの状況ではなかった。彼らは雪虎作戦を遂行すべく、新たな分業システムを構築しようとしているところなのだ。

「開城繊維縫製協会にはこちらからも話を通しておこう。それはそうと、ペク・コグマの処理をなぜそんなに急ぐ? 個人的な怨みつらみが混じっているようだが?」

「否とは言いきれませんね」

チェ・テリョンがニヤリと笑った。

「まあ、いい。だが、くれぐれも決められた線は守るように。競争が必要だと判断したら、ただちに新しい組織をつくる。そんなのは造作もないことだからな。我々にとっても、繊維縫製協会にとっても。ペク・コグマを消せば、そっちに交渉力が生じる、などと思っているのなら、考えを改めたほうがいいぞ」

総参謀長が言った。

「そんな、とんでもない。私はね、この作戦についちゃ、心から満足してるんですよ。マージンだって充分ですしね。一割五分。最初の利益のうちいくらかは朝鮮解放軍に助成金として贈らせていただきたいと思うんですが、いかがです？」

「たわごとはいい」

総参謀長は素っ気なく言い捨てた。チェ・テリョンは豪快に笑った。そう、最初は十五パーで充分さ。だがな、あんたらはだんだん引き上げざるを得なくなる。そっちの計画を俺が潰してやるからさ。一つ残らずな。

「いいか、よく聞け。少しでも妙な気を起こしたら、お前のタマを生のまま食わせてやるぞ。その手でえぐり出させてな。そのときは最大限ゆっくり嚙みしめたくなるだろうよ、貴様のソイツをな。完全に呑み下したそのときに、お前は火だるまになるんだから。ガソリンかけられ火をつけられて。お前さんの家族はそれを目の前で見ることになるだろうよ、強姦されながらな」

総参謀長が言った。

「その、私の体に火をつける役は誰がするんです？　ケ・ヨンムク？　それともチョ・ヒスンですかね？」

チェ・テリョンが尋ねた。総参謀長は絶句したが、すぐに切り返した。

「あいつら以外に人材はいないと思っとるようだな」

「なら、パク・ヒョンギル？」

総参謀長は答えなかった。

「このせせっこましい一郭に信川復讐隊出身者が三人も現れて、仕事をくれって言うんですよ。どんなバカでも疑わざるを得ませんよ。それに私はバカじゃない。バカじゃないから、妙な気を起こしたりはしませんよ。水より濃いのが血で、血より濃いのがカネだ。私たちはね、もはや一心同体、一蓮托生なんです。違いますか？ タマをむしり取られるのより、そちらのブツがちゃんと届くかどうかのほうが重要案件ですよ、私にとってはね。ですから心配はご無用です。私が朝鮮解放軍の裏をかこうとするようなことはあり得ませんから」

「雪虎の位置は、明日知らせる」

その言葉を最後に電話は切れた。チェ・テリョンは一万ドルの携帯電話を背広の内ポケットにしまった。

「お気づきでしたか」

前でハンドルを握っていたケ・ヨンムクが尋ねた。

チェ・テリョンが熊もどきなら、ケ・ヨンムクは狼のボスといった印象だった。よく日焼けした赤銅色の顔を見ただけでは、まったく年齢の見当がつかない。おそろしく無表情で眼光鋭い二十歳の青年だと言っても、驚異のプロポーションを保っている中年だと言っても、納得されそうだ。背は高いほうだが、すらりとした感じはまったくしない。全身を長期間にわたって鍛練し尽くしたような、完璧に均整のとれた体つきだった。その体からは、穏やかな中にも殺気を秘めた、威厳のようなものが漂っている。それは、一定の境地に達した武道家だけが身につけられる類のものだった。

彼はしかしその一方で、甘いと表現してもいいような、至って柔らかな声を持っていた。

ケ・ヨンムクは、信川復讐隊第一〇一特殊部隊の生き残りだった。

「別にどうでもいいさ。俺が変な気を起こさない限り、お前たちみんな信じられるってことだろう？　ほかの部下どもよりむしろマシなぐらいだ。それよりペク・コグマの畜生めをどうやってぶっ潰すかだが……、南北分界ライン近くの奴らの詰所からまず狙うべきだろうな？　警戒はものものしいが、順番としちゃ、そこから手をつけるのが一番手っ取り早くて確実だ。できるか？」

チェ・テリョンが言った。

「そこの警備は何人ぐらいいるんです？」ケ・ヨンムクが尋ねた。

「四人？　五人？　正確なところはわからん」チェ・テリョンが言った。

「それぐらいなら私ども三人で充分です。チョ・ヒスンとパク・ヒョンギルを連れていきます」

「もう一人、一緒に行くことになる」

「誰です？」

ケ・ヨンムクの問いにチェ・テリョンは答えた。

「平和維持軍の憲兵隊長だ」

2

「さあて、これからご紹介するのはね、なんと！　将軍（チャングン）だよ、将軍！　だからって正日（ジョンイル）でもなけりゃ正恩（ジョンウン）でもないよ。だって、ここは闘鶏場。豚小屋じゃないものな。クックック。さあ、ご登場願おう！　その名も黒闇将軍（フガムチャングン）！　ちょっとご覧よ、あのトサカ！　すごいだろ？　トサカの下から羽根まで真っ黒なのは、あれは墨を塗ってあるんじゃないよ。闘鶏用の鶏をブラジルから連れてきて、我らが烏骨鶏（うこっけい）と掛け合わせたからなのさ。とにかくすごいだろ？　あの肩の筋肉ときたら、どうよ？　痩（や）せっぽっちの北朝鮮（プッチョソン）の鶏ガラとは格が違うね、格が！」

司会者の言葉に観衆たちは足を踏み鳴らし、笑い転げた。生ビールの樽を背負った若者たちが、派手な電球をつけた野球帽をかぶって観客席を行ったり来たりしている。

闘鶏場の中は熱気にあふれていた。南の異種格闘技の競技場を真似たステージの上をまばゆいばかりの照明が照らしている。エレクトロミュージックがズンズンと鳴り響き、観客たちは一人残らず声を限りに叫んでいた。ハンズフリーマイクを耳に掛けた司会者は、ステージに上がる雄鶏について、淀みない口調で面白おかしく紹介する。眼光鋭い闘鶏は、首をコクコクと上下に動かしながら周囲を見回していた。背丈はほとんど一メートル近くありそうだ。

「さあて今度は、この黒闇将軍（フガムチャングン）と激突する対戦相手をお呼びしないといけないね。戦績は十四戦十四勝、戦った相手を片っ端から、なんとミンチにしちまった。参鶏湯（サムゲタン）にも使えやしない。体から糞じゃなくって血のにおいを撒き散らしてるっつう、とんでもないヤツさ！」

　ステージの一方にスポットライトが当たった。体は小さいが面構え（つらがまえ）のいい雄鶏が、金網越しに静かな殺気を漂わせていた。

「皆様よくご存じのとおり、闘鶏の調教師ってのは、またえらい癖のある奴ばっかりだ。でもね、そんじょそこらの調教師じゃとても手に負えないヤツなんだなあ、こいつは。最初の主人は目を突（つっ）かれて、なんと失明しちまった。もう、みんなビビっちまって、どうにも引き取り手がつかない……ってとこへ現れたのが、いまの主人。なんと信川復讐（シンチョンボクス）出身だとさ！　その特殊部隊仕込みのゲンコツ食らってやっと言うこと聞いたってんだが、いつ飛びかかってくるかはいまでもわからない。そこでなんと、銃を構えて訓練してるとさ。いやもう、たまらんね、こいつぁ。さあさあ、お立ち合い！　盛大な拍手で迎えておくれよ。信川復讐の登場だ！」

　観客は立ち上がって信川復讐を歓迎した。黒闇将軍のときとは比べものにならない熱狂ぶりだ。

　そんななか、ひとり顔をこわばらせた男は、やけに人目を引いた。

　男は、米袋が敷かれた客席の三列目に立っていた。男の名はチャン・リチョルといった。本名ではなかったが、その名を名乗るようになって三年以上経っていたので、いまではすっかり馴染んでいた。頬に傷跡がある。細いがよく目立つ傷だ。ナイフでつけられたように見えるその傷は、右の目尻から下に向かって真っすぐに伸びていた。

　どことなくシェパードを連想させる男だった。狭い眉間（みけん）と垂れた目のせいか、あまり利発そうには見えないが、濃い眉に長めの顎（あご）、ぐっと結ばれた口元が、彼を生真面目で頑固そうに見せている。そして彼は、実際そういう男だった。

彼は中背で全体に筋肉質だったが、腕がひときわ長く、どこか四足の獣に似ていた。緊張をみなぎらせた顔にせっぱつまった表情を浮かべたいまの様子など、飼い主とはぐれた大型犬そのものだった。

チャン・リチョルはほかの観客たちと違い、特殊部隊の名を持つ鶏には目もくれなかった。彼は、鶏の周辺にいる人間の顔を仔細に眺めていた。調教師が二人いる。どちらも見覚えのない顔だが……。調教師の一人が鶏の主人なのか、それともあの鶏に「信川復讐」という名をつけた主人が別にいるのか……。リチョルが知りたいのはそのことだった。

「統一過渡政府」が発足して何年か経った頃、北の地のあちこちに闘鶏場ができ始めた。いまスポーツと言うと、「統一リーグ」だなんだといって、何が何でも南と一緒にやらされる。どんな種目であれ、食べるものに何ら不自由なく育った南の選手たちに、痩せこけた北の選手がかなうわけがない。クソ忌々（いまいま）しい。だから俺たちは、南にないスポーツに熱狂せざるを得ないのだ……。これが闘鶏関係者たちの弁だった。

とくに平壌（ピョンヤン）市の外郭につくられた闘鶏場は、どこも有名だった。リチョルがいまいるのもそのうちの一つだ。

闘いは、思いのほかあっさりと決着がついた。その大きな図体にもかかわらず、黒闇将軍は信川復讐の気勢に押され、まともな攻撃ひとつ繰り出せずに終わった。黒闇将軍に金を賭けた人々はため息をつき、信川復讐に賭けた観客は歓喜の雄叫びをあげている。司会者は、次の試合の紹介に移った。

「朝鮮人参をさ、毎日のようにすりおろして食べさせたんだと。そしたらあんなにムキムキになったんだとさ！　アイツが食べた朝鮮人参の量ったら、はてさて、どれぐらいになるでしょう。お立ち合いの朝鮮(チョソン)の皆様があの世に行くまでに食う量なんざ、比べもんにもならないよ。聞いて驚くなかれ、なんと三・五キロ！　どうよ、あんなに照明浴びても屁(へ)とも思ってなさそうなあのふてぶてしさ！　さあ、ご紹介しよう。木鶏之徳(モクケチドク)！」

リチョルは信川復讐の調教師二人の顔を頭の中にしっかりと叩き込んでから、歓声をあげる群衆の間を縫って闘鶏場から抜け出した。

外に出ると、ぬかるみにてんでばらばらに車が止められており、車の持ち主たちが互いに、車を動かせと言って争っていた。くたびれたジャンパーを着た男たちが彼らを押しのけて、毒づきながら歩み去ってゆく。手風琴(アコーディオン)を演奏して小銭をせしめようとしている楽師などもいた。

人造肉飯(インジョユクパプ)❖を出す奉仕売台(ボンサメデ)❖の横でプラカードを手に立っている若者たちが、しばしリチョルの目を引いた。一様に白いシャツとジーンズに身を包んだ南朝鮮(ナムチョソン)の青年たちがデモをしている。平壌市内にしか滞在できない観光ビザで入国しておいて、タクシーで境界を越えてきた動物愛護団体の会員たちだった。

南の青年たちは、血を流している鶏の絵と、無惨に肉をむしり取られて死んでいる試合後の闘鶏の写真を掲げていた。ここは実際、熱気と残酷さで有名な闘鶏場ではあった。鶏の爪にカミソリを仕込んで闘わせるスペシャルゲームが夜ごと開かれるためだ。とはいえ、そうして死んでゆく闘鶏の数は、南で夜ごと鶏油(タクユ)チム❖にされている鶏の数に比べれば、それこそ鶏の……否、雀の涙ほどだったのだが。

「人が飢えて死んでいくときは見向きもしなかったくせに……」

プラカードを手に立っている南の青年たちを見る北朝鮮の人々の顔には、そう書いてあるように見えた。北の人たちはイエスジェンイ〔クリスチャンの蔑称〕を嫌ったが、南の動物愛護団体や環境活動家、女性運動家のことは、もっと忌み嫌った。イエスジェンイたちはそれでも菓子やちり紙を配るけれど、社会運動家は説教しかしなかったからだ。デモに参加している南の女子大生の中にほっそりした美人がいたのだが、北朝鮮の闘鶏関係者たちは彼女を見るにつけ、ますます不愉快な気分になった。闘鶏場の内外にたむろする北朝鮮の男たちのほとんどが、彼女より背が低かったのだ。

リチョルは南の大学生たちの傍らを通り過ぎ、闘鶏場の脇の仮設建築物へ足を向けた。そこには闘鶏の入っているケージと調教師のための簡易休憩室がある。

「なんだ、お前は」

建物の入口に立ちはだかった大男がリチョルを見咎めた。リチョルより頭ひとつ分は背が高く、がっしりとした分厚い肩をしている。

「中にいる人に、ちょっと訊きたいことがある。騒ぎを起こす気はない。何なら一緒に来てくれても構わん」

リチョルが言った。見張りの男に袖の下を渡すとか、獣医のふりをするといった計略は、彼とは無縁のものだった。

❖人造肉飯(インジョユクパプ)……大豆油の搾りかすでつくった人造肉(インジョコギ)に飯を詰めたもの。人造肉は食料が不足した一九九〇年代にタンパク源として重宝された。
❖奉仕売台(ボンサメデ)……露店。
❖鶏油チム(タクユ)……フライドチキン。

「あっちへ行け！」

大男は険しい表情を浮かべていた。

リチョルは大男の正面に立った。大男は手を振り上げ、殴る真似をした。身のほど知らずの邪魔者への脅しのつもりで。その瞬間、リチョルは大男の股ぐらをドカッと蹴り上げた。腕はだらりと下げたまま。何か言いたいことでもあるかのようにぼうっと立っていた大男は、一、二秒後には気を失って前のめりに倒れていた。リチョルは大男の体を跨(また)ぎ越え、建物の中に歩み入った。

建物の中は、巨大な室内駐車場になっていた。闘鶏の主人たちが乗ってきた改造トラックが何台も止まっている。荷台には移動式のケージが積まれていた。調教師たちは、その傍らに折り畳み式の椅子を出して座っていたり、床に敷かれたござの上に寝そべったりしていた。ケージの中の闘鶏にはありとあらゆる栄養剤や滋養食が与えられていたが、調教師たちが食べているものと言えば、ほとんどが飯餃子(パブマンドゥ)❖や豆腐飯(トゥブパブ)❖といった道端の露店で売られているものだった。

リチョルはトラックの間をほとんど小走りになって歩き回り、信川復讐の調教師を捜した。信川復讐が載せられたトラックは、建物の奥のほうに止めてあった。競技場で顔を覚えておいた二人の調教師が紙幣を数えている。リチョルが近づくと、彼らは警戒心も露わに見つめてきた。

「突然すみません。お伺いしたいことがあるんですが」

リチョルが話しかけた。

「コイツを売る気はないし、八百長もしてませんよ」

調教師の一人が答えた。

「鶏の名前が〝信川復讐(シンチョンボクス)〟ですよね？　司会者が先ほど、鶏のご主人は信川復讐隊出身だと言っていましたが、それは本当ですか？」

そう言いながら、リチョルはポケットから百元紙幣を三枚出して見せた。朝鮮民主主義人民共和国の統一過渡政府は公式通貨として北朝鮮ウォンにこだわったが、その指針に従う者はほとんどいなかった。金王朝が崩壊する数年前からすでに、市庭の公式通貨は人民元だった。大きめの取引にはドルが使われている。信用がないという点においては南のウォンも北朝鮮ウォンと似たり寄ったりだった。南北の貨幣が統合されるという噂は根強くささやかれ続けている。どんな比率になろうと、北朝鮮ウォンと統合されることになれば、南のウォンの価値が大幅に下落するだろうというのが北朝鮮の人々の考えだった。

調教師二人のうち、心持ち年かさに見えるほうが、リチョルが差し出した紙幣をしばらくじっと眺めた後、手を伸ばして金をひったくった。

「少しお待ちを」

年かさの調教師はトラックの助手席のほうへ向かった。助手席のドアを開けて、中を何やら探っていた調教師は、ジャンパーで覆った小さなものを手にして間もなく戻ってきた。彼はリチョルの前に立ち、左手でジャンパーを払い落とした。現れた右手には、拳銃が握られていた。

「お前は何者だ？　何しに来た？」

詰問口調だった。

リチョルは年かさの調教師が手にした拳銃を眺めた。朝鮮人民軍の将校や特殊部隊員に支給されていたのと同じ六十六式。リチョルも一時、持ち歩いていた銃だ。朝鮮人民軍の解体とともに、闇

❖飯餃子（パブマンドゥ）……餃子の皮に飯を包んだ食べ物。
❖豆腐飯（トゥブパブ）……豆腐でつくった皮に飯とソースを詰めたもの。

市場に大量に流れ込んだのだが、そのうちの一つだろう。十四戦十四勝の闘鶏の調教師なら、金を惜しんでモデルガンを買ったりはしなかろうと思われた。

六十六式は、ソ連製のトカレフを改造した銃だ。小さくて操作しやすく、故障はしにくい。安全装置はついていなかった。この距離からならば、たとえ初心者でも的を外すということはあり得ない。ただ引き金を引きさえすればいい。胸か腹か、とにかく体のどこかには当たるはずだ。

しかし、射撃訓練とは命中率を高めるためだけに行うものではない。正式な訓練を受けていない者にとっての難関は、多くの場合、引き金を引くこと、それ自体だ。生きた人間に狙いを定めていればなおさら。

リチョルは両腕を伸ばして調教師の手首をねじり上げ、銃を奪い取った。一秒もかからなかった。そんな場合に備えた訓練を、彼は何百回も受けていた。

リチョルは弾丸が装塡されているか確認してから、年かさの調教師の頭に狙いをつけた。心臓を狙うのが定石ではあるが、鼻先に銃口を突きつける効果を狙ったのだ。つい今しがたまで拳銃を握っていたはずの調教師は、たったいま何が起こったのか状況すら把握できず、茫然自失の体だった。

隣にいた若い調教師が、まず我に返った。胸元から何かを取り出そうとする男を、リチョルはすかさず蹴り上げた。両手と上半身は、標的にぴったり狙いを定めた射撃の態勢を完璧に保ったままだ。みぞおちに一発食らった若い調教師の背中がトラックに勢いよくぶつかる。荷台に置かれた移動式のケージがぐらぐらと揺れ、死闘を終えたばかりの雄鶏が肝を潰してバタバタ羽ばたきながらしきりと飛び跳ねた。

若い調教師は性懲りもなく、また胸元に手を差し入れて、そろそろとナイフを取り出そうとしていた。リチョルは見逃さず、またもや思いきり蹴りつけた。ナイフが床に落ちる。リチョルはそれをトラックの下に蹴り込んだ。

「金ならいくらでも出します。鶏を連れていくのだけは勘弁してください。妻子を飢えさせてまで金を注ぎ込んで育てたヤツなんです」

年かさの調教師が両手を挙げて哀願した。不覚、と言わんばかりの顔で若い調教師が立ち上がる。リチョルは手にした銃で、若い調教師の頭に狙いを定めた。若い調教師も両手を挙げた。その手がゆっくりと頭の後ろに回される。

「鶏にもカネにも何の興味もありません。私が知りたいのは、なぜこの鶏に信川復讐という名をつけたのか、ということです。飼い主は本当に信川復讐隊出身なんですか？」

リチョルが銃を構えたままで訊いた。

「鶏の主人は私です。信川復讐隊は、私らとは関係ありません。噂を聞いたことがあるだけで。悪名高い部隊だから闘鶏の名前にぴったりだと思って、つけたんです。前に飼ってた奴は、狙撃旅団でした」

年かさの調教師が言った。

リチョルはどっと脱力した。銃から弾倉を取り外してから、年かさの調教師に返してやる。彼は、リチョルから受け取った百元紙幣をポケットから出し、ぶるぶる震える手で差し出してきた。

「結構です」

リチョルは首を振って断った。彼はきわめて単純な人間だった。三百元は、はなから使うつもりだったのだし、聞いた話に失望させられたとしても、それは調教師のせいではない。返してもらう義理はない。

挨拶して踵（きびす）を返すリチョルを、年かさの調教師が呼び止めた。

「あの……、デマかもしれないんですが……」

リチョルは足を止めた。

「開城の近くに長豊郡ってとこがあるんですが、そこの麻薬組織に信川復讐隊出身が三人もいると……。開城工業団地の外郭に新興の麻薬組織がいくつもできてるんですが、そこでは特殊部隊の出身者を高いカネ払って雇うとか。まだ区域もきっちり線引きされてないところで、平和維持軍やら人民保安部やらの目を盗んで縄張り争いしなきゃならないってんで、人殺しが得意な連中がたくさん入り用なんだとかで。闘鶏仲間の言ってたことですし、信じられるのやらわかりませんが……」

「ありがとうございます」

頭を下げて挨拶をし、リチョルは外へ出た。

仮設建築物の入口では、急所を蹴られて気絶していた見張り番が意識を取り戻して、リチョルを待ち構えていた。ほかにもう二人、従えている。いずれもでかい図体をしていた。絶縁テープを巻きつけた棍棒をおのおの手にしている。

「俺の用件は済んだ。帰らせてもらうぞ」

そう言えば通してもらえるだろうと、リチョルは本気で思っていた。見張り番の仕事は、外部の人間が建物の中に入るのを防ぐ、または追い払うことであって、中から外に出るのを阻むことではないのだから。ところが、リチョルに恥をかかされた大男は言い返した。

「こっちの用件はまだ済んでないぜ」

言うが早いか大男は棍棒を手に飛びかかった。そして、数十分前とちょうど同じ格好で股間を蹴り上げられた。

リチョルがあまりに易々と棍棒を避けたので、ほかの連中の目には、大男が見当違いな方向に棍棒を振るったかのように映った。でも実際は、大男が棍棒を振り切るやいなや、リチョルが男の手首をつかんで引き寄せ、バランスを崩して開いた足の間をつま先で蹴り上げたのだった。その光景は、あたかもひと昔前のアクションコメディのワンシーンを見るようだった。

　横で見ていた大男の一人は、判断を誤った。やられたアイツがマヌケだ、と思ったのだ。彼はけたたましい雄叫びをあげ、リチョルに向かって突進した。とはいえ、リチョルから見れば、お粗末きわまりない攻撃だった。リチョルは左手、左足、右手、右足と自在に操って大男の攻撃をひとつ残らず受けとめ、あとは男が勝手に倒れるように、体を横にすっと移動させた。男はなんとか踏みとどまったが、全力疾走をかわされたため、体勢を崩してぶざまに前にのめった。その首根っこを、リチョルが後ろからつかんで引く。男はなすすべもなく後ろにひっくり返った。棍棒を奪い取ったリチョルが、男の頭、肩、腹をリズミカルに叩く。骨が折れるほど強くは叩かない。痣(あざ)ができて皮膚が破れるぐらい、痛くてしばらくの間、起き上がれないぐらいに留めておく。

　リチョルは棍棒を手に、最後の一人を見据えた。体格はいいが、まだ顔にあどけなさが残る少年だ。彼は棍棒を地面に投げ捨て、さっと手を挙げた。

「俺は引っ張ってこられただけなんですよう、兄貴たちに」

　震え声で言う。リチョルはうなずいてみせた。

「持ち歩き電話❖、持ってるか?」

　リチョルに訊かれ、少年はポケットから電話を取り出して差し出した。いまにも泣きだしそうな顔をしている。

❖**持ち歩き電話**……携帯電話のこと。直訳すると「手電話」。

「これは、インターネットはできるのか？」

リチョルの問いに、少年がうなずく。

「地図検索も？」

重ねて問うリチョルに、少年はまたうなずいた。

「じゃあ、ちょっと調べてくれ。長豊(チャンプン)郡の位置だ」

少年はせわしなく指を動かし、黄海北道(ファンヘブクト)長豊郡を探し出した。開城市と鉄原(チョロン)郡に挟まれた土地だ。かつて「休戦ライン」と呼ばれていた分界ラインが、そのまま南東の郡境となっているようだ。大韓民国の京畿道(キョンギド)漣川(ヨンチョン)郡と向き合っている。

長豊郡の位置とそこまでのルートを頭に叩き込んだリチョルが、電話を少年に返した。電話は彼の物ではない。持ち主に返すのが当然だ。

「恩に着る」

少年は、面食らったように電話を受け取った。

リチョルは棍棒を投げ捨て、身をひるがえして闘鶏場の野外駐車場を出た。物乞いの楽師が、手風琴(アコーディオン)で新しい曲を奏で始めていた。

*

「配属部隊を発表する前に、最後の忠告をする。これが本当に最後だ。心して聞くように。向こうの教官連中は絶対に教えてくれないことだからな。これは我々、南の者の間での内々の話だから、俺がこんな話をしたなんて絶対によそでしゃべるんじゃないぞ。わかったか？」

准将が申し渡す。彼の前には、三十代初頭の若者たちが集まっていた。不本意ながら大尉なんぞになってしまった不運きわまりない若者たちだ。何人かは将軍の執務室のソファに腰かけ、あぶれた者はその周りに立っている。

「はい」

一か月前に軍隊に呼び戻され、大尉に昇進させられた若者たちが、投げやりに答えた。

カン・ミンジュンも、そのうちの一人だった。天然パーマの髪と白い肌のせいか、ほかの軍人たちに比べてやや若く見える。漆黒の瞳が聡明な印象だったが、唇の端を片側だけキュッと上げる癖や、何かと言うと肩をすくめる癖が、彼を多少軽薄そうに見せていた。

それはともかく、ミンジュンはそのとき、准将の言葉に耳を傾けていた。ここ一か月、百回ではきかないくらいこぼしまくった愚痴を、声に出さずにもう一度繰り返しながら。

〝夢だ、これはみんな夢に違いない。兵役を終えた後で、誰もが見るっていう悪夢。除隊したはずの軍隊にまだいる夢。いまにもはっと目が覚めるんじゃなかろうか。ベッドの中で汗だくになってさ。だってあり得ないだろう。Ｐｓｙ（サイ）*でもあるまいし。そりゃ、除隊するときに非常召集について説明は受けたけど、平和維持軍に人手が足りないって話は聞いてたけど、将校のほうが先に召集されるって噂も知ってたけど、でも、まさかそれが現実になるなんて誰が思うかよ。平和維持軍だか何だか知らないけど、ああホントにもう、頭がどうにかなりそうだ。南でもう一年お勤めするんだって死んでもイヤなのに、北だって？　そんなのアリかよ、信じらんねえよ〟

背丈が百五十センチあるかないかの小柄な軍務員〔管理事務所等で後方支援を行う非戦闘要員〕が部屋に入ってきた。北の若者だ。紙コップとやかんを手にしている。大尉たちに緑茶のティーバッグが入った紙コップを配り、熱湯を注いで回る。国連平和維持軍所属の韓国軍は、北の人間を軍務員として大量に採用した。

名目は、北の人民に働き口を与えるというものだったが、実は雑役夫としてこき使うためでもあった。北生まれの軍務員たちは、かつての韓国軍の防衛兵*のような待遇を受けた。韓国軍の兵士たちは、内務室〔兵営内における、軍曹以下の下士官および兵士の居住単位〕に新参者が入ると、「北の軍務員には敬語を使うな」という指示をひそかに伝えた。

軍務員が出てゆくと、准将が口を開いた。

「そんなに固くなっとらんで、飲みながら気楽に聞け。俺だって諸君らと何ら変わらん。国防大学院で教授をしとったんだが、英語ができるからって配属されちまったんだからな。若者たちがいまソウルでデモなんぞしとるのをニュースで見たがな、諸君らもここにいるうちにわかってくるはずだ。平和維持軍と予備役*の将校だけじゃ、基本的な部隊運営も不可能。ということはだな、予備役の兵士らも結局はみな召集されるってことだ。真っ先に呼ばれるのはKATUSA（カトゥサ）*だろうな。何といっても英語ができにゃあ役に立たんからな。だから諸君らも、悔しがることはない」

何人かが脱力した笑いを返した。ミンジュンはふと心配になる。「おいおい、それじゃあ下手したら服務期間がもっと長くなるんじゃないか？」

国連は、朝鮮人民軍は解体することにしたが、北の警察組織である人民保安部まではさすがに解体できなかった。基本的な治安維持にあたる警察人員が致命的なまでに不足していたためだ。結局、人民保安部については、形態はそのまま、人権侵害にあたる犯罪に関わった者を洗い出して解任することになり、全人員の三割から四割ほどが解雇されるものと予想された。国連の調査官は、「犯罪捜査はさておき、暴動や略奪の発生しない社会を維持するためには、少なくとも十万人以上の治安要員の補充が求められる」と分析した。

韓国からは五万人が派兵された。国連平和維持軍の指揮下に入る形だった。南の兵力からどうにかこうにか絞り出した人員だった。

准将が言葉を続けた。

「ここでの俺の経験によるとな、平和維持軍でも、韓国軍以外の連中は、実はさほど問題は起こさん。軍人絡みのトラブルといえば、十件のうち九件は南の軍人が関わっとる。ここの新聞やらテレビを見てる限りじゃ、何やかやとやらかすのは基本的にインドだのマレーシア、タイなんかの連中で、南から来てる奴はおとなしいみたいだろう？　それはな、朝鮮中央通信が報じないからだ。平和維持軍に関してはだな、南北の政府が厳しい報道規制を敷いとる。南の人間の場合、殺したとか殺されたとか、よっぽどのことじゃない限り、記事にはならん。下手すりゃ、独立運動でも起こりかねんからな。ここの連中にとっちゃ、諸君らは植民地時代の日本人巡査と同じなんだ」

北朝鮮に派兵された多国籍軍は、およそ二万七千人。利害が複雑に絡み合うなか、かろうじて編成された部隊だった。まず中国は、アメリカとの合意について、あれは人民解放軍を独自には派遣しないという意味だったと詭弁を弄し、多国籍軍への参加を主張した。次に日本は、日本人拉致問題などのイシューとあわせて、核開発に関わった北の科学者を南の政府が秘密裏に確保しようとしているという疑惑を持ち出してきた。韓国はというと、安保理の常任理事国は平和維持軍には加われないという規定と北の人々の感情を強調して、日本と中国に対抗した。多国籍軍に参加したオランダ、フィンランド、インド、タイ、マレーシア、モンゴルの軍隊も、そういった事情をよく心得ていた。よって、力関係はおのずと決まった。多国籍軍が強者、韓国軍は弱者。平和維持軍から自国軍を撤収させる国が出てくれば、それを口実に日本と中国がしゃしゃり出てくることは目に見えているからだ。両国は現システムの問題点を指摘し、平和維持軍への参加をまたもや主張してくるだろう。

そんなこんなで、北の地では人民保安部でも韓国軍でもなく、外国の軍隊が強大な影響力を誇った。北に軍隊を送った国々は、そんな弱みにつけ込んで、資金援助などさまざまな要求を南の政府に突きつけてきた。そのあげく、韓国は平和維持軍が編成される時分、インド、タイ、マレーシア、モンゴルに大規模投資を約束する羽目になり、それも事実上の統一コストだという統一反対論者からの非難も浴びることになった。

准将が続けた。

「実際のところ、一番のトラブルメーカーは韓国軍兵士なんだ。とくに、ここ朝鮮民主主義人民共和国に来て一年ぐらい経った下士官や兵士。つまり、諸君の下で働くことになる連中だな。トラブルの種類もまた実にさまざまだ。よその連中のトラブルは、至極単純だ。酒飲んで誰かをぶん殴っただとかレイプしたとか、せいぜいそんなもんだ。でも韓国の奴らには、ほとほと手を焼かされる。殴る奴、殴られる奴、詐欺に遭う奴、詐欺を働く奴、金を巻き上げられる奴、ヤミ金融をやる奴、クスリに手を出す奴、クスリを売る奴、何でもありだ。将校宿所の掃除婦とデキちまう奴、でもってその女のヒモに脅されて軍事機密を流して自殺する奴、主体（チュチェ）思想を学びたいなんぞとほざいて人民軍の残党に近づいたあげく、とっ捕まって人質になる奴、また、それを連れ戻しに行くと言って武器を持って脱走する奴……」

韓国軍五万人。

多国籍軍二万七千人。

最低限必要だとされる数マイナス二万三千人。困ったことに、単純に人手が足りないというだけではない。現場で多国籍軍の軍人とまともに話のできる兵士の数が絶対的に、圧倒的に不足していたのだ。韓国軍は、英会話のできる兵士を片っ端から北に送り込んだ。それでも足りず、ついには予備役の大卒将校たちまで非常召集と相成ったというわけだ。国家非常事態ということで。

そうして動員された予備役将校たちが、開城で一か月、やり直しの軍事教育を受けさせられ、平和維持軍指揮下の韓国軍部隊に通訳将校として配属された。

カン・ミンジュンもそのうちの一人だった。

「なぜだかわかるか？　言葉も通じない第三国の軍人がさほど起こさないトラブルを、何だって南の人間が？　それはな、第三国の連中のほうが、ここの実態、ここの住民について、正確に把握してるからさ。諸君らはどう思う？　ここはどこか。ここはな、ソマリアだ。とてつもなく貧しく、救いがたく無学な連中が、平和維持軍を敵対視してると思わにゃいかん。敵対視、でなけりゃ一攫千金への期待を抱いてか。

さっきも言ったが、北の連中にとって、諸君らはいわば植民地時代の日本人巡査、それか歩く金ヅルだ。タイやマレーシアの連中は、それを正確に見抜いてるんだ。おそらく諸君らも、北じゃなくソマリアに派遣されてたら、同じようにたちまち見抜いてたはずだ。言葉の通じない黒い顔した奴らが、目の前じゃへいこらしてるくせして、裏じゃお前らを食いものにすることばっかり考えてるんだ。わからんほうがおかしいだろう。

だが諸君は、ここがソマリアじゃないと思っとる。それで『同胞なのに』なんてセリフにほだされたり、『苦難の行軍時代のほうがいっそマシだった』なんて言われてカッとしたりするんだな、意味もなく。まったくそんな必要ないってのに」

兵士として兵役に就く南の若者たちによく知られたウェブ上の書き込みがあった。それは入隊後に配属される任地に関するレポートで、さまざまな任地を「極楽」と「生き地獄」の二つに分けて紹介していた。レポートの作成者はまず、「配属先はとにかく南に限る。ツテというツテを総動員して、何が何でも南に残れ。平和維持軍指揮下の非戦闘要員よりも、南の防空砲兵のほうがはるかにマシだ」と序論で主張した。

本論は、開城工業団地の批判から始まっていた。

開城工団だったら人にも会えるし、シティライフを享受できるんじゃないか。そんなふうに思ってるんなら、とんでもない誤解だ。一週間に三日は夜通しの勤務。昼間はずっと北の原住民どもの工事監督、夜は資材整理、さらに夜中にはコンピューター作業が待っている。寒さは厳しいが、鉄原（チョロン）のほうがまだマシ。北朝鮮兵士が分界ラインを越えてこないか、ただぼーっと見張ってれば済むんだから。凍傷で足の指を何本か失（な）くすかもしれないが、北の原住民どもにナイフでグッサリやられるのに比べれば、怪我のうちにも入らなかろう。

作成者によると、同じ北なら、都市より田舎のほうがいいということだった。

運悪く北に送られたとしても、平安南道（ピョンアンナムド）や平安北道（ピョンアンブクト）、あと南と接していない黄海南道（ファンヘナムド）あたりなら悪くない。平壌（ピョンヤン）、清津（チョンジン）、新義州（シニジュ）も、まあまあやっていけるレベル。田舎へ行くほど、年寄りや女、子どもなど比較的従順な住人の割合が高くなる。食料の配給ぐらいしか望んでいない連中なので、さほど警戒しなくてよい。咸鏡北道（ハムギョンブクト）、咸鏡南道（ナムド）も、クソ寒くはあるけれど、地獄ではない。慈江道（チャガンド）や両江道（リャンガンド）は、平和維持軍が駐留しておらず、事実上、朝鮮解放軍の占領下。

レポートによると、ワーストは黄海北道だった。とくに南北の分界ラインに沿ってつくられた南北協力公共事業団(公団)の周辺は、言葉で言い表しようがないほど危険、とされている。

身元確認のすべを持たないので協力公団の中に入れず、公団からのおこぼれの仕事で食いつないでいる無職者が、公団の周辺に勝手にバラックをつくり、寄り集まって暮らしている。南へ、南へと下ってきたごろつきどもが溜まっているエリアでもある。ここで勤務するということは、腐り果てた北の人民保安部と、人を人とも思わぬ新興暴力組織の両方を相手にしなければならないことを意味する。

准将が話を続ける。

「だから、外国に来たと思え。北の同胞との友情だなんだって美談はテレビの中だけの話だから、ゆめゆめ期待しないように。同じ民族だ何だというのは、たわごとにすぎない。ここの住民が、何か不満や頼みごとがあると言って訪ねてきたら、何としてでも避けろ。泣きつかれてもほだされるな。何はともあれ、法に基づいて行動すること。どうせなら酒飲んで暴れろ。そのほうが、後々面倒なことになる可能性が低いからな。

ここの連中のことは、言葉も肌の色も違う完全な外国人、別の人種だと思え。とくに気をつけにゃならんのは、女だ。何とかして南の軍人とつながろうってことしか頭にないアマばっかりだからな。韓国に行きたいとか、就業の許可が欲しいなんて言う奴らは、それでもまだかわいいほうだ。タチが悪いのは、部隊に知らせるのなんのと脅してカネを巻き上げようとする女、南朝鮮(ナムチョソン)の軍人と恋人同士だって吹聴して、ほかの北の人間からカネを巻き上げようとする女だな。流し目を送ってくる女の中に、たまに女装した男もいる。小柄で痩せてるから意外とバレないんだな、これが。それがまた、妊娠したから責任取れなんて言ってくる。男だって絶対に妊娠しないとは限らんだろう、なんてたわごとをほざいてな」

何人かの新参大尉が笑った。むりやり絞り出したような笑いだった。

「南北が完全に統一されて、世界何位かの経済大国になったとしてだ、自分が死んじまったりしたら、元も子もない。そうじゃないか？　だから一年だけ、死んだ気になって、ボランティアに来たと思って、坊さんみたいに無心に暮らすんだ。ああ、そうだ、坊さんよりはマシだぞ。食事は悪くないからな、ここは。軍納の酒もあれば、タバコも安い。休みの日にゃ、外になんか出ないで、みんなで酒飲んでタバコ吸って携帯ゲームでもしていろ。

俺は何も、お国のために奉仕しろなんて言う気はさらさらない。将校の月給と危険手当。それを一年間、きっちり貯めるんだ。そうすりゃ、それなりの額になる。それに会社に戻ったら、基本給の等級も二年分上げてもらえるだろう？　長い目で見りゃ、必ずしもムダな時間でもないってわけだ。だから、これから一年、悔しくてももどかしくてもぐっとこらえて、北朝鮮の人民に八つ当たりしたりしないで、もちろん将兵や同期にもしないで、自分のことと、南にいる家族のことだけ考えて、ひたすら慎重に行動してほしい。わかったか？」

「はい、わかりました」

大尉たちが声を揃えた。半分は反射的な、半分は真剣な答えだった。ひと月の間の再教育の賜物として、「わかったか？」という問いに機械的に「はい、わかりました」と答えた者が半分。准将の忠告が心からのものであると受けとめた者が半分。つまり、みなが同じ思いではなかったということだ。ミンジュンは、背後の同僚の一人が聞こえるか聞こえないかぐらいの声でつぶやくのを聞いた。

「ケッ！　俺は留学するとこだったんだよ。昇給もクソもあるか」

准将が机の上に置かれた紙の束を手に取るや、室内は水を打ったかのように静まり返った。何人かが唾(つば)を呑み込む音が、やけに大きく響いた。訓練を終えた新任大尉たちが配属になる部隊と地名が、その紙に記されているのだ。

紙を手にした准将が言い聞かせる。

「極楽だの生き地獄だのとインターネットで騒いでるようだが……、そんなのはたわごとだ。どこだろうが、おんなじだ。諸君は軍隊を経験しているから、わかるだろう？　軍生活のカギを握るのは、諸君らがこれから出会うことになる上役だ。まず少領（少佐）や中領（中佐）だな。次はその部隊の部隊長。勤務地が都市か農村か、平安道(ピョンアンド)か黄海道(ファンヘド)か、そんなことは重要じゃない。だから、どこに配属されるかで一喜一憂するな。行ってみないことにはわからんのだから」

「じゃ」と准将は言い、一人ずつ呼名しながら紙を配り始めた。配属部隊が記された転出命令書を手にした大尉たちの表情はさまざまだった。

名前の綴りの順ではなく認識番号順らしく、ミンジュンはかなり後のほうで紙を受け取った。

希望部隊。

場所は黄海北道の長豊(チャンプン)郡。あの、長豊。ほかの場所はともかく、長豊郡についてははっきりと記憶している。件(くだん)の南のレポートには、こう記されていたはずだ。

開城の隣にある小さな村だが、治安はぶっちぎりのワーストワン。南北のすべての市・郡・区のうち、殺人事件の発生件数ダントツ。犯罪が多発するメキシコやエルサルバドルの田舎町、といった感じか。長豊郡に配属されてしまったら、生命保険に入ろう。どうせくたばるなら、せめて親孝行でもすべし。

3

「あそこか？」

長豊郡（チャンプン）に駐留している韓国軍希望部隊の憲兵隊長が訊いた。目は双眼鏡に押しつけたままだ。双眼鏡の向こうには、丘のようなものが見えている。双眼鏡なしで何の気なしに見たならば、人工建造物とは誰も気づくまい。彼を含めた五人の男が立っているこの地は、長豊郡の南東の端だ。

「うまいこと隠してるっしょ。なんせアメリカ製の偽装網を使ってますからねえ。クソ高（たけ）えヤツですよ。それも季節ごとに取り換えてるんでさ」

密告者が言った。四十過ぎの男だが、片目が半分潰れていて、その目を絶えずパチパチさせている。そのせいか、何を言ってもどことなく嘘くさい感じがした。

チェ・テリョンは、とてつもない情報を憲兵隊長にもたらした。ペク・コグマ組織が南北分界ライン付近に秘密基地をつくり、地雷畑を通って南に覚醒剤を流しているというものだ。その情報を提供したのが、目の潰れた密告者だった。事実ならば、その情報だけでも表彰状ものだ。だがチェ・テリョンはそこへ、巨大なプレゼントまで添えてきた。どうせなら、もっと確実な功をあげたらどうだと持ちかけたのだ。司令部が特進させざるを得ないぐらい大きな功を。自分の部下を貸すから、基地を攻撃してペク・コグマの組織員を一掃しよう、と。

憲兵隊長はその誘いに応じ、いま地面にうつぶせているのだった。チェ・テリョンの部下三人、それから密告者と並んで。彼らと憲兵隊長は初対面だった。場所は、丘のように見える掩体壕（えんたいごう）から五百メートルほど離れたところ。彼らは顔に偽装クリームを分厚く塗っていた。ペク・コグマ一味の詰所に接近するにあたり、身元がばれないようにするためだ。

チェ・テリョンの部下三人は、ケ・ヨンムク、チョ・ヒスン、パク・ヒョンギルと名乗った。いずれも上位捕食者のような雰囲気を身にまとっている。ケ・ヨンムクは狼（おおかみ）のボス、チョ・ヒスンは頭は多少鈍いがパワーのあるイノシシ、パク・ヒョンギルは小柄だがすばしこいヒョウだな。憲兵隊長は思った。

「ほかのGP〔監視哨所〕とつくりが違うな。形がまったく違う。北のGPなら、撤去作業のときにけっこう見たんだがな」

憲兵隊長が双眼鏡を目から離し、ささやきに近い声で言う。密告者が応じた。

「新しく建てたヤツなんですわ。民間警備詰所が平和維持軍に全部撤去されてからね。ペク・コグマの部下どもが、夜にセメント袋を担いできて、こっそり少しずつつくったんです。並大抵の苦労じゃねえ。朝鮮人民軍の詰所の形？　そんなの知ったこっちゃありませんや。地面の上に出てる部分はいくらもないが、中はぐっと広いですぜ。下に深いんですわ。なんせさんざん掘ってたからね。それから、そんなに声を潜める必要はありませんぜ。ちょっとやそっとの声じゃ聞こえねえから。おとなしくしてさえいれば、見えもしないし。木も草も、とんでもなく茂ってますからね」

「監視装備がまた並外れて多いそうじゃないか？」

チョ・ヒスンが訊いた。

「動作感知器とかなんとか、そんなのはありますよ。動くモノを確認するヤツ。それと暗視鏡と。でもね、どっちもまともに使えやしません。イノシシだのノロジカだの獣も多いし、中にいる奴らがまた、さほど頭の回る連中でもねえんでね。四人いれば、二人は監視、残る二人は休ませてやらにゃならんのに、ずっと四人で監視してろって言うんですからね、誰もマジメにやりゃあしませんや。そうでしょう？　そんなふうに中途半端になったことが多いですよ。高価な装備を買っといて、使わないで捨てたりね。もともと、監視があいつらの一番の目的ってわけでもねえですし」

密告者が答えた。

「一番の目的ってのは何だ？」

今度はケ・ヨンムクが訊いた。柔らかな声だった。

「運び屋が逃げたりしないか見張ることでさ。ピンドゥ（シャブ）の運び屋はね、闘鶏場で賭博やって負けが込んだ連中にやらせるんですわ。ピンドゥ担いで南朝鮮（ナムチョソン）に一回行ってこい、そしたら借金を減らしてやるって言ってね。闘鶏やってる奴らは、それでも正気っちゃあ正気じゃないですか。ヤク中よりはずっと安心だってことですわ。ともかく、そういう闘鶏中毒どもがクスリ担いで南北分界ラインを越えるわけです。それも地雷が一番たくさん埋まってるとこを。地雷が少ない場所は監視が厳しいからね。だから、途中でビビっちまって、逃げようとする奴が出るんですわ。足がもう凍りついちまって、一歩も進めなくなっちまう。何の前触れもなく逃げ出す奴もいるし。そういうときにね、あの詰所から威嚇射撃をするんでさ。南朝鮮まで行こうとすりゃあ、運が悪けりゃ地雷踏んで死ぬ。だけど逃げたり戻ってきたりしたら、もう確実に死ぬんだってことをね、教えてやるわけですわ」

「地雷は多いのか？」

憲兵隊長の問いに、密告者があきれ顔になった。非武装地帯といえば、終戦宣言前だって世界一の地雷エリアだったのだ。

「多いですよ、そりゃあ。前は共和国(コンファグク)軍隊やら南朝鮮の軍隊やらが入って、地雷除去したり、火を放って木を焼いたりしてたんですがね、統一過渡政府ができてからはまったくやってませんから。それに、共和国人民に分界ラインを越えて来られるのより、途中で地雷踏んで死んでもらったほうが南朝鮮としてもありがたいでしょ、正直なところさあ。平和維持軍が入る前に、倉庫に保管してた地雷を南朝鮮の軍隊が残らずばら撒いたって話も聞きましたよ。Ｍ14と、ええと、あの厄介なヤツ。そうだ、Ｍ16跳躍地雷。踏むと跳ね上がるヤツ」

「バカな」

平和維持軍憲兵隊長が鼻で笑った。

「ホントでさあ。アメリカのテレビでもやってましたぜ。だって、中領殿〔中佐。憲兵隊長のこと〕はここに来ていくらにもならないでしょ。統一過渡政府ができたとき、北朝鮮(プッチョソン)、南朝鮮を問わず、どっちの軍隊も頭がどうにかなってたんですよ。制御がまったく効かねえ。共和国のほうは、生き残るために脱走するのに忙しく、南朝鮮のほうは北の人民が越境してくるのを防ぐのに忙しく。正気じゃねえ奴らが数百人ずつ群れをなして分界ライン越えて来てるってえのに、上からは何が何でも入ってこさせるなって言われる。中領殿だったらどうなさいます？　そのときここで起こったこと、いまじゃ南朝鮮の人だってよく知りゃしませんよ」

密告者が熱弁をふるう。片目のパチパチが速度を増している。

「ああ、わかったよ。もういい。で、これからどうするんだ？　いまからすぐに行くのか？」

狼のボス——ケ・ヨンムクが、密告者の演説を遮った。

「そりゃ、そうだろ」チョ・ヒスンが言う。凶暴そうなイノシシ男。

「行きますか」パク・ヒョンギルが言った。機敏なヒョウ。

「南朝鮮の中領殿も連れてって差し上げますぜ、行きたけりゃ」密告者が言った。

「やい、この野郎。貴様、大韓民国陸軍の中領を見くびるんじゃないぞ。俺だってその気になれば、貴様らの社長を、……誰だ、チェ・テリョンか？　そいつをイヤってほど締め上げてやれるんだからな」

憲兵隊長がうなるように言った。

「何ですよう、まったく。おっかないこと言わんでくださいよ。それにチェ・テリョンはアタシとは関係ない。関係あるのはあの方たちでして」

「言葉に気をつけろよ、この野郎。目ん玉片っぽ、くり抜いてやろうか？　てめえがどうなろうが、俺らはいっこうに構わねえんだからな」

パク・ヒョンギルが密告者の襟首をつかんだ。密告者はジタバタ暴れながら、両目ともせわしなくパチパチさせた。パク・ヒョンギルが手を離す。密告者は呼吸が正常に戻るまで、さんざんゲホゲホと咳き込んでいた。

「一時間あれば充分なはずです。ここからあそこまで行くのに三十分、行って処理するのに三十分。ご心配なく。事がすっかり片づいたら、あそこに登って大声で合図しますから」

ケ・ヨンムクが憲兵隊長に言った。

「声が届くのか？」

憲兵隊長が訊いた。

「でなきゃ、銃を撃つなり手榴弾を投げるなり。武器なら中にたくさんあるだろうし。とにかく、何か音がしたらそっちを見ていただきたい。屋根の上から手を振りますから」

ケ・ヨンムクが言った。

「九十分待とう。そのときまでに合図がなければ、帰らせてもらうぞ」

憲兵隊長の言葉にケ・ヨンムクはうなずき、身をひるがえした。チョ・ヒスンとパク・ヒョンギルが後に従う。パク・ヒョンギルは密告者の背を押して先頭に立たせた。

「おい」

憲兵隊長がケ・ヨンムクを呼び止める。ケ・ヨンムクは無表情に見返した。

「一匹も残すなよ。いいか、わかってるな？　皆殺しだぞ」

憲兵隊長が念を押した。ケ・ヨンムクがうなずく。依然としてポーカーフェイスを保っている。その泰然とした様子に焦(じ)れて、憲兵隊長は声を荒(あら)らげた。

「おい、お前ら、信じていいんだろうな、ええ？」

ケ・ヨンムクに代わってチョ・ヒスンが答える。

「俺たちゃ、信川復讐隊(シンチョンボクス)出身ですぜ。六十狙撃旅団一〇一特殊作戦部隊。見くびってもらっちゃ困りますわ」

*

「もうじき着きます。闘鶏野郎三人連れて。ええ、はい。今日は四人一組で」

密告者が無線機に口を当てて言った。無線機からは、何やらよく聞き取れない応答があった。

彼らは草むらをかき分けて進んだ。ペク・コグマ一味の詰所がある丘の前は、遠目には草原のように見えたが、実際は人の背丈ほどある草むらだった。

「あれは何だ？　監視カメラか？」

ケ・ヨンムクが、日差しを受けて輝く彼方の物体を指差した。詰所のはるか向こうに棒のようなものが地面からぬっと突き出ている。材質は金属のようだ。一行の間に一瞬、緊張が走った。

「ああ、ありゃ無人機ですわ。外側にペンキ塗ったのが剝がれて、あんなふうになってるんでしょう。あすこに突き出てんのが翼で、反対側の翼は折れたか、それとも地面に突き刺さってるのか知らんが、見えないってわけ」

目を眇めて示された方角を見ていた密告者が説明した。チョ・ヒスンが訝しげに訊く。

「無人機？」

「そう、小さい飛行機。南朝鮮にクスリ売ろうって奴らのうち、頭の回る連中はみんないっぺんは試してましたね。ピンドゥを二百グラムとか三百グラムずつ小分けにして、無線操縦できる飛行機に積んで飛ばそうと。そうすりゃ地雷の心配もしなくて済むし、苦労して鉄条網越える必要もないし、いいことばっかりでしょ。でもねえ、うまくいかなかったんですわ」

「なぜだ？」

「さあ。操縦するのが難しかったんじゃないですかね。ここから南側の民間人出入統制区域*まで二十キロはあるでしょ？　そこに着くまで強風も吹けば、南朝鮮が妨害電波なんか発射するって話もあるし、レーダーだか何だか知らねえが、いいのを新しく買ったって話もありますしね。なんでダメだったのか、ほんとのとこはわかりませんが、ともかく最近はね、部品を手に入れるのが大変なんですわ。私らみたいな原住民はね、無人機を持ってること自体が違法なんでさ。売る者もいなけりゃ、輸入もできない。なら自分でつくらにゃあ。なのに、部品も輸入禁止でお手上げ。だからね、私らみたいな原住民は、命がけで地雷畑を歩くしかないんですわ」

「お前はまた何だって、ペク・コグマを裏切ることにしたんだ？」

パク・ヒョンギルが訊いた。

「もうね、イヤになったんでさ。こんなの、人間のやることじゃねえ」

「そうでもないんじゃないか？　闘鶏でいくら負けたって、南にいっぺん行ってくりゃあ、チャラになるんだろ？」

パク・ヒョンギルが笑った。

「わたしゃね、借金のためにやってたんじゃありませんよ」

密告者が抗議した。

「なら、なんでやめるんだ？　いっぺんやるだけで、かなりになったんだろ？　一万ドル？　二万ドル？　それにお前は先頭に立つわけでもないだろうが。借金のかさんでる奴らを先に行かせてよう。地雷って言ったって、まずそいつらが踏むんで、お前じゃなかろ？　先頭の奴が死んで、次の奴も死んで、そのうえ最後尾のお前まで地雷踏む確率なんざ、いくらにもならないんじゃないか？」

チョ・ヒスンがからかった。

「何だってそんないじめるんですよう。アタシが死にたくなくてやめるんじゃありませんよ。地雷踏んで死んだ奴らがひっきりなしに夢に出てきて、それがもう我慢ならなくてやめようってんです。跳躍地雷は踏んだら一発だし、M14だって足首地雷とか言うけど、実際は腿まで吹っ飛ぶ。だからまだいいんだけど、木でできたのもあるんですよ。ホントに足首だけ吹っ飛ぶヤツが。それを踏んだ連中がですよ、助けてくれ、置いてかないでくれって泣きながら言ってるのに、荷物だけ取り上げて、血を流してるのを置き去りにしてくんです。そんときの気分って言ったら……。後ろで誰かが助けてくれ、助けてくれ、こう叫び続けるのを聞きながら、歩いてみたことありますか？　戻ってくるとね、元いた場所から離れたとこに倒れてるんですわ、百メートルとか三百メートルぐらい。足が吹っ飛んだってのに、何とか生き残ろうってもがいて、そんで、そこで力尽きたってわけです」

密告者は、声に悔しさを滲(にじ)ませた。

「詰所から出るとき、ナイフ渡されるんだろ？　そういうときに使えってことじゃないのか？　ほっとかないで、とどめを刺してやれって」

チョ・ヒスンが返す。パク・ヒョンギルも加勢するようにうなずく。

「先頭の奴にゃ、くれないんでさ」

密告者が小声でつぶやいた。チョ・ヒスンにもっともな指摘をされ、返す言葉がない様子だ。そこから先、ペク・コグマの薬物倉庫兼密輸出基地までは、みな黙りこくってひたすら歩を進めた。詰所の前まであと五十メートルほどに迫ったとき、中から警備兵が二人出てきた。詰所に向かって歩いてくる四人に向けて、銃を構える。

「手を挙げてくださいな。ここからはね、そうでないとダメなんです」

密告者が告げた。四人が手を挙げる。密告者とケ・ヨンムク一行がまず詰所に入り、銃を突きつけた警備兵が後に続いた。

詰所の中では、南の最新ヒット曲がボリュームを絞って流されていた。真ん中に置かれた机の上には、白い粉の入った小さなビニール袋が何百個も置かれている。運び屋が預かる精製した覚醒剤だ。その袋を入れるリュックが四つ、横に置かれている。口は開いたままだ。リュックに袋を入れることも、運び屋の仕事らしい。

詰所の中にいた警備兵の一人は覚醒剤中毒だ。ケ・ヨンムクにはひと目でわかった。目が血走り、どこか落ち着きがない。もう一人は長豊郡（チャンプン）で何度か見かけた顔だが、相手はこちらに気づかなかった。顔に偽装クリームを塗っているからか、それとも不注意なのか。どちらにせよ、とくにリスクにはならないということだ。

後について入ってきた二人の警備兵は、依然として銃を構えている。

「手を下ろすな。一列に並べ」

銃を手にした警備兵が命じた。密告者とケ・ヨンムク一行は、指示に従う。

警備兵の一人が小銃を肩に掛け、一行に近づいてきた。ボディチェックをするつもりらしい。もう一人は相変わらず銃を構えている。ケ・ヨンムクがチョ・ヒスンに目配せする。チョ・ヒスンは小さくうなずくと、隣にいる密告者の体を、銃を構えている警備兵のほうへドンと突き飛ばした。銃が発射される。密告者は声をあげる間もなく、胸に穴をあけて事切れた。その死体を盾にして、チョ・ヒスンは銃を発射したばかりの警備兵に飛びかかった。ベルトの内側に差して隠し持っていた小型のナイフを抜き、相手の喉（のど）を掻き切る。ナイフの刃が短かったのと、相手が咄嗟（とっさ）に身をかわしたせいで、攻撃はきれいに決まらなかった。頸動脈を深く切り込むつもりがそこまで刃が届かなかった。切り口が開いて血が噴き出す。傷が浅い分、血は遠くまで飛び散った。

ケ・ヨンムクは、ボディチェックをしようとしていた警備兵に襲いかかり、殴りつけた。鼻骨が折れる。小銃を肩に掛けた警備兵は、その一発で戦闘不能の状態に陥った。

一方、パク・ヒョンギルはズボンの後ろから拳銃を抜き、ぽかんとしていた非武装の警備兵二人に向けて発砲した。一人に二発ずつ、計四発。どちらも即死だった。

鼻骨を折られて床に倒れた警備兵の頭に、ケ・ヨンムクが銃を撃ち込んでとどめを刺す。

戦闘は終了した。一行が詰所に入ってから、ものの五分も経っていなかった。

＊

ケ・ヨンムク、チョ・ヒスン、パク・ヒョンギルの三人が情け容赦ない殺戮劇を繰り広げている間、憲兵隊長は草むらにうつぶせて携帯電話の画面を覗き込んでいた。画面に表示されているのは、とあるミリタリーマニアのブログに掲載されている「信川復讐隊（シンチョンボクス）」という項目だった。

信川復讐隊：朝鮮人民軍六十狙撃旅団の別称。北朝鮮の実情が明らかになるとともに、北の特殊部隊が張子の虎であることも次々と暴かれていったが、少なくとも六十旅団は「名ばかりの特殊部隊」ではない。二十九海上狙撃旅団と並び、エリート中のエリート集団と言ってよい。

憲兵隊長は画面をスクロールし、ブログの掲載記事リストに目を通した。「個々人の戦闘力では世界最強」だとか、「半月の間、一切眠らせない地獄のような訓練」といったフレーズが目についた。ブログの管理者は、六十狙撃旅団と最もよく似た特性を持つ部隊として、米陸軍の特殊部隊であるグリーンベレーと韓国軍の特殊戦司令部を挙げていた。六十狙撃旅団は、前線での攻撃よりは、敵地に深く侵入してゲリラ戦や要人暗殺などを行う部隊で、主に副士官（下士官）と兵士からなる。南に侵攻するための部隊だったため、民間人に偽装する訓練や南の社会についての教育もかなりのレベルで施されたと書かれていた。

　志願者からなる部隊なのは確かだが、朝鮮戦争の被害者遺族を中心に構成されているといった話は、北の軍隊の実情が明らかになる前にまことしやかにささやかれていたデマにすぎない。おそらく、「信川復讐隊」という部隊名が「米軍による黄海道信川（ファンヘドシンチョン）郡での民間人虐殺への復讐」という言葉を縮めたものであるために流れたデマだろう。実際は、ほかの特殊部隊の精鋭軍の中から選抜する形で隊員を増やしていった。軍事大学の卒業生しか行けないとか、光州（クァンジュ）に派遣されたことがあるとかいう話も事実無根。自称「信川復讐隊将校出身」の脱北者らが二〇〇〇年代初頭に広めた……

「おーい、おおおーい！」

　呼び声がした。続いて銃声。空に向けて撃ったものらしい。聞こえないのでは、と不安に思っていたのだが、無用な心配だった。平和維持軍憲兵隊長は、丈の高い草をかき分けかき分け、ペク・サングの薬物倉庫へと向かった。掩体壕（えんたいごう）に足を踏み入れた憲兵隊長は、五つの死体を見て、思わず息を呑んだ。死体は血だまりに沈み、肉の破片が壁のあちこちに飛び散っている。血だまりは、いまだじわじわと広がっていた。血の滴（したた）りをかなり広範にわたって飛び散らせている死体があった。チョ・ヒスンのナイフで頸動脈を切られ、噴水のように血を噴き出させて事切れた警備兵の死体だ。

「お、こいつも死んだのか？」

　憲兵隊長が、密告者の死体を見つけた。

「私たちが殺したんじゃありませんよ」

ケ・ヨンムクが答えた。

「ま、いいか。死んでくれて、むしろ好都合だ。俺が一人で四人倒したなんて言ったって、どうせ誰も信じやしないだろうからな。こいつも一緒にドンパチやって、弾に当たって死んだってことにしよう。異論はないな?」

「ご自由に」ケ・ヨンムクが答える。

「弾丸を分析すれば、どうせすぐにわかるでしょうに。あいつらが、あんたの銃で撃たれて死んだんじゃないって」

パク・ヒョンギルはそう言いながら、死体を探って鍵を見つけ出し、掩体壕の一方の壁に取りつけられた鉄製のドアを開けた。鉄のドアの向こうには、大きめのクローゼットほどの空間があった。そこには、覚醒剤の入ったビニール袋が膝(ひざ)の高さまで積み上げられていた。チョ・ヒスンが口笛を吹く。数十キロはありそうだ。覚醒剤は、流通段階ごとに途方もないマージンがつく代物だ。中朝国境近くでは一キロ当たり韓国ウォンで八百万ウォンのものが、平壌(ピョンヤン)や開城(ケソン)では数千万ウォンになる。ソウルでの販売価格など、一回投薬分の〇・〇三グラムがおよそ十万ウォンだ。まだ南北分界ラインを越えていないという点を鑑みても、倉庫に入っている覚醒剤の値段は最低数億ウォンにはなるだろう。

「銃をどんなふうに撃ったんだ?　我々側の銃弾は全部、二丁の銃から発射されたものなのか?」

憲兵隊長が尋ねた。

「俺の銃から発射された弾でこいつが死んで、あいつが撃った弾に当たって後ろの二人が死んだんですよ」

三体の死体とパク・ヒョンギルを順番に指し示しながら、ケ・ヨンムクが説明した。

「なら、銃を二丁とも置いていけ。上に報告するのに必要だからな。あの不運な奴があんたの銃で戦って死に、俺があの後ろの二人を撃ち殺したってことにせにゃならんな」

憲兵隊長が言った。

「自分の拳銃を使わないで、人のを使ったと報告されると？」

ケ・ヨンムクがあきれたように言う。

「まあ、適当に言い繕うさ。銃があるのを見て、咄嗟にそれを使ったとか、あの死んだ奴からもらったとか何とか」

憲兵隊長が言った。

「俺のナイフで死んだ奴のことは、どう言い繕うおつもりで？」

倉庫のドアを閉めかけていたチョ・ヒスンが口を挟んだ。

「そのナイフも置いていけ。それについては後で考える。まず動線を把握せにゃならんからな」

チョ・ヒスンが、そしてパク・ヒョンギルもケ・ヨンムクを見つめた。

ケ・ヨンムクが口を開く。

「交渉しませんか。銃とナイフは置いてきますよ。その代わり、あの四つのカバンのうち三つは我々がもらう。ブツをぎっしり詰め込んでね。いかがです？」

憲兵隊長はすぐには返事をしなかった。が、何秒か後にうなずいた。

「わかった」

ケ・ヨンムク、チョ・ヒスン、パク・ヒョンギルの三人は、覚醒剤の入ったリュックにビニール袋をもういくつか入れようとしたが、入らなかった。すでにはち切れんばかりに詰め込まれていたからだ。パク・ヒョンギルがリュックを背負おうとして軽くよろめき、毒づく。

「重いな、くそ」

リュックを背負ったチェ・テリョンの部下たちが、隠し持っていた武器をゆっくりと取り出した。朝鮮人民軍特殊部隊の元隊員たちと現職の韓国軍中領〔憲兵隊長〕の間に、異様に張りつめた空気が流れた。

「我々は三人。そのうえ各自、予備の火器を一丁は持ってる。くれぐれも妙な考えは起こされぬよう」

ケ・ヨンムクが念を押した。憲兵隊長は声をあげて笑った。

「余計な心配しとらんと、早く行け」

「いやあ、しかし、あんたは完全にぼろ儲けだなあ。南朝鮮とつながった薬物密売ルートを探り出して、密売者を四人も射殺、ピンドゥも荷車一台分押収。これを報告したらどうなるのかね。特進？　勲章？　南朝鮮にも労力英雄❖みたいなのがあるのかい？」

チョ・ヒスンが軽口を叩いた。

「ぼろ儲けなのは、俺じゃなくってそっちだろう。仇敵(きゅうてき)のピンドゥ倉庫、暴(あば)いたんだからな。ここが奴らのものだって証拠は充分だ。となりゃ当然、平和維持軍はペク・コグマ組織を襲撃するわなあ。そしたら長豊郡はチェ・テリョンが掌握することになるってわけだ。貴様らにだって、どうせ南にクスリ売るルートがあるんだろ？」

憲兵隊長が言い返した。

「そんなものはない。うちの社長がやりたがってるのは、まともなビジネスですよ。そのうえ大し

❖労力英雄……北朝鮮の勲章。経済建設など社会活動の諸分野での功績者に授けられる。

た野心家だ。南朝鮮に鄭周永（チョンジュヨン）*や李秉喆（イビョンチョル）*みたいな人物が出てくるのはもう難しかろうが、共和国じゃあ、まだあり得ますからね。ピンドゥ事業なんかにはこれまで手をつけたこともなかったし、これからもありませんよ」

　ケ・ヨンムクが言った。

「なら、お前らがさっきここでやらかしたことは何だ？　なぜペク・サングの組織の者どもを殺（や）った？」

　憲兵隊長が詰問した。

「ペク・コグマがいる限り、まともなビジネスなんぞできんからですよ。あっちが暴力を行使するんなら、こっちも防御をしないとならん。結局、争って軍備を整えることになりますからね。ともかく今回、ペク・コグマ組織を完全に片づけちまえば、我々はもう会うことはないでしょうよ」

「なら、そのカバンの中のピンドゥを置いてったらどうだ？」

　憲兵隊長が揶揄した。

「これは俺たちの取り分ですよ。社長とは関係ない。あんたも残ったカバン一つはせしめるんだろう？」

　ケ・ヨンムクがそう言うと、憲兵隊長は短く答える。

「ほざけ」

「ともかく、我々はもう帰らせてもらいますよ。上に報告するのはもう少し後に。俺たちが逃げる時間を稼いでくれないと。それから、ここで起こったことは、もう忘れさせてもらいます」

　ケ・ヨンムクは憲兵隊長に目顔で挨拶し、掩体壕を出た。チョ・ヒスンとパク・ヒョンギルが後に続く。

チェ・テリョンの部下が立ち去ると、憲兵隊長はぶるるっと体を震わせた。彼は死体の間を歩き回り、銃を撃ったりナイフを振るう真似をした。弾道と血が飛んだ方向と辻褄(つじつま)の合うシナリオを練るためだ。途中で一度、外に出て胃の中のものを吐き出してから、また作業を続けた。

死体を見て回っていた憲兵隊長は机の上に残ったリュックを持って、もう一度、掩体壕を出た。南北分界ラインの方向に三十メートルほど進み、草むらに覚醒剤の入ったリュックを隠す。地雷を踏むのではないかという恐怖で、体じゅう汗だくになった。

掩体壕に戻った憲兵隊長は、嘘の報告のための動線のでっち上げ作業を再開した。

4

長豊郡（チャンプン）に着いたとき、チャン・リチョルの懐（ふところ）にあったのは、人民元で九百八十七元、それから北朝鮮ウォンの紙幣が数枚だけだった。ここ何日か、仕事ができなかったからだ。その金で彼は人造（インジョ）肉飯（ユクパプ）とスンデ〔豚の腸詰め〕を食い、狭苦しい安宿に部屋を取った。宿代は、一日ごとに精算するシステムになっている。南北協力公団の周囲には、日雇い労働者が寝起きし食事をとるための安宿と露店がひしめいているものだ。

翌日は、朝早くから人力（じんりょく）事務所❖に出向いた。協力公団の周辺では、年じゅう何かしらの工事が行われている。現場で働く日雇い労働者は常に入り用で、それが人々をして、南へ南へと向かわせた。リチョルはさほど頭が回るほうではないが、肉体労働ならば、何であれともかく自信があった。人力事務所では、どんな技術を持っているのか、住民登録はされているのか、安全帽と作業靴は持っているのか、といったことを訊かれた。

住民登録がされていない彼は協力公団内では働けない。それで外の工事現場を割り振られた。午前は資材を運び、午後にはプレハブ施工の際に必要になる支柱や足場の施工法を習った。その作業が思いのほか面白いのが彼としては意外だったが、ともかくその仕事をしながらも、彼はできる限りバランスよく筋肉を使うよう気を配った。長くやっていると腰を痛めそうな仕事ではあった。午後三時頃に仕事を終え、その場で金をもらう。日当は百八十五元。とはいえ、紹介費に食費、安全帽と作業靴の借り賃、人力事務所から作業現場までの交通費などが引かれ、実際に手元に入ったのは九十元だった。雑役夫の日当は下落の一途をたどっていた。働き口よりも、求職者の数のほうがはるかに多いからだ。それが、いま共和国（コンファグク）の人民たちが懸命に学んでいるところの市庭（いちば）経済だった。

日当の精算を終えた後は、ほかの人夫（にんぷ）たちの後にくっついて作業員食堂へ行った。驚くほど広い。このあたりの現場で働く人夫はみな、ここで食事をとるようだ。配膳台の前には三百人から四百人にはなりそうな長蛇の列ができていた。おかずも飯も自分でよそわせてはもらえず、決められた量が盛られた器を渡される。

盆にのせた飯とおかずを持って空いた席に向かう間、リチョルはほかの人夫たちの盆に目を走らせた。そうするまいとしても、どうしても目がそちらに向かってしまうので仕方がない。軍隊にいたときの彼のあだ名は「軍用犬」だった。愚直で粘り強い性格からついた名ではあったが、あと一つ、旺盛な食欲のためでもあった。

メニューはまず米の飯、おかずははんぺんと大根の汁物、ハムつき目玉焼き、キムチ、ニンニクの芽の和（あ）え物だった。いくつかの盆にはハムと卵が四つのっている。一方、リチョルは三つ。はんぺんが多めに入った汁をもらっている者がいる。対してリチョルの具は大根だらけだ。

「なんで人によっておかずの量が違うんだ？　同じように働いてるのに」

❖人力事務所……人材紹介所（北特有の用語ではなく、韓国でも用いられる）。

席につくやいなや、リチョルは疑問を口にした。同じテーブルについていた者たちが顔を上げる。みな戸惑いの表情だ。その問いかけが誰に対するものなのか、また意味するところが正確に何なのか、わからなかったからだ。結局、彼らはすぐに元どおり顔を伏せ、無言で食事を再開した。「何だコイツは？」という雰囲気を漂わせて。

「肉が多い奴ってのは、何か人と違うのか？　経歴かなんかが？」

不愛想な顔でリチョルはまたも言う。不平を言っているのか、単にわからないから訊いているのか、傍からは判断がつきかねる口調だ。自分の気持ちを表現すること。人の気持ちを察すること。それらは彼がすこぶる苦手とする分野だった。

「人力業者を介して働いている人の分は、もともと少ないんです。まあ、手数料ってところですかね」

リチョルの左向かいに座っていた男が静かな声で答えた。五十代の中頃から後半ぐらいか。小柄な中年の男だ。その口調や顔立ちから受ける印象では、建設現場の労働者より大学教授か何かのほうがふさわしい。埃まみれの顔で作業着を身に着けていても、どこか高尚な雰囲気を漂わせている。丁寧な男の態度にリチョルは少なからず驚いた。礼儀正しい人間に会ったのなど、それこそ何年ぶりだろうか。礼儀の模範でも見ているかのようだった。

「手数料ですって？」

リチョルが問い返した。

「人力事務所とこの食堂はね、裏でつながってるんですよ。人力事務所によると、ここの食事は十四元だということですが、事務所が食堂に実際に払っているのは一人当たりせいぜい七元ぐらいでしょう。なのに、労働者の日当からは十四元を引くわけです、食費として」

リチョルはうなずいたものの、内心はらわたの煮えくり返る思いだった。なるほど、食堂で売っている食券と自分が人力事務所から支給された食券が違う色だったのは、そういうわけか。食券入れの前で女従業員が、鉄でできた小さな鐘のようなものを鳴らしていたけれど、そのチンチンという音は、つまり……。こういうインチキをリチョルはこのうえなく嫌っていた。はなから食費は七元だと言って、その分、日当を七元下げればいい。それを、こんなペテンみたいなことを……。抗議したいのはやまやまだった。けれど、そのインチキの親玉がここにいるわけがないことに思い至ってやめ、おとなしく食事を始めた。

匙と箸を使って食器を舐めでもしたかのようにきれいに平らげたが、腹いっぱいになったとはとうてい言いがたかった。八時間も肉体労働をさせられたうえに食事ももの足りない。リチョルはもともと大食いだ。老紳士という風情を醸し出す向かいの席の男がハムと卵には手もつけずに食事を終えるのを見て、彼は感嘆を禁じ得なかった。老紳士はカバンを探っていたかと思うと半透明のプラスチックの入れ物を出し、そこへ卵を入れた。

そのときだ。リチョルの背後から怒鳴り声が響いた。

「ケチくせえことすんじゃねえよ、ジジイ！」

老紳士の顔がこわばった。そこへ狼狽と羞恥がありありと浮かび上がる。思わず目をそらしたくなる痛ましい光景だった。いったいどいつだ、怒鳴ったのは。リチョルは振り返って見た。

男が立っていた。肩幅が尋常でなく広い。そのせいで、背丈よりも横幅のほうが広く見えるくらいだ。そいつがリチョルと老紳士のいるほうへずかずかとやって来た。二人の周囲が静まり返る。ガタイはいいが、男はいびつな顔をしていた。そういう顔は、若者の中にたまに見られた。苦難の行軍の頃に栄養失調の母親から生まれ、ろくすっぽ食べ物も与えられずに育ったケースだ。とはいえ、老紳士に向かってのし歩いてくる男は、いまはもう食べるのに困っているわけではないのだろう。頑丈な体つきをしていた。

「食い物は持ち帰るな！　どんだけ言ったらわかるんだ？」

いびつな顔の男は、キンキン響く金切り声まじりの声をしていた。声帯か鼻腔あたりにも何か異常があるのだろうか。いまや老紳士は、数百もの視線を一身に浴びていた。

瞼(まぶた)を一度閉じてから静かに目を開けて、彼は器に移した卵を箸でつまんで元の場所に戻そうとした。精いっぱいの品位を込めた動作で。が、卵が元の場所に収まるのよりも、いびつな顔の男の動きのほうが早かった。男はずかずかと老紳士に歩み寄り、彼が手にしている器を手のひらではたいた。バシッ！　器は宙を飛び、卵とハムは床に落ちた。

「そうやって残飯かき集めて、市庭(いちば)で売ろうってんだろう。そんなことされたらなあ、食堂は商売あがったりなんだよ！」

いびつな顔の男の弁に、まったく無抵抗の老紳士に代わってリチョルが口ごたえした。

「食券と引き換えにもらった食い物だ。それを平らげようが持ち帰ろうが、食堂のあがりとは関係ないんじゃないのか？」

周囲が水を打ったように静まり返る。

「何だと？」

いびつな顔の男は返す言葉もなく、ぽかんとリチョルを見た。

男がリチョルに向かって足を踏み出す。人々の間にさっと緊張が走るのをリチョルは感じ取った。この男はどうも、単なる食堂の支配人ではなさそうだ。といっても、大した腕力の持ち主のようには見えない。強みといえば、ガタイがいいくらいか。こいつは正式な軍事訓練を受けたことがない。

リチョルはそれをひと目で見抜いていた。自分とやり合えば、間違いなく一分ともたなかろう。

相手の正体について、リチョルがあれこれ考えを巡らせているうちに、いびつな顔の男はテーブルの角を回り、リチョルの脇に立った。

リチョルの盆を男が軽く叩く。リチョルは反応を示さなかった。男がまたリチョルの盆に手を伸ばす。その手首をリチョルの手がガッとひっつかんだ。

もともといびつな男の顔がますます歪み、顔が赤くなっていく。つかまれた手首を振りほどこうとする。が、無駄だった。単に力の問題ではない。つかまれた角度がよくないのだ。捕らわれた手を引き抜こうと、いびつな顔の男が膝を少し曲げると、リチョルはその分、手をねじり上げ、男はへっぴり腰になった。リチョルのほうは淡々とした表情だ。いまや離れた席にいた者まで立ち上がって、リチョルと男の繰り広げるショーを見物していた。

「何しやがんだ、この野郎、この手を放さねえと……」

うろたえた男がメンツも何もかなぐり捨てて情けない声を出すや、リチョルはぱっと手を放した。いびつな顔の男は二、三歩後ずさり、手首をさする。リチョルが立ち上がる。いびつな顔の男がつかみかかってきたのは、それとほぼ同時だった。

男の動作は鈍かった。日頃、運動を怠っているのか、甲の部分と靴底に鋼板が入った重たい作業靴を履いているからなのか。それはともかく、男の体はリチョルの目には、パンチを叩き込むのにおあつらえ向きの速度で近づいてくる巨大なサンドバッグに映った。リチョルは左腕で切れのいいパンチを繰り出し、それをまともに腹にくらった若い男は、ぐうぇっというような奇声を発して前にのめった。

男が気絶しているのを確認したリチョルは、席を立つことにした。空の盆と箸とスプーンを返却口に持っていくのは、この際省略させてもらうつもりだった。

「あの……あの、お若い方、あの男が何者なのかご存じか？」

老紳士が慌てて追いかけてきた。わずかに体を震わせている。

「腕章なんかつけて粋(いき)がってる空威張り野郎でしょう。別に珍しくもありませんよ、あんな輩(やから)は」

リチョルが答えると、老紳士は言った。

「チェ・テリョン、ご存じありませんか？　この男はね、チェ・シンジュって言って、チェ・テリョンの甥なんですよ。養子でもあって……」

「チェ・テリョンもチェ・シンジュも、どちらも知りません」

「いますぐ長豊(チャンプン)郡から出られたほうがいい。助けていただいたのには感謝しているが、そちらはいま、大変な苦境に陥ったんですよ。この男、仲間を引き連れて仕返しに来るに違いない」

「そんな連中、恐れるに足らずです。来るなら相手してやるまでですよ」

老紳士はそんなリチョルにいま少しくわしく話をした。チェ・テリョンとチェ・シンジュについて。面白くもない顔で最後まで聞くと、リチョルは老紳士に頭を下げて挨拶し、食堂を出ていった。

＊

リチョルは、その日の宿を作業員食堂の近くで取った。

そこは長豊開発促進地区の外れの貧民街で、一日単位で泊まれる宿というと、高試テル*、ポルチプ〔蜂の巣の意で、小さな部屋がくっついている〕、合宿所〔多くの人が一つ屋根の下で寝泊まりする〕の三種類があった。どれも違法だ。

高試テルは南朝鮮由来のものだそうだ。信用取引が発達していない北では、部屋に入る前にその日の分の宿泊料を支払う仕組みになっている。水道料金は、シャワー室の利用時間あたりいくら、というふうに別途に支払うが、明かりをひと晩中つけっぱなしにしていても電気料金は取られない。

ポルチプは高試テルと構造は似ているがシャワー室がなく、一つの部屋を上下に分けて、それぞれの部屋に客を取るなどということもする。そんな部屋では腰を伸ばして立つこともできないし、また時として、ベニヤ板で大雑把につくられた二階が崩れ落ちたりもした。窓にはガラスがはめられておらず、分厚いビニールを代用しているため、夏はほとんど汗蒸幕（ハンジュンマク）*で、冬は冷気にさらされて過ごすことになる。

リチョルが選んだのは合宿所だった。南の人間が見たら、昔の軍隊の内務室か、地方のさびれたチムジルバン*あたりを思い浮かべそうだ。照明は適度に暗く、油紙の敷かれた板の間には、一度も洗われたことのなさそうな布団と枕が置いてある。そこで男たちがぴったりくっついて眠るのだ。靴といくらかの所持品を入れられるロッカーはあったが有料なので、金を惜しみ、カバンを抱えて眠っている者もいた。

リチョルがそこを選んだのは、金が惜しくてではなかった。チェ・シンジュが手下のチンピラどもを引き連れて襲撃してきたときのことを考えてのことだった。高試テルやポルチプは敵を迎え撃つのに適さない。

老紳士によると、チェ・シンジュの配下の小童（こわっぱ）どもは、何ということのない街のごろつきの集まりらしい。チェ・シンジュからちょっとばかりの小遣いをもらって子分になり、チェ・シンジュという名を何かの許可証のように振りかざして、はした金をカツアゲしたりしているような。聞いただけで目に見えるようだ。つるんであたりをうろつき、ゆすりたかりなんぞしている輩。武術らしきものの心得がある者などおそらくいなかろう。

リチョルが知りたいことは一つだけだった。

「そいつらは武器を使いますか？」

「折り畳みナイフや短刀なんかを持ち歩いてる連中はいますかね。銃はわからないが」

老紳士が答えた。

「私を襲うのに、何人ぐらい引き連れてきそうですか？」

リチョルが訊いた。

「さあ……四、五人？　または七、八人ぐらいになるか……」

リチョルはうなずいた。その程度なら、警戒するまでもない。何ごとにおいても軍隊式にものを考える癖が、彼にはついていた。だいたい一個分隊に匹敵するぐらいの規模にはなりそうだ。たとえ街のごろつきだとはいえ、それだけの兵力を統率するには、それなりのリーダーシップが求められる。が、リチョルの見たところ、チェ・シンジュという男はとうていそんな器ではなかった。伯父という堅固な後ろ盾があるといっても、分隊長にはほど遠い。そんな男が食堂でメンツを潰された腹いせにかき集める戦力など、チンピラのうちでもよほどバカか、カネに困っている連中に違いない。いわば烏合の衆だ。二、三人叩きのめしてやれば、あとは勝手に逃げ出すことだろう。

リチョルは、これといって備えをする気はなかった。ただ、合宿所に向かう道すがら、道端のゴミの山からカナテコを一つ拾っておいた。長さ二十センチほどのそれを、彼は袖下に隠し持った。

武器としておあつらえ向きとはとうてい言いがたい代物だった。握って振り回すには重すぎる。狙ったところでスイングをうまく止められるかどうか。けれどリチョルは別の武器を手に入れようとはせず、合宿所周辺の地形地物の把握もさほど念入りにはしなかった。

生きるのに、半ば自暴自棄になって久しい。金王朝末期以降の朝鮮民主主義人民共和国は、嵐吹きすさぶ混沌の海、といった様相だった。とても目を開けてすらいられない。そんな海の上をボロボロの筏にすがって漂流している……。そんな気分にリチョルはしばしばとらわれた。ロープを握りしめて筏を操ってみようとすることもたまにはあったけれど、なるようになれとばかりに流されるままになっているときもあった。ピンドゥに手をつけずに生きてきただけでも天晴れ。そんな日々だった。

煌々と輝く蛍光灯のもと、カナテコを脇の下に挟んで横になったリチョルは思いを巡らせた。チェ・シンジュはいつ頃、攻撃を仕掛けてくるだろうか。

チェ・シンジュが自分を見つけ出そうと思ったら、造作もないはずだ。「目元に傷があるよそ者」という情報ひとつで充分だろう。手下を三、四人走らせて、ポルチプと合宿所を探させればよい。もしもリチョルが誰かを攻撃するとしたら、真夜中から明け方だ。午前三時から四時の間。相手の居場所を突きとめておいて、近所で待ち伏せる。音を立てずに速やかに。夜襲の基本だ。

とはいえ、それは軍人の考え方であって、例えば政治家だったらまた違ってくるだろう。リチョルが想像するに、彼らの攻撃の狙いは、相手を暴力でねじ伏せたり屈服させたりすることではない。自らのプライドを守り、かつ相手に屈辱を味わわせることなのではないか。だとしたら、観客が必要不可欠となる。となると、午前零時にもならないうちに来るかもしれない。リチョルを通りへ引きずり出し、ひしめく野次馬の前でぶちのめそうと考えるだろう。

チェ・シンジュはどう動くのだろう。軍人タイプか、政治家タイプか。といっても、奴はしょせん取るに足らぬごろつき、チンピラだ。そんな輩がどう行動するのか、それは予測不可能だ。手下どもが集まったらすぐさまやって来るかもしれないし、何日か経ってから、酒でも飲んでいてふと今日のことを思い出し、襲ってくることもあり得る。そんな相手に二十四時間態勢で備えているわけにもいかないし、気楽に普段どおりの生活をしているのが賢明だ。もちろんリチョルが見くびっているだけで、チェ・シンジュという男は思いのほかできる奴かもしれない。または、戦術的に絶妙な時間帯や接近の仕方をたまたま、あくまでたまたま選ぶ可能性もなきにしもあらずだ。そんなときは……。

そんなときは、悪あがきなどせず淡々と運命を受け入れる。彼はそんなふうにあきらめることに慣れていた。

彼が生を受けたのは狂った国だ。そこで生き残るには、周りの人間という人間を常に疑い、またいつ何時（なんどき）でも裏切れるようでなければならない。そこで繰り広げられる競争や戦闘には、限界など存在しないように思えた。人は極限状態に陥ると、物事の是非を判断することを放棄する。そんな過程を経て一度荒廃してしまった心にふたたび道徳の精神が芽生えることは、まずもってない。

そんな幼いリチョルにある種の価値観を植えつけ、新たな道徳を身につけさせたのは、皮肉にも軍隊だった。たとえその価値観や道徳が、軍隊においてのみ通じる秩序や理論と渾然一体となったものだったとしても。リチョルは規則と命令に従い、服従することに安らぎを見いだした。彼は、群れに属する犬になったのだ。命じられるままに吠え立て、走り回る軍用犬。

それなのに金王朝が崩壊、それに伴って朝鮮人民軍も解散し、慣れ親しんだ秩序はまたもや崩れ去った。リチョルの精神世界はふたたびパニックに陥った。いったい何に従ったらいいのか。してはならないことは何なのか。いまの北朝鮮（プッチョソン）で羽振りのいい輩といえば、どいつもこいつもペテン師どもだ。袖の下をたっぷりつかませた者が、南の企業や公務員とつながって甘い汁を吸う。ちょっとばかり腕に覚えがある連中は暴力団員になり、力にモノをいわせて他人のものを巻き上げる……。

合宿所の入口がにわかに騒がしくなった。人々のざわめく声が聞こえてくる。どうやらチェ・シンジュ一味のご登場らしい。

リチョルはカナテコを握って立ち上がる。ところが、リチョルを訪ねてきたのはチェ・シンジュ一味ではなかった。まったく予想だにもしていなかった人物だった。

5

それは若い女だった。年齢は二十代に差しかかったぐらいか。色あせたチェックのシャツの袖を二度まくり上げて着ている。下は腿のあたりが裂けそうなジーンズ、足元は靴底が剝がれかけた運動靴だ。背丈はふつうだったが、ほっそりして手足が長いからか、実際より高めに見える。すらりと伸びた白い首を、肩下まで伸びたややウェーブがかった髪が隠していた。

彫刻を思わせる美人というには気持ち面長で、しゃくれぎみの顎が頑なな印象を与える。強く光る眼は相手を見透かすかのようで、世慣れていない若い男などは腰が引けてしまいそうだ。顔には笑みのかけらもなく、ほとんど沈痛な面持ちだ。彼女のイメージを季節に喩えたら、二月末あたりだろうか。

いうなれば、肉体労働をしているその日暮らしの男たちの下腹部を奮い立たせるよりはむしろ萎えさせる、そんな女だった。身のこなしにも、どこか品のよさが漂っている。ただ、ぽってりと赤い唇としなやかな足さばきにだけは、女らしい色気が窺えた。

美人であろうがなかろうが、ともかく若い女が合宿所にやって来ること自体が滅多にあり得ないことなので、おのずと男たちの視線が集まる。けれど女は気後れする様子もなかった。脱いだ靴を手に持って板の間に上がってくると、横になっている男たちに目を走らせる。チャン・リチョルと目が合うや、彼女はまっすぐに歩み寄ってきて尋ねた。

「今日、マンナ食堂でチェ・シンジュとやり合った方ですよね？」

「ああ、マンナ食堂っていうんですか、あそこは」

リチョルが応じた。

「ウン・ミョンファといいます。父が助けていただいたそうで」

それを聞いて、リチョルは相手の顔をまじまじと見た。なるほど、あの老紳士と似た雰囲気が見て取れる。高尚そうな佇まいも遺伝するものらしい。

女が言葉を継いだ。

「チェ・シンジュが手下を引き連れて、このあたりを捜し回ってます。それをお伝えしたくて。目のきわに傷のある男を見なかったかって、路地の入り口のほうから順々に訊きながらこちらに向かってきてます。まったく見当違いの方向を教えてやってほしいって何人かに頼んではきましたけど、見つかるのは時間の問題です。そんなのんきにしている場合じゃありませんよ。早く逃げないと」

ウン・ミョンファが言った。

「とりあえず、外に出て話しませんか。ここにはもう寝ている人もいますし」

リチョルが言い、二人は合宿所から出た。二階建ての建物の間に空き地があり、男たちが何人か、焚き火の前で酒を飲んでいた。合宿所にも入れないホームレスたちがその横で野宿をしている。

「腕っぷしが強いそうですね。でも、チェ・シンジュ一味なんですが、意外と人数が多いんです。十人ぐらいいます」

ミョンファが言った。

「それはどうも……。でも、そちらが責任を感じる必要はありませんよ。チェ・シンジュとか何とかいうそいつは、こっちが飯を食ってるそばで大声をあげていて、うるさいから殴ってやっただけです」

「必ずしも、そちらのためだけじゃないんです。チェ一家は長豊郡(チャンプン)を事実上支配してます。一方そちらは、ここと縁もゆかりもない一匹狼でしょう。うってつけなんですよ、奴らの獲物として。同じような騒ぎは何度もありました。一人とか二人でいる流れ者に難癖をつけて、叩きのめして半殺しにするんです。人々の見ている前で。脅しですよ。自分たちに抗(あらが)うとこうなるんだぞっていう。この前やられたのも体格のいい男の人でした。いまはもう歩くことも話すこともできませんが。……ともかく、チェ・シンジュ一味がそうやって騒ぎを起こせば、このあたり一帯がどうしても殺伐とする。その被害をこうむるのはここの人たちなんですよ」

ミョンファが訴えた。

「長豊郡を支配する者が、なぜ食堂で騒いだりするんです?」

リチョルの問いにミョンファはうつむく。

「実際の権力者はチェ・テリョンです。チェ・テリョンはチェ・シンジュのことをかわいがってもいないし、重要な仕事を任せたりもしません。チェ・シンジュはチェ・テリョンの威を借りて、人を恐喝したりいちゃもんつけたりしてるチンピラです。子分どもを引き連れて……。とはいえ、ともかくチェ・テリョンの甥ですから。それと……」

「それと?」

「チェ・シンジュはね、たまたまあの食堂にいたわけじゃないんです。父に難癖をつけに行ったんです。実は私、付き合ってくれって言われたことがあるんです、あいつに。もちろん断りましたけど。その仕返しです」

ミョンファは目を伏せていた。食堂で老紳士の顔に浮かんでいたのとちょうど同じ羞恥の表情が、彼女の顔にも浮かんでいた。

「つまり、チェ・シンジュ一味はただの街のごろつきってことですね。チェ・テリョンの直属の部下じゃなくて。そいつらは武器を持ってますか？」

リチョルが尋ねた。

「棍棒みたいなものを持ってる奴が二人ぐらいいたかと……」

「銃を持ってる者は？」

「銃はないと思います。いくらチェ・シンジュでも、銃を持ってるところを人民保安部に見られたら、事でしょうから」

「なら、私は逃げません。ここで待ちます」

リチョルの言葉にミョンファはしばし言葉を失った。

「どうするっていうんです？　十人を相手にするっていうんですか？　銃でも持ってるんですか？」

リチョルが答えようとしたとき、路地の向こうで人波が左右に割れていくのが見えた。

「隠れてください。奴らに見つからないに越したことないですから」

リチョルに促され、ミョンファは素早い身のこなしで建物の裏手に逃げた。

＊

チェ・シンジュ一味は総勢十一人だった。ろくな訓練も受けたことのないごろつきどもが、懸命に強面を装おうとしているのを見て、チャン・リチョルは思わず吹き出しそうになった。

空き地で対峙した男たちのうち、泰然としているのはリチョルとチェ・シンジュの二人だけだった。相も変わらずいびつなチェ・シンジュのご面相は、締まりなく弛んでいた。ピンドゥをやっているようだ。正体を失くすほどではないにしても、明らかに酔っている。リチョルは袖口からカナテコを抜き出し、地面に置いた。

チェ・シンジュが、隣に立っていた筋肉質の男に顎で合図する。部下たちをいっぺんに飛びかからせず、一人を選んで一対一で対決させようというわけだ。そういう形を取ったところは、リチョルも気に入った。それから演説を一席ぶったり無駄に凄んだりせず、ただちに本題に入ったところも。

筋肉質の男は、拳法もどきを駆使した。多分、映画か何かで見たのを真似しているのだろう。そいつはリチョルの前で、ブルース・リーの出来損ないみたいな動きをしてみせた。まず足蹴りを飛ばしてくる。リチョルは首をすっと後ろにそらしていともあっさりと避け、空を切った男の足首をつかんだ。相手に驚く間も与えず、そのまま一歩後ずさる。ブルース・リーもどきは、いつの間にか股裂き状態になっていた。リチョルがさらに一歩、後ずさる。男の顔色が変わった。完全にバランスを崩し、ずるずるとリチョルのほうへ引き寄せられてくる。

リチョルは片手でごろつきの足首をつかんだまま、もう一方の手でそいつの膝をつかんでぐううっと押し上げる。相手の内腿の筋肉が伸びてゆき、しまいに裂けてしまうまで、力を緩める気はない。

「あっ！　わあっ！　ぎゃああっ！」

ごろつきは狂ったようにわめいた。リチョルがさらに力を込める。ついにごろつきの股関節は外れた。リチョルが男の足を放り出す。ごろつきは地べたに這いつくばり、獣のようなうなり声をあげた。

うろたえるチェ・シンジュと倒れた男をわっと取り巻く一味の様子から、予想していた以上にそいつらがちゃちな寄せ集めなのをリチョルは見抜いた。股を裂かれたごろつきは、両脇を抱えられて立ち上がらされると、痛みのあまりすすり泣いた。負傷者と両脇を抱えたチンピラ、それから先頭に立って見物人に道をあけさせる係まで、総勢四人が背中を向けた。

「おい、貴様ら！　怪我したのは一人だろうが！　そんなに付き添いはいらねえだろ！　やい、てめえら、戻ってこい！　聞こえねえのか！」

チェ・シンジュが怒鳴ったが、負傷した男と付き添い三人は聞く耳持たず、建物の間に消えていった。チェ・シンジュ一味は七人になった。

今度は一番ガタイのいい男が出てきた。リチョルより頭ひとつ分は背丈がある。ステロイド剤でも服用しているのか、腕には力こぶが盛り上がり、胸板も分厚い。が、そんな見た目はリチョルにとってまったく脅威にならなかった。どこもかしこもデカくて分厚すぎる。その分、動きは鈍そうだ。リチョルが注意深く体の位置を変えているにもかかわらず、何ら反応しないことからも、素手での格闘に熟練していないのがわかる。見た目で相手を威嚇し、とにかく筋肉で押さえ込む単純なスタイルなのだろう。

巨漢が拳を振るうたび、リチョルはわずかな動作で難なく避け続けた。男は頭に血をのぼらせ、リチョルに向かってダッシュしてきた。抱え込んで手足の動きを封じ、腕力で決着をつけようというのだろう。迫ってくる巨漢をリチョルは腰を落として待ち受け、左に身をかわした。同時に肘で男の背を突き、膝の裏側を蹴る。男は崩れるように前のめりに倒れた。そのときリチョルはほとんど反射的に、男の頭頂部にチョップを食らわせるところだった。そんなことをしたら、死なせてしまう。危ないところで手を止めたリチョルは、代わりにうなじを手のひらで叩き、より有利な体勢に持ち込む。そして男の腕をがっちりとつかみ、背後にねじ上げた。

巨漢はこれまで、ケンカとは腕力でするものと思っていたのだろう。それで筋肉をつけるのに専念した。だが、ケンカにはほかに重要な要素がある。骨と関節だ。人の関節は思いのほか脆く、骨は動かせる方向が決まっている。とんでもない方向に引っ張られたら、拷問されているのも同じだ。その体勢を覆すすべを知らなければ、隆々とした筋肉など無用の長物だ。

背後にねじ上げた巨漢の右腕を、リチョルはさらにぐぐっと引き上げた。男が体を自分のほうへ向けられないよう、膝でしっかりと押さえ込む。歯を食いしばってこらえていた巨漢だったが、ほどなく悲鳴をほとばしらせた。リチョルは力を加減して、しばらくその状態を保った。その声をほかのチンピラどもに嫌というほど聞かせてやるためだ。そしてもう充分かと思われたとき、そのまま腕をへし折った。

いまやチェ・シンジュ一味には、地べたに這いつくばっている仲間を助け起こそうとする者すらいなかった。リチョルはずかずかとチェ・シンジュに歩み寄り、向かい合って立った。チェ・シンジュははっと我に返り、身をひるがえして逃げようとしたが、リチョルの手のほうが早かった。首根っこをつかんで押さえつけ、ひざまずかせる。リチョルは片手で相手の首をつかんだまま、もう一方の手のひらで鼻に平手打ちを食らわせた。たった一発。長豊郡の実力者を伯父に持つ、無作法で不細工なお坊ちゃまの両の鼻の穴から鼻血が噴き出した。

「放しやがれ!」

「おとなしくしろ。首を折られたいか?」

暴れていたチェ・シンジュは、そのひと言でおとなしくなり、ひざまずかされたままぐずぐずと泣きだした。リチョルはチェ・シンジュの顔をもう三、四発殴った。チェ・シンジュの顔は腫れ上がり、もともと歪んでいたのがどちら側なのかもわからなくなっていた。

チェ・シンジュが気を失うと、リチョルは首根っこをつかんでいた手を放した。チェ・シンジュとしては本日二度目の失神だ。手下が二人、少し離れたところから様子を見ていた。何かあったらすぐにでも逃げ出そうという態勢だ。リチョルが両手を広げて攻撃する気がないことを示すと、彼らはやおら地べたに倒れているチェ・シンジュのもとへやって来た。一人がチェ・シンジュを背負う。バカバカしいほどあっけない幕切れだった。カナテコなど出番もなかった。

*

手下どもがチェ・シンジュを担いで去っていくや、ウン・ミョンファが後ろからゆっくり歩み寄ってきた。

「連中は少なくとも今夜はもう来られないでしょう。あらかじめ情報をいただいたおかげでうまく対処できました」

チャン・リチョルはそう言ったが、ミョンファは複雑な表情だった。

「私にしろそちらにしろ、のんきにしていられる状況じゃなさそうですけどね」

「あんなチンピラ風情(ふぜい)がわがもの顔に振る舞っていても、チェ・テリョンの甥ってだけで誰も手が出せないんですか？　チェ・テリョンっていうのはいったい何者なんです？」

　リチョルが尋ねると、ミョンファが説明した。

「チェ・テリョンは、金王朝が崩壊する前から開城(ケソン)の外れのほうで事業をしてました。タイの企業と手を組んで、テレビだとか持ち歩き電話なんかを売ってましたね。それが、統一過渡政府が発足するやいなや、取引先を南の会社に変えて、超高速インターネットやＷｉ－Ｆｉ接続事業を始めたんです。それが大成功して。いまは、表向きはテリム建設とテリム物産っていう会社の代表です。長豊(チャンプン)協力公団に人力(じんりょく)事務所も二か所持っていて、軍部隊絡みの公共工事も請け負ってます。平和維持軍の工事には、北朝鮮(プッチョソン)の業者を必ず参加させるって決まりがあるんです。そういう工事のうち、おいしいところは全部チェ・テリョンが持っていきます。韓国軍の将校たちとも付き合いがあるし、軍務員との間にもしっかりしたパイプがありますからね。ということは韓国軍のほうも、このあたりの治安を守りたければチェ・テリョンとうまくやってかなきゃいけないってわけです」

「迫りくる統一の時代を見据えて成長する共和国(コンファグク)の新興実業家ってわけですか。それで、その正体は？」

「暴力団のボスですよ。このあたりの違法のポルチプ〔簡易宿所〕をいくつも、それから両替商、あと大きな酒場も一つ持ってます。とはいえ、表と裏の姿がきっちり分かれているわけじゃありません。例えば、このあたりの人たちにとって最大の懸案は働き口ですが、そのほとんどは長豊協力公団から提供されます。そのルートをチェ・テリョンが握ってるんです」

「働き口のルートですって？」

「ここの人たちの一番の望みはね、公団に所属してる企業と正式な雇用契約を結んで雇われることなんです。半月とかひと月、三か月なんかの短期契約の募集はよく出ますが、長期契約の正式採用となると、競争率は何百倍にもなります。でもね、ほんとはみんなやらせなんですよ。コネと裏金がないとダメ。でも、裏金を渡したくてもコネがないってこと、ありますよね。そんなときにテリム物産が暗躍するんですよ。チェ・テリョンの人力事務所を通じて仕事をもらう人も多いですね。仲介業者を介して職を得ようと思っても、協力公団内で働きたければ住民登録がいるんです。それが法。でもね、住民登録って、したがらない人が多いでしょ。革命階級出身だとか、収容所に入ってたとか、軍隊から脱走して手配中だとか。そんな人たちは、チェ・テリョンの人力事務所を利用するしかないんです。そこなら、偽造書類をつくって公団内で働けるようにしてくれるから。偽の身分証明書の作成は、よその人力事務所も何度か試みてます。でも、みんな取り締まりに引っかかって廃業に追い込まれてる。でも、テリム建設の仲介業者は大丈夫なんです。公団職員や平和維持軍の軍務員に、とてつもない額の賄賂を渡してるんでしょうね、きっと」

リチョルがうなずいた。ミョンファは話を続ける。

「明らかに法に触れるケースもありますよ。雇用契約書を交わさず、こっそり公団に入り込んで、中の企業でアルバイトをするやり方。企業側もそんな形での採用を好みます。最低賃金より安く雇えるし、労災保険だの安全教育だのといった厄介事が減りますから。長豊協力公団で働いてる北の人間のうち、三人に一人はそういうアルバイトですね、おそらく。でも、そんなアルバイトでも、するためにはまず公団の中に入らなきゃならないでしょ、何とかして。それもテリム建設が解決してくれるんですよ。自分のところのバスの荷物室に乗せて送り込む方法が一番多いかしら。そのたびにお金を取られるから、アルバイトの人たちは、一度公団に入ったら、倉庫みたいなところに寝泊まりしながら何とかして公団内に留まろうとしますね、ふつう。あと、公団の周りで物乞いをしたり、露店をやって生活している人もたくさんいるんですが、そういう人たちからは、チェ・テリョン組織の一番下っ端の連中がショバ代を取っていきます」

「もしかしてクスリも売ってますか、チェ・テリョンは？」

　リチョルが尋ねた。

「クスリ？」

「南北協力公団のつくられた地域には、新興の麻薬組織がたくさんできると聞いたんですが。そういうところが特殊作戦部隊出身の者を雇用していると」

「お金にさえなれば、何を売ろうが構わないってことですか？　ほかの人たちとは少し違うのかなって思ってたのに……」

　ミョンファの顔に嫌悪と蔑(さげす)みが浮かんだ。あっ、そうか……。彼女に誤解をさせてしまったことにリチョルは遅まきながら気づいた。

「私が売りたいわけじゃありません。そんな組織に雇われたいと思ってもいません。私は人を捜しているんです。特殊作戦部隊の出身者を」

　リチョルは説明した。それを聞いたミョンファの表情が和らぐ。

「チェ・テリョンはピンドゥを売ってます。このあたりでそれを知らない人はいません。でもね、そんなことを口に出す人もいない。平和維持軍は、北朝鮮で起こることにできるだけ関与するまいとしています。ここの人たちの間で起こることなら、どんな悪質なことでも気にも留めません。自分たちの仕事が増えるのが嫌なんですよ。証拠がない情報が入った場合は、それでも確認してくれるよう人民保安部に依頼はします。ほとんどはそのあたりでうやむやになりますけどね。でもね、そんな平和維持軍でも、絶対に見て見ぬふりをしない案件が三つあるんです。一つは自分たちの部隊員が死んだり負傷したりした場合、二つ目は銃器問題、最後がクスリです。この地域でピンドゥを売る組織は、ついこの間まで二つありました。一つはペク・サングって男が率いる組織、もう一つがチェ・テリョンの組織」

「組織が二つあった、と？　いまはそうじゃないってことですか？」

「あの、実を言うと、そのあたりのことは私もよくわからないんですよね。長豊郡に来てからいくらも経ってなくて。もともとよそで暮らしてたんです。それに、特殊部隊出身かどうかだって、そう書いた紙を額に貼りつけてるわけでもあるまいし、わかりませんよ。せいぜい何か怖そうな人だな、って感じるくらいじゃないでしょうか。ペク・サング組織はね、南朝鮮(ナムチョソン)にピンドゥを売ってたんですが、この間、そのルートが見つかったんです。平和維持軍が関係者を追っていますが、ペク・サングは行方をくらましたままです。部下たちも逃走したし、特殊部隊員がいたとしても、いまは見つけ出せるかどうか……。チェ・テリョン組織は……」

　ミョンファはそこで言葉を切り、また話しだした。何か意を決したような瞳をしていた。

「チェ・テリョン組織については、私よりずっとくわしい人をご紹介できます。ただ、その情報と引き換えに、その人たちも何か要求してくるかもしれません。どうしますか？」

「あと、私も訊きたいことがあるんですが」

「私は構いません」リチョルが答えた。

「何です？」

「父はマンナ食堂で何をしてたんですか？　ですから、その……チェ・シンジュにどんな言いがかりのタネを……？」

「ご自分のおかずを召し上がらずに、別の器に移してらしたんです。それを見たチェ・シンジュが、おかずを食堂から持ち出してはダメだと言って……」

ミョンファはうつむき、目元をさっと拭（ぬぐ）った。

「うちで二人で食べてたおかず……、どこから持ってくるんだろうって、気にはなってたんですけど」

リチョルは黙っていた。少しして、ミョンファが顔を上げた。

「もしかして、持ち歩き電話、ありますか?」

「ありません」

「今夜はどこに泊まられます?」

「合宿所に。一泊分の料金を払ってあるので」

「明日の朝八時、この場所で待ち合わせるのはいかがですか。時計は持ってます?」

「合宿所の壁に掛かってます」リチョルが言った。

「万一、何かあって行けなくなったら、ここに連絡をください」

肩に掛けていたバッグから手帳を取り出してページを一枚破ると、彼女はそこに携帯電話の番号を書きつけた。リチョルが頭を下げ、そのメモを受け取った。

ミョンファは身をひるがえし、合宿所とは反対の方向へ歩み去った。その後ろ姿を見送りながら、ミョンファが身に着けている服やカバン、靴などをリチョルは改めてじっくり観察した。運動靴はかなり長く履いているらしく、踵（かかと）の部分がひどくすり減っている。彼女が身に着けているもののうち、高級品は一つもなさそうだ。少し意外だった。かなりの上流階級ではないかという印象を受けていたからだ。

6

教育場〔軍事教育や訓練のための施設を備えた場所〕で終日ぼんやりと座っていたカン・ミンジュンは、勤務時間が終わる頃になって「憲兵隊で通訳将校がいるそうなので、行って仕事を手伝うように」と言われた。憲兵隊に配属されたのか、それとも派遣の形で一定期間送り込まれるだけなのかもわからずにとりあえず憲兵隊に出向いたところ、憲兵隊長は彼を正式に赴任した者として扱った。

ミンジュンが行政係に赴いて派遣申告をしていると、平和維持軍希望部隊の憲兵隊長はイラついたようだった。

「連中がいまここで何をしてるのか見えないのか……？　何をのんきに申告なんぞ……」

「は……はい！　大尉のカン・ミンジュンであります。申し訳ありません！」

驚いたミンジュンが気をつけの姿勢になって答えた。コンピューターのキーボードを叩いていた行政兵の一人がちらりと彼を見た。その兵長*が腹の中で考えていることが目に見えるようだった。わけがわかってねえ奴がまた一人来やがったな……。ミンジュンの目には、憲兵隊長にしろ自分を見つめる兵長にしろ、みなストレスが溜まりにたまって暴発する一歩手前のように映った。

「申告はいい。外では何をしていた?」

憲兵隊長が訊いた。

「はい! ゲームプランナーの仕事をしておりました!」

ミンジュンが答えた。

「ゲーム? ゲーム会社に勤めてたのか?」

「はい、そうであります!」

憲兵隊長は顔をしかめた。

「おお、何てこった。ゲームオタクだと? そんな野郎にここの仕事が務まるってのか? ああもう、こっちは目が回りそうだってのに、畜生……」

ミンジュンこそ言ってやりたかった。苦虫を嚙み潰したような憲兵隊長の顔に向かって、来たくて来たんじゃねえや、と。もちろんぐっと抑え込んだが。

「カン大尉、いま死ぬほど忙しいから、要点だけ話すぞ。よく聞け、いいな?」

「はい、わかりました!」

「いちいち返事なぞせんでもいい。黙って聞いてろ。説明する時間も惜しいんだ。下っ端の兵卒でもあるまいし、バカみたいに声を張り上げることはない。ふつうに話せ。肩っ苦しい軍隊式のしゃべり方なんぞ、ここじゃいらん。とにかくここはな、死ぬっほど忙しいんだ。死ぬっほど忙しくて厄介な人間が多くて……、とにかく人付き合いだ、何をおいても。北の奴らや他国の平和維持軍の連中や。関係がおっそろしく重要……。ああっクソ、そんなのはいい。お前は師団本部から通訳将校として派遣されたんだな?」

「ええ、そうですが……」

「英語はうまいのか？」

「いえ、その……、まあ少しは……」ミンジュンの声が小さくなる。

「何？　まさかできないなんてことはないだろうな？　英語が一番うまい奴を寄越すよう手を回したってのに」

「いえ、その、まあ簡単な会話ぐらいは……」

「通訳は？」

「同時通訳じゃなく逐次通訳ならどうにか……」ミンジュンの声がますますか細くなる。

憲兵隊長はドラマチックに空を仰ぎ、はああ、と大きなため息をついた。並んで立っているミンジュンとて、ため息をつきたい気持ちは同じだ。

「カン大尉、これから話すことはみな極秘事項だ。絶対に外に漏れたらいかん。わかるな？」

そういうことに限って大した話じゃなかったりするんだけどな……、などと思いながらも、ミンジュンはうなずいた。

「よし。絶対に秘密だぞ。それからな、自画自賛することになるからどうにも面映ゆいが……、どのみち聞くことになる話だし、とにかく俺が全部まとめてブリーフィングしてやる。北で製造されてるクスリのせいで、韓国がいまとんでもないことになってるのは知っとるな？」

「はい、知ってます」

そのとおりだった。南北が中途半端な国家連合状態になって以来、北で製造された薬物がどっとばかりに南に流れ込んでいた。いまや薬物は、留学だの労働研修などの名目で南に入って姿をくらます不法滞在者と同レベルの深刻な問題になっていた。より大きな懸案といったら、北への財政援助絡みのものぐらいしかないのではないか。不法滞在者と薬物の〝流通量〟は、どんなに厳しく取り締まっても、増加する一方だった。

　その大量の人と薬物がどこからどのようにして入ってくるのかは謎だった。南北分界ラインの監視は前よりも厳しくなっている。かつて南の当局は、休戦ラインと海岸線を越えてくる軍人やスパイをシャットアウトしていれば済んだ。北から南に入ってくる物資はなかったのだ。ところが、いまや南はほとんどヒステリックになって北から来るすべてのものを統制しようとしていた。ありとあらゆるものが流れ込んできているから。偽造紙幣だの、冷蔵された人間の臓器だの、かつての朝鮮人民軍の銃器といったものまで。

　北の人々は「金王朝時代よりかえって南に行きにくい」と嘆く。筏（いかだ）に乗って入るとか、第三国を経由するルートなどは、いまでは使えない。そんなふうにして入れたとしても、どうせただちに朝鮮民主主義人民共和国へと送り返される。金王朝が健在だった頃に比べ、海岸警備にかける南の予算は減るどころかむしろ五倍近くに跳ね上がっているというニュースをミンジュンは見たことがあった。

「両江道（リャンガンド）の工場で覚醒剤をつくる。それが点組織*を通じて南下してくる。カネはというと、それと逆方向に流れる。南から北へとな。統一過渡政府が発足して何年も経たないうちに、全国的な流通網が形成された。腐った水が、水たまりの中をあちらへ流れ、こちらへ流れとしていたのがかつての状況だとしたら、いまは巨大な川になって流れてると思えばいい。クスリを仕入れて流すいわば中間ボスどもが都市ごとにいて、その下は徹底して点組織でのみ構成されてる。長豊（チャンプン）は、な、途方もないカネの流れができてる地域の一つだ。分界ラインを越えて南に入る主要ルートだからな、数多（あまた）のカネの流れがここで合流するってわけだ」

　憲兵隊長が説明した。

「あぁ……」

「そのクスリを取り締まるのがここの平和維持軍の仕事なんだが、ここには二つの部隊が駐留している。一つは我々希望部隊で、もう一つはマレーシア部隊だ。だがな、我々と彼奴ら（きゃつら）とは、少しばかり意見が違う」

「え、どんなふうにですか？」

相手の性格がだんだん把握できてきたミンジュンは、合いの手を入れた。高慢な人間は自己陶酔に陥りやすく、自己陶酔に陥った人間というのは無意味な合いの手を好むものだ。

「マレーシアの連中は、出入国管理所や検問所にいる南の人間が買収されてると考えとる。いくら監督が徹底しているとはいえ、毎日南北を行き来する工事絡みの人や車がとにかく多いから、そこに穴があると見とるのだ。実際、事例がまったくないわけじゃない。南の建設会社の社員を名乗る奴らが現場監督をするって名目で開城（ケソン）や長豊に来る。そいつらが南に戻るときに運び屋になるんだ。コンドームに覚醒剤を詰めて呑み込んだり、肛門に入れたりしてな。途中でコンドームが破れてクスリの過剰摂取で死ぬ奴は引きも切らん。あと、車を改造して、トランクの下に秘密の引き出しをつくったりもする。とうてい肉眼じゃわからんようなやつを」

「ほほう……なるほど」

ミンジュンはまたも無意味な合いの手で相手を悦に入らせる。

「我々は何といっても韓国軍だから、彼奴ら（きゃつら）とは少し見方が違う。何か別のルートがある、そう考えてるわけだ。それで俺は、ここの闇の部分にちょいとくわしい奴を一人確保して、徹頭徹尾一人で捜査することにした。心血注いださ、長いこと。ポケットマネーで飯も食わし、酒も奢（おご）ってやって。そしたらな、一年ぐらい経って打ち明けやがった。覚醒剤入りのカバンを何度も南に運んだことがあるとな。南の人間を買収したり、わざわざ海辺まで足を運んで船に乗ったりしないで、非武装地帯を歩いて行くんだと。鉄条網を乗り越えて、地雷畑を歩いて。正直、はじめは信じられなかったさ。自分の目で確認するまでは報告するわけにもいかんと思った。そうだろう？　こういう捜査はセキュリティが命だから。ん？」

「おっしゃるとおりです」

ミンジュンがうなずいた。

「俺はそいつに言った。お前の言ってることは信じられんと。本当なら、俺に証拠を見せてみろってな。そのことじゃ、さんざん押し問答した。脅しもし、なだめすかしたりもしたさ。で、そいつがとうとう言ったのさ。ヤクの仕事から足を洗うと。薬物倉庫兼越境前哨基地も見せてくれると。それで二人で行った。北の奴らはとにかく嘘がうまいから、上に報告する前にまずは自分の目で確かめないと、と思ったからさ」

「で、どうなったんです？」

「そいつはな、何か勘違いをしてたんだ。俺の意図も誤解してたし、状況把握もまともにできてなかった。俺は単にその基地を遠くから見て、証拠になるようなものを見つけたかったんであって、中に踏み込む気まではなかった。なのに、入ることになったんだ。奴の信頼のおける同僚だってことでな。参ったよ、まったく。基地にある程度まで近づいて観察して、さあ戻ろうと言ったら、目を丸くするじゃないか、奴が。戻るですって？　とんでもない。基地の連中は、双眼鏡ですでに俺たちを見てるって。それで入ったのさ。仕方ないだろう？　四人いたな。初めは穏やかな雰囲気だったのに、そのうち奴とその四人の間で何やら諍い(いさか)が始まった……と思ったら、奴がいきなり銃を出して一人を撃っちまった。そこから先は、よく思い出せん。俺はそこのテーブルの上にあった銃で別の奴を撃ち、あいつは奴らに撃たれて死んじまった」

「四対二で銃撃戦が繰り広げられたのに、傷ひとつ負われなかったんですか？」

ミンジュンはたまげた。

「ああ。まさに奇跡だった。お前だってわかるだろう？　銃を撃ったことがあるだろうから。動いてる的を撃ち抜くのなんざ、はっきり言って無理だ。ただでさえそうなのに、六人が、ただただ闇雲に撃ちまくってるんだぞ。そしたら三人の撃った弾はその日に限って当たらず、二人は自分が撃った弾はうまいこと当たったが、自分に向かってほかの奴が撃った弾もよく当たっちまった。俺はというと、自分が撃った弾は運よく命中し、ほかの奴が撃った弾には当たらなかったってわけさ」

「わあ、すごいですね、それは。本当に」

ミンジュンはすかさず合いの手を入れた。

「別にすごくもないさ。運がよかっただけだ。だがな、部隊に戻ってからＰＴＳＤだの何だのと弱音を吐いたりせず、通常どおりに任務にあたってきたのは誇れることだと思っとる。俺が特進をして勲章をもらったとしても、あの日の銃撃戦じゃなくて、その後の俺の振る舞いが評価されてのことだ。俺はそう思っとる」

「おっしゃるとおりです。まさかそんな凄まじい経験をされていたなんて。私には想像もつきません」

ミンジュンが持ち上げる。

「まだ外部には発表されてないからな。ともかく、五人も死んどるし、覚醒剤も半トン近く見つかったんだから、公式調査が必要だというのが上部の方針なんだ。それも希望部隊じゃなく、マレーシア部隊が調査をせにゃならん、なんぞと言っておる。愚か者どもめが」

カン・ミンジュンは休む間もなく相槌を打ち、巧妙に合いの手を入れながら希望部隊憲兵隊長の話を聞いた。

希望部隊は、捜査を非公開で行った。それだけ重大かつセンシティブな事案とみなしたわけだ。そんなことからして、憲兵隊長としては憤懣やるかたない話だった。憲兵隊長は、公的な調書とほとんど変わるところのない公式事件報告書を作成して師団本部に提出した。希望部隊師団本部は憲兵隊長を英雄扱いし、その報告書を英語に翻訳して国連平和維持軍司令部へ送った。

ところが、平和維持軍司令部の反応はそれとは温度差があった。司令部が見るに、まずその報告書からして非の打ちどころがないとはとうてい言いがたいものだった。希望部隊が独自に行った追加調査の内容のほうも、やはり納得のいくようなものではなかった。それで結局、長豊郡に駐留しているマレーシア部隊の憲兵将校が希望部隊に赴き、憲兵隊長に対し「さらなる聞き取り調査」を行うことになったというわけだ。

＊

マレーシア部隊には、金日成(キムイルソン)総合大学で英語を学んだ北出身の軍務員がいることはいた。ところがその軍務員は業務量過多で、聞き取り調査に同行するどころではない。マレーシア軍は、「調査の担当者は英語と中国語に堪能なので、その二か国語のうちどちらかがよくできる通訳者を同席させてほしい」と韓国側に言ってきた。希望部隊はその要求に対し、師団本部に任官したての新任大尉がいるが、まだ担当する職務が決まっていない。彼は幼い頃、グアムに住んでいて、英語に長(た)けていると回答した。それがミンジュンのことで、以上が彼の憲兵隊配属に至る経緯だ。

そこまで話すと憲兵隊長は、話していたらまた胸くそ悪くなってきたのでちょっと頭を冷やしてくる、と言って外へ出ていった。とりあえず事件報告書の韓国語版と英語版を読んでおくようにと言い置いて。

時間は午後九時。憲兵隊の行政係事務室には、ミンジュンのほかに三人の坊主頭の兵士がいた。兵長、上等兵、一等兵だ。兵士たちはコンピューターの前に座り、何やら文書を作成しているところだった。彼らのコンピューターの画面をちらちらと盗み見ていたミンジュンがしまいに尋ねた。

「何の作業をしてるんだい？」

兵士たちは互いに顔を見合わせた。兵長が口を開いた。

「翻訳を……隊長に命じられまして」

「ひょっとして明日、捜査官に訊かれそうな質問とその答えとか？　それを前もって全部英語に訳してるのか？」

「はい、そうであります」兵長が答えた。

「水を差そうってわけじゃないけど、捜査官がそう尋ねるって保証はないだろう？」

「はい。ですので、状況ごとにさまざまなシナリオをつくっているのであります」

兵士たちも、どうにも気乗りがしない様子だ。

「あれ？　でも、これみんな秘密だってことじゃなかったか？　非公開捜査中だって……、さっき隊長が。絶対に外に漏れてはならないって……」

「私たちも、そう念を押されました」兵長が答える。

「これ、別にやらなくてもいいんじゃないかな？　俺が明日、通訳さえちゃんとすれば」

「はい、そのとおりであります」

上等兵はそう答えながら、片方の口の端をかすかに上げた。

「飯は食ったのか?」

ミンジュンの問いに、兵長が「はい、いちおうは……」と答えた瞬間、一等兵の腹からぐうっという音がした。まるでコメディ映画のワンシーンだ。しばし沈黙が流れた後、誰からともなく笑いだし、しまいにはみんなで腹を抱えて笑った。

「おい、何だよ、お前」

上等兵が笑いながら一等兵の肩を突いた。

「いえその、ですが、私は食事をしておりません。先ほど監視の任についておりましたとき、急きょ隊長に呼ばれまして……。それと、私は成均館(ソンギュングァン)＊大の学生ではありますが国文科でして、英語はまったくできないのであります」

一等兵がきまり悪そうに言い訳した。

「なら、受験のときはどうしたんだ?」

「あの頃勉強したことなど、まったく覚えておりません」

兵士たちがようやく緊張を解いて雑談する様子をミンジュンはむなしい気持ちで眺めていた。この隊長というのがどんな人物なのか、察しがついた。そんな人間の下で働くのか。嫌だな……。心からの思いだった。

「じゃあ、まず何か食わないか? 俺もちゃんと食べてなくてさ、腹が減ってるんだ。ここって食堂とか売店なんかあるのかな? この時間にも開いてるかい?」

「あのう、大尉、それよりもですね……」

兵長がもじもじと言い出した。

「ん？　何だ？」

「部隊の外にハンバーガーの店があります。北スタイルのハンバーガーで、ここでは肉重ねパンと言っておりますが、電話で注文すれば、出来立てのを届けてもらえます。店の女主人がスクーターに乗って持ってきてくれるのですが、おばさんには衛兵所〔警備詰所〕で待っていてもらって、運転兵に頼んで取りに行ってもらいます。哨兵と運転兵に一つずつ分けてやって」

「それ、うまいのか？」

「それが、けっこういけます。マグロバーガーとかヒラメバーガー、召し上がったことないでしょう？」

「うーん、じゃあマグロバーガー一つ、あとはビーフみたいなふつうのも一つ頼むか。お前らも、何なら二つ頼んでいいぞ。一ついくらだ？　その店、ドリンクもあるのか？」

　兵士たちの顔がぱっと明るくなった。一等兵がハンバーガーの店と衛兵所、そして運転兵がいる内務室にいそいそと電話をかける。

　若い兵士たちがリラックスした様子で雑談を交わしながらハンバーガーを待っている間、ミンジュンは事件報告書を読み、兵士たちが翻訳していた資料に目を通した。事件報告書はよく理解できなかったが、とにかく明日は、捜査官と憲兵隊長による問答の内容を忠実に通訳しようと心に決める。仮想の質疑応答はさほど役に立ちそうにない。翻訳の質の問題ではなく、捜査官がそんな質問をするとはどうにも思えなかったからだ。

　軍用車が建物の前に止まると、一等兵と上等兵が外に出て、ハンバーガーとドリンクを受け取ってきた。ハンバーガーは何ともユニークでうまかった。本物のハンバーガーというものを食べたことのない人だけがつくれる、ハンバーガーと見た目がよく似た独創的な食べ物だった。ケチャップがふんだんにかかった刻みキャベツがたっぷり、そこへ砂糖のかかった目玉焼きまで挟まっている。ミンジュンは大満足だった。マグロバーガーも悪くなかった。

「隊長はいつ戻ってこられるのかな?」

パンにかぶりつきながらミンジュンが訊く。

「我々にもわかりません」

兵士たちが首を振った。

「昨日は夜中の一時に戻られました」

上等兵によると、彼は昨日もその時間まで同じ作業をしていたそうだ。兵長と一等兵は、ミンジュンが憲兵隊に来る何時間か前に作業を命じられたという。

「どこかで休まれてるのかな?」

ミンジュンが尋ねた。

「部隊の外にもよく出られます。巡察もされ、情報収集もされ……」

「一人で?」

「はい」

どこか、奥歯にものが挟まったような物言いだ。

「ここの隊長、かるーくイッちまってるだろ」

グッと答えに詰まった兵士たちは、言葉に迷っているふうだった。三十秒ぐらい経って、兵長が口を開いた。

「救いようのない変人であります」

「ここに来ると、みんなああなるのか?」

「それは、よくわかりません。北で任務に就くよりは、指を一、二本切り落として南の刑務所に入るほうがマシだと私たちの仲間内ではよく言い合っておりますが」

「これ、この事件だけどさ、みんなほんとにあったことなのか？　ジェイソン・ボーン*でもあるまいし、情報屋を確保して麻薬組織に潜入、一人で三人を射殺だって……？」

ミンジュンがそれとなく水を向ける。

「隊長が、北のほうに顔が利くのは確かであります。やはり民間人との接触が多いですから。ここの会食のときなど、どこかの建設業者だということでしたが、生きた豚を連れてきて、その場で潰してバーベキューをしてくれたりします。みな隊長の人脈であります」

兵長が答えた。

「民間人と会うことが多い？　憲兵隊がか？」

「ここでの私たちの任務は、警察と似たようなものですから。人民保安員❖は巡査、私たちは警察幹部というところでしょうか」

ははあ……、ミンジュンはうなずく。そのとき突然バンとドアが開き、憲兵隊長が入ってきたので、ミンジュンと兵士たちはぎょっとした。

「何を食ってるんだ、みんなして」

憲兵隊長が棘（とげ）のある口調で言った。

「あ、隊長。あんまり腹が減っていたもので、こいつらに食い物を買ってこさせたんです、私が。隊長の分もいちおう買っておきましたが、お召し上がりになりますか？」


❖人民保安員……警察官。

しれっとした顔でミンジュンが応じる。

「ふん、貧相な北の奴らが道端で売ってる食い物だろう。何が入ってるかわからんのに気持ち悪くないのか、お前らは。俺はいい。報告書は読んだのか？」

憲兵隊長が言った。

「はい、報告書を読み終わりまして、こいつらが仮想の質疑応答の英訳をするのを監督しておりました。ですが、これではちょっと……。とくに翻訳がまったくダメですね」

「何だと？」

憲兵隊長の目がきらりとミンジュンを見た。彼は無神経を装って続けた。

「例えば……」

ミンジュンは、英作文のミスを指摘した。あらかじめ準備していたかのように、前のほうから順序立てて。ミンジュンが理路整然と話すのを聞いているうちに、憲兵隊長の態度が変わってきた。ミンジュンの流れるような発音がとくに効いたようだ。

「いま指摘したのはどれも文法の間違いですが、全体的に統一感がないのも問題です。文法は間違っていなくても、ある部分では学者みたいに、ある部分ではコメディアンみたいな口調で話したらおかしいですよね？　そんな調子では相手に信頼されません。そのマレーシアの捜査官が英語をどのぐらい使えるのかはわかりませんが、少なくともコミュニケーションが成立するようなレベルなら、違和感を抱くはずです」

ミンジュンはしゃべり立てた。実は口から出まかせだったのだが、幸い、憲兵隊長はじっと耳を傾けている様子だ。

「それで？　どうすればいいんだ？」

「いっそ、私が一人で準備するほうがいいかと。でなければ、あちらの二人は内務室に帰してですね、兵長一人だけ残って手伝ってもらえれば充分だと思います。明日訊かれる可能性のある質問をすべて韓国語でリストアップしておいて、それに英語でどう答えるか、私が考えます。または、彼が考え出した質問をご覧になって、韓国語で大まかにお答えいただければ、それに合った英語の表現を私が考えるという方法でもよろしいかと」

「ずいぶん熱心だな」

揶揄するような口調だった。

「マレーシア人が嫌いなんですよ。個人的にちょっとありまして」

ミンジュンが当たりさわりのない口調でさらりとかわす。

手のつけられない変人の憲兵隊長も、最終的にはミンジュンの提案に従った。内務室に引き上げることになった上等兵と一等兵は、敬礼をしながらミンジュンに微妙な視線を向けた。あれ、こいつ、盆暗（ぼんくら）かと思ったらけっこう気が利くんじゃないか……？

残った三人は、ロールプレイを始めた。兵長がミンジュンに韓国語で質問をし、それにミンジュンが報告書を見ながら英語で答える。憲兵隊長は、質問と回答のどちらにも口を差し挟んできた。出し抜けに質問をつけ加えてみたり、ミンジュンが答えていると、これこれこういう内容も必ず入れるように命じるといったふうだった。自分の回答の辻褄が合っていようがどうだろうがお構いなしで、それを表現する言語の流暢さにひたすら執着する憲兵隊長の様子は、滑稽を通り越して、しまいにはいじましくさえ見えた。彼らに質問するのはどのみち英語のネイティブではなくマレーシア人なのに。

憲兵隊長がトイレに立った隙に、兵長がミンジュンに尋ねた。

「ところで大尉、マレーシア人とはどんなことがあったんですか？」

「……冗談に決まってるだろ」

真夜中近くになって、彼らはようやく作業を終えた。憲兵隊長は回答の〝完成度〟をさらに高めたがったが、もはや質問のタネも弾切れのようだった。

行政係から出てきたとき、憲兵隊長がミンジュンに、タバコは吸うのかと訊いてきた。たまに吸うと答えると、憲兵隊長は一本くれた。並んでタバコを吸いながら、憲兵隊長は、称賛なのか何なのかわからないことを言った。ゲーム会社の社員と聞いて、オタクだとばかり思っていたが、案外社交性がある……。多くの人は、ゲーム関係者について誤った認識を持っている。ゲーム会社で働く者は社会性に欠けると一般に思われがちだが、実はゲーム会社こそ、ほかのどんな会社よりも人間関係が重要なところなのだ。大作ゲームをつくるには、大作映画の制作と同じくらい巨額の資金と人手が必要になる。なんだかんだと角を突き合わせるプログラマー、シナリオライター、デザイナー。そんな連中をなだめつつ、妥協案を模索して提案するのがプランナーの主な仕事だ。同時に、詰め寄ってくる投資者やせっかちなユーザーにも常に配慮しなければならない。そんな努力の結果は、確保した資金の額や同時接続数などの数値にダイレクトに現れる。そしてミンジュンは、なかなか有能なプランナーだった。

*

翌日、希望部隊にやって来たマレーシアの憲兵捜査官を見た憲兵隊長とカン・ミンジュンは、言葉を失い、しばしぽかんと口を開けていた。咄嗟に動揺を隠せなかったのは、ほかの韓国軍人たちも一緒だった。

「大尉のミッシェル・ロングです」

マレーシアの憲兵将校が名乗った。

女性だった。それもかなりの美貌の持ち主だ。ソウルの真っただ中の繁華街でも、若い男たちの視線を引きつけるに充分な容姿。それがこの北の地の、それも軍隊に現れたのだ。ロングの行く先々を兵士たちの声にならない嘆声がついて回るのは無理もないことだった。ロングは顔立ちも東南アジア人には見えなかった。おそらく華僑（かきょう）なのだろう。

ロング大尉はクールな印象を与える美女で、口調や動作はこのうえなく堅苦しかった。男たちの視線を意識して予防線を張っているうちに、おのずとそうなったのではなかろうかとミンジュンは想像した。

ロングの英語はすこぶる流暢だった。流れるような英会話能力は、東洋人に権威を付与する。イギリス式のアクセントを駆使していたりするとさらに。

「英語がとてもお上手ですね。イギリス式のアクセントがシックです。失礼ですが、英語はどちらで学ばれたんですか？」

行政係への道案内をしながらミンジュンは尋ねてみた。

「イギリスです」

ひと言の答えが返ってきた。

「そうなんですね。イギリスのどちらで？」

「オックスフォードです」

ミンジュンはそこで口をつぐんだ。

調査室の机の前に座ってからも、ロングは高圧的な態度を貫いた。ロングはまず憲兵隊長とミンジュンに、今回の事案についてのセキュリティの徹底を強く求めた。南北分界ラインエリアで麻薬組織の前哨基地が発見されたということからして、外部に漏れてはならない事項だと。ミンジュンは、前の晩にこの調査のために残業をしていた韓国軍兵士たちを思い浮かべながら、曖昧にうなずいた。彼らが機密を厳守するかどうか疑わしかったが、もはやなるようになれといった心境だった。

ミンジュンがブリーフィングを始めてからいくらも経たないうちに、ロングが割り込んできた。

「すみませんが大尉、いまその資料を最初から最後まで全部読まれるおつもりですか？　その報告書はすでに読んできていますが」

「それは申し訳ありません。私どもとしましては、ロング大尉が事前調査をどの程度してこられたのかわからなかったため、できるだけ忠実に全体の概要からご説明しようと思いまして。では、どのように進めましょうか。ロング大尉がお知りになりたいことをご質問いただき、私どもが答えるという形にいたしましょうか？」

ミンジュンが答えた。自分の英語の発音が、その日に限っていやに拙(つたな)く聞こえる。顎の周りの筋肉をほぐそうとしきりと口を動かしていて、口から音を立てているのにはっと気づいたミンジュンは、慌てて口を閉じて憲兵隊長の顔色を窺った。

「はい、中領〔中佐。憲兵隊長のこと〕にお尋ねしたいことが多数あります。中領の勇敢な行動とその結果挙げられた功績には個人的に感嘆しており、尊敬の念さえ抱いております。しかしながら、平和維持軍司令部は、この事件をより大きな観点から見ております。江原道(カンウォンド)の山間地域ならともかく、開城(ケソン)とソウルに近い平野地域で陸路を利用しての覚醒剤密輸が確認されたのですから。境界地域の治安をどのように管理すべきなのか、非武装地帯の監視はどう強化すべきなのかを学ぶことができる、また学ばねばならない重要な事件です。あれこれ細かな質問をし、ご面倒をおかけせざるを得ない点、どうかご了承くださいますよう」

それだけ長く話したというのに、ロングは口ごもることも、不自然な単語を使うことも一切なかった。表情も冷ややかなままだ。ミンジュンが通訳すると、憲兵隊長は「アイム・オーケー、テイク・ユア・タイム」と答えた。あらかじめ覚えておいたらしい。

「では、録音をスタートさせていただきます」

ロングがボイスレコーダーを机の上に置いた。憲兵隊長は眉をひそめたが、異議を申し立てはしなかった。

「まず、死亡した情報提供者についてお伺いします。いつ、どこでこの提供者と知り合われたんでしょう。また、その人が中領に薬物運搬に関する秘密を打ち明ける気になったのはなぜですか？」

ロング大尉の質問をミンジュンが通訳する。憲兵隊長はしょっぱなから答えに詰まってしまったようだ。

「その情報提供者とは、別の提供者を通じて知り合った。それを機に、この地域の麻薬組織についての調査に力を入れ始めたのだ。第一号の情報提供者についてはお話しできん。万が一、情報が漏れたりしたら、彼に危険が及ぶかもしれませんからな」

丁寧さとぞんざいさが混じった口調で語られた憲兵隊長の回答を、ミンジュンが通訳する。ところがロングも負けてはいなかった。

「この質問を一日中繰り返してもいいんですよ、中領。その情報提供の過程が重要なんです。現在、ペク・サング組織の追跡が行きづまっている状況ですので。ペク・サングが二名ほどの中堅幹部を伴って潜伏してしまったこともあり、私たちが把握できている組織図は空欄だらけなのです」

「さらなる情報は、第一号の情報源から入手しようとしているところです。そいつらを捕まえるためにね。そのために、夜ごと悪夢にうなされているにもかかわらず、後方に回らずにここに留まっているわけだ。捜査だって、どうせ我が部隊が行っているのだし」

「中領、情報源を共有しようと申し上げているわけではありません。ペク・サング組織のことは、私どもも最初から知っていました。司令部直属で薬物捜査のみ専門に担当するチームがあるのです。私もそのチーム所属です。ペク・サングを捕らえることは、私たちにとってさほどの関心事ではありません。別の者が成り代われば同じことですから。私たちの狙いは、点組織がどのように情報を交換し、どうやって薬物を南に運び込むのか突きとめることです。この部分について、私たちには知らないことがあまりにも多い。そんなさなか、私たちとしては思いも及ばなかった薬物基地と運送ルートを中領が発見されたんです。私たちチーム内でも、さまざまな意見が出ています。見つかった覚醒剤の量も微妙ですし、人が先端監視網を丸腰でかいくぐって地雷畑を越えるという話もにわかには信じられませんから。これは大きな作戦の一環で、平和維持軍の目をまったく見当違いの方向へ向けさせるための麻薬組織による企てだという、いわば陰謀論も出ています」

「たわけたことを……」

「中領、情報提供者とはどのようにして親しくなられたんですか？　賄賂を渡したり、業務上の便宜を図ったりはしませんでしたか？」

「そんなことはない。俺を誰だと思っとる！」

「中領が何も提供されなかったならば、報復を受ける危険を顧みず、組織の核心に近い秘密を彼はなぜ中領に打ち明けたんでしょう」

午前中いっぱい、そんな調子のやりとりが続いた。前日に考えておいた仮想の質問は、何ひとつ役に立たなかった。

　その後、彼らは遅めの昼食をとった。憲兵隊長はその間ずっと、ミンジュンを相手に「このマレーシアのアマが」などと悪態をつき続けた。顔には笑みを浮かべ、隣に座っているロングが聞き取れないよう、韓国語で。憲兵隊長が連発しているある種の罵倒語は、外国人も意外と知っている類（たぐい）のものだ。ミンジュンは教えてやろうかと思ったが、やめておいた。

　昼食を終えて戻ってきたとき、憲兵隊長がロングに尋ねた。

「この後もずっとこんな調子でやるおつもりか？　まるで聞き取り調査ではなく尋問を受けているように感じられるのだがね」

　それに答えるロングの言葉に、ミンジュンはあっけにとられた。

「中領の聞き取りを終えたら現場に行って、事件関係者からじかに話を聞くつもりです。カン・ミンジュン大尉はまだ所属が決まっていないと伺っています。カン大尉に一緒に来ていただき、通訳もしてもらおうと考えています」

「えっ？　私が、ですか？」

　韓国語に通訳するのも忘れ、ミンジュンは問い返した。

「いまごろ、電子公文書が届いているはずです。大尉は、希望部隊から平和維持軍司令部の薬物捜査チームに短期派遣されるという形になります。寝泊まりはここの将校宿所で、昼間は私と一緒に動いていただきます」

　ロングが答えた。わずか二日の間に二度目の派遣が決まったミンジュンは、ロングの言ったことを韓国語に訳してから、憲兵隊長に尋ねた。

「どうしましょう」

「どうするもこうするも。命令だとおっしゃってるんだから。ついてってやれ、そのけったくそ悪いアマに」

憲兵隊長はぶすっとした態度で答えた。

人は食後には寛大になっても、食べたものがすっかり消化されるとまたピリピリし始めるものだ。憲兵隊長は夕方の五時頃に爆発した。引き金を引いたのは、「薬物基地で起きた銃撃戦で、いったいどうやって百発百中で相手を倒せたのか」というロングの問いだった。

「まさに奇跡のようなことが起きたのだ。そちらも拳銃射撃の経験はおありだろう。動いている的を拳銃で撃つのが可能だと思われるかね。六人がただただ闇雲に撃ち合いをした。結果として三人はその日に限って的をすべて外し、二人は自分が撃った弾はうまく当たったのにほかの者が自分に向けて撃った弾もよく当たってしまった。そして私はというと、自分が撃った弾は狙い過たず当たったが、ほかの者が撃った弾には運よく当たらなかったというわけだ」

「正直に申し上げて、かなり説得力に欠けるお答えですね。中領の射撃術評価は、資料を取り寄せて拝見しました。拳銃射撃の点数は、領官*レベルの平均以下でしたよね」

「だから、奇跡が起こったと申し上げたのではないか。それから言っておくが、練習のときは真剣にやらなかったのだ。中領が前線で銃撃戦を繰り広げるような状況を未然に防ぐべく、戦略や戦術を学ぶのに忙しかったのでね」

「ですが、捜査はお一人でなさいましたよね」

「それはまた話が違う。調べが完全についていないのに報告をしたところで行政業務ばかり増えそうだったし、情報源との間の信頼構築上の問題もあった。まあ、事態が予想外に急展開したのは確かだが」

「中領、失礼ですが、薬物を使ったことがおありですか？」

ロング大尉の問いかけがあまりに唐突だったからか、憲兵隊長は、自分が何を訊かれたのか即座に認識できずにいた。そして数秒後、憲兵隊長は活火山のごとく火を噴いた。

「おい、そっくりそのまま通訳しろ。婉曲表現なんか使うな。このまま訳せ。いいか、この胸くそ悪い東南アジアのアマ、北がなぜ滅びたのかわかるか？　共産主義だったからだ。共産主義は滅びざるを得んのだ。なぜかわかるか？　国民が何かを一所懸命やったところで報奨が伴わんからだ。そんなところで誰が進んで働くものか。いいか、いくら軍隊だからってな、何だ、このやり方は。俺はな、××××……」

そこまで言うと、憲兵隊長は憤然と立ち上がり、執務室を出ていってしまった。ミッシェル・ロングは瞬きひとつせず、録音機の停止ボタンを押した。ミンジュンは悟った。彼女は男たちを警戒して愛想のない雰囲気を身にまとっているわけではない。生まれつき、骨の髄まで沈着冷静な性格なのだ。

「あの、ちょっとお時間をいただけますか。なだめて連れ戻してまいりますから」

立ち上がろうとするミンジュンをロングが止めた。

「必要ありません。大尉がいま機嫌をとりに行かれたら、中領はこの状況について、自分の行動は正しかった、憤慨してもおかしくない状況だったと認識してしまいます。そうなるとこの先、私が質問しにくくなりますので、大尉はここにいらしてください。ちなみにこれは、要請ではありませんよ。中領は放っておいても戻ってきます。私が調査対象者に主導権を奪われることは、あってはなりませんので」

「本当に中領を疑ってらっしゃるわけではありませんよね？」

「現段階では、どれほど低い可能性であっても、排除はしないことにしています。平和維持軍の将兵の中には薬物に手をつけている人が多数います。韓国軍の将校だといっても例外ではありません。みな、好奇心ぐらいはあるでしょう？　韓国の場合はとくに、金王朝の崩壊前はかなり効果的に薬物の流通や普及がコントロールされていましたから、人々は薬物に対してむしろ大きな幻想を抱いている。その一方、北は九〇年代以降、世界最大の覚醒剤生産国だったんですよ」

「そうなんですか？」

初耳だ。ミンジュンは驚いて訊き返した。

「ええ、覚醒剤に関する限りは。コカインはコロンビア、アヘンはアフガニスタン、覚醒剤は北。世界的な薬物生産国であり、輸出国です。二〇〇〇年代にはすでに、中国で流通している薬物のほとんどを北が供給していました。外交問題になるのを懸念した中国が薬物事犯の国籍を発表しなかったため、知られていないだけで。覚醒剤の服用経験がある国民の割合が一番高い国も北でしょう。国境の都市などは、薬物の未経験者を捜すほうが難しいほどです。信じがたいことに、ピンドゥが薬物だと知らない人もたくさんいます。強壮剤の一種ぐらいに思っていて、ひと月に一、二回使うだけなら害はないと思っています。女たちが盆正月の料理の準備を始める前に、景気づけにみんなで覚醒剤を使ったりね」

「そういえば、風邪薬の代わりにしたり、婚礼の贈り物にしたりするって話は聞いたことがあります」

「ですから、北に来た南の軍人たちは仰天することでしょうよ。そうじゃありませんか？　問題によっては、私のような第三者のほうがよく見透かせる場合もあるんですよ。南の人と知り合いになった北の人たちは、少し親しくなってくると、さりげなく自分の覚醒剤経験を話題にします。酒量を自慢するときみたいにね。プライドが高いですからね、彼らは。大した中毒性もなく、使えば超人的な集中力と体力が発揮され、セックスといえばまた桁違い……、そんな話を」

「セックス」という言葉を口にするときも、ロングは表情を一ミリも変えなかった。

憲兵隊長は、十五分ほどで戻ってきた。

出ていったときとは正反対の表情だ。

「どうも、少し興奮してしまいまして……、では、続きをやるとしましょう」

とはいえ憲兵隊長は、二人の情報提供者については最後まで口を割らなかった。

「今日はここまでにしましょうか」

午後八時、ようやくロングが立ち上がった。

「明日もこんなふうに尋問されるんですかね?」

憲兵隊長は、不快さを隠しもしなかった。

「いいえ。明日は事件現場に行ってみるつもりです。時間の余裕があれば、情報提供者が住んでいたという家にも行ってみようと思っています。カン・ミンジュン大尉に同行していただきます。中領とお会いするのは何日か後になりますね。カン大尉、ちょっとよろしいでしょうか?」

ミンジュンは憲兵隊の中領に敬礼をし、あたふたとロングの後を追った。

*

「聞き取りを……いつも、あんなふうに厳しくされるんですか?」

食事をしながらカン・ミンジュンはミッシェル・ロング大尉に尋ねた。

希望部隊には将校専用の食堂はない。将兵食堂に行くと、すでに食事時間は過ぎていた。それでも皿を洗っていた北生まれの軍務員たちは、不満げな顔をしつつ食べ物をよそってくれた。夕食に憲兵隊長は同席しなかった。

「相手によりけりですね。今日はやや尋問ふうにしなければ、と思いましたので」

ロングが答えた。

「憲兵隊長はずいぶん驚いていたようでしたが」

「それでも、核心的な部分には触れてませんよね。憲兵隊長がしゃべった内容よりも、まだ話していないことのほうが、私たちには重要です」

「見ていて冷や冷やしましたよ。次はもっとプレッシャーをかけられるんでしょうね」

そう言ったミンジュンを、ロングがじっと見た。無意識のうちにミンジュンの胸がときめく。

「カン大尉、ひょっとして隊長と親しいんですか？」

「いえ、昨日知り合ったばかりですし、自分とはちょっと合わないかな、と思ってます」

「私が考えるに、中領は長豊（チャンプン）で覚醒剤の使用経験があります。だから薬物を使ったことがあるかと訊かれたとたん、ひどい悪態をつきながら飛び出して行ったんですよ。明日はしませんが、その部分については、いつかまた問いたださないと」

「はあ……」

ミンジュンは怖気づいてこっくりとうなずいたが、そのときになって、はたと気がついた。

「憲兵隊長が悪態をついたの、わかってたんですね。通訳しないようにしてたのに……」

「昼食のときにしていた話もみんな聞いてましたよ」

ロングの口から流れ出てきたのは、紛（まぎ）れもない韓国語だった。

「話すのは苦手ですが、聴くほうはそこそこできます」

ミンジュンは腰が抜けるほど驚いた。

「母が韓国人なんです。父は華僑。韓国語がある程度できるということで、薬物捜査チームにも入れたんです」

今度は英語だった。

「うわ、すごい！　お上手ですよ、韓国語。通訳なんていらないんじゃないですか？」

とにかく相槌を打ち、相手を持ち上げようとするミンジュンの癖が、またもや発動した。

「そんなことありませんよ。少し難しい話になると聞き取れないし、長い会話もできません。それに、私が女で、また韓国語ができないと思うからこそ、人々は私の前で腹の内を明かす。そういうメリットもあります。今日の憲兵隊長もそうだったでしょう？」

「韓国語がそんなにできるなんて。おっしゃってもらえなかったら、私だってうっかり地雷を踏んでしまったかも……」

「私たちはもうチームメイトですから。食事を終えたら、お部屋に戻られる前に私の部屋に寄ってください。将校宿所に部屋をもらいましたので」

「え？」

ミンジュンは飛び上がらんばかりに驚いた。

「コピー不可の資料があるんです。うちのチームで内部参考用に作成した文書です。お貸ししますから、明日の朝までに読んでおいてください。南北分界ラインエリアの覚醒剤密売の流れについて、少しはおわかりいただけるかと思います」

「え？　あ、ああ、はい」

＊

ちょうどその頃、国連平和維持軍に派遣されている韓国軍の中領であり、覚醒剤常用者でもある憲兵隊長は、チェ・テリョンの直通番号に電話をかけていた。

チェ・テリョンは電話をなかなか取らなかった。やっとつながったときも、声がよく聞こえなかった。

「どこだ？　ずいぶんと騒がしいな」

憲兵隊長が言った。

「現場監督中だ。重要な工事があってな」

「いまちょっと会えるか？　急用ができた」

「いま？　何を言ってる。ダメだ。いま長豊にもおらん。何があったっていうんだ？」

「えいくそ、電話じゃ話せん。ともかく急ぎの用だ。会って話さなきゃならん」

「明日、うちの会社に来い。午前に。午前中はずっといる。でなけりゃ、どっかで豪勢に昼飯でも食うか？　犬はどうだ？」

電波の状況がどうにも良くない。チェ・テリョンの声が何度か途切れた。機械が動く音も聞こえる。

「飯を食う時間はなさそうだ。午前中に行く。十時頃」

時間を決め、憲兵隊長はすぐさま電話を切った。そしてチェ・テリョンに圧力をかける手立てをひねり出すべく頭を絞り始めた。

第II部

1

午前七時四十分、ウン・ミョンファはチャン・リチョルがいる合宿所の前にやって来た。リチョルのほうも早起きをして、建物の外でミョンファを待っていたが、彼女がまさかオートバイで来るとは思いもよらず、驚いた。

ミョンファは250ccの中古のヤマハ製オートバイに乗ってやって来た。大きくはないが、小型ともいえない。カバーがなく、エンジンや部品が剝き出しになっているので、レーシングバイクのように見えた。

「すみません、私がうっかりしていて……。これからご紹介する人たちなんですが、朝のうちは出てこられないそうなんです。それで、その人たちのいるところまでお連れしなきゃならなくなって」

ヘルメットを脱ぐやいなや、ミョンファが言った。

「オートバイですか。想像もつきませんでした」

「借り物です。さあ乗って。渋滞に巻き込まれると面倒ですから」

リチョルは及び腰でバイクの後ろに乗った。

「そんなに腰を引かないで、もっとぴったり体をくっつけてください。腕を腰に回して」

サドルにまたがったミョンファが言う。リチョルは少しためらってから、両手でミョンファの脇腹をつかんだ。ミョンファがため息をつく。

「そうじゃなくて、ぎゅっと抱きかかえちゃってください。そのほうがずっと楽です。変に思ったりはしませんからご安心を。時間がないんですよ」

リチョルは指示に従った。

ミョンファの巧みな運転にリチョルは思わずうなった。無理にスピードを出したり前の車を追い抜こうとしたりはしない。けれど、チャンスと見れば決して逃すことはなかった。自然に車の流れに乗り、アクセルやチェンジペダルなどを操作する手足の動きも滑らかだ。運転の仕方には、その人の生き方に対する姿勢のようなものが現れるのだ。そのときのリチョルはまだそのことを知らなかったが。

「着きました」

ミョンファがバイクを止めたのは、市庭(いちば)の片隅にある小さなハンバーガー店の前だった。「革命的な味！　長豊(チャンプン)バーガー」と書かれた看板が掛かっている。道に面した窓が注文カウンターになっていて、三十代半ばに見える女性がせわしなく注文を取っていた。人気のある店のようで、客が道に列をつくって順番を待っている。

「この肉重ねパン屋ですか？」

面食らったリチョルが訊くと、ミョンファはうなずいて、店に入っていく。店内は二坪ぐらいで、そこに背もたれのない椅子が三つ置かれていた。朝だからか、店内で食べている客はいない。厨房では中年の女性が肉を焼いていた。

「コーヒーいかがです？　炭酸飲料のほうがいいですか？」

リチョルが背もたれのない椅子に腰を下ろすと、ミョンファが訊いてきた。

「コーヒーをお願いします」

リチョルが答えると、ミョンファは慣れた手つきでコーヒーメーカーを操作し、コーヒーを淹れてきた。ブラックコーヒーに慣れていないリチョルは、砂糖はないのかときょろきょろ探し、首尾よく見つけた角砂糖を二つ、コーヒーに入れた。

リチョルはコーヒーを飲みながら、カウンターと厨房にいる二人の女性を観察した。相手も同様に、素知らぬふりをしつつリチョルの様子を窺っていた。ミョンファはリチョルの隣でコーヒーを飲んでいる。リチョルはミョンファに何も訊かず、ミョンファも何も言わなかった。

一時間ほど過ぎると、ようやく客がほとんどはけた。最後の客に紙袋を手渡したカウンター担当の女性が窓を閉め、ブラインドを下ろす。

「おしまい？　じゃ、始めるとしましょうか」

肉を焼いていた中年の女性が言った。カウンター担当は「ん、そうね」と答えると、厨房から小さな折り畳み椅子を持ってきた。

「お待たせしてしまってごめんなさい。ムン・グモクといいます」

カウンター担当が名乗った。ひと頃は美人だとよく言われたのではないかと思われる顔立ちだった。染めたあとが残る髪を背中の中ほどまで伸ばしている。そんなヘアスタイルはもはや似合わないということに気づいていないようだ。耳につけたピアスやヘアバンドも、年齢より十歳は若向けのものだった。彼女の姿は全体的に不自然に見えたが、必ずしも若づくりのせいだけとは言えなかった。明るくはつらつとしたイメージのアクセサリーとは似つかわしくない彼女の表情……。無理をして笑っているのがありありとわかり、目の下の隈（くま）が目立っている。

「私はパク・ウヒです。朝ご飯、まだですよね？　何になさいます？」

　厨房にいた女性がリチョルに尋ねた。パク・ウヒは髪を頭の後ろでぎゅっと一つに束ねていたが、額の両脇の部分にだけ白髪が目立つのが独特な印象だ。中肉だが背丈は女性にしてはかなり高いほうで、眉間には深い皺（しわ）が刻まれており、心の奥深くに何か悩みごとを抱えているように見えた。歳（とし）は四十代後半から五十代の初頭ぐらいか。目を閉じて聞いていると、男の声かと思ってしまいそうに低い声をしている。口調は柔らかだったが、決して与（くみ）しやすい感じではない。言動に節度があり、意志が強く、毅然とした人物のようだった。ムン・グモクもそうだが、パク・ウヒの顔にも、隠そうにも隠しきれない痛みのようなものが影を落としていた。

「チャン・リチョルといいます。朝食は何でも構いません。残り物で適当につくっていただければ」

　リチョルは生まれてこのかた、食事を勧められて遠慮したことは一度もなかった。

「じゃあ、マグロバーガーにしましょうか。うちの店で一番人気がある重ねパンなんですよ」

　パク・ウヒがそう言って、鉄板の上にパンと肉をのせた。ミョンファが厨房から目玉焼きに刻みキャベツ、ケチャップ、フォークなどを持ってきて、鉄板脇の台の上に置いた。ムン・グモクはポケットから携帯電話を取り出した。

「ここで商売してる女たち専用のチャットルームがあるんですけど、その情報力がバカにならないんです。長豊で起こっていることに関しては、人民保安部だって私たちほど知らないでしょうよ。そのチャットルームが昨日からチャン・リチョルさんの話で持ちきりです。マンナ食堂でチェ・シンジュを瞬（まばた）きする間にぶちのめしたんですってね。チェ・シンジュの手下どもと十対一でやり合って勝ったとも……」

ムン・グモクがほほ笑みながら言った。やはり哀しげな笑みだった。

「十人のうち、実際にかかってきた奴は二人だけでした」

リチョルが言った。

「その二人なんですけどね、このあたりで知らぬ者のない乱暴者なんです。そいつらが半殺しの目に遭ったんだから、ひそかに喝采を叫んでる人たちが多いはずですよ」

ムン・グモクが言った。隣でミョンファがククッと笑い、はっと真顔に戻る。初めてその年頃の女性に見えた。北では都市、とくに市庭（いちば）が早くから形成されていたあたりでは、女性の地位がきわめて高い。金王朝の末期から顕著になった現象だ。男たちは工場であれ会社であれ、政府に登録されている職場に通わなければならない。でも、経済がまともに回っていないのだから、仕事に行ったところでやることもなく、時間ばかり潰して帰ってくるのがふつうだった。配給もろくろくない。その一方で女たちは市庭で品物を売って食料を手に入れ、家族を養った。北の女たちが夫のことを「昼行灯（ひるあんどん）」だの「風景画」と呼び始めたのもその頃からだった。何の役にも立たないという意味だ。

女たちはそうして市庭経済にいち早く適応していたため、金王朝崩壊に伴ってどっと押し寄せてきた開放の波にも、男たちよりはるかに柔軟に乗ることができた。店を出したり、小規模の事業を始めたりと。

そのうえ北の男たちとは違い、北の女たちには「南朝鮮（ナムチョソン）の男と付き合う」という選択肢があった。南の農村の若者と北の若い女性の間を取り持つ仲介業者は多く、なかには南の政府から援助を受けているところもあった。北の若い男たちが、反統一政策の代表格と罵（ののし）る事業だ。

どんなに現実的な性格に生まれついても、「ソウル男」と付き合うという夢を見ない北の女はいないだろう。就職するか、または留学ビザ、でなければ観光招請ビザを取って南朝鮮に行く。ドラマのように偶然、素敵な男と出会う。そして恋に落ち、プロポーズされる……。

パク・ウヒがマグロバーガーとフライドポテトを持ってきた。

「大したものじゃありませんが、どうぞ召し上がれ」

焼きたてのパンと揚げたてのフライから、おいしそうなにおいが立ちのぼった。味のほうもまったく申し分ない。建設現場の食堂で食べた前日の夕食とは天と地ほどの差だ。料理にはまったくの門外漢のリチョルだが、すべての材料をこんなふうにさっくりとした食感に仕上げるためには大変な腕前と几帳面さが必要だということぐらいは見当がつく。勢いよくハンバーガーを頬張るリチョルの姿にムン・グモクがかすかにほほ笑み、「ゆっくり召し上がれ」と言った。

リチョルはハンバーガーを食べながら、三人の女の関係を把握してみようと試みていた。パク・ウヒがリーダーなのは訊くまでもない。でもそれ以上は、リチョルの思考能力を超えていて、見当がつかなかった。リチョルは何よりも、パク・ウヒとムン・グモクがふさいだ顔をしている理由が気にかかった。

「お食事が終わったら、お話ししましょうね」

そんなリチョルを見て、パク・ウヒが心の内を読み取ったかのように言った。

「何か飲み物はいかがです？　温かいお茶でも？」

料理をすっかり平らげたリチョルにミョンファが声をかけてきた。

「コーヒーをもう一杯いただけますか」

リチョルが頼んだ。ミョンファがさっきと同じようにコーヒーを淹れてきた。リチョルは今度も角砂糖を二つ入れた。砂糖を入れずに苦いまま飲むコーヒーなど、リチョルの理解の範囲外だった。

そこでパク・ウヒが口火を切った。

「チェ・テリョン組織について情報をお求めだと聞きました。特殊作戦部隊の出身者を捜していらっしゃるとも」

「はい、そのとおりです」

リチョルが答えた。

「理由をお伺いしてもよろしいでしょうか。誰かに復讐するためですか?」

「いえ、そんなことでは……。訊いてみたいことがあるんです」

「お金が絡んだことですか?」

「違います。個人的なことです」

「私たちも人を捜しているんです。チェ・テリョン組織絡みです。もしも私たちのしていることに手を貸してくださるなら、私たちもそちらの人捜しをお手伝いします」

パク・ウヒが言った。彼女の顔に漂っていた憂いがいっそう深くなっている。

「どなたを捜していらっしゃるんですか」

リチョルが尋ねた。

「私の息子、それからこの人の連れ合いです」

パク・ウヒがムン・グモクを指して言った。

*

「もともと長豊郡(チャンプン)の麻薬市場を掌握していたのはペク・サングでした。このあたりの人たちはペク・コグマと呼んでいましたが。顔がコグマ〔サツマイモ〕に似ているって」

パク・ウヒ、ムン・グモク、ウン・ミョンファ、そしてチャン・リチョルは、長豊バーガーの狭い店内に体をくっつけ合って座っていた。パク・ウヒは、いっそはじめから段階を踏んで話そうと心を決めたようだった。

「養鶏業をしていたと聞きましたが」

リチョルが訊いた。

「南朝鮮が養鶏事業を援助したんです。南朝鮮当局の助成金は、いつだってそんな形で与えられます。共和国の人民は、何かをタダでもらうのに慣れている、だから仕事をしてカネを稼ぐように促さないといけないというのが、あちらの言い分です。とくに技術を持っているわけでもない農民が家でできること。それを探したところ、養鶏がいいということになったわけ。北朝鮮の人民にタンパク質も供給できて一石二鳥だし。農家が食肉用の養鶏事業をすると申請さえすれば、いまでも最初の一回はヒナを無料で分けてもらえます。でも、ヒナをもらったからって、必ずしもうまく育てられるとは限りませんよね。餌もいるし、病気にならないように薬も飲ませないといけないし。とくに重要なのが鶏舎です。育てている鶏が何千羽にもなれば、あれやこれやと必要な設備が増えます。夏に換気をしてやらなかったり、冬に充分に暖房を入れてやらないと、何百、何千羽もの鶏がひと晩のうちに死んでしまったりする。それぐらいの規模になると、給餌装置もいりますし」

パク・ウヒが言った。

「でもね、一度に数千、数万羽を飼えば、一羽あたりにかかる費用は確かに安くなりますよね。何十羽、何百羽単位で飼ったところでろくな儲けにはならない。だから、やるとなればまずお金を借りて、換気装置だの温度調節装置がついた大きな鶏舎からつくろうってことになりますよね。その資金を融通して鶏舎を建てていたのがペク・サングだったってわけ」

ムン・グモクが割り込んだ。ミョンファがムン・グモクの手を握り、つけ加える。

「つまり、ここの農民たちはみな、大金を借りてその仕事を始めるわけですよ。ペク・サングは南朝鮮当局からカネを借りて事業を始め、農民たちはペク・サングから借金して鶏を飼う。どうせなら、じかに貸してくれればいいのにね。南が農民たちに」

そこからまたパク・ウヒが話を引き継ぐ。

「人々はペク・サングに借りができるわけです。それで、言うなりになるしかなかった。言うことを聞かないと、いろいろ仇(あだ)されたりしますから。例えば飼料がいますぐ入り用なのになかなか持ってきてもらえないとか、成鶏を買ってもらえないとかね。ですから、ピンドゥを隠し持っていろ、またはどこどこまで持ってゆけ、なんて言われても逆らえなかった。ペク・サングはそんなふうにして、このあたり一帯の薬物流通網を一手に掌握していたんです」

「チェ・テリョンは?」

リチョルの問いにパク・ウヒが答えた。

「チェ・テリョンも、ペク・サングと同じような形、つまり南朝鮮当局からの助成金をもらって事業を始めました。長豊郡に南北協力公団ができていくらも経たない頃でした。開城(ケソン)工業団地の地価が上がるのに伴い、長豊郡も開発され始めたんです。公団ができると、その周辺にはここみたいな市庭(いちば)ができ、ポルチプ〔簡易宿所〕もたくさんできて、人々が集まってきます。チェ・テリョンはまず、人力(じんりょく)事務所をつくりました。続いて建設会社を設立し、小さな工事の下請けをしていたんですが、後にはじかに工事契約を結ぶ方向に事業を拡げました。その一方で、水面下でピンドゥ事業にも参入したんです。最終的に、長豊郡の農村地域はペク・サング、都市地域はチェ・テリョンと縄張りが決まりました。互いを目の上のたんこぶのようにみなしてはいましたが、長いこと正面からぶつかるようなことはありませんでした。表では、それぞれ違う事業をしていましたから。それが今年の初め、はじめて真っ向からぶつかったんです。きっかけは、チェ・テリョンが新たに展開した事業でした。南朝鮮が共和国のＩＴ企業を支援すると聞き込んで始めたもので、若い女の子たちを出演させたインターネット放送。モムキャム*ってご存じですか？」

「初耳です」

リチョルは世情にはともかく疎かった。自分と関係のないことには、基本的に興味が湧かないからだ。

「ご説明しますね。会社の地下に大きなスタジオをつくったチェ・テリョンは、一方が開いた大きな箱みたいなセットをつくりました。それを仕切りで区切り、いくつもの部屋をつくったんです。正面の壁がない部屋。そこへ若い女の子たちが一人ずつ入ります。体が透けて見える薄い服を着て。それをウェブカメラで撮影するんですが、部屋のインテリアをふつうの女の子の部屋みたいにしてあるので、カメラの向こう側からは、女の子が自分の部屋にいるように見えます。そこで淫らなことをする。それをインターネットで流し、南の男たちに見せて金を取るんです。南朝鮮にもそういう類の放送は多いそうですが、法で規制されていて、ある程度のところまでしか見せられないんだそうです。共和国でなら、もっと先まで見せられる。それに北の女だと、……言っていることがわかりますよね。東南アジアや中国の女と違って。そのうえ共和国の娘たちは、南の男たちにとっていまはまだ珍しくもあり。で、かなり稼いだんです。それが癇にさわったんです、ペク・サングの」

「癇にさわった？　どうしてですか？」

じっとパク・ウヒの説明を聞いていたリチョルが質問した。

「ペク・サングは協力公団の近くで酒場をいくつも経営していたんですが、そこで働いていた娘たちがチェ・テリョンのスタジオに移り始めたんです。インターネット放送で人気が出れば、南朝鮮のプロダクションにスカウトされるかもしれないなんて、叶わぬ夢を見る子もいたようです。ペク・サングもはじめから暴力に訴えはしませんでした。チェ・テリョンのところへ手下を送って、そっちに移った女を返すように求めたんです。でもチェ・テリョンは断りました。むりやり連れてきたわけじゃない、みんな自分から来たんだからって。そしたらペク・サングが女の子を一人、拉致して殺したんです。その死体はチェ・テリョンの会社の前にこれ見よがしに放り出されてました。全裸で、拷問された跡がありました。それを知って、ペク・サングのところからチェ・テリョンのほうへ移った女の子たちは、元いた酒場に戻らざるを得ませんでした。そんなふうに残酷に女の子をなぶり殺した人間、それはペク・サングの警護をしている男でした。頭をつるつるに剃り上げて、いつも黒いベレー帽をかぶっていた、八十海上狙撃旅団出身だとかいう……。それは周知の事実だったのに、人民保安部は、夜道でチンピラに絡まれて運悪く殺されたということにしておしまい。平和維持軍ははなから相手にもせず。平和維持軍にとって、北朝鮮の人間なんて死のうが生きようがどうでもいい存在ですから」

パク・ウヒがそう話すと、リチョルが口を挟んだ。

「八十海上狙撃旅団なんていう部隊はありません。ほかの海上狙撃旅団も黒のベレーはかぶりませんし」

「そのあたりのことは、私たちにはわかりません。ともかく、恐ろしい人たちでしたよ。その警護の男に限らず、ペク・サングの下には特殊作戦部隊の出身が多いって噂でした。それでチェ・テリョンも特殊作戦部隊の出身者を雇おうとしたわけです。長豊郡なんて、はっきりいって開城みたいにお金が集まる地域じゃありません。大きな犯罪組織はどこも開城を本拠地にしてます。裏社会に足を踏み入れようとする特殊作戦部隊員だって、もうそちらで雇われてる。すでにどこかの組織に属してる人材を、カネをちらつかせて引き抜くしかない状況だったんです。思うに、黒いカネの流れにも上流と下流があります。でもここはね、ドブです、ただの。だから、チェ・テリョンも長いこと苦労していました。使える人材を手に入れるのにね。そういえば、ペク・サング一味がチェ・テリョンのスタジオを生放送中に襲撃して、娘たちの部屋のセットをぶち壊した、なんてこともありましたっけ。仕事を探してる女たちが、酒場なんか見向きもせずに、我も我もとモムキャムばかり撮りたがるから、それが気に入らなかったんです。チェ・テリョンにとってモムキャムはかなりおいしい事業だったんですが……。自らスタジオを運営しているから娘たちの仕事ぶりを点検できるし、コンピューターや放送に必要な装置を紛失する心配なんかもないですしね……。でも、そんな場面が放送されてしまったものだから一巻の終わり。南朝鮮の男たちの信頼を損なってしまいましたからね。経済的な損失も損失でしたけど、彼のメンツも深く傷ついてしまった。それから少しして、信川復讐隊（シンチョンボクス）出身の元特殊作戦部隊員が三人、チェ・テリョンに雇われたって噂が広まったんです」

「信川復讐隊ですって?」

リチョルはパク・ウヒに静かな声で訊き返した。胸の奥から何かがゆっくりとせり上がってくる。

「ええ、そう聞きました。その部隊も実在しないものですか?」

「いや、あります。もしかして、その三人がどの大隊出身だったかわかりますか?」

「いいえ、そこまでは」

「その三人の名前は?」

「ケ・ヨンムク、チョ・ヒスン、パク・ヒョンギルです。ケ・ヨンムクはテリム建設の部長、チョ・ヒスンはテリム物産の部長、パク・ヒョンギルはテリム建設の次長という肩書です」

知らぬ名だった。おそらく名前を変えたのだろう、自分のように……。

「その三人は、一緒に現れたんですか？　ある日突然？」

「ええ。多分、チェ・テリョンが開城の組織からスカウトしてきたのかと。ともかく、その人たちが来てからいくらも経たないうちに、黒ベレー帽の男が死にました。死体はペク・サングの経営する酒場の前に投げ出されてました。全裸で性器を切り取られて。次は、チェ・テリョンのスタジオを襲撃したペク・サング組織の行動隊メンバーが四人、殺害されました。襲撃の際、ウェブカメラに顔が映った者たちです。みな服を剝ぎ取られていました。二人は体じゅう痣だらけだったところから見て、殴り殺されたようでした。一人は首を切り取られていて、もう一人は……」

パク・ウヒが言い淀む。

「焼かれてたんですよ、下半身を。上半身が焼けてないから誰なのかはわかったんですけど。腰から下に灯油を撒いて火をつけて、焼き殺したんです。火が上半身に燃え広がる頃合いを見計らって、消火器で消したってこと」

ムン・グモクが代わって説明した。

「もう、どれだけ残酷に人を殺せるか、競い合ってでもいるようで……。自分たちに逆らってみろ、どんなことになるか見せてやる、と言わんばかりでした」

パク・ウヒの声は沈んでいた。

「パク・ウヒさんの息子さんとムン・グモクさんのご主人は、そのこととどんな関係があるんですか？」

リチョルが尋ねた。ムン・グモクがパク・ウヒを見る。パク・ウヒは唇をぐっと嚙みしめていたが、やがて口を開いた。

「私の息子とグモクの連れ合いは、チェ・テリョンの下で働いていました」

*

「あ、誤解しないでくださいね。うちの息子やグモクの連れ合いが暴力団の一員だったわけではありません。二人ともテリム建設の社員だったんです」

パク・ウヒははっと気づいてそうつけ加えた。

「長く勤めてたってわけでもなかったわ」

ムン・グモクが言った。パク・ウヒが話を続ける。

「入社したのは、うちの息子が二か月前、グモクの連れ合いは先月です。その前もテリム建設の仕事をしてはいました。正社員でもなければ完全に日雇いでもない中途半端な形で。一週間とか半月単位で契約するときもあったし、別件でテリム建設の人力(じんりょく)紹介所が雑役夫に連絡を回すときの優先順位も一番でした。テリム建設に入れたときは、飛び上がって喜びました。一所懸命働けば現場の技師になれるかもしれないと、期待もしました。でもね、いくらも経たないうちに気づいたんです。息子が任されている仕事が、前とは違うものだって。母親にはね、わかるんですよ、そういうことが。息子は優しい子でした。一日の仕事を終えて帰ってくると、いま腰かけていらっしゃるその椅子に座って、残り物でつくったハンバーガーを食べながら、その日に工事現場であったことを話してくれたものです。でも、先月からはまったく話をしなくなって。だけどあるとき、ぽつりと言ったことがありました。黙って食事をしていたと思ったら、『母さん、これからは楽に暮らせるようにしてやるよ。俺がたくさん稼いでさ』って」

「夫は不愛想なほうだったかもしれません。でもね、仕事中でも私がメールを送れば返信してくれるし、電話だっていつも取ってたんです。それが先月からは、電波が届かないところで働くことになったって、電話に出なくなって。この人、嘘をついてるって思いました。だって、そんなところで働くなら、はじめから電源を切っておくものじゃないですか？　なのに、電源を切ってはいなかった。それにメールも送るなって。何か話があるなら夜、家に帰ってから話そうって言われました。電話が盗聴されてると思ってたんじゃないかって気がします。あと、晴れた日にびしょ濡れになって帰ってきたことも何度かあったわ。一度は昼間、泥水で体じゅうぐっしょりにして、服を着替えに帰ってきたの。そのときあの人を車に乗せてきたのがパク・ヒョンギル。信川復讐隊出身だっていう。整った、きれいな顔をしてましたね。でもね、夫の様子がね、おかしかったんです。その人の前だからだったんじゃないかしら。どうしてこんなに濡れネズミになったのって私が訊いても、ろくろく答えようともしないで。そのときに感づいたんです。この人は、何か外部に知られたら困るような仕事をしてる。それから、そのパク・ヒョンギルというのは恐ろしい男なんだって。ああ、あのとき、なんでちゃんと問いただしておかなかったんだろう。また何か悪いことに足を突っ込んでるんじゃないのって。悔やんでも悔やみきれません。でも、夫が否定しなかったらどうしようって……。いま思えば、それが怖くて訊くに訊けなかった……」

　ムン・グモクは、そこでわっと泣きだした。ミョンファが無言でちり紙を取り出して差し出し、肩を抱く。そのとき店のドアを叩く音がした。ミョンファがドア口に立ち、今日は内装の修理中なので休業だと言って客を帰す。

「で、何か起きたんですよね？」

リチョルが尋ねた。

「ちょうど十日前のことです。息子とグモクの連れ合いが二人して行方不明になったんです。人民保安部に届けを出したら、何てこと、二人がテリム建設の金を横領して逃走したって言うんです。会社の金庫を盗み出したって。人民保安部から人が来て、この店とグモクの家と家捜しして、二人の逃走先はどこだってさんざん訊かれました」

パク・ウヒが答えた。

「でも、そんなことする人じゃないんです！　それに、それに、私を置いて逃げるなんて、そんなの……！」

ムン・グモクの叫び声が響く。

「さっき、ご主人のお話をするとき、『また何か悪いことに足を突っ込んでる』っておっしゃってましたよね。もしかしてご主人、前科があったんですか？」

リチョルが訊いた。ムン・グモクは迷ったあげくに話し始めた。涙で化粧が崩れ、目元などはひどいありさまだったが、心のほうはどうにか落ち着きを取り戻しつつあるようだった。

「あの人、手先が器用で……、南北協力公団の鉄柵にちっちゃな抜け穴を掘ってもぐり込んで、盗みをして捕まったことがあるんです。協力公団ができたばっかりの頃でした。そのときはまだいまみたいに警備が厳しくなかったし、それにこのあたりじゃみんな、協力公団のものを盗むのが悪いことだなんて思ってなかった。だって、前に共和国の企業所❖に勤めてた人たちだって、みんなやっ

❖企業所……生産、交通、運輸、流通などの経済分野で独立して経営活動を行う事業所。

てたことでしょ。トイレに新しい紙が入ってる。このままにしとけば誰かが盗んで持ち帰るに決まってる。だったら指をくわえて見てないで、先に見つけた自分がもらえばいい。あと電線やパイプが盗まれることだって、よくあったでしょ」

　ムン・グモクはそこで言葉を切った。リチョルが「それで?」と先を促す。

「だんだん南北協力公団の外壁が……、ちょうど昔の休戦ラインみたいに何か殺伐とした雰囲気になってきて、監視も厳しくなりました。防犯カメラが取りつけられ、鋭い刃のついた鉄条網が張られ、警備用の犬が何匹も放されて、高圧電流が流されて……。そうなると、泥棒するほうもずる賢くなりますよね。はしごや毛布を使って鉄条網を越えたり、犬にネズミ殺しを食べさせたり、故障した防犯カメラや抜け穴の情報を売り買いしたり。うちの人は、その抜け穴を掘ってて見つかったんです。あの人が掘ったのは一つだけだった。なのに、ほかの穴も全部掘ったと濡れ衣を着せられたんだって……。もう昔の話です」

　夫に関する彼女の話をリチョルはそっくりそのまま信じはしなかった。が、とりあえずうなずいて言った。

「チェ・テリョンはこのあたりの実力者だといいますし、人民保安部がテリム建設の手先みたいになっているのかもしれませんね。それでも、二人が金庫を盗んで逃げたと言うからには、何か証拠が示されたはずですが?」

「証人がいたんです。金庫があった現場事務所に勤めてるっていう男です。忘れ物に気づいて夜に事務室に戻ったら、二人が金庫を車に載せていたと。壁に固定された金庫を取り外して外に引っ張り出し、ジープに載せているのを見たんだそうです。通報しないと、と思ったけれど、怖気づいてしまって、ただ見ていたと」

「そんなの真っ赤な嘘ですよ。その男、実はチェ・テリョンの部下なんです。窃盗現場の事務所に勤めてるわけでもない、ただのチンピラです」

パク・ウヒが話しているところにムン・グモクが割り込んだ。パク・ウヒはそんなムン・グモクの手を握り、話を続けた。

「そのジープは会社の車で、それも息子が盗んだのだそうです。その車は、開城に続く道路上に乗り捨てられていました。人民保安部が一日だったか二日だったか、簡単に調べただけで、テリム建設に返されました。ということで、人民保安部の話を整理すれば、平穏無事に暮らしていた二人の男が、家族には来週何をするか、来月はどこか遊びにいこうか、そんな話をしておいて、ある晩、唐突に会社の金庫を盗み出して車に積み、逃走したっていうわけです。そして十キロほど走ってからほかの車に乗り換えたと」

あり得ない話ではないとリチョルは思った。金庫を盗んで逃げるつもりでいたならば、そんな計画を立てているという素振りを周りの者に見せるわけがない。翌週に何を食べるか、翌月にはどこに旅行に行くか、そんな話をして、何ごともないふりをするはずだ。男が母親や妻をあっさり捨てるときもある。例えば、妻より若い女と一緒になって、新しい人生を始めようとするとき。まず、盗んだ車で金庫を運び、監視が緩い場所で前もって準備しておいた車に乗り換える。車両追跡を避けるのによく使われる手法だ。

そういうことをリチョルは口にはしなかった。その代わり、別の質問をした。

「金庫の中には何が入っていたんですか?」

「別の業者に支払う工事代金が。五万ドルぐらい」

ムン・グモクが答えた。

「五万ドルというのは、家族を捨ててまで手にしたいと思うような額でしょうか？」

　パク・ウヒはリチョルの表情を窺った。

「百ドルで娘を売る人もいますよ」

　リチョルが答える。

「もしも、息子が本当にチェ・テリョンの五万ドルを盗んで逃げたんなら、私がいま、こうして生きていられるわけがありません」

　パク・ウヒはバッグからハンカチを出して目に当てた。

「息子がまだ生きているだろうとも思っていません。おそらくチェ・テリョンの部下どもに殺されて、どこかに埋められているんでしょう。グモクの連れ合いも一緒に。でも、母親として、何としてでも確認せずにはいられないんです。どんなわずかな可能性にでも賭けてみずにはいられないんです。もしも死んでいたならば、その遺体に触れるだけでも……」

　パク・ウヒは奥歯をぐっと食いしばっていた。ついに涙は見せなかった。強い女だった。

2

テリム建設の役員会議室には、テーブルが逆コの字形に並べられていた。チェ・テリョンはドアから一番離れた中央の席に陣取っている。片側には彼の二人の息子が、別の側にはケ・ヨンムク、チョ・ヒスン、パク・ヒョンギルが座った。

顔をひどく腫(は)らしたチェ・シンジュはチェ・テリョンの顔色を窺いつつ、従兄弟(いとこ)たちの隣に微妙に間をあけて座った。そんなチェ・シンジュに対して、チェ・テリョンの息子たちもその眼にひとかけらの好意も浮かべていない。

「てめえの口で、ありのままに言え。今度はいったい何をやらかした？　少しでも嘘をつきやがったら最後、そのドタマをかち割ってやるからそのつもりでいろ」

チェ・テリョンがチェ・シンジュに言った。

「私個人の問題です」

チェ・シンジュが答えた。チェ・テリョンが長男に顎で合図する。彼はその合図に従って席を立ち、従弟の後頭部をつかんだかと思うと、顔をテーブルに叩きつけた。額を赤くして顔を上げたチエ・シンジュが声を高める。まだ話をしているさなかだったのに……。痛みより悔しさで涙があふれ出た。

「流れ者だったんです！　見たこともないよそ者とひと悶着あっただけです。それだけです！」

「何があったのかは聞いてる。貴様が食堂でその流れ者にいちゃもんをつけて殴り倒され、そいつが泊まってる合宿所にチンピラどもを引き連れて仕返しに行ってまた殴り倒されたんだとな。家族の顔にどれだけ泥を塗りゃ気が済むんだ、貴様は？」

チェ・シンジュは答えなかった。日頃は自分のことをないがしろにしてまともな仕事もさせてくれないくせに、こういうときばかり〝家族の恥〟だと責め立てられるのがどうにも我慢ならなかった。このいびつな顔のせいでそんな待遇を受けるんだろうか……。

「なんで貴様個人の問題じゃないのか、その理由を教えてやる。まず、お前は俺の息子だ。まったく、お前みたいなクズは、拾ってなんかやらんで飢え死にしようがどうなろうがほっぽっときゃよかったといまじゃ後悔してるがな。まあ仕方がない。お前の親父が死んだときにゃ、そんなことはわからなかったからな。それでお前を引き取ったんだ。ともかく、お前が俺の息子として戸籍に載っている限り、お前に手出しをしていいのは俺だけだ。どういうことかわかるか？　俺の息子に手を出すってことは、俺に手出しをするのとおんなじことになるからだ。それから、その流れ者とやらが怪しい。お前はよく知らなかろうが、そこにいるケ部長とチョ部長がこの間、ペク・コグマに絶妙に一発かましてやったのを知ってるか？　それで平和維持軍が動き出したんだ。平和維持軍はペク・コグマの武器庫を見つけ出して中をさらい、幹部を二匹逮捕した。ペク・コグマの奴は、あれだけご執心だった女と目に入れても痛くない三歳の子どもを捨てて逃げた。そのアマは、俺がわざわざ訪ねていってかわいがってやったがな。噂を広める目的でやったことだったから、いまごろは当然、ペク・コグマの耳にも届いてることだろう。そしたら、ペク・コグマが何を考えると思う？　このチェ・テリョンに仕返しをしたくてうずうずしてるとは思わないか？　手中にあるカネをそっくり投じて有能きわまりない人材を雇おうと考えたとは？　その流れ者とやらは、ペク・コグマが雇った暗殺者なんじゃないか……」

チェ・テリョンが言った。

「でも、初めて見る顔でした」

「当たり前だろうが！　お前に顔を知られてるような奴を雇うと思うか？」

チェ・テリョンがバン！　とテーブルを叩いた。

「そいつもこちらのことを知らないみたいでした。そいつが先にかかってきたわけでもないし、俺がそいつに言いがかりをつけたわけでもありません。単なる偶然だったんです。実は、俺の言うことを聞かない女がいまして。南朝鮮（ナムチョソン）にいたことがあるからってお高くとまりやがって、男を舐めてかかってるアマです。その女の父親を食堂でたまたま見かけたら、その親父の野郎が食券でズルをしてやがったんで、やめさせようとしただけです。なのに、そのよそ者が急に割り込んできやがって、俺に一発かまして逃げたんです。それで、仲間を集めてそいつが泊まってるところに行ったんですが、そいつがまた尋常でなく強かった。それだけです。そいつが本当にペク・コグマに送り込まれた奴だったら、俺のことをタダじゃおかなかったはずでしょう。そいつは俺に何も訊かなかった。あちこち流れ歩いて、胸くそ悪いことでもありゃ、誰彼構わず拳を振るうような奴に決まってます。ただ腕っぷしがめっぽう強いってだけの」

チェ・シンジュがそう言うと、チェ・テリョンがケ・ヨンムクに声をかけた。

「ケ部長、どう思う？」

「食堂でケンカになったきっかけを除けば、私が聞いた話と一致しますね。それにペク・サングの指示を受けた者なら、はじめから社長か息子さんたちを狙うんじゃないでしょうか」

「不細工な甥っ子なんて、ぶん殴ったところで何にもなりませんよ。そうでしょう?」

チェ・シンジュがここぞとばかりに言い募る。チェ・テリョンは何も答えずに、チェ・シンジュの顔を真正面からじいっと見つめた。チェ・シンジュが伯父の顔をまともに見られず、あちこち視線を泳がせていると、チェ・テリョンが言った。

「おい、チェ・シンジュ、ちょっと来い」

チェ・シンジュがおずおずと歩み寄る。チェ・テリョンは、前に立ったチェ・シンジュをじっと見ていた……かと思ったら、いきなりその横っ面を思いきり張り飛ばした。

「お、伯父さん、ひ、人前でこんな、いくらなんでも……」

顔を赤くしたチェ・シンジュが抗議した。が、彼が言い終わりもしないうちに、チェ・テリョンが今度は腹に足蹴りを食らわせた。床に尻もちをついたチェ・シンジュは、もう何も言わなかった。

「お前、まだピンドゥやってるんだろう? この前やったのはいつだ?」

倒れたチェ・シンジュを蹴りつけながら、チェ・テリョンが詰問した。

「やってません」

伯父の足蹴りを腕で防ぎながらチェ・シンジュが答える。

「嘘をつくな、嘘を、このクソの役にも立たんろくでなしが! 親父のことでも思い出してやってるのか? 親父の真似をして? おい、この役立たず、貴様の親父がどうしてくたばったと思う? 俺がぶん殴ってやらなかったからだ。それでくたばったんだ。俺が文明的に、紳士的に接してやったから、ピンドゥをやめられなかったんだよ」

鼻息も荒く甥っ子を足蹴にしていたチェ・テリョンの足が止まった。チェ・シンジュがそろりと顔を上げる。チェ・テリョンはため息をついて言った。

「チョ部長！」

「はい」

「このろくでなしをどこか人目のないところに連れてって痛い目見せてやれ。二度とピンドゥに手を出す気にならんように。ただし、どこかぶっ壊しちまったりはするなよ。気絶させるのは構わんがな」

「わかりました」

チョ・ヒスンが一礼して立ち上がった。

「伯父さん、もう絶対にやりません！　伯父さん、父さん！　今回だけ、今回だけは大目に……」

チェ・シンジュが真っ青になってチェ・テリョンのズボンの裾(すそ)にしがみついた。つい今しがたまで、チェ・テリョンに殴られながらもいくらかは余裕があったのに、そんなものはいまやかけらもなかった。

甥っ子がずるずると引きずられていくのを眺めながら、チェ・テリョンはタバコを口にくわえた。北では最高級品の「錦繡江山(クムスカンサン)」*だ。ケ・ヨンムクがライターを出してチェ・テリョンのタバコに火をつけ、テーブルの片隅にあった灰皿を彼の前に置いた。

チョ・ヒスンがチェ・シンジュの胸ぐらをつかんで会議室のドアを開けたとき、ドアの外には偶然にも平和維持軍憲兵隊の中領が立っていた。憲兵隊長は一歩脇に退(ひ)いて、チョ・ヒスンがチェ・シンジュを引きずり出せるよう道をあける。

「何ごとだ？」

引きずられていくチェ・シンジュに目をやって憲兵隊長が訊いた。

「どこの家にもろくでもない持て余し者が一人はいるもんさ。うちじゃ、あいつがそうだ」

そう答えながら、チェ・テリョンは歓迎の意味で片手を挙げた。チェ・テリョンの隣に座っていたケ・ヨンムクが一つ横にずれて座り直す。憲兵隊長は、たったいままでケ・ヨンムクが座っていた席にどすんと腰を下ろし、テーブルの上の錦繍江山の箱から勝手にタバコを一本出し、口にくわえた。チェ・テリョンがそのタバコに火をつけてやる。

「ほんの何日か前までは、一介の建設業者なんぞには顔も見せてやれんとばかりに忙しいの一点張りだったお方が……何ごとだ？　なんで電話じゃダメなんだ？」

タバコの煙を吐き出してチェ・テリョンが口火を切った。

憲兵隊長は、チェ・テリョンの二人の息子、ケ・ヨンムク、パク・ヒョンギルの顔を順に見た。

「ケ・ヨンムク部長、パク・ヒョンギル次長とは初対面じゃないよな。あっちに座ってるのが、うちの息子どもだ。信じられん人間がここにいるか？」

チェ・テリョンが言った。憲兵隊長はタバコを深く吸い込むと、用件に入った。

「マレーシアの軍人を一人、殺(や)ってほしいんだが」

＊

平和維持軍の韓国軍部隊では、雑用はほとんど北出身の軍務員の役目だ。それは雇用政策でもあった。英語の通訳ができる北の人間は滅多にいなくても、運転ができる者は多かった。問題は、車だ。カン・ミンジュンとしては理解しがたい不合理かつ不条理な理由で、なんと車をただちに貸し出してもらえなかったのだ。ミンジュンとミッシェル・ロング大尉、それから運転要員の北出身の若い軍務員は、自分たちが乗る車を二時間ほど待つ羽目になった。

午前十一時過ぎになって、運転兵が旧型のソナタ〔現代自動車の中型セダン〕を行政係の前に止め、軍務員が車のキーを受け取った。これでやっと出発できる。目的地は銃撃戦が繰り広げられた南北分界ライン付近のペク・サングの薬物基地。ミンジュンが助手席に、ロングは後部座席に座る。

ただでさえ出発が遅れたというのに、道まで混んでいた。一番右の車線は行商人がほぼ占拠しており、その横の車線にはリヤカーや荷車などが通っていた。二十年は経っていそうなポンコツ車も一台、エンジン故障で立ち往生していた。いまではもう見かけることもない北の平和（ピョンファ）自動車*製の乗用車「口笛（フィパラム）」のようだが、あまりに古ぼけていて見きわめはつかなかった。

道路の周りの風景は、もの寂しいことこのうえなかった。ミンジュンは北に来て、金東仁（キムドンイン）*が朝鮮を象徴する風景として描いた「赤い山」*というのがどんなものなのかを知った。南では、それほどの禿（は）げ山を一度も見たことがなかったのだ。最初に再召集の命令を受け、分界ラインを越えて開城（ケソン）の訓練所に向かっているときには、別の星に降りたような気分になったものだ。樹木など一切生えていない暗紅色（あんこうしょく）の巨大な土の塊の麓（ふもと）を通ったときなど、自分が地球にいるとはとうてい思えなかった。斜面と谷あいの禿げ方は、ある種、驚異的でさえあった。

「大韓民国政府が北の山林緑化事業に毎年数十億ウォン投じているってご存じですか？」

ロング大尉が後部座席から英語で訊いてきた。

「あ、そうなんですか？　知りませんでした。増資しないといけませんね。ここなんか、苗木も植わっていませんし」

ミンジュンが答えた。

「一本の木を植えるのにかかる費用は、南より北のほうがはるかに高いってご存じ?」

ロングが重ねて尋ねる。

「えっ……、それも知りませんでした。寒いからでしょうかね。それか、土壌が痩せていて?」

「山林緑化事業の予算のおよそ半分が、途中で消えてしまうからですよ。北の上級職の公務員が予算を転用したり着服したりするし、下級職の公務員や外注業者なんかも自分の分け前をかすめ取りますし。北の下級公務員の清廉度は、世界でもワーストワンですね。それに木が植えられたとしても、住民が夜中にこっそり抜いていったり、周辺に塩を撒いて枯らせたりしてしまいます。いまだに薪で暖をとる家が多いのと、木がよく育つと、その地域が山林緑化事業の対象から外されるんじゃないかって危ぶむ人がまた多いから。そうなったら、手軽にお金を稼げる仕事がなくなるんじゃないかと」

ミンジュンの口元に苦い笑いが浮かぶ。北という国やそこの人々を自分と関連づけて考えてみたことなどなかったにもかかわらず、外国人にそういうことを言われると、心穏やかではいられない。同じ類(たぐい)の反発は、実は前日から感じていた。ミンジュンは、ロングには返事をせず、軍務員に話しかけた。

「この車、オーディオないんですか? 若い人たちに人気の最新の音楽でも聴きながら行きましょうよ。ロング大尉、音楽かけても構いませんよね」

ロングは気乗り薄だったが、とくに異を唱えはしなかった。軍務員がポケットから取り出したUSBメモリをカーステレオに差し込むと、南で大人気のガールズグループの曲が流れ出た。難解な歌詞と攻撃的なヒップホップスタイルを個性とするグループということもあり、北の若者たちにはあまり好まれそうにないと思っていたのに、そうでもないようだ。

「あの、丁寧語はやめてください、大尉。落ち着かないので」と軍務員が言う。

「そうですか？　私はこのほうがいいんですけど……」

気が進まない様子でミンジュンが答える。軍務員はミンジュンを窺うように見ていたが、やがてニッと笑って、「大尉はほかの方たちとは違いますね」と言った。

「えー、そうかな。じゃ、ほかの人たちはどんななんです？」

「ほかの南の将校の方々はみな、何て言うか……いつも腹立たしそうで、あと憂鬱そうです。それを、私たちに当たることで晴らそうとされます。北朝鮮（プッチョソン）に来てほしいと私たちが平和維持軍に頼んだわけでもないのに、です」

軍務員の言っていることは、ミンジュンにもよくわかった。実際そうだったから。彼の同期にしても、そのほとんどが、まさか社会でもこんなだったわけではあるまいな、とあきれるほど非常識に振る舞っていた。おそらく〝何の因果で軍隊生活を二度も〟という行き場のない怒り、悔しさ、そして軍服の袖に手を通したとたんに人格が変わる韓国人男性ならではの習性のせいだろう。

そんな憤りは時として、北の軍務員にあからさまに向けられた。植民地時代の日本人将校が朝鮮人の部下に接するとき、同じようだったのではなかろうか。確かに、韓国人将校に対する北の軍務員たちの過剰なまでに卑屈な振る舞いもその一端を担っているのだろうし、また北の人たちの態度――仕事中の立ち居振る舞いや、習慣のように嘘を並べ立てるところなどが、南の人間にとってはとうてい好意的に見られるものではないということもあるだろう。北の人たちに対する先任の将校や外国の軍人のぞんざいな態度からは、それなりに学ぶところが多かった。ミンジュンはまたも、ほろ苦く笑った。

ミンジュンと軍務員は、自分がよく知らないことを尋ね合った。ミンジュンは長豊（チャンプン）付近の情勢について、一方の軍務員は南の政治についてだ。北の軍務員が語る南の政治の話は、ミンジュンにとって違和感のある、また失笑を禁じ得ないものだった。暇を持て余した南の年寄りが酒をひっかけながら並べ立てる政治家の悪口とはまた微妙に違う。政治家個人の性格や習慣、人脈については驚くほど博識なのに、そこから引き出す結論は常に突拍子もないものだった。

しばらく聞いているうちに、その理由がわかってきた。その北の若者には、議会制民主主義だの三権分立といった原則についての知識が決定的に欠けているのだ。与野党の合意だとか、政府・与党協議会といった概念からしてまったく理解できず、政権を握っている与党が野党に気を遣わざるを得ないとか、立法府と行政府が摩擦を起こしたりもするとかいうことは、もはや若者の想像力を超えていた。政策というものは、何人かの権力者がそれぞれ自分に都合よく、規則性など一切なく決めるものと思っている。それが金王朝時代の朝鮮民主主義人民共和国の政治だったのだ。

軍務員が、自らが構想する統一シナリオと、そのために南の政治家たちがそれぞれ請け負うべき役割を思う存分に力説している間、彼らの車は三キロほどしか進んでいなかった。どうにも耐えがたいノロノロ運転だ。気がつくと、廃紙に空き瓶、空き缶といった廃品を山のように積んだ隣の車線のリヤカーと仲良く並んで進んでいた。

ひどい渋滞の理由はじきに判明した。ホームレスたちが車道を占拠し、車内の人たちに物乞いをしているのだ。このようなことは、たびたびあるという。いわば無許可の料金所というところか。

物乞いをしている人たちの歳の頃はさまざまだった。腰の曲がった老人もいれば、十歳ぐらいの少年や少女もいた。ボロ布を身に着けた人々が、ミンジュンとロングが乗っている車の窓を叩き、両手を合わせて金を恵んでほしいという仕草をする。

「乞食どもが。こいつらはね、働く気ってものがないんですよ、まったく。性根が腐り果ててやがる。金王朝時代に悪い癖がついちまって」

　軍務員が罵倒する。クラクション、果てにはセキュリティアラームまで鳴らしても、物乞いの群れは道をあけようとしない。ロングとミンジュンはどうしたらよいかわからず、南のガールズグループの歌が流れる車内で黙りこくって座っていた。

　そのとき、警光灯を装備した二台の白いオートバイがやって来た。乗っているのは白人の副士官で、共に口髭を生やし、国連平和維持軍の象徴である空色のヘルメットをかぶっている。二人はオートバイを止めると、緊張した面持ちであたりを見回した。部隊マークがよく見えないので、どこの国の軍人なのかはわからない。

　平和維持軍が現れたとたん、路上の雰囲気は一変した。「白頭(ペクトゥ)血統*が率いる太陽民族」として教育を受けてきた北の住民たちの人種差別意識は複雑にこじれていた。東南アジア諸国出身の平和維持軍に対しては、露骨に蔑(さげす)みながらもさほどの抵抗はしない。それがオランダやフィンランドの軍人が相手となると、必要以上におろおろするか、逆に神経質な反応を見せることが多かった。白人コンプレックスがあるのか、それとも彼らを見ると〝宿敵〟であるアメリカ人が連想されるからなのかは不明だが。

　白人の副士官は、物乞いをしている者たちに道路からどくようにと手まねで命じた。年若いホームレスたちはたちまち察して指示に従った。ところが、正気を失っているような者や老人などは、何が何やらわかっていないようだった。そんななか、一人の老人が白人の副士官のほうへ歩み寄っていくのが見えた。少しイカれているらしいその老人は両腕を広げ、副士官に向かって何やらわめき立てている。軍人が近寄るなと動作で命じても、気にも留めない。ついに片方の軍人が小銃を手にし、老人に狙いをつけた。

〝まさかあいつ、本当に撃つ気じゃないよな……？〟

ミンジュンは車の中からなすすべもなく眺めていた。降りて通訳してやろうか、と思わないでもなかった。けれど、下手に出しゃばって藪から蛇を出したりしたら……と心配する気持ちがその考えを押さえ込んだ。銃を構えた軍人が安全装置を外すのを見ても、まだ……。

「あれ……、ほんとに撃つ気じゃないですよね？」

「ええ？　まさか……。こんなにたくさん人もいるのに……。ちょっと脅かしてやろうってだけでしょう」

軍務員の答えも自信なさげだった。ミンジュンは、バックミラー越しにロングの表情を窺った。苛立ちと無関心が半々に混じった冷たい表情を浮かべている。

老人がさらに距離を詰めると、白人の副士官は小銃の台尻で頭を殴りつけた。倒れた老人をもう一人の軍人が素早く道路の外に引きずり出す。白人の軍人も、臆病風に吹かれたんだろうとミンジュンは想像した。ホームレスのうち、ナイフを振りかざして飛びかかる者がいても何らおかしくない状況だったのだから。

銃を手にしていた副士官は結局、空に向けて撃った。空砲だったのか実弾だったのかはわからない。ホームレスたちは散り散りになって逃げていった。

＊

「何を寝ぼけたことを言ってる？　俺らに平和維持軍全体を敵に回せってのか？　そりゃやな、問題外だ。朝鮮(チョソン)の奴ならいくらでも殺せるさ。だがな、平和維持軍の将校はただの一人として殺(や)れん」

チェ・テリョンは一言のもとに拒絶した。

「ペク・コグマの部下がやらかしたことにすればいいだろう。それか、イカれたごろつきに襲われたってことにするとか。そいつはな、いい女だ。夜道で拉致されて死体になって転がってても、ひとつもおかしくないんだ」

憲兵隊長が食い下がる。

「そのマレーシア人大尉がどんだけいい女なのかは知らんがな、そんな女が一人で夜道を歩くか？　それに、武装だってしとるだろうが。まったく、バカも休み休み言え」

「お前の部下は有能じゃないか。それぐらいお手のものだろう？」

憲兵隊長は譲らず、ケ・ヨンムクとパク・ヒョンギルを指して言い張った。

そのとき、チョ・ヒスンがドアを開けて入ってきた。シャツに血が飛んでいる。チョ・ヒスンは憲兵隊長に黙礼し、向かいの席に座った。

「おい中領、あんたが知らない話をしてやろう。マレーシアの大尉が長豊で死んだらな、平和維持軍がここの人民保安部を締めつけるよな？　すると、どうなるか。人民保安部の連中が俺たちを締めつけてくるんだ。そしたら俺らはどうするか。いいか、犯人をでっち上げなきゃならんのだ。人民保安部に捧げて差し上げるためにな。たとえ俺たちがそのアマを殺らなかったとしてもだ。ここの人民保安部と俺らの関係ってのはな、そういうもんなんだ。人民保安部に何か頭痛のタネが生じたら、俺たちが助けにゃならん。無条件でな。でなきゃ、俺らに何かあったときに、人民保安部の助けを得られんからだ。犯人は、そう、一人じゃダメだ。最低二、三人はいるな。でなきゃ人民保安部のメンツが立たんし、死んだ将校のメンツも立たんし、平和維持軍のメンツも立たんのだ。南朝鮮の法廷ってのは、殺人犯にも寛大なんだって？　一人殺したからって死刑になったりしないんだそうだな。だがな、共和国じゃそうはいかん。平和維持軍の将校なんか殺した日にゃ、即刻死刑だ。ここじゃ裁判から刑が執行されるまでの期間も短い。一、二年お勤めさせる奴らを探すのだってそうそうたやすいことじゃないってのに、死刑になる人間を、それも二人、どうやって見つける？　むちゃくちゃだ。俺らはむしろ、そのマレーシア軍人がどっかで怪我したりしないように守ってやらにゃならん立場なんだぞ」

チェ・テリョンが長広舌をふるった。

「だから、はじめっからほどほどにしときゃよかったのに。一人でペク・コグマの部下を三人も撃ち殺したなんて嘘ついて、そりゃ疑われるでしょうよ」

チェ・テリョンの上の息子が口を出した。それを聞いていた下の息子はニヤリとする。

憲兵隊長のひと言に、しばし沈黙がおりた。

「雪虎作戦」

「ん？　何だそりゃ」

チェ・テリョンがとぼける。

「雪虎作戦さ。知ってるんだぞ、俺だって」

憲兵隊長が言う。

「おいおい、あんたいったい、俺に何て言わせたいんだ？　何のことかさっぱりわからんが、脅迫してるのか、いま？」

「チェ・テリョン社長、お芝居はそこまでだ。ぎくっとしたろう、内心。よく考えてみろ。俺に雪虎作戦を台無しにされるのと、マレーシア女が長豊で強盗にひっかかって殺されるのと、どっちがお前にとって不利益か。マレーシア女の居場所だとか、どこに誘い出してくれとか、とにかく必要なことは俺に訊いてくれりゃいい」

憲兵隊長は立ち上がった。そして「よーく考えてみることだ。雪（ヌン）・虎（ホランイ）・作戦」と念押ししながらドアを開けて出ていった。

＊

「この調子じゃ、現場に着く頃には食事の時間が過ぎちゃいますね……。大尉、どこか適当なところで食事してから行くのはいかがですか」

腹が減っていまにも死にそうだ、と言わんばかりのカン・ミンジュンの表情が効果をもたらしたのか、さすがのミッシェル・ロングもうなずいた。彼らは「平壌冷麺（ピョンヤンネンミョン）・タンコギ❖」という看板が掛かった二階建ての建物の脇に車を止めた。〝タンコギ〟……万一、ロングに意味を訊かれたら、ごまかさねば……。あたりには物乞いをする人の姿はなかった。食堂が道路から多少離れているためか、それとも駐車場にいる人相の悪い管理人のせいかはわからないが。

駐車場には高級車がぎっしり止められていた。ベンツやＢＭＷなども見える。軍務員が、そのうちの一台を見て言った。

「ファン・ドンオ、あの野郎。また仕事しないでタンコギ喰らってやがる……」

「お知り合いの車ですか？」

ミンジュンが尋ねた。


❖タンコギ……犬肉。

「ええ。あのＢＭＷ」

軍務員が短く答えた。

「何をしてる人ですか？」

「憲兵隊の軍務員ですよ。そいつはね、車を三台持ってるんです。一台は女房に乗らせて、自分は部隊内じゃ旧式のボロ車に乗ってるんですが、部隊の外じゃ、いい気になってＢＭＷを乗り回してるんですよ。部隊の前に有料駐車場があって、そこで車を乗り換えるんです。昼飯食いに来るだけなのにＢＭＷかい、ケッ！」

「憲兵隊の軍務員？　てことは、あの憲兵隊長の下で働いてるってこと……？」

「はい。あいつはね、憲兵隊長の一番の相棒なんですよ」

彼らはユッケジャンとマンドゥ〔韓国風餃子〕を注文した。味は悪くない。ロングも慣れた様子で汁に飯を入れて食べている。油や調味料をあまり使わずあっさり仕上げた北の料理は、南のものよりかえってミンジュンの口に合う。

彼らが食べ始めてすぐ、隣のテーブルでマンドゥを食べていた中年の男が、こちらのテーブルに向かってやって来た。身に着けたジャンパーがくたびれてはいるが、精神に何らかの障害があるようには見えない。何者だろう。考えているうちに、男はもうミンジュンの脇に来ていた。

「十五号管理所にいました」男が言った。

「はい？」

ミンジュンは手を止めて男を見つめた。

「耀徳（ヨドク）政治犯収容所*です。革命化区域*にいました」

「おい、あっちに行け！」

軍務員が鋭い目で男を睨む。

「軍服姿でいると、たびたびあるんですよ、こういうことが。知らんふりしていればいいんです」

ロングが淡々とした口調で言った。そう言われてミンジュンは視線を料理に戻したが、男は食らいついて離さない。

「妻と娘と三人で連れていかれて……、みんな死んで私だけが残りました」

「あの……、ならば〝補償委員会〟にお話になってみたらいかがです？　えーっと、反人権……」

ミンジュンがあやふやな口ぶりで言った。

「補償委員会？」男が訊き返す。

「うーんと……ああ、反人権犯罪被害者補償審議委員会」

ミンジュンは、委員会の名前をどうにか脳みそから絞り出した。

「その委員会というのは、どこにあるんですか？」

「え……だから、あちこちに……広告板みたいのが立ってませんか？　そこに電話番号が……」

「もう行きました。でも、耀徳にいなかったと言うんです、私が」

男が答える。

「あの、でも、さっきは委員会のことをご存じないみたいにおっしゃいましたよね……？」

「妻は強姦されて死にました。飢えで腹が膨れてたのを、❖保衛員が妊娠だって勘違いして、殴り殺したんです」

「こいつ、いい加減にしないか！」

❖**保衛員**……情報機関（秘密警察）である国家安全保衛部（国家保衛省）（☞201）の要員。

軍務員が匙で食卓をカン！　と叩き、男をどやしつけた。

「あの……それは私に言われてもですね、どうしてあげることもでき……」

「娘を見つけ出したいんです。どうか手を貸してください！」

男はいきなりひざまずき、ミンジュンの片方の脚にしがみついた。

「このイカれた野郎が、いい加減にしろ！　こいつの言うことはね、全部でたらめですよ。補償金が欲しいだけなんです」

軍務員が男とミンジュンを代わる代わる見ながら言い、早く出ようと目配せしてきた。ミンジュンが立ち上がると、男はそれこそ血相を変えて取りついてきた。ミンジュンはやっとのことで男から逃れ、ほうほうの体で車に戻った。トイレに行きたかったが、また男につかまったら面倒なので、我慢することにした。

＊

「あの野郎、なんで雪虎作戦を知ってやがるんだ？」

チェ・テリョンは目元に殺気を漂わせていた。口調はこのうえなく穏やかだったが。

「たわごとですよ。何にも知らないくせに〝雪虎作戦〟って名前だけどっかで耳にして、出まかせを言ってやがるに決まってる」

チェ・テリョンの下の息子が言った。

「当たり前だ。雪虎作戦が何なのか実際に知ってたら、あんなふうに口に出すわけがない。問題はな、あの野郎が〝雪虎作戦〟って言葉をいったいどこで聞いたのかってことだ。雪虎作戦について知ってる奴っていうと、どんな奴がいる？」

「私たち六人だけです。あ、少し前まではそうとばかり思ってました」

チェ・テリコンの上の息子が答えた。

「うむ、じゃあ落ち着いてよく考えてみよう。雪虎作戦を知ってるのは、俺たち六人だけじゃない。長豊郡がこの世のすべてだなんて思い込んじゃいかん。朝鮮解放軍や開城(ケソン)繊維縫製協会にも、雪虎を知っている者が当然いる。ということは、だ。朝鮮解放軍や開城の組織を対象に平和維持軍が情報収集をしていて、雪虎作戦について耳にすることもあり得る、ってことになる。その情報が流れ流れて、憲兵隊長の耳にまで届く可能性もだ。そうだろう？」

「そうですね……」

下の息子がうめくように相槌を打つ。父親がこのうえなく優しくなるとき。それは実は、物騒きわまりない人間になる直前なのだ。彼はそのことを知っていた。そういうときに考えなしにものを言ったら最後、どんな目に遭うか見当もつかない。

長男は、父親の張った罠にはかからなかった。

「でも、あの中領の野郎は、それを俺たちと関連づけてました。脅迫のタネにもしてきました。深く知ってはいないでしょうが、何か知っているのは確かです」

「あいつにその情報を伝えた者は、もしかして、もっとよく知っているかもしれん。そうじゃないか？」

「そのとおりです」

二人の息子が同時に答える。ケ・ヨンムクとチョ・ヒョンは黙っていた。これは、チェ・テリョンなりの〝経営授業〟なのだ。

「じゃあ次は、それは誰なのか、だな。お前たち、雪虎作戦について外部に漏らしたりしてないだろうな？　酒に酔ってうっかり口が滑ったとか？」

「そんなことはありません」二人の息子は口を揃えた。

「私どもも同様です」ケ・ヨンムクが答えた。

「ファン・ドンオかもしれません」

下の息子が言った。

「ファン・ドンオ？　あの不細工な軍務員のことか？」

「まず、雪虎作戦について小耳に挟んだ可能性がある者が二人いますよね。先日、作戦絡みの作業に人夫を二人使ったでしょう。そいつらです。うち一人は、協力公団に入り込むための抜け穴を八つも掘ったって奴だったんですが、それがバレて刑務所に入ってました。ところがそいつが出所してきたときにですね、ファン・ドンオの奴があちこちの人力事務所に電話をかけて脅しをかけたんだそうです。そいつに仕事を回したら最後、部隊の工事は一切請け負えなくなると思えって。雪虎作戦絡みの工事で使う人夫を探していたとき、そのことをふと思い出しまして、ファン・ドンオを介してそいつと連絡をつけたんです。要するに、雪虎について知っていた死んだ人夫と憲兵隊長の間にファン・ドンオがいたってことになります」

下の息子が説明した。そこへ長男が割り込む。

「ファン・ドンオと憲兵隊長は、やたらと親しくしてます。憲兵隊長のほうは、あの不細工な奴のことを自分の手足だと思い込んでるでしょうが、実のところはあいつのほうが憲兵隊長の権威を笠に着て、はるかに甘い汁をたくさん吸ってることでしょうよ。目の前ではへいこらして見せてますけどね。あいつの正体を正確に見抜いてる韓国軍の将校なんて滅多にいませんよ」

「ことによると、ファン・ドンオの奴、その抜け穴掘りから何か話を聞き出してたかもしれませんよ。ゆすりのネタをつかもうとして。テリム建設が何をさせるためにそいつに声をかけたのか、とか……。そこで雪虎作戦について聞いたのかもしれません」

今度は下の息子が言った。

「一理あるな。じゃあとりあえず、ファン・ドンオを締め上げてみるか」

チェ・テリョンが言うのを聞いた息子たちは感じた。父親は、最初からそのつもりでいたのではないか、と。

「今夜、ファン・ドンオのところに行ってきます。雪虎作戦についてあんまりくわしく知っているようなら、その場で始末して事故死に見せかけてしまいますか？」

ケ・ヨンムクが訊いた。

「いや、平和維持軍と関連のある人間を一度に二人以上殺(や)るのはまずい。露骨すぎる。いまの俺らには一人がせいぜいだ。どいつだと思う？」

チェ・テリョンが息子たちに問うた。二人は顔を見合わせた。

「憲兵隊長……でしょうか？」

次男が疑問符つきで答えた。

「そのとおりだ。お前たちもこれを教訓にしろ。取引関係のある相手にな、あんなふうに圧力をかけてはいかん。憲兵隊長はな、俺たちにほかの選択の余地を与えなかったんだ。俺たちにとって、マレーシアの大尉を殺そうが、韓国軍の中領〔憲兵隊長のこと〕を殺そうが、同じことだ。どっちも平和維持軍の将校を殺すってことだからな。だがな、マレーシアの大尉を殺した場合、憲兵隊長にまたひとつ弱みを握られることになる。一方、憲兵隊長を殺れば、いくつもの頭痛のタネを一気に潰せる。

俺たち以外で雪虎作戦について知っている者がほかにいるのか、それが本当にファン・ドンオなのか、もしそうならどこまで知っているのか、把握するのはもちろん重要だ。でもな、それとは別に、憲兵隊長にはこの際、消えてもらう。急いだほうがいいな。できれば殺す前に尋問したいところだが、体におかしな傷なぞ残っても厄介だしな」

「今日中に処理します」

ケ・ヨンムクが言った。

「憲兵隊長の殺害ですが、チェ・シンジュをボコボコにしたっていう流れ者の仕業に見せかけるのはいかがでしょう。ペク・サングがその流れ者を送り込み、憲兵隊長に復讐したというように」

上の息子が提案する。

「いい考えだ。偽の目撃者を一人手配しておかんといかんな。その流れ者も、まず俺らが見つけ出す。平和維持軍や人民保安部より先にな。明日の午後に重要なお客がお越しになるってことは、全員承知してるな？　そのお客様たちをお迎えするのに、万に一つでも差しさわりがあってはならん。これまでは、雪虎作戦の準備作業だった。本当の始まりは明日からだぞ」

「眉の下に長い傷跡がある奴を捜し出すのは難しくないと思います。そういう者を見つけたら、ただちに連絡するよう指示しておきます。憲兵隊長は私が何らかの形で処理し、ファン・ドンオのところにはチョ・ヒスンとパク・ヒョンギルを行かせます」

ケ・ヨンムクが言った。

「ファン・ドンオは女房にベタ惚れです。あの不細工な男が、十歳も年下の若い女と結婚できたんですからね。夜道は危険だからって、車まで買ってやったりしてね。奴の目の前でその女を痛めつけてやれば、洗いざらい吐きますよ。あっさりとね」

チェ・テリョンの下の息子がチョ・ヒスンとパク・ヒョンギルに言った。

「痛めつけるなり、かわいがってやるなり。ファン・ドンオのダメージがでかいほうにするさ」

チョ・ヒスンは笑った。

3

「私が息子さんとご主人を捜すのをお手伝いして、それと引き換えにチェ・テリョン組織にいる信川(シンチョン)復讐隊(ボクス)の元隊員たちを見つけるのを皆さんが手伝ってくださると。その取引自体には異存はありません。ですが、どんなふうにお手伝いできるのか、そこのところがちょっとよく……。私はこのあたりに知り合いもいないし、皆さんのご家族について誰に訊けばいいのかもわかりませんよ」

長豊(チャンプン)バーガーで女たちの話を聞いていたチャン・リチョルが言った。

「いい方ですね。不公平な取引になるんじゃないかと心配されてるんですよね？　そこのところはご心配なく。話を聞くべき人物の目録は、もうつくってあります。私たちではまともに話もできないような連中です」

パク・ウヒが答えた。いつの間にか、淡々とした声音(こわね)に戻っている。

「私の役割はつまり、脅したり追いつめたりすることのようですね」

「それから、私たちが提供する情報は、よそではとても手に入らないようなものだと申し上げておきます。先ほど、長豊で商売をしている女たちだけのチャットルームがあると言いましたよね。その連絡網を使えば、チェ・テリョンの動きをほぼリアルタイムで把握できます。そいつの車を見るやいなや、位置をチャットルームにアップしてもらえるように頼んでおけばいいので。いつ退社したのか、どの食堂に行ったのか、いつ食堂を出て家に向かったのか等々、正確にわかります。車はだいたいケ・ヨンムクという者が運転しています。信川復讐隊の元中隊長だという触れ込みで、チェ・テリョンのボディガードをしているときもありますね」

　ちっぽけな食べ物屋をやっているただの女と侮れる相手ではない。リチョルはパク・ウヒのことをそう認めた。もともとしっかりしている女性がこういう店を開くことになったのか、女というものはみな我が子のこととなるとこんなふうに強くなるものなのか、それともこのあたりの女たちはみな、こんなふうに手ごわいのだろうか……。

「とっても強固な連絡網です。持ち歩き電話が出回り始めた頃にできたグループですが、こんなグループがあるって外部に知られたことは、これまでただの一度もありません。このチャットルームのことは、男たちには絶対に話さない。たとえそれで命を失うことになっても。そう誓いを立ててるんです。ペク・コグマやチェ・テリョンみたいな悪者、チェ・シンジュみたいなごろつきども、ごろつきよりタチの悪い人民保安員〔警察官〕に私たち女が立ち向かおうと思ったら、武器にできるのは情報力だけですから。長豊の女商人以外の人にチャットルームの存在をお話ししたことからして、今回が初めてなんです。お願いです。どうか、私たちを助けて……」

　ムン・グモクが言った。

「でも、私は顔に傷跡があります。動き回ればすぐに噂になることでしょう。チェ・テリョン組織もそれなりの情報網を持っているはずです。眉の下にナイフの傷跡がある男を見たらただちに報告せよと、指示を下すかもしれません。ことによると、すでに指示が出されているかもしれませんよ」

リチョルが言った。

「あ、それですけどね……」

ムン・グモクがバッグから化粧道具を取り出した。

「化粧で顔がどんなに変わるか、男の人には想像もつかないでしょうよ。北朝鮮（プッチョソン）の男性はとくにね」

ウン・ミョンファが口を挟む。

ブラシで頬を撫でられたりしてメイクアップを施されている間、リチョルはきまり悪くて尻をもぞもぞさせていた。化粧を終えたムン・グモクが、リチョルに手鏡を差し出す。

「どうです？　まだ傷跡が見えますか？」

「おや、見えません、まったく」

リチョルは素直に感想を述べた。そんなリチョルにパク・ウヒが「これを掛けてごらんなさい」と言いながら、プラスチックフレームの眼鏡を差し出した。

「息子のものです」

リチョルは眼鏡を受け取り、掛けてみた。

「前髪も下ろしましょう。そうすれば、完全に別人に見えるはずよ」

ムン・グモクがまたもやリチョルの顔をいじり始めた。わずか十分も経たないうちに、リチョルの印象はずいぶんと変わっていた。

「まあ、これはもう美男子ね。素敵ですよ」

パク・ウヒが言った。

「顔に刃物の傷がある男を捜してる連中は、これで無駄骨を折ることになるわ。傷跡があって、かえって好都合でしたね」

ミョンファが言った。

「美男子さん、私たちのこと助けてくれますか？」

ムン・グモクに訊かれ、リチョルはしばし答えに迷った。彼は自分の役割がどこまでなのかが気になっていた。女たちが自分に求めている暴力の基準がどのくらいなのかも。

「本当に、息子さんが亡くなってるとお思いですか？　そして、そこにチェ・テリョン組織が絡んでいると？」

リチョルが尋ねた。

「ええ、そう考えています」

パク・ウヒが答えた。依然として湿り気の一切感じられない口調だった。

「犯人を見つけたら、どうなさるおつもりですか」

「息子が死んだということを確認して、息子の遺体がどこにあるのか聞き出します」

「そしたら？」

「理由を聞きたいです。なぜそんなことをしたのか。私はその理由を知りたいんです。納得できる理由であれ、どうであれ」

「その後は？」

「平和維持軍に引き渡します。ですから、絶対に言い逃れができないような証言や証拠がいるんです」

パク・ウヒは、リチョルからすっと目をそらして言った。彼女がリチョルについた初めての嘘だった。パク・ウヒは、犯人を平和維持軍に引き渡すつもりなど微塵もなかったからだ。

「もし私が現れなかったら、どうなさるおつもりだったんです？」

「銃を二丁買いました。長豊郡の外れのほうで、グモクと二人で射撃の練習もしました。そちらに会えなかったら、それを持って、私たちがじかに話を聞きに行くつもりでした。これまで会おうともしなかったり、嘘を並べ立ててきた連中に」

＊

「とりあえず、向こうが私たちの存在に気づいて対応する前に、できる限り迅速に動いたほうがよさそうです」

リチョルが言った。

「同感です。私たちが貯めておいた資金があります。ここを出たら、まず持ち歩き電話を買ってください」

パク・ウヒの言葉に続いて、ミョンファに訊かれた。

「オートバイの運転って、できます？」

「できません」

「なら、私が運転します」

ミョンファはなぜパク・ウヒとムン・グモクに手を貸しているんだろう。リチョルはふと思ったが、いまは訊かないでおくことにした。

「銃はいりませんか？　借りてきます？」

ムン・グモクに訊かれる。リチョルが身を置いてきた世界では、銃を貸すということは、まずあり得ない。絶体絶命の危機に陥ったとき、または家族も同然の強い信頼関係にある場合ぐらいだ。リチョルは微妙な笑みを浮かべて「必要になったら言います」と答えた。

リチョルは、ミョンファが運転するバイクの後ろに乗って長豊バーガーを後にした。市庭の外れのあたりで中古の携帯電話を買い、ミョンファにグループ電話のかけ方を教えてもらう。おぼつかない手つきで液晶画面を押すリチョルを見て、ミョンファが訊く。

「まさか、スマートフォンは初めて、とか言いませんよね？」

「こういう電話機は初めてです。あと、電話をかけるために使うのも」

「電話をかけたことがないって……、じゃ、これまでは何のために使ってたんです？」

「車のガラスを割るのに」

ミョンファはため息をついて、自分の携帯電話をせわしなく操作した。リチョルなど、見ていると気が遠くなってしまいそうな素早い指の動きだ。

「嘘つきの証人に、まず会いに行きましょう。行方不明になった二人が金庫を運んでいるのを見たっていう。そいつがいる下宿屋の大家のおばさんといま話をしました。一人で酒を飲んでるってことです」

ミョンファはオートバイを操って長豊郡の中心部に出たかと思うと、次は狭く込み入った路地に入った。道というより、無許可の建物の間にできた隙間みたいな空間が長く続いている。舗装されていないうえに排水が悪いため、路面はどこも一様にぬかるんでいた。道の両側にはゴミが山と積まれている。ゴミの間で遊ぶ子どもたちは、オートバイがすぐ目の前をかすめ過ぎたのに、驚きもしなかった。リチョルは自分がいる場所の見当をつけようと試みていたが、路地がおかしな角度に何度か曲がったあたりであきらめてしまった。

そんなふうに二十分ほど走り、着いたところは二階建てのアパートの前だった。ミョンファがオートバイを止めると、暗い顔つきの大家の女が待ちかねたように鉄の門を開けて出てきた。

「後ろ、ちょっと持ってもらえます?」

ミョンファがオートバイの前の部分を持ち上げながら言った。アパートの敷地内には、地面をコンクリートで固めた一メートル四方ほどの小さな庭があった。そこに置かれた水の入ったたらいの前に、ミョンファは危なっかしくオートバイを止めた。

「上にいるよ」

大家が声を潜めて指で二階を指さす。このアパートは、建物の外に階段があるタイプだった。ひどく傾斜の急な階段だ。

「一緒に行きましょう」

ミョンファが息を整えながら言った。

「いえ、私一人のほうがいいかと思います。そちらは顔を知られていますから。大丈夫です。その嘘つき野郎を締め上げてやりますよ」

そう言いながら、リチョルはたらいの脇にあったタオルをつまみ上げた。

「何を問いただすのかは、わかってます?」

ミョンファが訊いた。

「パクさんの息子さんとムン・グモクさんのご主人が姿を消した日、本当に彼らを見たのか、ですよね。金庫を車に積んでいるのを見たのかどうか」

プラスチックフレームの眼鏡を外してミョンファに預けながら、リチョルが答える。ミョンファがうなずいた。

「ところで、二階にいるそいつは、どれぐらい悪い奴なんです？　文明的に相手してやるべき人間ですか？」

リチョルが階段を上がりかけて足を止め、尋ねた。

「悪質なチンピラです。たとえウヒさんの息子さんやグモクさんのご主人が金庫を盗み出すのを本当に見たんだとしても、そいつがクズ野郎だって事実に変わりはありません」

ミョンファが答えた。

「去年なんかさ、付き合ってた女がいたんだけど、口答えしたって何時間も殴り続けたんだよ。あんまりひどく殴られたんで、女はおかしくなっちまった。しばらくしていなくなったけど、さあねえ、いまはどこにいるやら。そのときは、あたしまで死ぬほど殴られましたよ、人民保安部に通報したって。なのに人民保安部の連中はろくに取り調べもしなかった。あの野郎、下っ端とはいえチェ・テリョンの子分ですからね。タチの悪い奴ですよ。下宿代もまともに払いやしない。月一で部屋を掃除して、洗濯だってしてやってるってのに」

大家が小声で機関銃のようにまくし立てた。恨みが積もり積もっているようだ。

「わかりました」

リチョルがうなずく。

「あたしが中に通したって、絶対に言わないでくださいよ」

階段を上がるリチョルの手首をつかんで大家がささやいた。

足がはみ出してしまうくらいに一段の幅が狭い階段だった。降りるときに、足を踏み外して転げ落ちないよう気をつける必要がありそうだ。三、四段上がると、二階の部屋からテレビの音が聞こえてきた。ケッケッと笑う声も聞こえる。

リチョルはドアを叩いた。

「誰だ？」

ランニングに半ズボンという出で立ちの男が、バンとドアを開けて誰何(すいか)する。間髪入れず、リチョルの拳が男の腹にめり込んだ。リチョルは前にのめる男の髪をつかんで上を向かせ、口にタオルを押し込む。そして部屋に押し入りながら、もう一発腹に拳を打ち込んだ。男は悲鳴をあげたが、その声はタオルに吸い取られてしまった。

男の腹に二発目をめり込ませるのと同時に、リチョルは素早く家の中に目を走らせていた。大家の言うとおり、ほかには誰もいない。すさまじいばかりに汚い部屋だった。ここに来るまでに通った路地のほうがいっそきれいなぐらいだ。ゴミがくるぶしのあたりまで積もっている。座卓にはタバコの吸殻でいっぱいの紙コップ、その脇に『闘鶏は科学だ』という薄い冊子が置いてある。その部屋のほかには隣に台所、あと小ぶりの部屋とトイレがあった。

トイレにも誰もいないのを確認すると、リチョルは男の腹にさらに連続パンチを食らわせた。三発だ。男はこらえきれずに失禁した。水様(すいよう)の便が半ズボンから出た足を伝ったかと思うと、次は塊が転げ落ちてきた。

腹に強烈なパンチを食らうと、括約筋(かつやくきん)が緩むものだ。そんな場面には慣れっこのリチョルは、眉ひとつピクリともさせなかった。むしろ彼にとっては吉兆だ。人はふつう、他人の前で裸に剝かれたり、失禁してしまったりすると、みるみる戦意を喪失するものだからだ。

リチョルは、腹をつかむように押さえてうずくまっている男を食卓の椅子に座らせた。テレビには南朝鮮の芸能番組が映し出されていた。出演者たちがどっと笑う。男は泣きべそをかき始めた。

もはや盾つく気力など一切なくしてしまっているようだ。そこでリチョルは決まり文句を口にした。軍隊で学んだものだ。

「よく聞け。俺はきわめて老練な拷問専門家だ。どう殴れば人間が死ぬのか、どう殴れば意識を失わせずに死ぬほど苦しめることができるのか、よーく知ってる。いまこの場でお前を素手で殺すことなど、俺にとっては造作もないことだ。どういうことかわかるな？　わかったら、うなずけ。声は出すな」

タオルを口に押し込まれた男がうなずいた。

「よーし。ではこれから、お前の口の中のタオルを抜く。大声を出してみたところでどうせ誰にも聞いてもらえないし、気にかけてももらえないだろうが、それでもお前が声をあげたら、俺はお前を殴る。地獄の苦しみを味わうようなやり方でな。お前が腹を隠せば頭を殴るし、頭を抱えたら腹を殴る。いいか？　わかったらうなずけ」

男が必死でうなずいた。そんな男の口からリチョルがゆっくりとタオルを引っ張り出す。男はしきりと咳き込んだ。涙も流している。リチョルは男の頭をつかみ、よだれで湿った布で頭と顔を覆った。目隠しをしたのだ。攻撃者がどこにいるのか、どんな表情を浮かべているのかわからないと、人は恐怖にかられるものだから。

「俺は、尋問の訓練も数千時間受けてる。声の震えからだけでも、嘘をついているのかどうかわかる。これから俺が訊くことにだけ、正直に答えろ。答えが遅れたり、ごまかそうとしたりしたら、腹か頭を殴って、死んだほうがマシだと思わせてやる。わかったか？」

「……は、はい……はい！」

顔をタオルで覆われた男はおびえきっていた。リチョルはポケットから携帯電話を出し、ミョンファに教えられたとおりにグループ電話をかけた。パク・ウヒ、ムン・グモク、ウン・ミョンファの全員が電話を取ったのを確認し、通話中になっている携帯電話を食卓の上に置く。

「お前は先日、人民保安部の調べに対し、テリム建設の社員二人が会社の金庫を盗み出すところを目撃したと証言した。だが、その証言は嘘だ。そうだな？」

男は答えるのをためらう。リチョルはすぐさま男の頭を殴った。椅子から転げ落ちた男の腹を、今度は力いっぱい蹴る。男は何とも表現しがたいうめき声をあげながら腹を抱え、床の上で身をよじった。うめき声の後のほうは、「どうか……」と言っているように聞こえた。リチョルが男を引き起こして椅子に座らせ、顔を元どおりタオルで覆う。

「お前は、テリム建設の社員二人が金庫を盗むところを目撃したと嘘をついたな。なぜそんなことをした？」

「仕方なかったんです。部長に言われて。そう言えって」

男の顔を覆ったタオルは、涙と鼻水とよだれでじとじとになっていた。

「指示した部長の名は？」

「チョ・ヒスン部長です」

「チョ・ヒスンは信川復讐隊出身か？」

「はい」

「どうしてそれがわかる？　信川復讐隊出身だっていう証拠を見たことがあるのか？」

「金正日(キムジョンイル)勲章を見せられたことがあって。金正日は犬畜生でも、金正日勲章は意味のあるものだって……。金正日勲章を二回以上もらった団体は三つしかなくて、なんとか鉱山と、なんとか服工場と、信川復讐隊だって……。信川復讐隊は、精鋭のうちでも最精鋭の集団だって言ってました。

特殊作戦部隊員の中からさらに選抜されなきゃ入れないところだって」

　金正日勲章を二回以上授与された団体は三つだけだ。三月五日青年鉱山、江界（カンゲ）銀河被服工場、そして信川復讐隊。それが隊員たちの誇りだった……。

「どの大隊だったのかは知っているか？　ひょっとして一〇一特殊作戦部隊？」

「そこまでは知りません」

「チョ・ヒスンという奴はどんな顔をしてる？　体格は？」

「背丈は中ぐらい……、全身が筋肉です。目つきが鋭くて、肩幅が広くて、頭は短髪で、いつも体にぴったり張りつくような服を着ていて、頬骨が高くて……」

　何の役にも立たない情報を並べ立てる男に苛立ちがこみ上げ、リチョルはわけもなく拳を振るうところだった。この男は、何らかの事物について、整ったセンテンスで長く描写したことが生まれてこのかたないのに違いない。

「金庫を盗んだっていうテリム建設の二人の社員は、もともとどんな仕事をしていた？」

「よくわかりません。俺はテリム物産の所属ですから、テリム建設のことは知らないんです。テリム物産には外で働く社員が多くて、テリム建設には中で働く社員が多いです」

「中っていうのは、工事現場の中のことか？」

「はい。そのいなくなった二人は建築技師で、二人とも刑務所の現場で働いてたはずだと……。増築工事をしていて。テリム建設でそこそこ使える社員は、このところほとんどそこにかかりっきりで……」

「チョ・ヒスンはなぜお前に嘘の証言をさせた？　それから、その二人はいまどこにいる？」

「なぜかはわかりません！　そいつらは二人とも死にました。チョ部長が殺したんじゃないかと。

二人が金庫に手をつけたのは、間違いないです。たとえその日じゃなかったとしても。それで、チョ部長が殺したんだけど、家族が失踪届を出して、人民保安部だの平和維持軍にまで投書して、だから面倒になって、俺に嘘の証言をさせたんです。きっとそうです」

一気に言い立てて息が切れたのか、男はぜいぜいと喘いでいた。

「死んだってのは、どうしてそう確信できる？」

「そいつらが死ぬところを動画で見たって人がいて。チョ部長が何人かにだけ携帯電話を見せたって。金庫を盗んで捕まった奴らの最期だって言って。どっかの工事現場の前で撮った動画で、二人はさんざん殴られたみたいでほとんど死にかけてて、そこへ誰かがペイントシンナーをかけて……。撮影してたのは多分チョ部長で、ペイントシンナーをかけたのは別の奴みたいだったって。カメラを持ってた人が、自分が吸ってたタバコをそこへ投げ込んで、ぱっと火がついて、そこで動画は終わってたって……」

そのとき女の泣き声が弾けた。食卓の上の携帯電話からだ。男の話を聞いていたパク・ウヒカムン・グモクが、こらえきれなくなったのだろう。リチョルはどうしたらいいのかわからず、とりあえず電話を切ってしまった。男は面食らっている様子だ。リチョルはさっと話を変えた。

「もう一発殴られたいか？　チョ・ヒスンが二人を殺したとしてもだ、殺すところを何だってわざわざ動画に残してほかの奴に見せるんだ？」

「前にもあったんすよ、そういうことが！　俺も見ました。チョ部長がペク・コグマ組織の奴を焼き殺す動画で。焼いた死体の骨は、一か所に集めて取ってあるって……」

男は言葉を濁し、またべそべそと泣きだした。

「どうしよう、今度は俺かも。焼き殺されるかも……」

「そうだな。部下のうちどいつがクソを漏らし、泣きながら組織の秘密をばらしたのか、チョ・ヒスンは必ずや捜し出すことだろうな。お前が生き残る道は、いまとなっては長豊郡から消えることしかない。北のほうに行けば、レアアースの鉱山がいくつもある。そこならいつも人手不足だから、貴様みたいなクズでも雇ってもらえるだろうよ。レアアース鉱山で長く働くと不能になるそうだが、お前みたいなゴミは、どうせ女と付き合うことも子どもをつくることもないだろうから、まあどうでもよかろう。さあ、立て」

「立ったらまた殴るんでしょう?」

男が泣き声で言う。

「立たなくても殴るさ。ちゃんと殴られておいたほうがマシだぞ。そのほうが後腐れがない」

男がぶるぶる震えながら立ち上がった。前もって一歩後ろに下がり、構えていたリチョルは、男の顔からタオルが落ちた瞬間、稲妻のような速さで左腕を振るった。男の右のこめかみを正確に殴打する、目の覚めるようなフックだった。衝撃のあまり、男は気を失って頽れた。リチョルは相手の体を受けとめ、床に寝かせて部屋を出た。

下では大家とミョンファがじりじりした顔でリチョルを待っていた。

「いやというほど脅しつけておきましたから、しばらくはおとなしくしていると思います。万が一、あいつがまた手を出すようなら、ミョンファさんに連絡してください」

リチョルが大家の女に言った。女はそれでも不安げにしていた。

「グモクさんのショックがひどくて……。あいつが話したこと、全部本当でしょうか?」

「うーん、あんなチンピラどもの中には、虚勢を張りたがる輩が多いですからね」

ミョンファの問いを、リチョルはそう言ってはぐらかした。

「そうですよね。確認がつく前に決めつけちゃいけないわよね」

「これからどうしますか？」

「人力事務所に行って、ウヒさんの息子さんとグモクさんのご主人が実際にどんな仕事をしていたのか、正確に突きとめます。チェ・テリョンの部下どもが、どうして二人に濡れ衣を着せたのか、その理由と何か関わりがあるはずですから。刑務所の工事現場はすごく広くて、出入りする人も多いんです。でも人力事務所の所長なら、その日その日にどこで工事があって、どんな人を何人ぐらい派遣したのか把握してるはず。ウヒさんの息子さんがどんな仕事をしていたのかもね。テリム建設が経営してる人力事務所は二か所です。そのうち一か所の所長には、これまで何度も話を聞きに行ってるんですが、いつもはぐらかされてしまって。もう一か所のほうに訊いてみたくても、そこの所長っていうのがもう極めつきの悪人なんで、接触するなんて思いも及ばなかったんです。テリム建設が受け取る斡旋手数料以外にも自分の分け前をピンハネするわ、仕事の斡旋を頼んでくる女に手は出すわ……、そんな奴です。そいつに話を聞きましょう」

「いいでしょう」

　リチョルがうなずいた。物心ついてからのリチョルの人生は、指示を受けて暴力を振るっているか、その暴力を行使すべく訓練を受けているか、ほぼその二つに一つだった。いまの状態は、ある意味ではかつての生活に戻ったようなものだ。やっと息がつけるようになった……、リチョルはいま、そう感じていた。見方によっては自分もチェ・テリョンの部下たちも同じ部類だ、という考えがふと浮かんだが、じきに消えた。リチョルはもともと抽象的な考えに耽（ふけ）るタイプの人間ではない。彼の脳はどちらかというと、相手の急所を把握したり、人間の骨や筋が物理的法則に従ってどう動くか計算するほうに向いていた。

「殴りつけてやれば、洗いざらい吐くでしょう。どんな悪人だろうと同じです」

そう言いながら、リチョルは思考の混乱を振り払った。

ミョンファはしばし呆けたような顔をしていた。この暴力には大きな矛盾が潜んでいる。彼女はそのことを知っていたし、また一度そういう考えにとらわれてしまうと、容易にそこから抜け出せなくなるということもわかっていた。いまはそんな抽象的な考えに沈みたくはない。千々(ちぢ)に乱れる思いに足を取られる前に、彼女は言った。

「そいつはいま、刑務所の工事現場にいるはずです。だから、いま行ってもダメです。テリム建設はもちろん、別の会社の人たちも周囲にたくさんいるでしょうし。終業時間まで待ちましょう。とりあえず一度、長豊バーガーに戻って、みんなで何か少し食べませんか。そろそろお昼時ですし」

その提案をリチョルが辞退するはずはなかった。

4

ファン・ドンオが軍務員対象の特別政訓教育*を受けているとき、チョ・ヒスンから電話がかかってきた。

「いまどこだ？　ちょっと用があるんだが」

チョ・ヒスンが言った。

「いまですか？」

ファン・ドンオは携帯電話の送話口を押さえ、教育場の外に歩み出ながら声を殺して尋ねた。まだそれほどの歳でもないのに、髪が半分以上抜け落ちている。体つきはずんぐりしていて、皮膚はきめが粗いうえにどす黒い。点のような小さな目に、ひどい出っ歯。そんな彼のことを本名で呼ぶ人間は滅多にいなかった。さして気が利いているとも思えない修飾語を名前の前につけて、「不細工なファン・ドンオ」と呼んだ。

「ああ、いますぐだ」

「いますぐはちょっと無理かと。特別政訓教育中なんです。ほかの時ならサボれても、いまは無理です。特別政訓教育は、師団ごとに出席が管理されるので」

不細工なファン・ドンオが訴えるように言った。嘘ではない。この精神教育というのは、南の政府が朝鮮民主主義人民共和国で合法的かつ直接的に体制宣伝ができる唯一無二の場だ。たとえ南北協力公団に属する南の企業家でも、勝手に同じことをしたら即刻、所属資格を剝奪されて追い出される。

またファン・ドンオという人間は、そんな精神教育に真面目に出席するタイプだった。標準韓国語の授業などは、講義を最初から最後までこっそり録音し、繰り返し聴いている。自分の頭から朝鮮民主主義人民共和国の文化語❖をそっくり消し去り、南の標準語を南の人たちのように発音したかったからだ。とはいえそのほかの、例えばインターネット教育といった講義については、非専門家の講師が愚にもつかないことをしゃべっているだけのような印象を受けたし、薬物とタバコの危険性を強調するだけで終わった保健教育などは、出席するだけ無駄だったと思った。基礎経済学のように、ほとんどひと言も理解できない科目もあれば、大韓民国現代史の講義のときなどは、ひそひそと異を唱える声がやむことがなかった。最悪だったのは、女性の人権に関する講義だった。若い男の軍務員たちが休み時間に集まり、講師を懲らしめに行くべきではないかと本気で言い合ったほどだ。もちろん、ファン・ドンオはそんな連中には絶対に近づかないようにしていたが。

「いま俺らがどこにいるのか知ったら、そんなこと言ってられねぇと思うんだがなあ」

電話の向こうでチョ・ヒスンが笑った。

❖文化語……北朝鮮で用いられる標準語。ソウル語を基礎とした韓国の「標準語」との差別化を図り、北独自の文化政策に基づき形づくられた。

「どこにいらっしゃるんです、部長」

醜男(ぶおとこ)で通っているファン・ドンオは、できる限り丁寧に尋ねた。

「お前の家だ。でかいソファだなあ、こりゃ。軍務員てのはやっぱり裏でカネをふんだんに巻き上げてんだなあ。そんで、こんな立派な家具も買えるってわけだ、ふむ。リビングで急にそんな気になったって、寝室に移るまでもないんだからいいよなあ。ここでやりゃあいいんだからさ。お前の女房、十三も年下だって？　いま俺らの隣で果物の皮むいてくれてるぜ」

不細工なファン・ドンオは、危うく声をあげるところだった。ガクガクと膝が笑い、立っているのもやっとだ。いまや精神教育どころではない。

「申し訳ありません、部長。いますぐ帰りますので」

ファン・ドンオは必死で声を落ち着かせ、すがるように言った。

「そんなに慌てなくてもいいぞ。だってなあ、だんだん楽しくなってきちまったんだよなあ、ここで待ってるのがさ」

チョ・ヒスンが笑った。

ファン・ドンオは駐車場に駆け込んで車を出し、一路家を目指した。ＢＭＷに乗り換えるのも忘れ、部隊内でしか乗らない古ぼけた準中型車を運転して。彼は、いつも渋滞していることで悪名高い部隊近くの区間を最短記録で突破した。アクセルとブレーキを踏み間違えたりしないよう、ぐっと歯を食いしばってそちらに注意を向け、片手で狂ったようにクラクションを鳴らし続けて。

ファン・ドンオの家は、長豊郡(チャンプン)に形成されつつある郊外にあった。かつてのペク・コグマとチェ・テリョンによる勢力争いの境界地域とも呼べる。金正日の特閣❖からさほど遠くない場所だ。長豊郡一帯で、ある程度の金とまともな神経を持っている者は、みな郊外へ郊外へと向かった。

南北協力公団の周辺や長豊郡中心部の汚らしい街並み、そして悪臭漂う利害関係などは、精神と肉体のいずれにも致命的な害をなす。そんなところに家族を住まわせたいと思う者がいるわけはない。朝鮮民主主義人民共和国では、クリーンと安全を両立させることは不可能だ。どちらか一方を思うさま享受したければ、残る一方は手放さざるを得ない。不細工なファン・ドンオは、臆病で慎重な人間だった。彼は、汚泥にまみれて安全を手に入れる道を選んだ。あらゆる手立てを動員してカネをかき集め、郊外に一戸建ての家を建てた。まだ生まれてきていない我が子を腕に抱き、犬も飼い……。そんな暮らしを送るための家だ。その家に彼は、防犯カメラや警報器などあらゆるセキュリティ装置を完備させていた。

けれど、そんなセキュリティ装置など、チェ・テリョンの部下どもの前ではオモチャのようなものだった。ファン・ドンオはまだ充分に汚れきっていなかったというわけだ。

車を飛ばして家に向かうあいだじゅう、ファン・ドンオの頭には不吉な場面が浮かんでは消え、浮かんでは消えていた。主に妻の体に絡んだ想像だ。何者ともつかぬ男どもに服を剝ぎ取られている妻、血を流している妻……。なので、狂ったように家に駆け込んだ彼は、目の前の光景にまごついた。

軍務員ファン・ドンオの妻はドレスを着てピアノを弾いていた。その家のリビングにはグランドピアノがある。妻が演奏しているのはピアノソナタだった。

それをチョ・ヒスンがソファに座り、タバコを吸いながら聴いていた。ソファの前に置かれたテーブルにはマンゴーの皮と種が散らばっている。チョ・ヒスンはその皮を灰皿代わりに使っていた。

吸殻はすでに山盛りになっている。チョ・ヒスンは笑っていた。マイルドな南のタバコを真似てつくられた「錦繡江山（クムスカンサン）ライト」を口にくわえ、ファン・ドンオの妻のピアノ演奏を鑑賞しながら。

その隣にはパク・ヒョンギルが座っていた。タバコを吸っているのは同じだが、こちらはピアノには興味がないようだ。ボリュームをゼロにしてテレビを見ている。上役であるチョ・ヒスンがピアノの生演奏を鑑賞しているので、それを邪魔しないようにということだろう。パク・ヒョンギルは、笑ってはいなかった。

「おお、早かったな。座れ」

チョ・ヒスンがリビングに入ってきたファン・ドンオに目を向け、しれっと言った。チョ・ヒスンに顎で示された席にファン・ドンオが座る。汗ばむほどの陽気でもないのに、汗が滝のように背を伝っていた。

チョ・ヒスンは、くわえていたタバコをマンゴーの皮でもみ消して、果物かごからマンゴーを一つ取った。かごの脇に置かれた果物ナイフを手にし、皮をむき始める。滑らかなナイフさばきだった。おそろしく素早く、かつしなやかな手つきでナイフを操る様子は、皮をむくためにつくられた機械かと見まがうばかりだ。果物のどの部分であれ、ナイフの刃が皮の下に入るときのスピードが常に同じで、むかれた皮の厚さはまた驚きを禁じ得ないほどに均一だった。

「マンゴーなんてえのは初めてだ。そういう名前の果物があるってことは聞いてたが、この目で見るのはな」

チョ・ヒスンが言った。

「たまたま人からもらいまして。お気に召したなら、お帰りの際にお持ちください」

ファン・ドンオが冷や汗にまみれて答える。盆正月は言うに及ばず、彼の家には年がら年中、果物が届けられた。賄賂ともいえない、単なる誠意の証として。

「腐り始めた人間の肉の感触がちょうどこんな感じだな。柔らかいのにこしがある。味はもちろん違うがな」

チョ・ヒスンが言う。

「ああ、ほう、なるほど……」

ファン・ドンオが大げさな身振りでうなずく。腐りかけた人肉を食べたことがあるのか、などとは当然ながら訊けない。

「あんたの奥方が弾いてる曲だがな、ありゃあ誰が作曲したんだ？」

マンゴーを食べやすい大きさに切って皿に並べながら、チョ・ヒスンが訊いた。パク・ヒョンギルがグランドピアノのほうにちらりと目をやってから、またテレビに視線を戻す。

「シューベルトです」

「シューベルト。ふん、名前は聞いたことあるな。どこの国の御仁だ？」

「おそらく……オーストリアだったと思います」

「死んでるのか？」

「はい？」

「シューベルトだよ。もう死んでるのか？」

「はい、死んでいます」

「ふうん、残念だな。いい音楽なのに」

ちょうどそのとき、ファン・ドンオの妻がピアノを弾き終えた。チョ・ヒスンが拍手を送る。彼女はおびえた表情で立ち上がり、ピアノの横に立った。

「あの、お手洗いに行ってきてもよろしいでしょうか」

女は夫をじっと見た。ファン・ドンオがすがりつかんばかりにチョ・ヒスンを見る。

「まさか奥方に小便を我慢させるなんて、そんなひどいことするとお思いか？　でもね、ドアは閉めないように。どっかに電話したりとかメール送ったりとか、妙な真似をされたら困るのでね」

チョ・ヒスンは、ファン・ドンオの妻に付き添うようにとパク・ヒョンギルに手まねで命じた。開いたままのトイレのドアの前に立って、彼は女を監視した。ファン・ドンオの妻が用を足すちょろちょろという音が、ピアノの演奏に代わって家の中に響く。

苦しげに顔をゆがめたファン・ドンオに、チョ・ヒスンが携帯電話を渡した。ファン・ドンオはわけがわからぬ顔で受け取った。動画再生モードになっており、再生ボタンが画面の真ん中に浮かんでいた。

「見てみろ」

チョ・ヒスンに命じられ、ファン・ドンオが三角形のマークを押す。

すすり泣きとわめき声が流れ出た。女の声かと思われたが、画面の中にいるのは男だ。時間は夜、場所は人気（ひとけ）のない工事現場のようだ。服を剝ぎ取られた男の体を誰かが懐中電灯で照らしている。画面が一時ひどく揺れたが、やがて安定した。男の手足が縄で縛られているのがファン・ドンオの目に映った。その縄以外、男が身に着けているものはない。

「どうか……今回だけは……」

一糸まとわぬ姿の男は画面の中ですすり泣いた。男を撮影している人物が、あざ笑いながら何かを言っている。裸の男に画面の外から水がぶっかけられた。男は甲高い悲鳴をあげる。

「ダメじゃないか、大事なものはちゃあんと保管しとかないとさあ。それでこんなことになったんだぞ」

撮影している男が言う。チョ・ヒスンの声と似ている。ナイフを持った男が裸の男に歩み寄り、縄を切った。手足が自由になった男は逃げようとしたが、何歩も歩けずに足をもつれさせて倒れた。カメラが倒れた男に近づいていく。裸の男は四足で地面を這い、画面から遠ざかろうとした。カメラを持った男はタバコに火をつけ、何度かふかしてから、地面を這う男に向かって放り投げた。裸の男の体が一瞬のうちに炎に包まれる。

男が縄を解かれる前、体にかけられた液体は水ではなかった。ペイントシンナーだったのだ。男は叫び声をあげたが、それもほんの一瞬のことだった。炎が気道から体内に入り込み、声帯を溶かし、肺を焼いてしまったからだ。人の形をした炎の塊が、地面の上で声もなく踊る。それが徐々に、意思をもった苦痛のもがきなのか、それとも単に筋肉の縮小がもたらす動きなのかわからなくなっていく。ファン・ドンオは目を背けたくなったが、そんなことをしたら最後、チョ・ヒスンは自分をただではおかないだろう。それは、嫌というほどわかっている。

炎が少し収まってきたところで、動画は終わっていた。携帯電話の画面が自動で動画一覧に変わる。いまのような炎の映像が、少なくともあと十編は保存されているのをファン・ドンオは見た。

「終わりました」

ファン・ドンオはチョ・ヒスンに、両手でうやうやしく携帯電話を返した。そのとき彼は、トイレから戻った妻が自分の横に立っているのに気づいた。顔色が真っ青だ。妻がチョ・ヒスンの動画をどのくらい見たのかはわからない。が、生きたまま焼き殺される人間が放つ悲鳴を耳にし、またその悲鳴が放たれた画面の中の状況を把握しているのは確かなようだ。妻の顔から冷や汗が流れている。自分の顔も同じように汗にまみれていることに、ファン・ドンオはいまさらながら気づいた。

チョ・ヒスンとパク・ヒョンギルは平然としている。

「いいか、手短に訊くぞ。雪虎（ヌンホランイ）作戦について聞いたことがあるか？　または五〇三号について。隠さずに言え」

チョ・ヒスンが言った。

ファン・ドンオの脳が光速で回転し始めた。その問いにいかに答えるか、それに自分と妻の命がかかっていることを、彼ははっきりと認識した。雪虎作戦についてはまったく知らないわけではない。五〇三号というのは初耳だ。

どんな回答をすれば彼らを満足させ、また自分たちの命もつなぐことができるのか。

こいつらが訊きたがっている答えとは、どんなものなのか。

一種の引っかけ問題みたいなものだろうか。雪虎や五〇三号について、少しでも知ったふりをしたら、むしろ危険を招くことになるのだろうか。

それとも、本当に雪虎作戦について情報が欲しくて訊いているのだろうか。それが何なのか彼らは知らず、チェ・テリョンも教えてくれないから、それで俺に訊いているのだろうか。でなければ、機密漏洩の犯人を捜しているのだろうか。ひょっとして、機密漏洩の可能性のある者を前もって排除しようというのだろうか。

ファン・ドンオは目をぎゅっと閉じ、口を開いた。

「五〇三号というのは、何のことかわかりません。雪虎については、そんな計画があり、チェ・テリョン社長がその計画を進められようとしているということは知っています。作戦の内容は知りません。チェ社長の息子さんのうちお一方（ひとかた）はあまり気乗りがしていないようですが、チェ社長が強く推し進められていると。ご子息お二人と少なくとも二回話し合いをされていることから見て、きわめて重要な事業のように思われます。チェ社長もその事業が危険だということは承知のうえで、にもかかわらず推進しようとされています。必要不可欠というわけではないのに危険を顧みず進められていることからみて、成功すれば利益は莫大なものになる事業かと思われます」

ファン・ドンオが話を終えると、チョ・ヒスンが立ち上がって歩み寄ってきた。ファン・ドンオは、自分のした話が相手の意にかなっていたのかどうか見当もつかずにいた。

「そんな話、どこで聞いた?」

チョ・ヒスンに訊かれる。

「チェ社長が話されているのを聞きました。チェ社長が希望部隊にお越しになって、平和維持軍の士気高揚を促すバーベキューパーティーをしてくださったことがあります。テリム建設の役員や南(ナム)朝鮮(チョソン)の軍人たちが盛んに酒を飲んでおられるそのときに、チェ社長とご子息お二人は行政係の事務室に入っていかれました。そこで言い争いをされたのですが、それを隠れて聞きました」

「で、盗み聞きしたことをどいつにしゃべった?」

「憲兵隊長にお話ししました。チェ社長が事務室に入られたときに隊長から聴診器を渡されまして、事務室の中の話を盗み聞きするよう指示されましたので」

「ふうん、それだけだって言うんだな?」

「はい、そうです。行政係事務室はかなり広いうえにチェ社長もご子息も大きな声で話されていたわけでもなかったので、お話の内容はほとんど聞き取れませんでした。本当です。途切れ途切れに聞こえてきた言葉から推測しただけです」

自分が推し量って報告した内容については、彼はそれ以上説明しなかった。おそらく違法なことだろうし、武力が必要なことだろうし、人死(ひとじ)にが出る恐れもあることのはずで、ケ・ヨンムク、チヨ・ヒスン、パク・ヒョンギルのような人物が深く関わっていることだろうと。でなければ、事業に「作戦」という名をつけるわけがないと。

　ということは、雪虎作戦について暴露するとチェ・テリョンを脅せば、かなりの効果があるのではないか……？　もしかして、憲兵隊長がいち早くチェ・テリョンに圧力をかけたのか？　これは、そのとばっちりなのだろうか。

「壁に耳あり障子に目ありとはよく言ったもんだ。この盗み聞き野郎が！」

　チョ・ヒスンがファン・ドンオの首根っこをつかんで引き起こした。ファン・ドンオは抗(あらが)うことなくされるがままになっていたが、相手の手がじわじわと首を締め上げてくるにつれ、無意識にチョ・ヒスンの手の甲や手首を叩き始めた。

　しかしチョ・ヒスンの手はびくともしない。

　まるで巨大なグラップル〔油圧ショベルに装着し、木や瓦礫等をつかむ機械〕だ……。ファン・ドンオの首に加えられる力が強くなっていく。顔をどす黒く染めたファン・ドンオはもはや死にもの狂いで、首を締め上げてくる手の甲をひっかいた。もがきながら相手を蹴り上げようとするも、足が届かない。こめかみの下を通っている血管がいまにも破裂しそうだ。糸が切れるプチプチという音が頭の中でしているような気がした。それがやがて、体がふわりと浮き上がるような感覚に変わり、同時にふうっと気が遠くなった。

　〝俺もここで終わりか……〟と思った瞬間、チョ・ヒスンの手が離れていった。脳に酸素がどっと流れ込む。ファン・ドンオは床に頽(くずお)れ、ゲッゲッと嘔吐でもしているような激しい咳をした。ファン・ドンオが我に返り、体を半分ほど起こすときまでチョ・ヒスンは黙って待っていた。ファン・ドンオがよだれを拭(ぬぐ)い、何か考えることができる状態になるまで待っておいて、次の行動に移ろうとしていたのだ。チョ・ヒスンはテーブルを踏み台にジャンプしたかと思うと、ファン・ドンオの妻に足蹴りを食らわした。目にも留まらぬ速さだった。まるでカンフー映画の俳優だ。

ファン・ドンオの妻は華奢(きゃしゃ)な女だった。それがチョ・ヒスンの足蹴りを食らったのだ。彼女の体は誇張ではなく本当に宙に舞い上がった。その後、どさりと落下して床に転がる妻の姿をファン・ドンオはただ無気力に眺めていた。

「雪虎作戦のことは忘れろ。いいな？　お前はそんな話は聞いたこともないし、それが何なのかも知らない。そうだな？」

チョ・ヒスンが言った。

「はい、わかりました」

ファン・ドンオはぺこぺこと頭を下げた。チョ・ヒスンがパク・ヒョンギルにうなずいてみせ、二人はファン・ドンオの家を出ていった。

ファン・ドンオは、正解を引き当てたのだった。

＊

「アレが何なのかはまったく知らなかったぜ。単に雪虎作戦って名前だけ聞いて、あれこれ想像したりこじつけたりしただけだ、ありゃ。それを奴が憲兵隊長に伝えて、で、憲兵隊長がそいつでうちの社長をゆすろうとしたってわけさ。脳みそが働かねえからな、あの憲兵隊長の野郎は」

チョ・ヒスンは、テリム建設に戻る途中でケ・ヨンムクに電話で伝えた。

「でなきゃ、よっぽど追いつめられてたんだろうさ。なんたって、マレーシア憲兵に疑われてるんだからな」

　ケ・ヨンムクが答えた。

「どうする？　あの軍務員の野郎も片づけちまうか？」

　チョ・ヒスンが尋ねた。盗聴防止装置つき一万ドルの携帯電話の通話口に向かって。テリム建設とテリム物産の関係者のうち、一万ドルの電話を使っているのは全部で六人。憲兵隊長がやって来たとき会議をしていたメンバーだけだ。チェ・テリョンと息子二人、ケ・ヨンムク、チョ・ヒスン、そしてパク・ヒョンギル。テリム建設とテリム物産のほかの役員たちは、一万ドルもする電話の存在からして知らない。雪虎作戦の関係者だけで盗聴される心配なく通話ができる、そんな電話機が必要だったのだ。

「それはダメだ。憲兵隊長を殺したうえに軍務員まで消したら、関連が疑われるに決まってるだろうが。憲兵隊長は事故に巻き込まれたように偽装しなきゃならないんだぞ」

　ケ・ヨンムクが言った。

「ああ、それもそうだな」

「それにな、その軍務員はテリム建設にとって使い道がある。憲兵隊長がいなくなりゃなおさらだ。雪虎作戦がいくら大規模なものだといっても、そのあともテリム建設は軍隊の事業を受注しなけりゃならん。仕事を回してもらえる新しいツテがいる」

「いやあケ上士（サンサ）❖、あんたほんとに建築屋になったなあ。はたから見たら、紛れもねえテリム建設社員だぜ」

　チョ・ヒスンがからかった。上士とは、ケ・ヨンムクが朝鮮人民軍にいたときの階級だ。朝鮮解放軍では、ケ・ヨンムクもチョ・ヒスンも領官級〔佐官の称。大領、中領、小領がある〕の将校だった。しかし彼らは依然った。

として、互いを上士と呼んだ。ケ・ヨンムクは笑いながら「好きに言ってろ」と言って、電話を切った。

チョ・ヒスンの口調には棘があった。ケ・ヨンムクは、自分が朝鮮解放軍の作戦絡みでテリム建設に偽装就職しただけだとは、実は考えていなかった。

一因は、チェ・テリョンだった。彼の下で働くようになっていくらも経たないうちに、ケ・ヨンムクはチェ・テリョンに好感を抱き始めた。まったく予想もつかなかったことに。

はじめは、常に簡潔かつ効率的に指示を下すチェ・テリョンの姿に〝下で働きやすそうだ〟と思った。彼はなにも、下の者に気安く接するわけではない。けれども威張りちらしたり、屈辱を感じさせたりすることはない。そんなところも気に入った。自分の過ちに気づけばあっさりそれを認め、望みどおりの結果が出なかったといって、自分の指示どおりに動いた部下に責任を問うこともしない。息子や部下の意見も、ボスとしてのプライドを押し通そうとすることなく受け入れる。有能な将校を見ているようだった。

チェ・テリョンと行動を共にしているうちに、その骨身を惜しまぬ徹底した仕事ぶりを何度も目にしたケ・ヨンムクは、驚きを禁じ得なかった。彼の仕事の性格を理解し始めてからは、どんな案件であろうと手を抜かずに取り組むところにも深い感銘を受けた。ケ・ヨンムクは、仕事をしているチェ・テリョンから、軍人精神とも似た気質を感じ取った。迫りくる危険を恐れはしないが、かといって過小評価もしない。時に危険を冒しても前進し、敗れたときには潔くそれを認め、先の危険を最小限に抑えるべく自らと組織を限界寸前まで鍛錬する。有能な企業家と有能な軍人、その資

❖上士(サンサ)……朝鮮人民軍の階級では下士官級（軍曹）。

質には共通点が多いように見受けられた。

そのようにチェ・テリョンを見る目が変わるに伴い、チェ・テリョンの事業にも関心が生じた。チェ・テリョンのほうも、ケ・ヨンムクを高く買っているようだった。ケ・ヨンムクが朝鮮解放軍によって送り込まれた監視者だということを知ってからもだ。朝鮮解放軍などとは無縁の遠い将来の話をあからさまに口にすることもあった。

例えば、こんなことを。

「ケ・ヨンムク、俺はな、お前とは長い付き合いがしたいと思ってる。一緒に資本主義の汚いカネ、一丁思いっきり稼いでみないか」

「資本主義の汚いカネ」という言葉は彼独特の洒落のようなものだ。チェ・テリョンほど資本主義びいきの人間はいない。それどころか〝崇拝〟に近いほどだ。ケ・ヨンムクを相手に、資本主義のメリットについて長広舌(ちょうこうぜつ)をふるったこともあった。

「世の中のいいものにゃ、限りがあるだろう、何だってだ。誰もがそれを享受できるわけじゃない。でも、お前もいっぺん挑戦してみるか？　試すぐらいはさせてやるぞ、とばかりにチャンスをくれるのが資本主義ってもんだ。〝さあ、やってみろ〟、世の中が人間たちにそう言ってるんだ。すごいことじゃないか。勝ちゃいいんだから。それだけじゃない。そんなチャンスを二度、三度とくれる。負けたからって、なにもそこでくたばっちまうわけじゃないんだから。なんてすげえ体制だ。そう思わねえか？　戦い続けるチャンスを社会がくれるんだ。なのに、俺は戦いたくない、だからみんなも戦うのはよそう。そんなのあり得ねえだろ？　戦い続けるチャンスってのはな、勝ち続けるチャンスでもあるんだ。なのに、戦わずにいられるか」

ケ・ヨンムクも同感だった。資本主義は率直なところがいい。地上の楽園だの何だのというたわごとなんぞ言わない。叶えられそうなところが資本主義のいいところだと彼は思っていた。かつてケ・ヨンムクを取り巻いていた世界は、長続きし得ない、根本的に作動不能な、部品がいくつか抜け落ちた機械のようなものだった。信川復讐隊（シンチョンボクス）も然り、朝鮮人民軍も然り、金王朝もまた然り。朝鮮解放軍はどうだろうか。己の将来を預ける組織として、テリム建設よりマシだと言えるだろうか。

結論はいまだ出せていない。そんなこともあって、平和維持軍の憲兵隊長をこの手で始末したくはなかった。

いくら平和維持軍が無能でも、自分のところの軍人、それも将校が死んだとなれば、話は別だ。いい加減な捜査で済ませるわけがない。「眉の下に傷跡がある男」を犯人に仕立て上げるといっても、そうそう簡単にはいかないだろう。ケ・ヨンムクはそう予想していた。だから憲兵隊長の死の瞬間に、近くにいるわけにはいかない。強力なアリバイ固めもしておかなければ……。

朝鮮解放軍を辞めて、テリム建設の正社員になる可能性を思えば、のちのち災いのタネになりそうなことは避けたい。

ケ・ヨンムクは、タンコマ❖に電話をかけた。電話が鳴ったとき、タンコマは誰からの電話なのかわからなかった。彼が持っていたのは中古の飛ばし携帯で、そこには電話番号が一つも保存されていなかったからだ。もちろん、ケ・ヨンムクが使ったのも飛ばし携帯だった。ケ・ヨンムクからの電話だとわかってタンコマは仰天した。ケ・ヨンムクからじかに電話をもらうなんて……、何とおそれ多い……。

❖タンコマ……身長が非常に低い人の意（北独自の用語ではなく、韓国でも用いられる）。

「いまどこだ?」

ケ・ヨンムクが訊いた。

「部隊の正門前です。憲兵隊長はまだ部隊の中にいます」

「出てきたら、ちゃんと尾行できるか?」

「はい。オートバイを借りてあります。憲兵隊長は十中八九、マッサージの店に行くはずです。このところ腰の調子が良くないようで、ちょくちょくマッサージを受けているんですが、行きつけの店は知ってます。違法の風俗営業もやってるところです」

タンコマが答えた。

「やることは、わかってるな?」

ケ・ヨンムクが優しげな声で訊いた。

「お任せください。絶対にしくじったりしません」

タンコマが答えた。タンコマはケ・ヨンムクに〝兄貴(ヒョン)〟という言葉を使おうかどうしようか、迷ったあげくにやめておいた。そんなふうに呼んで、こっぴどく懲らしめられたらどうしよう、と怖気づいたからだ。

「こういうのは、初めてだろう?」

「大丈夫です」

ケ・ヨンムクはそれ以上、何も言わずに電話を切った。かすかな不信感を漂わせておいたほうが、少年を奮い立たせられるだろうと思ったのだ。

彼は一か月ほどしたら、タンコマをその手で消すつもりだった。

雪虎作戦の現場で。これまでに彼が始末してきた数多くの者たちと同じように。

タンコマに苦痛を与える気はなかった。後ろから首をへし折ってしまうか、銃で頭を撃ち抜こう。少なくともタンコマは、ケ・ヨンムクに対して何の過ちも犯していないのだから。

ケ・ヨンムクは別の部下に電話をかけた。テリム建設の課長という肩書を持つ部下だ。ケ・ヨンムクは、明快きわまりない指示を下した。

「眉の下に傷跡があるっていう、例の男を捜せ。部下を総動員しろ。テリム建設の社員たちにも、その男を見たら知らせるように言え。まずは、チェ・シンジュを叩きのめしたっていう合宿所から捜せ。ちっぽけな安宿が集まってるあたりはしらみ潰しに当たれ。生きたまま捕らえられればそのほうがいいが、何なら殺しても構わない。そいつを生かしておくためにムダな危険は冒すな」

長豊郡は大都市ではないので、異邦人がいられるところは限られている。眉の下にナイフの傷跡がある男を捜すのに、時間はさほどかからないだろうとケ・ヨンムクは踏んでいた。最悪の場合はそのへんにいる奴を捕まえて、顔に傷跡をつけてから殺し、人民保安部に引き渡せばよかろう。

*

憲兵隊長がマッサージ店から出てきたとき、タンコマはチャンスを一度逃した。憲兵隊長は建物の裏手に回り、タバコを吸いながら立ち小便を始めた。マッサージ店にトイレがないのか、それともほかの客が使ってでもいたのか……。

そのときに声をかけて、ナイフで刺すべきだった。なのに、タンコマはできなかった。まだ日が完全に暮れておらず、少し離れたあたりには、行き交う人々も多い。タンコマがためらっているうちに憲兵隊長は用を済ませ、道に出た。タンコマは唇を噛んだ。

このまま憲兵隊長を部隊に帰してしまったら……、それでこの機会を逃すことになったら……、想像するだに恐ろしい。

タンコマの背丈は、実は低くなかった。むしろその逆で、北の男たちの平均身長よりはるかに高かった。テリム建設のやくざ者どもがタンコマに目をつけたのも、その体格のためだ。「タンコマ」というあだ名は、いわば反語的表現だった。

「近頃の若者は、みーんなこれくらいの背丈はありますよ。飢えた経験がねえでしょ。こんくらいの背丈じゃ、南朝鮮に行ったらタンコマですよ、タンコマ」

誰かがそう言い、そのときから少年の呼称はタンコマになったのだった。

テリム建設のやくざ者どもは、タンコマのことを運がいいと言った。苦難の行軍より後に生まれて、飢えを経験したことがなく、召集される歳になったと思ったら朝鮮人民軍が解体されたのだから、何たる強運、と。タンコマは、そう言われるたびに恥ずかしそうに笑いながらうなずいた。「市庭(いちば)世代」は苦労せずに育ったので精神的に脆(もろ)い、という批判も笑顔で受け入れた。上の世代の嫉妬心や劣等感を刺激したくなかったのだ。

憲兵隊長は部隊のある方向に行かなかった。彼は部隊とは反対方向にワンブロック歩いた。身に着けているのは軍服。何者かに尾行されているとはまったく気づいていない様子だ。

食事をするか、酒を飲みに行くのだろうとタンコマは思っていた。ところが憲兵隊長が入っていったのは病院だった。それも、医師が一人で切り回すちっぽけな医院だ。どこか悪いのか？　とタンコマは思った。平和維持軍の部隊内には軍医がおり、医務室がある。タンコマだってそれぐらいは知っていた。平和維持軍の医務室の設備や軍医の能力のほうが、朝鮮民主主義人民共和国の医院よりはるかに優れているはず。なのに、なぜだ？　タンコマはわけがわからないまま、医院の外で憲兵隊長が出てくるのを待った。

憲兵隊長が長豊郡の路地裏の医院に足を運んだのは、平和維持軍の医務室では処方してもらえないプロポフォール（全身麻酔や鎮静剤に用いられる薬剤）を打ってもらうためだった。いまでは北の病院にも基本的な医薬品がきちんと供給され、全身麻酔を行う病院にはプロポフォールがある。

憲兵隊長はこのところ、ほとんど眠れていなかった。夜は将校宿所のベッドに横になり、ずっと目を閉じている。でも、それでは疲れが取れなかった。腰の痛みのせいか、もしや何度か服用したことのある覚醒剤の副作用なのではないか、と不安にもなった。ペク・サングの薬物倉庫襲撃事件について疑いの目で見る向きが増えたのに対する懸念、クソいまいましい業務環境によるストレスも要因かと思われた。

憲兵隊長は困り果て、「夜にまったく眠れないのだが、何かいい方法はないか」と軍務員のファン・ドンオに訴えたのだが、ファン・ドンオは最初、その言わんとしているところを取り違えた。ピンドゥを手に入れろという指示と受け取ったのだ。そんなものは必要ない。憲兵隊長は改めて自分の望むところをファン・ドンオに伝え、プロポフォールを打ってもらえる医院を紹介された。そこでプロポフォールを打ってもらったところ、なんと二時間ほど眠っただけで熟睡感が得られたのだった。

＊

そんな事情をタンコマは知るよしもない。なんでいつまで経っても出てこないんだ？　訝（いぶか）しく思いながら、少年は医院の前をイライラと行ったり来たりしていた。

晩飯前で腹が減っているのをタンコマはこらえていた。市庭世代は飢えを知らないという批判は、実は不当なものだ。二〇一三年に大洪水があり、人々はその時期を「第二次苦難の行軍」または「第三次苦難の行軍」と呼んだ。タンコマはそのときをはっきり記憶している。タンコマが住んでいたあたりでは配給が途絶え、労働者の月給では市庭でひと握りの米さえも買えなかった。村の人たちは、家財道具を軒並み売り払い、ためらうことなく他人のものを盗んだ。三日食いはぐれて泥棒にならぬ者はない〔鼠窮して猫を嚙み、人貧しゅうして盗みす〕という諺は、伊達にあるわけではなかった。

タンコマの父親も、そのとき死んだ。飢え死にしたのではなく、公開処刑されたのだ。その年は、集団農場の収穫物を農場員たちが家に持って帰ってもよいという特別許可が下りていた。農民たちは、脱穀していない稲束をもらって帰った。家で種もみを干してそれを板にのせ、叩いて米粒を取り出す者もいた。が、相当数の農民は、農場の幹部に稲束を預け、コンバインを使った脱穀を頼んだ。ところがその幹部が詐欺を働き、米を半分近く横領したのだ。人々は幹部の家に押し寄せ、石を投げて抗議した。幹部は国家安全保衛部*に通報した。暴動が起こったと。

農場幹部の家に石を投げたタンコマの父親は逮捕され、国家安全保衛部に連行された。受けた容疑は、国家への反逆罪。農場幹部が証人だった。刑が確定した父親は、一週間後に公開処刑された。その日、彼は満身創痍の体（てい）になっており、処刑場までまともに歩いても来られなかった。タンコマの父親の両脇に二人の保衛員がいて、父親の腕を片方ずつつかんでずるずると引きずってきた。穴も、保衛員が掘った。

子どもだったタンコマは涙にくれ、保衛員たちが判決文を読む間、何とかして父親と目を合わせようとした。母親は魂が抜けたようになっていて、息子のことなど目にも入らぬ様子だった。まだ幼い妹も。穴の前にひざまずかされたとき、父親はタンコマを見た。虚（うつ）ろな瞳だった。もはや、自分の息子もわからないようだった。

牛革でくるんだ棍棒で保衛員が父親の後頭部を殴った。ゴキッという音がし、タンコマの父親は前のめりに倒れた。棍棒に血がついたが、思ったより量は多くなかった。人が一人死んだというのに……。保衛員のうち若いほうが、死んだ父親の体を押して穴に落とした。村人たちは、その穴に石を一つずつ投げ込んだ。その中には、父親と一緒に農場幹部の家に石を投げていた面々もいた。

農場幹部もその場に来ていた。保衛員が判決文を朗読するときには熱烈な拍手を送り、金王朝を称揚するスローガンを、顔を真っ赤に紅潮させて叫んでいた。少年は、その農場幹部の顔と名前を頭に刻み込んだ。

妹は、その冬を越せなかった。金王朝が崩壊して北に統一過渡政府が発足したとき、そして朝鮮人民軍が解体されて平和維持軍が進駐してきたとき、タンコマは無邪気な希望を抱いた。新政権が、父親の死についての再調査までは無理でも、少なくとも金王朝に忠誠を示した農場幹部や保衛員どもに適切な処罰を下してくれるだろうと期待したのだ。まったく愚にもつかぬ考えだった。反人権犯罪被害者補償審議委員会は、タンコマの父親のケースなど、はなから調査する気すらなかった。

そこは、そんなものとは別種の諸問題を調査するためにつくられた組織だったのだ。南朝鮮政府が世論に押されてあたふたと深入りしておいて、結局はまた蓋(ふた)をしている金王朝時代の権力層の犯罪問題、国軍捕虜*問題、日本が熱意を見せる日本人拉致問題、アメリカ人が知りたがる政治犯収容所(ブッチョソン)問題等々。形式的ではあっても裁判を受けて処刑された一介の北朝鮮人民の無念などには、もと

❖国家安全保衛部……国務委員長直属の情報機関（秘密警察）で、反体制とみなした人物等を厳しく取り締まる。二〇一六年に「国家保衛省」に改称。

もと小指の先ほどの関心もなかったのだ。

それ以上にあきれてものが言えないのは、かつての権力者たちの処遇だった。集団農場の幹部は名称だけ変わった国家所有農場の幹部として、国家安全保衛部の指導員たちも同様に、看板だけ掛け替えた新しい公安組織の職員として、その地位を維持していた。それが現実だった。人々は言った。「金王朝に忠誠を誓った者の首を片っ端から切ってしまったら、誰が新政権で働く？　あの暗黒の時代、金王朝に抵抗した者はみな収容所に入れられて死んでしまったではないか」と。「七十年を超える金王朝時代に、悔しく無念な思いをした者はいくらでもいる。否、一つもなかった者などいない。それを一つひとつ暴いていたら、新たな出発どころではなくなってしまう」とも。

〝あの農場幹部と保衛員どもを、さっさと殺っちまえばよかったんだ〟とタンコマは思った。統一過渡政府が発足する前にとっとと。いまとなっては、彼らを殺害するのはこれまで以上に難しい。農場幹部は金を貯めて警護員を雇っているし、元保衛員は平和維持軍の協力者になっていて、いまやおいそれと手が出せない。

それでタンコマは、テリム建設の暴力組織に加わった。まだ正式な〝入社〟はしていないとはいえ、組織の底辺で下っ端として雑用をしている。ここで憲兵隊長をうまいこと殺せれば、能力を認められて、きっと一気に何段階か昇格できる……。タンコマはそう信じていた。

＊

三時間ほど過ぎた頃、憲兵隊長はようやく医院から出てきた。夜ということもあり、奥まった路地裏に人通りはほとんどない。少し後をつけていけば、攻撃しやすい場所に出られるだろうとタンコマは思った。

憲兵隊長が深い眠りをむさぼっている間、タンコマのほうは、まさか獲物を逃したのでは、という恐怖にうち震えていた。タンコマは、原始宗教を創始した古代人のような論理に陥った。強く誓い、覚悟を固めるほど、切に願い、望むほどに、自分の願いが叶うような気がした。

「憲兵隊長が俺の目の前に姿を現しさえすれば、そうすれば、絶対にためらいません。どうかご加護を……」

そんなタンコマの前に、憲兵隊長が現れたのだ。麻酔から完全に醒めておらず、よろめく足取りで。誰かはわからないが、自分の願いを聞き入れ、自分のことを試そうとしている。その状況をタンコマはそう受け取った。

タンコマは、憲兵隊長の後をつけ始めた。

睡眠麻酔を打っていなかったとしても、歩いているうちに方向感覚を失いそうな、くねくねとした路地を尾行する。狭い路地だった。街灯の間隔がだんだん広くなってゆく。強大な権力の象徴といえる平和維持軍の徽章。それのついた服を着た男が、タンコマの前をふらりふらりと歩いている。

どう呼び止めるか、タンコマは悩んでいた。後ろからナイフで刺すのではなく、正面から刺すようにと指示を受けている。路上で起こった諍いの末に死んだかのように見せかける必要があるからだ。

〝あのう、にするか？　おい、のほうがいいかな？　どうせ殺しちまうんだから、やいこの野郎、でもいいかな〟

そのとき憲兵隊長の軍帽が脱げて、地面に落ちた。それを拾おうと腰をかがめた憲兵隊長の目とタンコマの目がバチリと合った。平和維持軍の中領は、ぼやけた目をしていた。あれこれ考える暇もなく憲兵隊長に駆け寄ったタンコマは、懐（ふところ）からナイフを出して、相手の胸に突き刺した。
ナイフの刃は、ちょうどいい感じでスッと入った。完全に解凍されていない肉を切るような感触だ。いったい自分に何が起こったのか、憲兵隊長は認識できずにいるようだ。タンコマのほうも、自分が何をしでかしたのか、はっきりとは自覚できていなかった。何秒かの間、二人は汚い路地に凍りついたように立ちつくしていた。

相手が倒れなかったので、タンコマは一度ナイフを抜いて、また刺した。憲兵隊長の口から「うっ」とも「ぐっ」ともつかない短い息の音が漏れる。それでも憲兵隊長は倒れない。ひと突き目の傷から血がほとばしっている。穴があいた水道管から水が噴き出すように。

〝なんで血がこんなに……。親父のときはこんなに出なかったぞ〟

人の血で手がすべる。タンコマはうろたえた。彼はナイフを抜くと、すぐにまた相手の体に突き立てた。三回目は胸だった。人をナイフで確実に刺し殺そうと思ったら、刺した後にひねれ、……いつか聞いた記憶がよみがえった。そこでタンコマは、ナイフの柄をぐるりと回そうとした。ところが途中でナイフから手が離れてしまった。ナイフの刃が相手のあばら骨の間に挟まったのだ。

ナイフを失ったタンコマは、怖気づいて一歩後ずさりした。憲兵隊長はまだ立っている。なぜ倒れないのだ。なぜだ？　タンコマは、今度は顔を殴った。憲兵隊長はいまや、思いもよらぬ急襲を受けたターゲットから、路上で諍いを繰り広げたあげくにナイフで刺し殺された被害者の姿に近づきつつあった。顔を殴打された憲兵隊長は、後ろにのけぞってよろけたが、そのまま仰向けにならず、前のめりに倒れてきた。タンコマは無意識に憲兵隊長の体を受けとめてしまい、その血を服に浴びる羽目になった。嘆かわしいまでのヘマを連続でやらかしたタンコマは、憲兵隊長の体を地面に投げ出し、思わず何歩か後ずさった。が、何とか思い直して駆け寄り、死んでゆく体を蹴り始める。そのときふと、憲兵隊長の胸に突き立ったままのナイフに考えが及んだ。指紋がついているかもしれない。回収しないと……。

タンコマは血まみれになったシャツを脱ぎ、それを巻いた手でナイフをつかんで引き抜いた。運のいいことに路地は人目を気にする必要がないくらい暗く、いくら夜だといっても普段ならあり得ないほどに人通りがなかった。大通りに出ようとして道に迷ったタンコマは、路端に並ぶ塀のうち、ほかより低めの塀を目にしたとたん、思わずそれを乗り越えていた。

塀の内側には、スレート屋根の粗末な家があった。住人がまだ帰宅していないのか、明かりはついていない。タンコマは、闇に目が慣れるまで息を殺してしゃがみ込んでいた。

庭の片隅に井戸がある。タンコマは、縄のついたバケツで水を汲み上げ、体をすすいだ。水は氷のように冷たかったが、生まれて初めて犯した殺人による興奮と、憲兵隊長が帽子を落としたときから今のいままで続いている奇跡のような幸運に浮かれた少年の体の火照り(ほて)は冷めなかった。胃液がひっきりなしにせり上がってくるのに、タンコマは耐え続けた。

体についた血を洗い流し、洗濯ひもに掛かっている服を失敬して身に着けた少年はふたたび塀を越え、人民保安部の緊急通報番号に電話をかけた。ナイフは柄をよく拭って曲がり角のあたりに捨てた。

緊急通報相談員は、なかなか電話を取らなかった。朝鮮民主主義人民共和国のほかの公共サービスと同じように。何といっても南朝鮮の粗悪な複製だから……。とはいえ、いまはそんな不平を言っているときではない。

ついに電話がつながった。タンコマは間髪入れず、咳き込むように言った。

「南朝鮮の軍人が死んでます」

「はい？」

電話線を通じて聞かされるバカバカしいたわごとと過重な業務に疲れきっていた相談員は、はっと正気づいた。タンコマはある意味では殺人の真の目撃者だ。そのうえ明らかに大きなショックを受けている。皮肉なことだが、それが彼の声音にこのうえなく真剣な響きを加えた。

「南朝鮮の軍人がナイフで刺されて死んでるんです。通りすがりの男と言い争っているうちに殴り合いになって、しまいにナイフで刺されたんです。眉の下にナイフの傷跡がある男でした。そいつが刺したんです」

「いまいらっしゃるところはどこです？」

相談員の緊張した声。

「長豊郡です。長豊郡の路地……どこなのかは……、はっきりとはわかりません！」

タンコマは電話を切った。はあ……これでよかろう……。

5

「でも、やっぱり……希望を捨てちゃダメですよね、最後まで。チャンさんの言うとおり、あんなごろつきどもなんて、いっつも虚勢を張りたがるんだし。まだ確認されてもいないのに、決めつけちゃ……、ミョンファの言うとおり……」

瞼（まぶた）を腫らしたムン・グモクは、それでも無理に笑みを浮かべて言う。ウン・ミョンファがそれに相槌を打ってやる。するとムン・グモクはまた、言ったところで仕方のないことを言う。二人はそんなやりとりを繰り返していた。パク・ウヒは厨房で昼食の焼き飯をつくっていた。

チャン・リチョル、ウン・ミョンファ、パク・ウヒ、ムン・グモクは長豊（チャンプン）バーガーにいた。パク・ウヒは「内部修理のため休業いたします」と書かれた紙を窓に貼り、その日はもう店を閉めてしまった。偽の証人の嘘を暴き、リチョルとミョンファが戻ってくると、パク・ウヒは「とりあえずご飯にしましょう」と言って厨房に入っていった。

しゃくり上げるムン・グモクに対しパク・ウヒが冷静なことに、リチョルは驚いた。息子を亡くすのだって、夫を亡くすのと同じぐらい辛いことだろうに。

「あの麻薬中毒男、私たちの前じゃ知らぬ存ぜぬで通したくせに、殴られたらあっさり吐いたわね。チャン・リチョルさんのおかげです」

パク・ウヒがそう言いながら、焼き飯を手に厨房から出てきた。ムン・グモクが目元を拭い、箸とスプーン、そして惣菜をテーブルに並べる。四人は食事を始めた。食べながらパク・ウヒが言った。

「市庭（いちば）の女性商人チャットルームで、人力（じんりょく）事務所長について訊いてみました。例の悪質な所長ですが、最近は建設現場から早めに引き上げて、事務所に一度立ち寄ってから帰ることが多いようです。そこの事務所の経理がうちのチャットルームのメンバーなんですよ。所長が事務室に戻ってきたら、知らせてくれることになってます」

「所長が戻ってきたと連絡をもらってから出発するんじゃ遅くないですか？　建設現場の近くで待ち伏せして、引き上げようとするところを捕まえたほうがいいのでは？」

リチョルが疑問を呈した。

「大丈夫だと思いますよ。一度事務所に戻ったら、二時間ぐらいはいるらしいので。もし事務室で取り逃がしたら、その悪人の家に行けばいいんです。住所はわかってます。建設現場だと広すぎてそいつの居場所がわかりづらいし、ここから遠くもありますしね」

パク・ウヒが答える。

「建設現場の周りには、出入りする車も人も多いんですよね。やっぱり近づきにくいんじゃないかしら。人力事務所は建設現場の外にありますから、そいつが一人でいるなら押さえ込めるはずです」

ミョンファがパク・ウヒの意見を後押しした。

「建設現場っていうのは、どれぐらい大きいんですか？」

　リチョルが尋ねた。

「とっても。このあたりの工事としては最大規模です」

　パク・ウヒが答えた。

「工事現場は長豊郡じゃなくて兎山(トサン)郡にあるんです。そこに兎山刑務所っていうのと兎山希望刑務所っていうのがあるんですが、二か所とも工事中で、テリム建設をはじめ複数の業者が請け負ってます。兎山希望刑務所は南朝鮮(ナムチョソン)の民営刑務所なんですが、南朝鮮のいくつかの建設会社がコンソーシアム形式で建物を建て、北朝鮮(プッチョソン)の中堅業者たちがその下で指導を受けながら働く。そういう形を取ってます。テリム建設の事務室の場所はわかりますけど、テリム建設の人たちがその工事現場のどのあたりで働いているのかはちょっと正確には……。そういうことで、ウヒさんの息子さんとグモクさんのご主人がどんな仕事をしてたのかもわからないんです」

　ミョンファが説明する。

「一つの地域に刑務所が何だって二か所もあるんです？　それから民営刑務所っていうのは何ですか？」

　リチョルがまた訊いた。パク・ウヒとムン・グモクが顔を見合わせる。ミョンファが今度も説明役を買って出た。

「兎山郡だけじゃなく、刑務所はあちこちでつくられてます。南朝鮮のメディアが共和国(コンファグク)に来て、とにかく熱心に取材していくのが刑務所なので。もっとも、金王朝時代の権力層の堕落した私生活についてが一番人気がありますけれどね、いまだにね」

　とはいえ、ミョンファが見る限り、南朝鮮のメディアはもはや、喜び組、セックスパーティー、党幹部の子息令嬢の非行といったニュースには興味を示さなくなってきている。実体のないほら話が多いうえに、画像はというと、モザイクがかけられていたり想像画だったりするからだ。北で最高に豪華な宴会場だといっても、南の視聴者の目にはお粗末なものにしか映らない。ミョンファは、そんな話は端折った。こと社会的な問題に関しては、首をかしげたくなるほど疎そうなリチョルが、そんな事情を理解できるとは思えなかったからだ。果たしてリチョルは、見当違いの質問を投げてきた。

「南朝鮮の人たちは、何だってそんなものに関心があるんです？」

「刺激的なんですよ、とっても。彼らから見たらね。政治犯収容所の実態、拷問の経験談や証言とか。何だってまたそんな話に惹かれるのかは、私にもわかりませんけど。平和に暮らしてきたからかしらね。それはともかく、北の刑務所が南のテレビでしょっちゅう報道されてた時期があったんです。それを見て、南朝鮮の人たちは甚だしいショックを受けた。で、いま南朝鮮が最優先で支援してるのが刑務所の改善事業ってわけです。いま刑務所にいる受刑者のみんながみんな、思想犯や政治犯ってわけじゃない。だから、闇雲に釈放しちゃうわけにはいかないんだけど、でもここの刑務所は、ともかく施設がとんでもなく古いうえに狭いから、受刑者がぎっしりでしょ？　それを南朝鮮の刑務所の基準に合わせようと考えたわけですよ。そうすると、建物をとてつもなくたくさん建てなきゃならない。北にとっても悪くない商売になりますよね。統一過渡政府もそれに気づいたんです。土木工事ってものは、やればやるほどいいものでしょ。人々の働き口は増えるし、南の資本も入ってくるし、あと何といっても、地位の高い人たちが裏で手にするカネが増えますからね」

　リチョルはミョンファの話を聞きながら、彼なりに頭を悩ませている様子だ。そんな巨視的な観点から世の中を見たことがなかったのは、間違いなさそうだ。ミョンファは内心ため息をついて、説明を続けた。

「兎山刑務所のほうが元からあった刑務所なんですけど、そこはいま増築工事中。その隣に建築中の兎山希望刑務所が民営刑務所です。ここは完工したら、南朝鮮の教会財団が運営することになってます。一種のテスト事業ですね」

「テスト事業？」

「南朝鮮の世論も、このところずいぶん変わってきてます。北にこれまで投じられた資金が何十兆だ、国家予算の何パーセントだ、世界的にも対外援助がこんなに多いケースはない、とかいうふうに批判的に見る向きが増えてるんです。それで南朝鮮政府が北への援助の仕方を変えたんですよ」

「必要だけれど、できれば建設を避けたい施設を共和国につくろうと考えたんですよ。そのとき一緒にお金をくれる。それなら、南北どちらにとってもいいことじゃないかと」

パク・ウヒが口を挟んだ。リチョルはゆっくりとうなずいた。ほかの三人の目には、彼がいまここで交わされている話を正確に理解しているようには見えなかったけれど。

「火力発電所、ゴミの埋め立て処分場、火葬場、納骨堂、放射性廃棄物処理場、精神病院……、そういった施設を共和国につくるんです。発電所や放射性廃棄物処理場とかは、手抜き工事なんかがあったら大変だから、北朝鮮の建設会社にやらせるのは時期尚早と見ているようですけど、刑務所だったら構わないでしょ？　事故が起きたところで、せいぜい受刑者が逃走するぐらいのものだし」

「それは……南朝鮮の受刑者が共和国に来るってことですか？」

リチョルはあっけにとられて訊いた。

「囚人たちだけじゃないですよ。その家族も来ます。面会に来て、食べて、寝て、カネを落としていくんですよ。私は悪くないと思ってます。どのみち工事の費用も全部、南朝鮮側が出すんですもの。ただし、国のお金じゃないから、南の人たちとしても不満はない。南朝鮮の教会はもう、激しく競争してますよ。共和国で事業をしようと。兎山希望刑務所は、何とかっていう大きな教会が単独で手がけてますね」

リチョルは何を言ったらいいのか皆目わからず、黙って焼き飯を食べていた。そのとき突然、パク・ウヒが口を開いた。

「グモク、ひょっとしてあんたの旦那、テリム建設に就職する前に別のところから誘いがあったりした？」

「そんなの……ありませんよ。窃盗の常習犯だって平和維持軍にすっかり目をつけられてたし……。人力事務所さえ仕事を回してくれようとしなかったぐらいですもの。あの頃は市庭をうろつき回って、どこどこの建物の地下室が水浸しになったとか、誰々の家で水道管が破裂したとかいう話を知り合いから聞き込んで、それを修理してどうにか食いつないでたんですから」

ムン・グモクがところどころ言い淀みながら答えた。

「なのに、どうしてテリム建設が突然……？」

パク・ウヒのひと言に、ミョンファがはっと顔を上げた。

「グモクさんのご主人が何としてでも必要だった……。協力公団の鉄柵に穴を掘って盗みを働いた前科にもかかわらず」

「その前科にもかかわらずじゃなくて、その前科があったからこそ必要だったんだわ」

パク・ウヒが言う。リチョルとムン・グモクは目をぱちくりさせた。

「え、それ、どういうこと？　さっぱりわからないわ。教えて、ウヒさん」

ムン・グモクに請われたパク・ウヒが説明する。

「ああ、これにいままで気づかなかったなんて。どうかしてたわ、ほんとに……。テリム建設はね、刑務所の現場で穴を掘らせてたのよ、あなたの旦那とうちの息子に。その作業のために、地面に穴を掘ったことのある技術者と建築技師が一人ずつ、急ぎで入り用になったんだ。一か月かけて作業をさせて、それが終わったから消した。そして、金庫を盗んで逃げたって濡れ衣を着せたわけ」

「そこまで念を入れて事を進めるってことは、何かそれなりの理由があったんですよ。兎山刑務所にいま、ものすごく重要な人物がいるんじゃないですか？　その人を脱獄させようっていうんじゃないかしら！」

ミョンファは興奮していた。

「それか、きわめて重要な人物が兎山刑務所に入る予定だとかね。兎山刑務所に脱出路があるってわかってれば、大きな事件だって遠慮なく起こせるわよね」

パク・ウヒが言った。

「例の下衆所長、じきにテリム建設の人力事務所に着くそうです。車がもう見えてるって」

ムン・グモクが携帯電話を見て言った。

「思ったより早かったですね。すぐに出ますか？」

リチョルが訊いた。

「日が暮れる頃に出発するのがいいんじゃないかしら。私がお送りします」

ミョンファが言った。

＊

「いまいらっしゃるところから、私を銃で狙ってみてください」

マレーシア軍憲兵大尉のミッシェル・ロングがカン・ミンジュンに指示した。

「え、こ、こうですか?」

韓国軍大尉のカン・ミンジュンがおぼつかない姿勢で銃を構える。すると、ロングは手刀でミンジュンの首を切り、体を反転させて、逆方向に銃を撃つ真似をした。

「右手でナイフを振り回し、その右手で銃をつかんでそのまま右手で銃を撃つ。そのときまで標的は反撃せずに待っている。そんなことが起こる確率って、どれぐらいあるんでしょうね」

ロングが言う。

「銃は左手でもつかめるんじゃないですか?」

ミンジュンが反論した。

「あそこの壁、見てください。血が飛んでますよ。ナイフは左から右に振るわれたんです。それで血の痕も、ああいうふうについている。攻撃者は体をこう回しながらナイフを振るったはずです。そうなると、テーブルには右手のほうがずっと近い。左手でテーブルの上の銃を取ろうと思ったら、体をもう半回転させなきゃいけないでしょう。ナイフを振るい、銃を取って撃つのを全部右手でやるのも、銃を取る動作だけ左手でするのも、時間的には大して変わりません。理にかなっていない動作です」

ロングとミンジュンは、殺戮劇が繰り広げられたペク・コグマの薬物倉庫の中にいた。ミンジュンはうなずいて、納得の合図を送った。口を開くと血のにおいに満ちた空気が肺に流れ込んでくる気がして、できれば話すのは避けたかったのだ。軍務員は、吐き気がすると言ってだいぶ前に外に出ていったきりだった。

警備兵たちが外を見張っていた窓、窓の脇に取りつけられた双眼鏡、それから掩体壕の片側の壁に取りつけられた鉄のドアも、ロングはこまめに調べた。

「少なくともここは偽装施設じゃないですね。それは認めます。ここから実際に薬物を運び出してはいたようです。南北分界ラインの南側には三重、四重の警報装置があるはずですが、それをかいくぐる道を見つけ出したんでしょう。または内通者を見つけたか」

ロングが言った。

「これがみんな偽物だって可能性まで念頭においてらしたんですか？」

「薬物の流通組織はね、何でもするんですよ。四人殺すぐらい、別に大したことじゃない。死んだ人間が本当にこの組織のメンバーだったのかどうか、それも確証はないですし」

「なら、これで出入国管理所や検問所の人たちは、薬物を見逃してやってるって汚名を返上できるんですかね、いくらかは？」

ミンジュンが冗談めかして訊く。

ロングはもちろん、にこりともしなかった。

「そうはなりませんね。薬物の流れはね、幾筋もあるんですよ。ここだけじゃない。北から南に流れる薬物の量は膨大です。全体の流れからみて、この程度の基地が流通できる量なんて細い小川のようなものです」

「うわ、大したものですね、薬物に対する平和維持軍の闘志は」

ついついシニカルな口調になった。口に出してしまってから、うわ、マズった、と内心で思う。そんなミンジュンのそれとない非難を、ロングは聞かなかったふりで受け流そうとはしなかった。

「私たちは法の執行者です。薬物に対抗せねば、という固い意志を持つのは当然じゃありませんか?」

「すみません」

ミンジュンは頭を下げた。「私はね、その法の執行者とやらの役割を自ら望んで担ってるあなたとは違うんですよ。国防の義務とかいうこん畜生にむりやり連れてこられたんですよ!」と言い返したいのはやまやまだったが、ぐっとこらえた。

真面目で几帳面とはほど遠いタイプのミンジュンの目には、線引きで引いたようにまっすぐで柔軟性に欠ける優等生スタイルのロングは、さほど仕事ができるようには見えなかった。一方のロングの目には、ミンジュンは情けないこと甚だしく映っているようだった。怒りっぽいうえに腐りきった憲兵隊長よりはマシか、ぐらいに思っている様子だ。

「ときどき韓国人のことがわからなくなります。私が思うに、北の問題に一番無関心なのが韓国人です。日本やアメリカのメディアが関心を傾けるのと比べると、韓国人はほとんど誠意がないと言ってもいい。なぜです? すぐ隣にある国で、唯一国境を接している国でしょう? 一世紀前までは一つの国だったんですよね。統一について世論調査をしたら、それでもまだ賛成のほうが多いんじゃないですか?」

薬物基地の捜索を続けながら、ロングがきつい口調で問いかけてきた。はじめのうちは、「うーん、そうですねえ、私にもよくわかりません」などと笑ってごまかそうとしていたミンジュンだったが、無意識のうちに答えが少しずつ長くなっていった。

「うんざりしちゃったんですよ、もう。いいですか、例えばロング大尉の隣の家の住人がですよ、大尉の家の表門に毎日ナイフを突き刺して悪態をつき、殺してやるって脅してくるとしたら、どうです？　そんなことが数十年続いてる。でも、その隣の住人が、例えば本気でナイフを持って襲ってきたりしたことはないんです。だからって、引っ越すわけにもいかないし、隣の人に引っ越せと言うわけにもいかない。そんな状況が続いたら、人はどうなると思いますか？　ただただうっとうしくて、その人のことなんて、考えるのもイヤになるんですよ。考えたところでイライラするばかりですから。私たちにとって、北ってのはそういう存在なんです。私が子どもの頃から二、三年に一回ずつ、北は核実験をやったりミサイルを発射したりしてました。私がまだ小さかった頃はね、戦争を起こすぞ、と北がうなると、両親は家にペットボトルの水を買い込み、ラーメンなんかも買い置きしてました。昔のことですよ、いいですか。そのうちに賞味期限が切れる。それを捨てる。そしてまた買う……。そんなことを数十年繰り返したあげく、もう水もラーメンも買わなくなったんです。北はほとんどの韓国人にとって、新型インフルエンザほどの危険も感じられない存在です。実際にどれほど危険になろうがなるまいが、他国の人たちがどのように受け入れようが、どうだろうが」

「あの展望台の上から、私に銃で狙いをつけてみてくださいます？　ここから照準を合わせられる距離に思えるか、確かめてみたいので」

　ロングの指示が飛んできた。

「え？　あ、はい」

　ミンジュンは、指示された場所に向かって歩き始めた。

「いまの北の脅威はミサイルや原子爆弾ではないでしょう？　北で製造された薬物がどっと南下し

て、南を席捲し、釜山を通じて世界に輸出されてる。それは充分に警戒心を抱くべき問題だと思いますけどね」

階段を上るミンジュンに向かってロングが言った。ミンジュンは振り返りもせずに答えた。

「それもみんな同じです。今度はこんな喩えでご説明してみましょうか。ロング大尉に兄弟姉妹が何人もいるとします。ですが、その中にまともな者は一人もおらず、毎日毎日外で大きな騒ぎを起こすんですよ。飲酒運転をしたり、人を殴ったり、信じられないぐらい巨額の借金をつくったり、盗みを働いたり……。そうするとね、兄弟姉妹の話をこれ以上聞きたくない、と思うときがロング大尉にも来るはずです。頭の中から消してしまうんですよ。私たちにとって、その兄弟姉妹を全部ひっくるめたものが北なんです。南の人たちはね、北のニュースをほとんど聞きたがりません。もううんざりだし、聞いたからといって手に負えませんし。神様、どうしてあんな兄弟を私にお与えになったのですか、そんな心情なんです」

「比喩がとてもお上手ですね。詩や小説を書かれたことは？」

「ありません。ゲームプランナーなので、ゲームのシナリオを書いたことはありますけどね」

ロングとミンジュンは、そんなふうに舌戦を交わしながらペク・コグマの薬物基地の調査を終えた。実のところ、ロングが何を調べているのかミンジュンにはよくわかっていなかったが。

基地を出るやいなや、ロングとミンジュンの携帯電話の画面に留守番メッセージの表示がずらりと浮かんだ。二人は知らなかったが、地下にある基地の内部には携帯電話の電波が届かないのだ。

ロングとミンジュンは、メッセージ送信者に電話をかけた。ミンジュンに電話をかけてきた相手は通話中だったが、ロングは相手と電話がつながった。ミンジュンには聞き取れない言語で長いこと話をしてからロングは電話を切った。顔がこわばっている。

「憲兵隊長が死亡しました」

＊

長豊郡の市庭（いちば）は、小枝の多い木のような形をしている。まっすぐに長く伸びた中心の幹が東西に走り、南北の方向には小さな路地がいくつも伸びていた。

テリム建設は、配下に下請け業者を多数持っているため、工事現場もあちこちに散らばっている。テリム建設の人力事務所は、市庭の両端に一つずつある。常識的な人間が率いる事務室が東、下衆所長のほうが西側だ。開城市（ケソン）と金川郡（クムチョン）の工事現場は西側が、江原道（カンウォンド）の工事現場は東側が、兎山（トサン）刑務所と兎山希望刑務所の現場は双方が共同で担当していた。

ウン・ミョンファとチャン・リチョルは、西側の人力事務所の向かいの小高いところから建物を見下ろしていた。急な坂をオートバイで上るのは大変だったが、それだけの価値は充分にあった。高みから見下ろすテリム建設の人力事務所は、南の人間が見たらバス会社の車庫かと思いそうな構造だった。毎朝早く、人と車が集まる大きな空き地があり、平屋建ての建築物一つとコンテナがいくつか。コンテナは休憩室や更衣室として使われており、平屋建ての建物が人力事務所の事務室だった。

その事務室に、一か所だけ明かりが灯（とも）っていた。所長室だ。

「経理のメンバーからメッセージが来ました。正門の入口と建物の玄関に防犯カメラがあるけど、故障しているので気にしなくていいそうで、ほかにはとくにセキュリティ装置はないそうです」

ミョンファが言った。

「それでも、正門から入るのは危険じゃないでしょうか。空き地が街灯に照らされていて明るすぎますから。建物の裏手の塀を越えて入ることにします。ここから建物の前までは一緒に行って、その後は正門の近くで待っていてください。中に入り、その悪者の首根っこを押さえつけてやったら電話します」

リチョルが言った。

「あの壁、三メートルはありそうですよ。越えられますか？」

「問題ありません」

彼らは坂道を下りきったあたりでバイクから降りた。歩きながらバイクを押していくミョンファにリチョルが問いかけた。

「ずっと気になっていたことがあるんですが、団体チャットルームのメンバーは、どうしてそんなに一所懸命パク・ウヒさんのために動くんですか？　自分の働く事務室のセキュリティの状況を教えるというのは、ちょっと理解しがたいのですが」

「お話ししようと思ったら長くなるんですが……。ただ、私たちはみな、ウヒさんにはとうてい返しきれないほどの恩義があるんです」

「パクさんは以前、高い地位に就いていらしたんでしょうか？」

「いいえ。ウヒさんはもともと一介の市庭の商人です。でもね、高い地位にいる人たちなんか及びもつかないようなことを、ウヒさんはやりとげたんです。チャンさんは男の人で、腕っぷしも強いから、朝鮮(チョソン)の女たちの辛さなんてわからないでしょうね。暗い夜の路地を気楽に一人で歩ける共和国の女性なんて、いると思います？　それでも長豊郡の女たちはね、ほかの地域の人たちに比べれば夜道だって心強いんです。犯罪が多い地域の情報を交換したり、夜遅くとか真夜中過ぎに遠くまで行く用事がある場合、そういう人同士で組になったり、車やオートバイを貸し借りしたり。スマートフォンが普及するずっと前から、ウヒさんは市庭の女性商人の連絡網を構築していたんです。団体購入をしたりもしますし、支払日にきちんと代金を払わない取引先の情報なんかも共有してます。急にお金が入り用になったり、何か困ったことになった人を助けるのも、みんなそのネットワークを通じてしてきたんです。たまにメンバー同士でいざこざが起きたときなんかも、その連絡網を通じて話し合って解決してきました。そんな組織をつくり上げて運営してきたのがウヒさんなんです。私も何度も助けてもらってます。ウヒさんがいなかったら、私がいまこの場に五体満足でいることもなかったでしょう。そんなウヒさんのたった一人の息子さんが行方不明になったんです。自分のことだと思って手助けしない長豊の女なんかいませんよ」

「そうなんですね」

リチョルはうなずいた。

リチョルとミョンファは、建物の正門前から五十メートルほどの地点でいったん別行動に入った。電話して、という手まねをして見せるミョンファに、リチョルはうなずいて了解の合図をした。

一人になったリチョルは、闇の中を疾走した。足音はほとんどさせず、呼吸を荒らげもしない。人力事務所の建物と空き地を囲む塀は、三面は低く、建物と接する一面のみ高くなっている。リチョルは塀に沿って人力事務所の敷地の外れを半回りし、わずか数分で高い面の前にたどり着いた。

その塀を、彼はいとも易々と乗り越えた。塀をつくった人間がもしもその様子を見たら、さぞかしバツの悪い思いをしたことだろう。左右の足で代わる代わる壁を蹴り、そのたびに体を上に引き上げていく様子は、目に見えない手すりでもあって、それをつかんで上がっていくようにしか見えなかった。手が塀のてっぺんに届くと、ひょいと体を引き上げ、脚を横に揃えて飛び越える。そして音もなく塀の内側に着地した。

　リチョルは素早くあたりを見回してから、すっと身を低くして建物の玄関前に移動した。蟹歩きをしているというのが信じられないほどのスピードだ。玄関ドアには鍵がかかっていたが、リチョルは小刀を使って手もなく解錠した。

　玄関ドアを開けて入り込んだ先は、明かりの消えた事務室だった。窓を通じて入ってくる街灯の光に照らされ、見栄えのしない鉄製のデスクと椅子が三つ、あとキャビネットが見える。奥のもう一つの事務室のドアの隙間から明かりが漏れていた。

　リチョルはその部屋のドアに忍び寄り、ノブをそっと回してみた。施錠はされていない。坂道から見下ろしたときは、明かりのついていない事務室よりもやや小さめかと思ったが、実際はそれなりの大きさがある。悪人だという人力事務所長が座っている位置は、反対側の端だ。ということは、ドアから四、五メートル離れていることになるが、それぐらいなら、このドアを蹴り開け、悪者が防御態勢を取る前に先制攻撃を仕掛けることができそうだ。ドアを開けた直後はまぶしく感じるだろうが、それもさほどは続くまい。ドアを開けて素早く走り寄り、考える隙を与えずに押さえ込む。それがいい。リチョルはそう決めた。

　リチョルはドアを足で蹴り開けた。ダッと駆け込んだ彼は、しかし足の裏に超強力なとりもちでもくっついたかのように立ち止まった。下衆所長は、四、五メートル離れたところに座ってはいなかった。わずか二メートルほど先に、まっすぐにこちらを向いて立っていた。手には拳銃まで握っている。

「動くな。動いたら撃つ」

　人力事務所長が宣告した。

6

「はっ、何てこった、いやあ面白い。防犯カメラを直したとたんに泥棒に入られるなんてな。運がいいのか悪いのかわからんな、こりゃ。ちゃんと動いてるか確かめようと画面を表示したとたん、ぱっと映ったんだよなあ、貴様が」

人力事務所長はかなり余裕を取り戻していた。チャン・リチョルは相手に言われるがままに、手を挙げて後ろを向く。リチョルは自分の体を捜索する人力事務所長の手つきが思いのほか慣れているのに驚いた。そんなリチョルの頭の中を読み取りでもしたかのように、人力事務所長が言う。

「妙な真似はしないほうがいいぞ。俺はな、護衛総局❖に二十年務めてたんだ。錦繡山（クムスサン）太陽宮殿*にいたこともある。平壌（ピョンヤン）の党幹部連中も、俺たちには頭が上がらなかったもんだ」

統一過渡政府の発足後の社会では、明かすのがむしろ自殺行為になるような経歴だ。それを並べ立てているというのは、よっぽど自慢の過去なのだろう。

❖護衛総局（護衛司令部）……最高指導者の身辺警護や平壌直轄市の国防を主管する機関。

リチョルは依然、人力事務所長に背を向け、ドアに向かって立っている。その側頭部を、人力事務所長がやにわに銃のグリップで強打した。もう一度同じ場所を殴られ、リチョルの額の皮膚が裂け、血が流れ出した。殴打の痛みは大したことはないが、血が目に流れ込むと困るな……。リチョルは思った。両目をしっかり開けていられないと遠近感が狂う。そうなると、戦うのに著しく不利になる。

「そのまま立ってろ。妙な気を起こすなよ」

人力事務所長が言う。その後、引き出しを開ける音に続き、ガサガサと中をかき回す音がした。しばらくして、また下衆所長の声が聞こえてきた。

「ゆっくりこっちを向け。手は下ろすなよ」

リチョルは言うとおりにした。

彼が下衆所長と向き合うと、相手は手に持っていた細いひものようなものをリチョルの足元に放ってきた。工事現場で電線を束ねるときに使うプラスチックのケーブルタイ〔結束バンド〕だ。片端にリングがあり、もう一方にはギザギザがある。それをリングに入れて引っ張れば、ほどけなくなるという代物だ。投げて寄越されたケーブルタイは、長さが六、七十センチはある大型サイズだった。

「ゆっくり床に座れ。ゆっくりだ。そうだ、よーし。じゃあ、ケーブルタイを一つ拾え。それで両足を縛るんだ」

リチョルは下衆所長の指示に従った。そんななかでも、相手が手よりも足を先に縛るよう指示したことにリチョルは感心していた。両足を縛（いまし）めるということは、足蹴りなどの動作ができなくなることだけを意味するわけではない。逃げることも、攻撃を避けることもほぼ不可能になるということだからだ。

「さあ、次は手だ。縛ってくれだとか、バカな寝言は言うなよ。まずリングをつくれ。そこへ手を入れて、口で片端を引っ張るんだ」

下衆所長が指示する。しばらくのち、リチョルは両手と両足を縛められた格好となっていた。

「さて、それじゃ、話を聞くとするか。お前は何者だ？　ただのコソ泥か？」

下衆所長の取り調べが始まった。

「あんまり話したくないな、この姿勢ではな」

リチョルは軍隊で習ったとおりに答えた。尋問されるときは、強気な態度を保て。情報を得たければ、それなりの待遇をしてやる必要があると相手に思わせろ。

リチョルの答えに人力事務所長は大笑いしたが、ふとリチョルの顔を見たとたん、その表情がみるみる変わった。驚きの表情だ。ムン・グモクが施してくれた化粧が額から流れ落ちる血で剝げ落ち、目の脇の傷が見えていたのだ。

人力事務所長はポケットから携帯電話を出し、どこかへ電話をかけた。手足を縛られたリチョルが目の前にいるのに、構いもせず話しだす。

「あ、部長。はい、そうです。そいつがいま、私の事務室にいます。傷跡があります。眉の下から頰の上あたりまで。それはよくわかりません。問いただしてみますか？　はい、はい、わかりました」

リチョルは政治や社会問題には疎かったが、乱暴者や暴力組織の生理については本能的に知っていた。彼は、人力事務所長が自分を殺すわけにはいかなくなったことを悟った。

電話を切った人力事務所長にリチョルが尋ねた。

「ケ・ヨンムクと話したのか？」

リチョルの問いに、下衆所長は「お？　こいつ、何者だ？」と言わんばかりの顔になる。

「ケ・ヨンムク部長を知ってるのか？」

リチョルはどう答えれば有利になるのか判断がつかず、不愛想に黙っていた。その様子が人力事務所長をむしろ刺激したようだ。

「黙秘権を行使なさるってわけか。我が同志は、いまご自分が置かれてる状況がわかってらっしゃらぬようだな。眉の下のその傷跡だって、さっき剝がれた化粧みたいに浅知恵働かせたあげくにできちまったんじゃないか？　その横に風穴ひとつあけてやってもいいんだぜ」

人力事務所長がリチョルに向かって拳銃を撃つ真似をする。リチョルは黙っていた。

「お前、ケ・ヨンムクと知り合いなんだな？　そういや、どことなく雰囲気も似てるな。同じ部隊出身か？」

人力事務所長の勘の鋭さは、目を見張るばかりだった。リチョルは今度も口をつぐんでいたが、下衆所長はその沈黙から「そうだ」という答えを読み取ったようだ。

「俺はそいつに序列で先を越されたんだ。護衛総局に二十年いた俺がだぞ、テリム建設に入っていくらも経たねえ新参者にだ。信川復讐（シンチョンボクス）隊ってえのは、そんなにご大層な部隊なのか？」

リチョルが反応を見せずにいると、下衆所長は拳銃を手にし、銃口をリチョルの頭の方向に向けてきた。

「言え、この野郎。ドタマふっ飛ばされる前に」

リチョルはようやく口を開いた。「あまり答えたくないと言ったろう」

パン！

下衆所長がリチョルに向けて発砲した。銃弾は、リチョルの頭上の壁にめり込んだ。リチョルは不愛想な表情を崩しもしていない。

人力事務所長は銃をデスクの上に置き、立ち上がった。

「このクソ野郎が……」

下衆所長は悪態をついてリチョルに歩み寄ってきた。リチョルを殴りつけてやって鬱憤を晴らし、情報も得ようという腹づもりのようだ。けれど、それは致命的な失策だった。

人力事務所長がちょうどいい距離まで近づいてきたとき、リチョルはガバッと身を起こした。内(うち)腿(もも)とふくらはぎに思いきり力を込め、ロケットのように自分の体を発射させて、人力事務所長の顔に頭突きを食らわせる。

その一発で人力事務所長が気を失ってくれることをリチョルは願ったが、事はそうそう思うようには運ばなかった。よろめきながらもこらえている人力事務所長に、リチョルはもう一度飛び上がり、二発目の頭突きをかました。

下衆所長は、あきれるほど打たれ強かった。軽い脳震盪を起こしているようなのに、倒れない。酔っ払いのようによろけながら、リチョルに向かって腕を振り回してくる。相手に拳を思うように振るわせないよう、リチョルは事務所長に体をぴたりとくっつける。二人の男はもつれ合って床に転がった。

人力事務所長は、自分の体にまたがっているリチョルを押しのけようとしたが、リチョルは膝でうまく相手の腰を押さえ、体勢を整えた。所長が腕で頭を攻撃しようとするのを、リチョルは肘で防いだ。リチョルは手首と両肘で三角形をつくり、左肘で所長の右の拳を防ぐと同時に右肘では相手の首を突こうと懸命に試みた。

そうしているうちに、下衆所長の膝がリチョルの脇腹にまともに入った。その一撃で、リチョルは敵を危うく手中から逃すところだったが、起き上がろうとする人力事務所長のベルトをつかみ、どうにかまた床に引き倒すのに成功した。

二人の泥仕合はえんえんと続いたが、ついにその接近戦を制したのは人力事務所長のほうだった。下衆所長はリチョルの肩を押すように何度も足で蹴ってきた。リチョルの体がとうとう相手から離れる。そのとたん、人力事務所長は光のごとく飛び起きた。そしてペッと唾を吐き、拳銃が置かれたデスクのほうへ体を向けた。

そのとき、事務室のドアがバンと開いた。

「動くな！」

ウン・ミョンファが銃を構えて部屋の入口に立っていた。人力事務所長の体がこわばる。

「女だからどうせ撃てやしないだろうとか、ナメないほうがいいわよ」

ミョンファがゆっくりと部屋の中に歩み入ってくる。ミョンファは銃を実際に撃ったことがあるのだろうか。そこのところが気がかりだ。最後の瞬間に引き金を引けなかった者を山ほど見てきているからだ。少なくとも、拳銃を構える姿勢はそれなりに格好がついているが……。

「銃声がしたから来たんです。中を覗いてみてよかったわ」

ミョンファは人力事務所長に視線を据えて、リチョルに言った。

*

チャン・リチョルは縛られた両足で飛び跳ねてデスクのところへ行き、人力事務所長の拳銃を手に取った。いまや人力事務所長を狙う銃口は二つになった。

「時間がありません。じきにケ・ヨンムクの部下どもがやって来るでしょう。こいつは私が引き受けますから、あっちの引き出しからプラスチックのケーブルタイを出してください。それで縛って尋問しましょう」

リチョルが言った。それを聞くなりウン・ミョンファは銃をさっと下ろすと、手際よくケーブルタイを見つけ出して人力事務所長に放った。何十分か前のリチョルと同じやり方で、今度は人力事務所長が自分の手足を縛めた。

ミョンファは、人力事務所長の体の自由が利かなくなるのを見届けてから、リチョルの手足を縛めていたケーブルタイを事務用のハサミで切った。リチョルは手足を一度ずつ振ってから、人力事務所長に歩み寄る。一方、ミョンファは窓のブラインドを下ろした。室内が外から見えないように。リチョルはミョンファのその行動にうなった。銃声を聞くやいなや拳銃を持って事務室に入ってきたことといい、ケ・ヨンムクの部下と鉢合わせするかもしれない状況で冷静にすべきことを探した点といい、どれもかなりの頭脳と度胸が備わっていなければできないことだ。ミョンファは軍事訓練を受けたことがあるのか、とリチョルは勘ぐった。

「ああ、わかったぞ。お前、チェ・シンジュ坊ちゃんが追っかけ回してた娘っ子だな。南朝鮮(ナムチョソン)に留学してたっていう」

人力事務所長がミョンファを睨みつけた。そのとたん、リチョルが下衆所長の背後から首に腕を回して締めつけた。「リアネイキッドチョーク」と呼ばれるレスリング技術だ。人力事務所長はうめき声さえあげられなくなった。

リチョルが言う。

「よく聞け。俺はきわめて老練な拷問専門家だ。どう首を絞めれば人が死ぬのか、どう締めつければ意識を失わせることなく死ぬほどの苦痛を味わわせることができるのか、よーく知っている。いまここで、素手でお前を殺すことなど俺にとっては造作もないことだ。どういうことか、わかるな？　わかったら、うなずけ。声は出すな」

例のそのセリフを滔々と述べている間、リチョルは人力事務所長の気道をぐっと押さえていた。声を出そうにも出せなくなった事務所長は必死でうなずき、リチョルの腕で首を絞められて血の流れがせき止められた顔は、いまにも破裂しそうに赤く染まっていた。

リチョルはひとまず腕の力を緩めた。人力事務所長は、人間のものとはとうてい思えないような声をあげながら、激しく息を喘がせた。泡とよだれが口から流れ出ている。まるで水拷問でも受けているような姿だ。実際、同じような立場ではある。浴槽にふたたび頭を突っ込まれるのを恐れる戦時捕虜のごとく、人力事務所長は手足をぶるぶると震わせていた。

「俺は、尋問の訓練も数千時間受けている。声がどれぐらい震えているか聞いただけでも、相手が嘘をついているのか、そうでないのかわかる。いまからは俺が訊くことにだけ、ありのままに答えろ。答えが遅れたり、ごまかそうとでもしようものなら、さっきよりもっと長く首を絞めてやる。いいな？」

腕にわずかに力を込めながらリチョルが言い渡す。

「はい、はいっ！」

人力事務所長はよだれを垂らしながら叫んだ。

「よし。第一の質問だ。先日、テリム建設の社員二人の行方がわからなくなった。彼らが会社の金庫を盗んだとテリム建設は主張している。その事件を知っているか？」

「はい、知っています」人力事務所長が答えた。

「その二人は、もともとどんな仕事をしていた?」

「わかりません」

リチョルはおもむろに腕に力を込めた。ミョンファはとても見ていられず、顔を背ける。少ししてリチョルが腕の力を緩めると、人力事務所長は口から唾を飛ばしてわめくように言った。

「その二人が何をしていたのかは本当に知りません! 別の人夫たちが何をしてるかは確かにみんな把握してます。でも、その二人については知らないんです。ケ・ヨンムクがじかに管理してたからです。それで、疑ってました。その二人が金庫を盗もうとして見つかったって聞いたときから。盗まれたっていう金庫があった現場の人夫でもなかったですし。何か秘密の作業をさせられていて、終わったから口封じに消されて、そのうえで濡れ衣を着せられたんだな、と。でも、どんな仕事をしていたのかは知らないんです!」

「その二人は兎山(トサン)刑務所で働いていただろう。違うか? 正確に、どこで働いていた? 兎山刑務所、それとも兎山希望刑務所?」

リチョルが訊いた。

「どちらも違います! 兎山刑務所の現場はここより北ですが、そっちには行ってませんでした。ケ・ヨンムクやチョ・ヒスンがその二人と電話で話して、それから現場に向かうって車で出ていったことがありました。でも、北じゃなくて南西のほうに向かってました!」

人力事務所長は、せっぱつまった顔でしゃべり立てた。

「南西の方角にはどんな現場がある?」

「小さい現場が複数です。テリム建設が単独で発注して建ててるアパートが二棟、平和維持軍の倉庫が一つ、現代峨山(ヒョンデアサン)*が建ててる開城(ケソン)工業団地の管理者宿所に体育館……なんかです。これといったところはありません。西には開城工団、南には南北分界ラインがありますから」

とりあえず、消えた二人は人力事務所長が知っている工事現場に連れていかれていたわけではなさそうだ。リチョルはさらに突っ込んだ。

「工事現場がすべて表示されてる地図があるはずだ。どの引き出しに入ってる？」

「机のすぐ横のです」

リチョルが目配せしようとすると、ミョンファはすでに引き出しのほうへ向かっていた。ミョンファの持ち前の勘のよさと行動力にリチョルは改めて舌を巻いた。ミョンファが地図を探している間、リチョルは尋問を続けた。

「チョ・ヒスンは、人を生きたまま焼き殺す動画を部下どもに見せていた。裏切者はそうなるんだと言ってな。お前も見たことがあるか？」

「あります。四つ……か、五つぐらいか」

そう答える人力事務所長の声は消え入りそうだった。同じ運命が自分にも降りかかり得ることに考えが及んだようだ。

「それは工事現場で撮影されたものだ。どの現場だ？　遺体はどこへ埋められた？」

「それは、わかりません。本当に知らないんです」

「どうもお前の脳は、痛い目をみないと記憶を引っ張り出せんようだな。じゃあ、さっきより長く息を止めといてやるとするか」

「そんな……、待ってください！　最後まで聞いてください！　正確にはわかりません。でも、北のほうの現場じゃありません。そっちには、テリム建設が単独で管理してるところはありませんから」

そのとき外で車の音がした。ミョンファがはっとし、リチョルのほうへ目を向けた。

「隣の部屋へ」

リチョルが顎でドアを示した。ミョンファがうなずき、敏捷な動きで隣の事務室に消えた。リチョルはまず腕に力を込めて人力事務所長を気絶させ、それからミョンファがいる部屋に入る。下衆所長が倒れている部屋には明かりが灯っていたが、ミョンファとリチョルが潜む玄関を入ってすぐの事務室の明かりは消えている。

リチョルはデスクの後ろに隠れているミョンファを見つけて近寄り、ささやいた。

「銃を撃つのは得意ですか?」

「人を撃ったことはないですけど……。本当に撃つんですか? あの人たちに向かって?」

ミョンファがやはりささやき声で問い返してくる。リチョルはそれには答えず、玄関から見えにくいデスクの後ろに移動して身をかがめた。靴を脱いで裸足になり、ゆっくりと足踏みをする。コンクリートの床の冷たさに足の裏を慣らすためだ。

音からして車は一台だ。ケ・ヨンムクは、二、三人の部下を送り込んできたようだ。彼らが玄関から入ってきて、奥の部屋に向かって明かりの消えた事務室を突っ切ってゆくとき、後ろから攻撃する。それがリチョルの計画だった。果たして敵は、銃を持っているのだろうか……。

車に乗ってやって来たのは三人だった。玄関のドアを開ける音が聞こえ、「うん? どこだ、スイッチは?」とつぶやく声が聞こえる。リチョルがドアを開け放しておいた奥の事務室から明かりが漏れているので、室内は真っ暗ではなかった。ケ・ヨンムクの部下たちは、何やらぶつくさ言いながら奥の事務室に向かった。

最後尾の男が事務室の中ほどまで来たあたりで、リチョルは音もなく後ろに忍び寄って一行を攻撃した。一番後ろの男は拳銃のグリップで後頭部を殴打されてその場に頽（くずお）れ、真ん中の男は振り向いたところを銃で撃たれ、胸に穴をあけて倒れた。ミョンファは思わず口を手で覆った。

一番前にいた男は慌てて奥の事務室に駆け込んだ。ドアの脇に身を隠して拳銃を取り出し、狙いも定めずに手だけをドアの外に突き出して乱射した。リチョルが応戦する。双方ともに、ろくに狙いもつけずに撃っているので、弾丸は軒並み見当違いの方向に飛び、床や壁にめり込んだ。

リチョルは息を整え、相手が攻撃を再開するのを待った。奥の事務室から銃を持った手だけがぬっと現れ、引き金を引く。それにあわせてリチョルはそれらしい嘘の悲鳴をあげ、少ししてから苦痛をこらえるようなうめき声を漏らした。

一分ほどして、事務室のドアの向こうから頭がひとつ覗いた。その頭を正確に狙い、リチョルが発砲する。ドアの裏の壁に血が飛び散った。

相手が倒れたのを見届けたリチョルは、殴り倒しておいた男に歩み寄り、頭を思いきり蹴飛ばした。そしてミョンファに告げる。

「もう出てきても大丈夫です」

ミョンファは驚きのあまり目を大きく見開き、死体をよけて歩いた。

「みんな死んでるんですか？」

ミョンファが尋ねる。リチョルは答えず、人力事務所長が縛られている奥の事務室にふたたび歩み入った。

人力事務所長は、どうにか意識を取り戻していた。恐怖で真っ青になった顔いっぱいに、とめどなく汗を流している。リチョルはそちらへ歩み寄り、銃を頭に向けた。護衛総局出身の悪名高い人力事務所長は、固く目を閉じた。

「ダメです！」

ミョンファが叫んだ。リチョルは引き金を引こうとした手を止め、ミョンファを見つめた。

「え？」

「どうしても殺さなくちゃ、ダメですか？」

ミョンファが言った。リチョルはわけがわからないといった顔をした。

「さっき外で二人殺してます。だけど三人殺してはダメだってことですか？」

リチョルが問い返す。

「でも、その人は縛ってあるでしょ。さっきは私たちだって死ぬか生きるかの瀬戸際だったけど」

ミョンファはそう言うと、唇を噛んだ。

「いまだって、さして状況は変わりません。こいつはあなたのことを知っています。生かしておけば、チェ・テリョンやケ・ヨンムクに、侵入者が誰だったのか報告しますよ」

「そんなことしません！　絶対にです！　本当です。信じてください！」

一縷の望みを見いだした人力事務所長が叫ぶ。リチョルは無表情にミョンファを見た。体の自由を奪われ、抵抗できない人間を殺すことへの圧倒的な抵抗感と、理性的かつ合理的な判断の間で揺れ動いているのが、その若い女の表情からありありと見て取れる。

「やっぱり信じられないんだけど、どうしようかしら」

ミョンファの言葉に人力事務所長はわめくような声で応じた。

「母の位牌にかけて誓います」

「こんなふうに時間をムダにしている暇はありません。どのみち手を汚すのは私です。あなたは気にしなくていい」

リチョルが言った。

「ダメです、殺しちゃ。そしたら、そいつらと同類になっちゃいますよ」

ミョンファは人力事務所長に改めて誓わせた。下衆所長は、母親に加えて父親、そしていま生きている家族全員にかけて誓うと答えた。リチョルは内心、ため息をついた。

「防犯カメラはどうするかな。映像が保存されてるんだろう?」

リチョルがそう言うと、所長はすぐさま答えた。

「あの黒い装置からカートリッジを抜いて、踏み潰しちまえば大丈夫です! それか銃で撃つか」

リチョルはそのとおりにしたうえで、下衆所長の頭を一発、拳銃で殴った。下衆所長はふたたび気を失った。汗に濡れた髪の毛が頭にぺったりとくっついている。赤く火照(ほて)った顔に奇妙な笑みのような表情を浮かべて失神している下衆所長の姿に、ミョンファは仏教絵画の中の羅漢の奇怪な姿を思い浮かべた。

南西方向の現場の地図を手にしたリチョルがミョンファに言った。

「こいつは約束を守りませんよ。朝に懲らしめてやったマヌケは口をつぐむでしょうが、こいつは頭が回ります。ミョンファさんのことをケ・ヨンムクやチェ・テリョンに報告しないはずがない。そうしてミョンファさんが絡んでいることが知られれば、パク・ウヒさんやムン・グモクさんの存在が嗅ぎつけられるのは時間の問題です。いますぐに連絡する必要があります。隠れ場所を見つけて逃げるようにと。または……」

「または?」

「いまならまだ、こいつを殺せます」

ミョンファは床に倒れている男たちに目をやった。胸を撃たれて死んでいる若い男。頭を撃たれて死んでいる中年の男。銃のグリップで後頭部を殴られて失神しているもう一人の若い男。そして、意識を失ってまで相手をあざ笑ってでもいるかのような下衆野郎の人力事務所長。

リチョルの言っていることは正しい。人力事務所長は気がつくやいなや、彼女のことをチェ・テリョンに報告するだろう。生き残りたければ、それしか方法がないからだ。そして奴が生き長らえるのと引き換えに、自分と父親、パク・ウヒ、ムン・グモクの命が危うくなる。そんな危険を冒してまで、こいつの命を救う必要があるのだろうか。この男を始末するのは一種の正当防衛とは考えられないだろうか。この男は決して無辜（むこ）の良民ではない。些細な罪の意識にかられたくないという理由ひとつで家族や仲間の命を危険にさらすことこそが、卑怯で無責任なことではないのか。ミョンファの心は千々に乱れた。

魂が体から抜け出して、少し離れた場所から自分を見守っている……。そんな錯覚にとらわれながら、ミョンファはその場に立ちつくしていた。一日と少しの間、信じられないほど多くのことが彼女の身に降りかかってきた。ミョンファはその日、決断の瞬間が訪れるたびに、正しいと確信できる選択肢をつかみ取ってきたつもりだ。なのに、むしろそのために、一歩、また一歩と泥沼にはまり込んでしまっている……。

父親を助けてくれた男が危機に陥ったことを知って合宿所に彼を訪ねた。それが、助けてもらった側の道理だと考えたからだ。そして、パク・ウヒとムン・グモクの役に立てるかと思い、その男をハンバーガー屋に連れていった。それが、何度も自分を救ってくれたパク・ウヒに対する道理だと思ったからだ。さらに、ならず者の家と人力事務所にオートバイでリチョルを連れていった。自分はオートバイの運転ができるし、ただ連れていきさえすればそれで済むものと思っていたからだ。それなのに、人力事務所で銃声が聞こえたとたん、銃を持って事務室に駆け込まずにはいられなかった。

結果、彼女はいま、きわめて判断が難しい岐路に立たされている。無防備な人間を銃で撃ち殺すのを黙認すべきなのか。追われる身となるのを覚悟して押しとどめるべきなのか。どちらを選んだとしても、これからの彼女の人生は大きく変わることだろう。罠を仕掛けてじっと機会を窺っていた悪意に満ちた運命がついに彼女の足をとらえ、にんまりと笑いながら決断を迫っているような気がした。「さあ、どうする?」と……。

ミョンファは首を振った。そして銃で撃たれた死体の前に行くと、着衣を探り始める。胸を撃たれた男のズボンのポケットから車のキーが出てきた。

「この連中にはもう必要ないものですから。私たちには必要だけれど」

リチョルはうなずいた。

「オートバイは捨てていきます。ウヒさんやグモクさんを乗せなきゃいけないから、車で行かないと」

自分に言い聞かせるような口調だった。自分は人力事務所長を殺さないという決断を下した。もう後戻りはできない。彼女は覚悟を決めていた。チェ・テリョン、ケ・ヨンムク、チョ・ヒスンを倒すか、長豊郡(チャンプン)を捨ててよその土地に逃げるか、道は二つに一つだ。こんなことになろうとは、ついさっきまで思ってもみなかった。でも、それが意地悪な運命への彼女の答えだった。

「車の運転はできますか?」

事務室から出ながらミョンファがリチョルに尋ねた。

「できることはできますが、うまくはありません」

「なら、私がウヒさんに電話している間だけお願いできますか。電話を切ったらすぐ、私が代わりますから」

ミョンファは助手席に乗り込みながら言った。

＊

「一時間ほど前に、人民保安部に緊急通報が入ったそうです。長豊郡の路地で南の軍人が刺殺されたと。軍人と民間人の男、二人の間で諍いが起き、相手の男がナイフを出して軍人を刺したそうです。人民保安部は通報を受けるやいなや平和維持軍に連絡を入れたそうですが、その少し後に平和維持軍の番号にも通報が入ったそうです。南の軍人が死んでいると」

ミッシェル・ロングが後部座席から言う。カン・ミンジュンは助手席に座っていた。

「それが憲兵隊長だと……？」

ミンジュンはぼうぜんとしていた。自分も知っている人間が、暴力によって死んだ……。そのことにすっかり当惑してしまい、頭がよく回らない。だからといって、彼の死を悼む気持ちは生じないというのが、我ながら空恐ろしく思えた。

「軍服に名札がついていて、あと認識票も見つかったそうです。背丈や体形もだいたい一致しているようだと。いまごろはもう、希望部隊の憲兵たちが確認しているかと思います。身元確認だけしたら、私たちが行くまでできる限り現場に手をつけないようにと韓国軍の憲兵たちに伝えてください」

「え？　行くんですか、私たちがそこへ？　捜査するっていうんですか、この事件を？」

ミンジュンがびっくりして問い返した。

「ええ、捜査しましょう。私と、あなたで」

ロングの声からは、どこか浮き浮きしたような感じさえ伝わってくるようだ。

「あのう、私はですね、何をどうすればいいのかもわからないんですが。殺人事件の現場を見るのなんて、生まれて初めてでして……」

ミンジュンが戸惑ったように言う。

「大丈夫、私の言うとおりにさえしていただければいいんです。基本的には通訳業務ですよ。私が北の人民保安員に指示する内容を通訳して、人民保安員が知りたがっていることを私に伝えてくだされば」

「ああ、もう、こん……」

ミンジュンは、外国人でも知っている罵倒語を危うく口にするところだった。

「わかりませんか？　憲兵隊長がなぜ死ぬことになったのか。今日、私たちに尋問された後、すぐですよ？　あの人が何か口を割るんじゃないか、それを恐れて阻もうとした組織があるってことです」

ロングが断言した。

「路上で誰かと諍いになったんでしょう？」

「目撃者が見間違った可能性もありますよ。路地の真ん中で突然、誰かをナイフで刺したら、通りすがりの人の目には、二人の間で何か諍いが起こったように見えるでしょう？」

「いや、でも、もし私が暗殺者だったら、人を殺す前に近くに人がいないのを確認してから事に及ぶかと思いますがね」

前と後ろの座席でまたもや言い合いをしながら、ミンジュンとロングは事故現場に向かった。

ロングは目撃者が伝えた容疑者の特徴をミンジュンに告げた。眉の下にナイフで切られた傷跡がある男。続けてロングは、希望部隊と人民保安部に連絡して「事故現場周辺のすべての道路に検問所を設けるべき」と説得するようミンジュンに指示した。

「私がですか？」

ミンジュンはあっけに取られた。

「眉の下に刃物でつけられたような傷跡のあるっていうその男が、よその土地から来た殺し屋だって可能性もあるでしょう？　凶器を捨てて服を着替える時間を計算に入れれば、それほど対応が遅れたとみなくてもいいかもしれない。開城（ケソン）や平壌、鉄原（チョロン）に続く主要道路は必ず封鎖する必要があります。私たちに指示する権限はありませんから、協力を要請しなければ」

「あの……大尉、申し訳ありませんが、私には一度も経験のない業務なので……」

ミンジュンが蚊（か）の鳴くような声で言った。

「誰か手続きの仕方がわかっている人が希望部隊にいるはずです。死んだのが本当に憲兵隊長なら、ほぼ一年ぶりに南の領官級将校が殺害されたことになります。きわめて重大な事件ですよ。できれば、検問所を一次と二次に分けて設けたいと伝えてください」

ロングは梃子（てこ）でも動かぬ様子だった。

ミンジュンは、困り果てた顔で希望部隊に電話をかけた。

7

ウン・ミョンファとチャン・リチョルが盗んだ車に乗って長豊(チャンプン)バーガーに着いたとき、パク・ウヒとムン・グモクは荷づくりのさなかだった。車から降りたミョンファが駆け寄り、パク・ウヒを抱きしめた。

「ごめんなさい、私のせいで……」

「いいのよ、ミョンファ。いつかはこうなると思ってたし」

　電話で事情を聞いたパク・ウヒは、店を捨て、ムン・グモクと一緒に長豊郡から逃げることを即座に決めた。その決断の早さにリチョルは少なからず驚いた。この中年女性が、どうして長豊郡の女性商人ネットワークを構築・運営できたのか、なぜほかの女たちから尊敬されているのか、納得がいった。

　パク・ウヒがいなかったら、ムン・グモクはおそらく右往左往したあげくに泣き崩れるか、千々に乱れる感情を怒りに変えてミョンファを咎(とが)めたかもしれない。けれどいま、ムン・グモクは長豊バーガーの店内にある金目のものを、ミョンファが運転してきた車のトランクにせっせと積み込んでいた。リチョルも荷づくりを手伝った。

「隠れ場所は見つかりました？」

ミョンファがパク・ウヒに訊いた。

「ええ。一昨年、女性商人一心団結大会やったところ、覚えてる？」

「覚えてます。サンジュさんちのビニールハウスがあるところでしょう？」

「そう、そこよ。サンジュはね、桃を栽培しようとしたんだけどうまくいかなかったんですって。それでハウスが空いてるっていうから、そこに決めさせてもらったの」

パク・ウヒが言った。

「じゃあウヒさん、先に行っててください。私は後から追いかけます。父を連れていかないと。チェ・テリョン一味が父に手を出すかもしれないし。あの人力事務所長、私のこと知ってたんです」

「お父さんは、持ち歩き電話持ってないの？」

「ないんです。買ってあげるって言っても、いつもいらないって……」

ミョンファは仕方なさそうに首を振る。

「家に電話すればいいんじゃないの？」

「今日は火曜日ですよね。家にいないんですよ、この時間には。南朝鮮の宅配会社の営業所で働いてるんです。夜間警備の仕事。とにかくそこに私が行くしかないんです。会社の名前も知らないし、前を一度通ったことがあるだけなので、位置の説明もできないし。それに、父の性格からいって、ほかの人が行ってもきっと説得に応じないと思うので……」

ミョンファの話を聞いて、パク・ウヒはしばらく考え込んだ末に口を開いた。

「チャンさん、ミョンファに手を貸してあげてくれませんか？　私には、この店をやりながら貯めたお金があります。そのお金で今日一日、チャンさんを雇わせていただきたいんです、警護員として。いかがでしょうか。報酬はなるべくご希望に添えるようにしますので」

ミョンファは目を丸くしてパク・ウヒを見つめ、続いて視線をリチョルに移した。リチョルはしばらく黙っていた後で、口を開いた。

「百ドルいただけますか。あとは、私が信川復讐隊(シンチョンボクス)の出身者を捜すのを、この後も続けて手伝っていただければ結構です」

リチョルの提示した百ドルという金額は、報酬はいらないというのと同じことだった。

「すみません、ほんとに……」

パク・ウヒは頭を下げ、さっそく腹帯から紙幣の束を取り出して慣れた手つきで数え、十ドル札を十枚さっと抜き出した。

「封筒がなくて……すみません、裸のままで」

リチョルはパク・ウヒが両手で丁寧に差し出す金を受け取り、ポケットに入れた。パク・ウヒは、リチョルに払った金よりはるかに分厚い札束をつくると、ミョンファに差し出した。

「これは車代に使いなさい。お父様がいるところに行くときもそうだし、そこからサンジュのビニールハウスまで来るのにもお金がいるでしょう」

「ありがとうございます」

ミョンファが言った。

「さて、そうと決まったら急がないと。ミョンファ、早く行きなさい。ここの荷物は私とグモクでどうにかするから。いまから再会するときまで、二時間ごとに通話することにしましょう。もしも電話が四時間つながらなかったら、何かあったとみなして措置をとることにする。チェ・テリョンの部下どもを見かけたら、そのときも電話して。いい？　ミョンファ」

「ええ、ウヒさん」

パク・ウヒとミョンファがいま一度、互いの肩を抱く。車のトランクに荷物を積み込んでいたムン・グモクが、冗談めかして言った。

「傍(はた)から見たら、永(なが)の別れかと思うわよ。ミョンファ、早く行きなさい」

ミョンファは長豊バーガーの店内にいる二人に目礼をし、道に出た。リチョルが尋ねる。

「どこに行けばいいんですか？」

「ここから北東の方角に四キロか五キロぐらいです。道々、記憶をたどりながら行くしかありません。車には乗らないで、走って行きましょう。そのほうが早いので。車は捕まえるのに時間がかかるし、市内で道が混むかもしれませんから。走るのは得意ですか？」

「その程度の距離なら問題ありません」

リチョルが答えた。休憩なしで二十時間以上走ったこともあったし、百時間一睡もせずに歩いたこともある。どちらも訓練の一環だった。今度はリチョルが尋ねる。

「ミョンファさんは、走るのは？」

「高級中学❖の三年間、ずっと陸上の代表でした」

ミョンファが答えた。


❖高級中学……日本の高校に相当する。

＊

「それで、お前はやられっぱなしでいたってわけか？」

チョ・ヒスンが恫喝するように言う。

「いや、そいつがとにかく強い奴でして。私は最善を尽くしたんですが」

人力事務所長が答える。へこへこしてはいなかった。足首を回し、手首についた縛り跡をさすっている。

所長の事務室には、ケ・ヨンムク、チョ・ヒスン、パク・ヒョンギル、そして意識を取り戻した下衆所長がいた。隣の事務室では、ケ・ヨンムクの部下たちが死体を布の袋でくるんでいた。チャン・リチョルに頭を殴られて倒れた若い部下は、まだ完全に頭がはっきりしていないのか、椅子に座ってこめかみを揉んでいる。

「やい貴様、てめえも生きたまま焼き殺されたいか？　どうせぺらぺらしゃべりやがったんだろう、その野郎によう」

チョ・ヒスンが人力事務所長をなじった。

「私が恐れをなしてひれ伏す姿をご覧になりたければ、いくらでもお見せいたします。正直に申しまして、ケ部長もチョ部長も、私は死ぬほど恐ろしいです。地面を這えと言われれば這いますし、足の裏を舐めろとおっしゃるならそのとおりにいたします。それなのに、そんな私を処罰されたらその外にいる部下たちはどう思いますかね。先ほどのような状況は、私としては不可抗力でした。その男は本気で私を殺そうとしたんです。私は知らぬ存ぜぬで通しました。できる限りです。万が一、そんな私まで処分されたら、下の者たちの士気は大いに下がるかと思われますが。いつか今回の私のような立場に陥ったら、すぐさま全部吐いてしまって逃げなければ、そう考える者も出るんじゃないでしょうか」

人力事務所長は、滝のように汗を流しながら釈明した。

「やい、貴様、脅迫しようってのか？　えっ？」

チョ・ヒスンが下衆所長のほうへ歩み寄ろうとした。

「やめておけ。そいつの言うことにも一理ある。すでに実戦経験がない連中が動揺してる。ここで所長を始末すれば、俺たちまでうろたえてるかのように見えかねん。俺たちはいま、精鋭の兵士を従えているわけじゃない。それを忘れるな」

ケ・ヨンムクがチョ・ヒスンを押しとどめた。ケッ。チョ・ヒスンは鼻で笑った。ケ・ヨンムクは、人力事務所長に部屋から出るように指示した。下衆所長は安堵のため息を漏らし、立ち上がろうとしてよろめいた。瞬間的に足の力が抜けたのだ。

所長が出ていくと、チョ・ヒスンがデスクを叩いた。

「いったいそいつは何者なんだ？　眉の脇に傷跡があるって野郎は？」

「解決屋（厄介事の解決を請け負う裏稼業の人）か殺し屋じゃないですか？　ペク・コグマが雇った奴ですかね」

パク・ヒョンギルが言う。

「そういうわけではなさそうだ。ペク・コグマが雇った解決屋だったら、チェ・テリョン社長の家かテリム建設の事務室に行ったはずだ。昨日、食堂であんな騒ぎを起こしもしなかったろうしな。俺は、単なる風来坊ってのが正解じゃないかと思う。死んだ作業員の家族が、食堂と合宿所の前で起きた昨日の騒ぎを伝え聞いて、風来坊を解決屋として雇用したんじゃないかと思うんだが……」

ケ・ヨンムクが言った。

「あのアマどもがか？　はっ、もしそうなら、あいつらの命も風前の灯火だぜ」

チョ・ヒスンが言った。

「別行動で、傷跡のある奴を追おう。ヒスン、お前はその男と一緒にいたというウン・ミョンファって女の家に行け。締め上げれば、何かわかるだろう。そのアマの父親が、テリム建設と取引がある南朝鮮の宅配会社の資材倉庫で夜に働いてる。ヒョンギル、お前がその倉庫へ行け。親父を人質に取るんだ」

ケ・ヨンムクが指示すると、チョ・ヒスンが訊いた。

「あんたはどこに行くんだ？」

「俺は、死んだ作業員の片方の母親がやってる店に行く。解決屋を雇ったとしたら、あの婆さんだろうからな。人民保安部がまともに捜査をしないって、平和維持軍の部隊の前でデモなんぞしやがって。まったくだ。まったくうっとうしい女だ」

「まったくだ。だから俺が消そうって言ったろ？」

チョ・ヒスンの言葉をケ・ヨンムクは笑って受け流した。

〝バカが。平和維持軍の部隊の前でデモなんかやってる女を殺せるわけがないだろうが〟

ケ・ヨンムクは内心、チョ・ヒスンをそう罵り倒してやりたかったが、こう言うだけに留めた。

「朝鮮解放軍と開城繊維縫製協会から明日の午後に人が来る。それでなくとも憲兵隊長が死んで、このちっぽけな町が非常事態に陥ってるんだ。そのうえ妙な風来坊にまで暴れられたらまずいだろう。その切り傷があるっていう奴を急ぎ見つけ出して排除する。チェ・テリョン社長には俺から報告しておく」

長豊バーガーからウン・ミョンファの父親が働く宅配会社の営業所までは、休まず走って三十分ほどかかった。長豊郡の繁華街からはだいぶ離れた、ひっそりとした地域にある。道路標識もなく、周囲には同じような見かけをした倉庫がいくつもあって、前もって位置を説明するのが確かに難しいところだった。

ミョンファは走っているうちに、自分がどんなに速く走っても、チャン・リチョルが一定の距離を保ってついてくることに気づいた。口をまったく開けずに鼻だけで息をし、汗をほとんどかいていないということも。ミョンファのほうは、髪が汗に濡れ、額にぺったりと貼りついているというのに。

父親が働く宅配会社の営業所の雰囲気がテリム建設の人力事務所とよく似ていて、ミョンファは肌が粟立つのを感じた。コンクリートの壁、大きくも小さくもない駐車用の空き地、禁欲的なまでに電力を惜しんだ街灯、紅白に塗られた車両用セキュリティゲート、作動しているのやら疑わしい防犯カメラ、一見コンテナのように見える平屋の建物が二棟……。それ以外のものといえば、平屋の建物の前につくられた小さな詰所と、その中にいる貧相な五十代の男ぐらいだった。

その男は、ちょうど懐中電灯を手に詰所を出ようとしているところだった。顔は見えなかったが、その腰が引けた姿勢からして、怖気づいているのは明らかだ。

ミョンファの頭の中を複雑な思いがよぎった。

真っ先に感じられたのは、父親の肉体的な貧弱さだ。もともと小柄なのはわかっている。いまさらながらのそんな単純な気づきではない。彼女はついさっき人力事務所で生死の境に立たされ、生き残った。そんな経験は生まれて初めてのことだった。にもかかわらず、恐怖に押し潰されたりはしなかった。彼女の意志の強さも一因かと思われるが、何といってもやはり一緒にいる男の力を信じていられたからだ。超高性能の殺人機械としての力を。ミョンファの本能はいま、〝この先、どんなことが起きようと何が何でも生き残りたければ、父親ではなくチャン・リチョルと一緒にいろ〟と叫んでいる。それは彼女の心を重苦しくさせた。

〝あんなに弱々しい男がこの建物と倉庫全体を守っている。何とも危なっかしいことに。武装した強盗二人、それか一人の恐ろしく強い者がその気になりさえすれば、父親をたやすく制圧し、営業所の貴重品をごっそり盗んでいけるはず。でも、そんなことは誰もしない。詰所があって警備員がいるという事実、その制服、あとは防犯カメラ。そういったものが、象徴的な威力を発揮しているから。ここが然るべき統制と監視のもとに置かれていることを示しているから。私の祖国、朝鮮民主主義人民共和国はいま、そんな単純なことひとつ、まともにできずにいる〟

ミョンファはそこで考えるのをやめ、男に声をかけた。

「お父さん!」

警備員は、面食らった様子で懐中電灯をミョンファとリチョルに向け、交互に照らした。

「ミョンファなのか?　何でお前がここに?」

ミョンファの父親は、娘の隣にいるのがリチョルであるのに気づき、目を丸くする。

「お父さん、あのね、いますぐ長豊郡を出なきゃならなくなったの」

ミョンファが早口で事の顚末を説明する。リチョルの予想に反してミョンファの父親は速やかに事態を把握し、またミョンファを叱りもしなかった。ただ、彼はこう言った。

「事情はわかった。では、お前はそちらの方と一緒に先に身を隠しなさい。私は朝まで勤務して、業務の引き継ぎを終えてから行く」

「何を言ってるの！」

ミョンファは、信じられないという顔をした。

「ここは警備が一人しかいないんだ。私がいなくなったら、この建物はまったく無防備な状態になってしまう。あの防犯カメラも実は作り物だ。この会社の人たちはね、夜の間、この会社を私に任せてくれてるんだよ。その信頼には応えないといけないだろう？」

そのとたん、ミョンファが出し抜けに神経質な笑い声をあげたので、リチョルはぎょっとした。

ミョンファはところどころに嘲笑を混ぜながらきつい言葉を父親に投げつけた。

「そんな虚勢を張ることないわよ、お父さん。怖いんでしょ。生真面目に会社を守るとか言ってるけど、どうせ怖気づいてるだけなんでしょ。私をごまかそうったってムダよ。今度は何が怖いのよ？　この会社の社長に脅されたの？　ああ、違うわよね。お父さんなんか脅すのに社長まで出てくるわけないわよね。部長？　課長？　代理？」

リチョルは、ミョンファの父親が娘の頬を打つか、少なくとも何か反駁(はんばく)するだろうと思った。けれど老いた男は黙って立っていた。だからといって、娘の言葉に賛同しているわけでも、無気力に引き下がる様子もない。ミョンファの父親は哀しげな笑みを浮かべていたのだが、彼の漂わせる悲哀からは、いくばくかの気品さえ感じられた。これまでの人生を獣のような人間どもに囲まれて生きてきたリチョルは、そんな彼の姿に少しばかり衝撃を受けた。

憤り、神経を逆立てているミョンファの姿というのも、リチョルが初めて見るものだった。どうやらこの父娘の間には、愛憎が深く根を下ろしている様子だ。

「月給でも精算してもらおうって言うの？　そんなのいくらにもならないでしょ。退職金が出るとでもいうの？　じゃなきゃ、長豊郡を離れたらもう仕事が見つからないかもしれないって思ってるの？　失業するかもって？　それでも飢え死にしたりはしないわよ。これまでだって何とか乗り越えてきたじゃないの。南朝鮮の人たちなんてね、失業するんじゃないかって毎日心配しながらもね、何の問題もなく生きてるわよ」

「そんなことじゃない。次の人にせめて事情だけでも説明してから辞めたいだけだ。ひと言もなく突然姿を消すのはよくないだろう？　子どもじゃあるまいし、無責任に逃げ出すわけにはいかないよ。チェ・テリョンの部下たちがいますぐ私を捕まえに来るわけでもなし……」

ミョンファの父親がそう言い終わるやいなや、遠くに車のヘッドライトが見えた。明かりの向きからして、この営業所が目的地のようだ。三人は不吉な予感にとらわれた。

「この時間に、誰か来る人はいますか？」

リチョルが訊いた。ミョンファの父親は首を横に振った。おびえた表情を浮かべている。

「あの倉庫の鍵はお持ちですか？」

リチョルの重ねての問いに、ミョンファの父親が今度はうなずいた。

「とりあえず、お二人は倉庫の中にいてください。私が詰所に入ります。車がそのまま通り過ぎるか、または別の用務で来たのが確認できたら、ミョンファさんに電話します」

リチョルが指示した。

*

セキュリティゲートは作動しなかった。紅白のバーはピクリともせずに同じ位置にある。機械の故障ではないようだ。警備員がスイッチを切っておいて、ちょっと席を外したか、またはもう帰宅しているのか。

南朝鮮製のアバンテ〔現代自動車の小型車〕でやって来たパク・ヒョンギルは、車をいったんゲートの前に止め、降りるべきか迷った。罠のようには見えないが、注意するに越したことはない。彼は結局、そのまま車を進めることにした。ゲートのバーがフロントガラスに押されてたわみ、じきにボキッと音を立てて折れる。木製のバーだった。

警報器も鳴らなかった。

パク・ヒョンギルは詰所の前に車を止めた。彼は懐から拳銃を取り出し、それを手にして車から降りた。そして定石どおりに左右を窺い、詰所に近づいてゆく。詰所の窓から中を覗き込もうとしたとき、後ろから銃を突きつけられた。

「銃を捨てろ」

パク・ヒョンギルは従順に相手の指示に従った。どこか聞き覚えのある声だ。

「手を挙げろ」

相手はプロだった。身を隠す技術といい、指示する声音の揺るぎなさといい、間違いない。パク・ヒョンギルは手を挙げた。

「よし、こちらを向け。ゆっくりとだ」

パク・ヒョンギルが回れ右をし、相手と向かい合う。その瞬間、相手は懐中電灯をつけた。懐中電灯の光を目にまともに浴び、パク・ヒョンギルは手を挙げたまま何度も瞬きをした。そんな中でも、相手が何者なのかはわかった。パク・ヒョンギルはあぜんとした。

「上士（サンサ）……あなただったんですか」

「ああ、お前か」

チャン・リチョルが言った。

懐中電灯はそれなりの効果を発揮した。パク・ヒョンギルには、リチョルがどんな表情を浮かべているのかよく見えなかった。けれど、推測するに、少なくとも最低限の驚きは浮かんでいることだろう。自分がいま浮かべているのと同じような。驚き以外には、どんな感情が現れているのだろう。懐かしさ？　それとも憎悪か。

「ご生存だとは思いませんでしたよ。これまでどこにいらしたんです？　顔の傷はまた、いつできたんですか？」

パク・ヒョンギルが尋ねた。

「あちこち放浪していた。顔の傷は、石につまずいて転んでできたものだ。お前以外に誰かこっちに向かっている者はいるか？」

リチョルが言う。懐中電灯を持った手も、銃を持った手も、ピクリともさせない。

「いません。でも、私が一時間以内に状況を報告しなければ、何かあったと気づくでしょうね。上士はここで何をなさっているんです？　誰に雇われているんですか？　ペク・サング一味？」

「誰にも雇われてなぞいない。ただ個人的に少し調べているだけだ。お前はテリム建設に就職したのか？　そこに就職したっていうお前以外の信川復讐隊（シンチョンボクス）出身者は誰だ？　復讐隊出身が三人いて、名前はそれぞれケ・ヨンムク、チョ・ヒスン、パク・ヒョンギルということだったが」

「私がパク・ヒョンギルです。ケ・ヨンムクとチョ・ヒスンは……」

パク・ヒョンギルは死んだ者の名前を挙げた。もしもリチョルが「そいつらは死んだじゃないか」と応じたら、「ああ、やっぱりご存じだったんですね」ととぼけるつもりだった。リチョルが何の反応も示さないようなら、それはつまり、リチョルが一〇一特殊部隊の最後についてよく知らないということだ。

パク・ヒョンギルは、そんな心理戦に長けていた。リチョルの単純な性分も熟知している。パク・ヒョンギルの予想どおり、リチョルは正直に反応した。

「お前がその二人と親しかったという記憶はないが？　なぜ一緒に動いている？」

リチョルは納得のいかないような表情を浮かべた。

「上士、最後の千里の行軍のとき、落伍されたでしょう？」

パク・ヒョンギルが痛いところを突いてきた。

千里の行軍は、信川復讐隊で年に一回行われていた苛酷きわまりない訓練だ。完全軍装で、一睡もせずに四百キロの道のりを走破する。南朝鮮に侵入して作戦を完了し、その後、珍島犬警報*発令下の韓国軍の警戒網をかいくぐり、山脈を伝って迅速に帰還するための訓練だった。南朝鮮の特殊作戦部隊が春と秋に六日かけて千里の行軍をすることから、それを酷寒期に、さらに五日で完走することにしたわけだ。無意味なプライドをかけた張り合いだった。精鋭中の精鋭が集まる信川復讐隊でも毎年落伍者が出たし、時には命を落とす者もいたのだから。

「落伍した」と言われ、リチョルの顔が赤くなった。この反応もやはりパク・ヒョンギルの狙いどおりだ。リチョルが最後の千里の行軍を完走できなかったことを、彼はすでに知っていた。命を落とさずに千里の行軍を終えた一〇一特殊作戦部隊の隊員は全員、朝鮮解放軍にそのまま合流したのだから。

「夜に足首を挫いたんだ」

リチョルが答えた。

「上士は運がよかったんですよ、もう奇跡的なぐらいに。千里の行軍の後半に、惨事が起こったんです。とてつもない数の隊員たちが死んでいったんですよ！」

言いながらパク・ヒョンギルは、一歩前へ踏み出した。当時のことを思い出して憤っているかのような言い方をしたが、それは見せかけで、計略の一環だった。パク・ヒョンギルは、リチョルがもはや引き金を引くことはなかろうと踏んでいた。

「知ってる。死体をいくつも見た」

リチョルが言うと、パク・ヒョンギルはまたもエサを撒く。

「その原因をつくったのは上士だったんですよ、ご存じでしたか？」

リチョルはものの見事に引っかかった。何だって？　リチョルの意識は一瞬その言葉のほうに向いた。その隙をパク・ヒョンギルが逃がすわけがない。ダッと前に飛び出し、左手でリチョルの銃の銃身を下から上に跳ね上げる。リチョルは発砲したが、弾丸は空に向かって飛んでいった。パク・ヒョンギルは膝で相手の股間を狙い、リチョルは腰を後ろに引いて、それを避ける。

パク・ヒョンギルは左手でリチョルの右の手首をつかみ、銃口を自分のほうに向けられないよう動きを封じた。そのうえで膝を使って胸や腹を攻撃しようと試みる。リチョルは攻撃を避けながら、相手の肩口に肘打ちを加えた。互いの距離が近すぎるので双方ともに拳や足は使えず、膝や肘での攻防が続く。

リチョルが同じ場所へ連発で肘打ちを食らわした。よけることなく身を沈めて衝撃を受けとめていたパク・ヒョンギルが、その姿勢のままリチョルをぐっと体で押す。倒れまいとして、リチョルも身を低くする。そんな二人は、角突き合わせて力を競う二頭のバッファローを連想させた。リチヨルはさして役に立たない銃を捨てるや右手をぐいっとひねり、その手首をとらえていたパク・ヒョンギルの手を振り払う。そして素早く相手の左の手首をつかんだ。二人の体勢は少し前とはちょうど逆になった。

　リチョルは、パク・ヒョンギルが仕掛けてきた攻撃を応用した。自分の膝を持ち上げることはせず、パク・ヒョンギルの手をつかんで引っ張ったのだ。パク・ヒョンギルの顔がリチョルの膝にぶつかる。その衝撃自体は大したものではなかった。が、リチョルはその体勢になるやいなや左腕で相手の頭を上から覆った。パク・ヒョンギルの頭がリチョルの腕と膝の間に挟まる。

　リチョルの狙いに気づいたパク・ヒョンギルは、頭を抜こうと必死にあがき、いまはもう自由になっている右手でリチョルの内腿を叩いた。リチョルの腕と脚は、嚙み合わさった機械のようにがっちりとパク・ヒョンギルの抵抗をおさえ込んだ。リチョルが腕と脚に力を込め、ぐぐうっとねじる。しばらくのち、パク・ヒョンギルの首が折れた。

　パク・ヒョンギルの体がぐったりと伸びてからもその姿勢を保っていたリチョルは、数秒ほどしてようやく体を離し、立ち上がった。顔がぐっしょりと汗に濡れている。一時は自分の部下だった男。その死体に彼は、嫌悪の目を向けた。

「その原因をつくったのは上士だったんですよ、ご存じでしたか?」

　男の声が、彼の耳元でやむことなく鳴り響いていた。

〝バカな、そんなはずはない〟彼はそう考えようと努めた。

「もう大丈夫ですよ、出てきてください」

　リチョルは銃を拾ってから、ウン・ミョンファ父娘が隠れている倉庫に向かって叫んだ。一分ほどして、二人がそろりそろりと出てきた。死体を見ても何も言わない。ただ、どちらも青ざめた顔をしていた。

「死んでるんですか？」

ミョンファの問いに、リチョルがうなずく。

「じゃ、早く行きましょう、ウヒさんとグモクさんのところへ。この人の車に乗っていけばいいわ」

ミョンファが言うと、今度はリチョルが首を振った。

「お二人で先に行ってください。私は長豊バーガーに戻ります。そこで用事を済ませてから電話します」

「長豊バーガー？　何しに行くんです？」

ミョンファが尋ねると、リチョルは言った。

「長豊バーガーにもいまごろ、チェ・テリョンの部下が一人や二人は行っているはずです。そいつらは信川復讐隊出身の可能性が高い。私はそいつらに訊くことがあるんです。必ずや聞かなければならない話が」

8

カン・ミンジュンは生まれてこのかた、殺人事件の現場をその目で見たことがなかった。映画やテレビドラマでは何百回も見たけれども。

憲兵隊中領の殺害事件現場は、アメリカのテレビドラマ『CSI：科学捜査班』シリーズよりは韓国映画『殺人の追憶』*のほうに近かった。殺害現場となった狭い路地は人でごった返していたが、状況を統制できる者は一人もおらず、みな右往左往しているばかりだ。

北の人民保安部からは捜査官が十人ほど寄越されてきていたが、遺体の傍らにためらいがちに立っているばかりで、とくに何かをしているようには見えなかった。下手に手を出して自分たちの専門性の欠如が露呈するのを恐れているようでもあり、平和維持軍が捜査の指揮を執り始めるのを待っているようでもある。

希望部隊の隊員も十人あまり来ていた。彼らは銃を持って現場の周囲に立ち、野次馬に中領の遺体を見せまいと阻止していた。いかめしい顔をして、それなりに威厳を示そうとはしているけれど、何をすればいいのかわかっていないのは誰の目にも明らかだ。

ミッシェル・ロング大尉は、まず現場責任者に会うと言った。付近に立っている人物のうち、一番階級が高そうなのは希望部隊の中領だ。ロングはミンジュンを伴って中領の前に立った。

「中領、私は平和維持軍司令部薬物捜査チームのミッシェル・ロング大尉であります。憲兵隊大尉とともに長豊郡（チャンプン）一帯の麻薬組織の捜査をしておりました。中領がここの責任者でいらっしゃいますか？　死亡したのが憲兵隊長というのは確かなんでしょうか。何が起こったのか、説明していただけますか」

ロングの言葉をミンジュンが通訳した。

「私はここの責任者ではありません。希望部隊工兵隊の隊長なのですが、憲兵隊の将兵の中に適任者がおらず、臨時で現場の管理に来ている次第です。領官級が一人いれば、人民保安部の者どもの態度が違ってきますので。じきに正式な捜査要員が来るはずです」

中領が答えた。

「捜査要員？　どこからですか？　いまあそこにいる人たちは捜査要員ではないのですか？」

ロングが人民保安員たちを指して尋ねた。

「この事件は平和維持軍の管轄です。憲兵捜査官を派遣するので待つようにと司令部から指示がありました。まあどうせ希望部隊は人手不足ですし、死んだのは憲兵隊長のようでもありますし。希望部隊の憲兵隊には隊長を除いて少尉が一人、副士官数名と一般の兵士たちがおりますが、交通の取り締まりぐらいしかやったことがなく、捜査経験はありませんし」

工兵隊の隊長は、憲兵隊長とさほど親しくはなかったようだ。彼の口調には、〝どうせこんな死に方をするだろうと思っていた〟というようなニュアンスが含まれているように感じられた。

「遺体が誰のものなのかもまだ確認できていないんですか？」

「司令部のほうで、自分たちが送り込む捜査官が到着しないうちは絶対に遺体には触れず、現場保存に努めるようにと言ってきていますので。平和維持軍の領官級が殺害されたのは十一か月ぶりだそうでして。それで命令に従っているところです。遺体がうつぶせに倒れておりまして、後頭部からは身元確認は不可能でした。ただ、憲兵隊長に電話をかけたら、あの遺体の懐（ふところ）から着信音が鳴りはしました」

「司令部の捜査官はなぜまだ来ていないんです？」

「ただちに出発はしたということですが、道が混んでいるようでして」

工兵隊長相手では話にならないことに気づいたロングは、司令部に電話をかけた。彼女は司令部の誰かと英語で長い通話をし、彼女の主張をミンジュンが工兵隊長に通訳し、工兵隊長は確認を求め、工兵隊長と司令部の誰かが韓国語でまた長い通話をする。そんな気の遠くなるような過程を経てようやく、司令部の捜査官が現場に到着する前に限って、人民保安部の検視官が遺体の確認と簡単な調査をしてもよいという許可が出た。

「誰が検視官なのか、あそこにいる人民保安員にちょっと訊いてきてもらえませんか」

ロングがミンジュンに頼んだ。人民保安員と話をしてきたミンジュンは、あきれ顔で言った。

「検視官はいまいないんだそうです。行方をくらまして数日になるそうです。犯罪組織との関わりではなく、借金をして投資した事業に失敗して逃走したそうで」

「まあ、何てことなの。検視官がいない警察なんて。なら、殺人や自殺なんかの事件が起こったら、ここでは変死体を誰が調べるんです？」

ロングの顔には血がのぼっていた。ミンジュンがロングの言葉を通訳すると、人民保安員はニヤリと笑った。彼の言ったことをミンジュンがロングに伝える。

「最初に見た者が調べるんだそうですよ。私が思うに、行方をくらましたって検視官も、法医学の学位取得者だったかどうか怪しいですね」

ロングはため息をついた。

希望部隊の副士官が、自分の携帯電話で野次馬どもの写真を撮っていた。ミンジュンは歩み寄って訊いた。

「何してるんです?」

「集まった人を撮ってるんです、大尉」

「何のために?」

「犯人は、犯罪現場に戻ってくるっていうじゃないですか。もしかして、あの中に犯人がいるんじゃないかと思いまして。後で写真がご入り用になったらお送りいたしますよ」

副士官が答えた。隣でそれを聞いていたロングがミンジュンに早口の英語でささやいた。

「コメディ番組を見ている気がします」

「私もです」ミンジュンが答えた。

「この調子じゃ、司令部の捜査官が来たところでしばらくは収拾がつきそうにありませんね」

「私もそう思います」

ミンジュンの答えをロングは違うふうに受け取ったようだった。ミンジュンは「どうすることもできないだろう」という意味で言ったのに、ロングは「突破口が必要な状況」ということにミンジュンも同意するという意味に解釈したようだった。

「この現場はスキップして、次の現場を捜さないと」

ロングが言った。

「え?」

「捜査は生き物です。こんなふうにぐずぐずと後手に回っていては、犯人を捕まえられません。先回りする必要があります」

「はい?」

ミンジュンはわけがわからず、問い返すばかりだ。

「ここに来た希望部隊の憲兵たちを三グループに分けて、一グループずつここに呼んでくれますか? 各グループが三、四人ずつになりますね」

ロングが言った。

「憲兵たちを取り調べるんですか?」

「私はあの遺体が憲兵隊長で、この事件の背後には麻薬組織がいると考えています。ペク・サング組織の復讐劇の可能性もあるし、別の組織の犯行かもしれません。憲兵隊長が情報源だの何だの言ってましたけど、私は信じていません。むしろ憲兵隊長のほうが誰かの操り人形だったというのはあり得るかと思いますが。ともかく、まずは、憲兵隊長と交流があった人物を突きとめましょう。捜査はそこからです。誰と交流があったのかわからなければ、少なくともどこによく行っていたのかだけでも情報が欲しいですね。女性の知り合いはいなかったのか、行きつけの食堂はどこだったのか、休暇や外泊のときにはどこに行っていたのかもです。とりあえず、憲兵たちの話は訊いてみる必要があるでしょう?」

「でも、なぜ三つのグループに分けて訊くんです? 一度に全員呼ばないで?」

「こういう問題はね、人数が多いとむしろ話しにくいものなんです。密告者になるような気がしてしまいますから。また彼らはいま、死体の隣で野次馬を押しとどめる役目もしていますよね。一度に全員呼んでしまうわけにはいかないでしょう。だからといって個別面談をするのはそれもまた効果的ではないので。取り調べを受けているような気がして用心深くなりますから」

この女が言葉に詰まるところをいつか必ず見てやる。腹の中でつぶやきながら、ミンジュンは憲兵たちのほうへ向かった。

三、四人ずつに分けて話を聞いても、若い憲兵たちは尋問されているような気がしてどうにも仕方がないようだった。相手が外国語を使う異邦人だからなおさらなのかもしれない。兵士たちが腰の引けた様子で言葉を濁したり、自分の意見を呑み込んだりするのが、敏感とはいえないミンジュンの目から見てもわかった。

「隊長は、自分たちとはさほど話をされませんでした」

「隊長は、北の食べ物なんか食えたものじゃないとおっしゃって、市内の食堂にはあまり行かれませんでした」

「部隊の外によく出られはしましたが、どこに行かれていたのかはよく知りません。だいたいご自分で運転されておられました」

「建設業者たちとはとにかく親しくしておられました。どこの会社だろうと全部です」

通訳をしているミンジュンまで気が抜けてしまうほど、役に立たない回答ばかりだ。凜としていたロングの顔にも落胆の色が浮かんでいる。いい気味だ。ミンジュンは腹の中で少しばかりそう思いながら、ロングの表情の変化を観察していた。そのとき、兵士の一人がためらいがちに近づいてきた。憲兵隊長のために仮想の質疑応答を一緒につくった兵長だ。

「あの……大尉、先ほど申し上げた、隊長と親しい建設業者のことなんですが」

「うん？　何かまだ知ってることがあるのかい？」

ミンジュンが訊いた。

「これはその、私がじかに見たんじゃなくて、知り合いから聞いた話なんですが……、記録に残すほどのことじゃないような気がして、先ほどは……」

「いまどんな話をしても、まったく記録には残らない。万一、参考になるような話ならば、どこで誰から聞いたのかは忘れて内容だけ参考にするし、参考にならない内容ならいまここで忘れる。あそこにいるロング大尉はどうせ韓国語ができないから、気軽に話していいよ。で、どんな話なんだ？」

「前にうちの隊長に絡んだ投書があって、隊長が怒り狂ったことがありまして……」

「投書？」

「はい」

兵士はひどく困惑した表情だった。もしかして、その投書はこの兵士が……？　ミンジュンは勘ぐった。

「投書の内容は知らないのか？」

「それは知りません」

兵士は確答した。こいつじゃないな。ミンジュンは思った。

「でも、それが憲兵隊長に絡んだ内容の投書だったっていうんだろ？　何か憲兵隊長について良くないことが書かれている？」

「ええ、それでひどく腹を立てられたんじゃないかと」

「つまり、その投書を見つけ出せば……」

「はい」

兵士がうなずいた。そこまで明かすのに留めて、自分は抜けようという腹づもりが丸見えだ。

「あの兵士は、投書について明らかに何か知ってます。投書をした人物が誰なのか、訊いてみてください」

いつの間にかミンジュンの隣に立っていたロングが早口の英語で耳打ちした。兵士は英語をよく聞き取れないにもかかわらず、二人の大尉が自分に目をつけたことには気づいたようだ。「余計なこと言っちまったな」という後悔が顔に歴然と現れている。

「その投書について、何かもっと知ってるんだろう？　頼むから聞かせてくれないかな。何しろ重大な事件だろ？　だから、捜査だって適当に終わりはしないんじゃないかな。俺やロング大尉じゃなくて、司令部から捜査官が出向いてきて、関係者はみんな厳しく取り調べられるかもしれない。その投書に関する情報をいま俺たちに教えてくれれば、司令部の捜査官にはもともと俺も知っていた話として伝えるよ。部隊内でみんな知ってる話だけど、誰から聞いたかって訊かれても、さあ、思い出せないっていうふうに。そのほうがはるかにマシじゃないか？」

ミンジュンは、特技のソフトな口説き落とし戦法を駆使した。兵士は迷った末に、あきらめたような顔になり、話し始めた。

「昨日の夜、マグロバーガーとヒラメバーガーを食べましたよね」

「ああ、そうだったな。それが？」

「その北朝鮮風ハンバーガーの店をやってるおばさん（アジュモニ）は本当にいい人なんです。あれこれサービスしてもらったことも多いし。……でも、タダで何かくれるからとかいうんじゃなくて、人としての気品みたいなものが感じられるんです、一緒にいると」

「はあ、そうなんだな、で？」

ミンジュンは相槌を打ちながら、我慢強く聞く。

「そのおばさんの息子が、少し前に行方不明になったんです。おばさんは人民保安部に通報したんですが、北の人民保安部はそんな事件をまともに捜査しません。それでおばさんが平和維持軍に捜査してほしいって、私たち部隊の前で何日か一人デモ*をしてたりしたんです。それがしばらくして、部隊長宛ての手紙を一通、ことづかってもらえないかって、私たちに言ってきまして。うちの部隊の本部の建物に、建議箱って、兵士たちが部隊長に直接、無記名で手紙を送れる箱があるんです。誰も利用しませんけど」

「そこに、そのおばさんの手紙を入れたのかい？」

「息子さんの事件の捜査をしてくれるよう、平和維持軍に嘆願する手紙なんだと思ってたんです、単に。ところが、そうじゃなかったみたいで。手紙の内容は私もくわしくは知りません。でも、何か隊長と絡んだことが書かれていたのは明らかです。その手紙のせいで、痛くもない腹を探られる羽目になったって、手紙を入れた者を捜し出すって、もう大騒ぎでしたから。一か月も利用者がなかった建議箱に外部の人間によって書かれた投書が入っていた、そこに自分に害をなす内容が書かれていた。そんなことを隊長が誰かに電話で話しているのを、少し離れたところからですが、聞きました」

「そのハンバーガー屋はどこにあるんだ？　いまこの時間にも店を開けてるのか？」

「店は中央市庭（いちば）のとば口で、見つけやすいところです。〝革命的な味！　長豊（チャンプン）バーガー〟って大きな看板が出てます。何時まで店を開けてるのかはよくわかりません。おばさんはいつも店で寝泊まりしてるので、ともかくいるにはいるはずです。大尉、もしかしていま、この時間に行かれるつもりじゃないですよね？」

「まさか。訊いてみただけだよ」
そう答えておいて、ミンジュンはロングに状況を説明し、尋ねた。
「大尉、そのハンバーガー屋にいまから行こうなんて、まさか思われたりしませんよね？」
「何をまた当然のことを。さ、行きましょう」

＊

ケ・ヨンムクは長豊バーガーの裏手の路地に入り、裏門の位置を確認してからまた店の前に戻ってきた。店の営業スペース以外に、倉庫や住居のスペースがあるようだった。中の明かりは消えており、警報器などはありそうにない。

中にいるのが女二人だからといって、ケ・ヨンムクは気を緩めたりはしていなかった。いかなる瞬間であっても過信や慢心は禁物。それが彼の長所であり、また能力だった。これまで数多（あまた）の危機に遭遇しながらも無傷で生き残れた秘訣でもある。

女二人とはいえ、銃を持っている可能性は充分にあるし、その銃を枕元に置いて寝ているかもしれない。また今日に限って一人は店を空け、もう一人の恋人が遊びに来ていることだってあり得る。そしてまた、その恋人が射撃のエキスパートかもしれないのだ。

何があるか、わからない。

だが、重要な作戦というものは、情報や物資が不充分な状態で始まるものだ。

いかなる瞬間にも委縮することなく迅速に判断し、果敢に動く。それもケ・ヨンムクの取り柄の一つだった。数えきれないほどの危機を乗り越えてこられたもう一つの秘訣でもある。

ケ・ヨンムクは長豊バーガーのドアを蹴りつけた。錠前のぶら下がった蝶番が、ドア枠から落ちる。彼はすっと腰を落とし、銃を手に店の厨房に忍び込んだ。獲物を狙う狼のようなしなやかな動きだった。

店に人はいないようだ。ケ・ヨンムクは店主が住居用に使っている部屋まで窺ってから、ようやく警戒態勢を解いた。布団や衣類まで消えていることから見て、ひと月近く自分を煩わせてくれたあの女は、荷物をまとめて逃走したようだ。女たちが危険におびえ、長豊郡から完全に出ていったのだったら、ケ・ヨンムクはあえて追う気はなかった。

思いもよらぬ襲撃に後れをとったとはいえ、相手の戦力は大したことはない。たかだか女数人に流れ者一匹だ。流れ者は人力事務所を襲った際、チェ・シンジュがしきりと追いかけ回していた娘と一緒だったという。だからといって、その娘のことを戦力になるパートナーとはみなしていなかろう。彼は一人で動く部類だ。同僚がいないから、危機に直面したとき娘の助けを借りたのだ。その流れ者の戦闘力がどれほどのものなのかはわからないが、頭が回るタイプではないのは確かだ。人力事務所長を生かしておいたことからも、それは明らかだ。

ことによると女たちは、目元に傷がある流れ者とすでに別行動をとっているかもしれない。その流れ者はおそらく〝浪人〟だろうと、ケ・ヨンムクは考えていた。朝鮮人民軍が崩壊してから新たに生まれた職業だ。北朝鮮の地が犯罪組織によって隙間もなく占領されつつあるいま、じきに命脈が尽きる職業でもある。そんなその日稼ぎの人間が、雇用主にご大層な忠誠心を抱いているなどあり得ない。人力事務所で銃撃戦を繰り広げておきながら、女たちを見捨てて逃げ出したかもしれないとケ・ヨンムクは思っていた。

〝雪虎作戦とはさして関連がないように見えるが、……とはいえ、タイミングは本当に最悪だな〟

朝鮮解放軍と開城繊維縫製協会からやって来る参観人の前での本格的な作戦の開始が二十四時間後に迫っているというのに、何者かが彼らに泡を食わせようとしてでもいるかのように、厄介事が絶え間なく起こっている。充分な賄賂を受け取ったはずの憲兵隊長は脅迫してくるわ、あまり騒ぎになってはまずいと思って生かしておいた女たちは解決屋を雇って報復を試みてくるわ……。

長豊バーガーの女たちの隠れ場所を割り出す手がかりはないかと店の中を探っていると、車のエンジン音が聞こえ、店の前で止まった。ケ・ヨンムクは素早く窓際に忍び寄り、外を窺った。平和維持軍の軍用車両であることを示すマークがついた車だ。そこから二人、降りてきた。運転席から降りたのは女、助手席から降りたのは男。二人とも軍服姿だ。

ケ・ヨンムクは眉をしかめた。

〝何ごとだ、いったい？〟

彼は音を立てずに裏門を開け放し、厨房から裏門に続く角のところに身を隠した。平和維持軍の軍服を身に着けた者と闘う気はなかった。が、彼らがどんな話をしているのかは聞きたい。

軍人たちは、ケ・ヨンムクからすれば、やる気がないのかとあきれるぐらい不注意に店内に入ってきた。

「あれ？　先に誰か来てたみたいですよ。鍵が壊されてます」

軍人のうち、男のほうが言った。それに対して女が何やら答えたのだが、英語だったので聞き取れなかった。男と女は英語で短く言葉を交わした。

軍人たちは、店内をろくに窺いもせずに明かりをつけた。何とも間抜けな行為だ。彼らの経験のなさを如実に示している。

ケ・ヨンムクはそうっと裏門から抜け出した。そして早足で十メートルほど歩いてから、店のほうを振り返った。少し前まで自分がそこにいたということは、まったく感づかれていないようだ。ケ・ヨンムクは歩みをふつうの速度に変えた。

長豊バーガーを後にしたケ・ヨンムクは、パク・ヒョンギルに電話をかけた。

呼び出し音は鳴ったものの、パク・ヒョンギルは電話に出ない。首の骨を折られ、ウン・ミョンファの父親が勤めていた宅配会社の営業所の床に冷たくなって横たわっていたからだ。

*

カン・ミンジュンとミッシェル・ロングが長豊バーガーに着いたとき、ちょうどチャン・リチョルも店の前まで来ていた。彼はまず、車の平和維持軍のマークに目を留め、車から降りる二人が軍服姿なのも見届けた。

リチョルは、チェ・テリョンが彼らを寄越したのだろうと思った。麻薬組織と人民保安部の癒着などまったく珍しいものではなかったし、平和維持軍の二人の将校が買収されていないとみる理由もない。

ミンジュンとロングが長豊バーガーの店内に入り、明かりをつけて不慣れな様子で内部を捜索しているのを見て、リチョルもやはり彼らが新米であることに気づいた。リチョルはケ・ヨンムクほど注意深い質(たち)ではない。なので、遠慮なく店に近づき、男女が交わす会話を盗み聞きしようとした。が、それは失敗に終わった。軍人たちが英語を使っていたからだ。

そのときロングとミンジュンがしていたのは、こんな話だった。

「私が思うに、何者かがここを襲撃したのではなく、もともとここにいた人たちが逃げ出したんじやないでしょうか。重要なものとか全部持って……」

「なら、どうしてドアの鍵つきの蝶番が壊れてるんです？　それに、いくら慌てて逃げる必要があったとしても、こんなふうに引き出しから何から開けっ放しのまま出ていきますかね」

「蝶番はですね、単に壊れるときがきて、壊れたのかもしれませんよ。タンスの扉や引き出しが開いているのは……うーん、……本当にせっぱつまっていたせいかもしれないですし」

リチョルは、二人とも韓国語が話せないようだと判断した。ということは、彼らから話を聞くことは不可能。そう考えて引き上げようとした、まさにそのときだ。韓国語の叫び声が店内から聞こえてきた。男のほうだ。

「わっ、びっくりした！　ああ、何だよもう……」

「どうしたんです？」

今度は女のほうだった。正確な韓国語だ。

「いやその、あっちの角のところに人が隠れてるみたいに見えて」

男が今度も韓国語で言った。

リチョルは拳銃の安全装置を解除し、長豊バーガーに踏み込んだ。銃を構えて「手を挙げろ」だの何だのと、無駄に時間を使うまでもない。平和維持軍の将校二人が何しろ無防備だったからだ。どうせ相手は二人だけだ。リチョルは単純に力で服従させることにした。

リチョルはまずミンジュンの股間を蹴り上げてから、ガンベルトから銃を抜こうとするロングの腕をつかんでねじ上げた。短い悲鳴をあげて床に倒れるロングの銃をリチョルは一瞬のうちに奪い取り、入口のドアのほうへ投げた。急所を突かれたミンジュンは両手で股間を押さえて床に転がっている。

リチョルは片手に持った銃をロングに向けておいて、情けない格好でうめいているミンジュンに歩み寄った。リチョルはミンジュンの尻をぐっと踏みつけると、彼のガンベルトから拳銃を抜き出し、ロングのものと同様に入口に向かって放り投げた。そんなさなかでも、リチョルの手にした銃はまったく揺らぐことなく、ロングの頭を狙っていた。

ロングとミンジュンを武装解除しておいて、リチョルは二人よりも入口寄りに立ち、尋問の姿勢をとって口を開いた。

「よく聞け。俺はきわめて老練な拷問専門家だ。どこを銃で撃たれれば人間が即死するのか、どこを撃てば意識を失わせずに死ぬほど苦しめることができるのか、よーく知ってる。ここでお前らを撃ち殺すことなど、俺にとっては造作もないことだ。どういうことか、わかるな？　わかったら、うなずけ。声は出すな」

ロングとミンジュンは床に転がったままでこくりとうなずいた。

「よし。それじゃ、ゆっくりと体を起こして地面にひざまずけ。尻は浮かせていろ。それから両手の指を組み合わせて頭にのせろ」

ロングとミンジュンは指示に従った。ミンジュンの心臓は、音がしそうなほどにバクバクと跳ねていた。

リチョルは棚の上にあった布テープをロングに向かって放り投げ、それでミンジュンの手足を縛(いまし)めるよう命じた。二時間ほど前、パク・ウヒとムン・グモクが荷づくりをするときに段ボールの口を閉じるのに使っていたテープだ。ロングがミンジュンの手足をテープで巻き終わると、リチョルがやって来て、ロングの手足をテープで巻いた。作業を終えるとリチョルは元どおり入口近くに立った。

「俺は、尋問の訓練も数千時間受けている。声の震えからだけでも、嘘をついているかどうかわかる。いいな。ではいまからは、俺が訊くことにだけ正確に答えるように。答えが遅れたり、ごまかそうとしたら撃つ。お前たちのうち、どちらが上官だ？」

リチョルの問いに、ミンジュンとロングが同時に答える。

「どちらかが上官とかいうのはないんですが」

「指揮を執っているのは私だ」

指揮を執っていると答えたのは、もちろんロングだ。リチョルは、二人の間に明らかな上下関係はないものと判断した。

「お前らを送り込んだのはチェ・テリョンか？」

リチョルが訊いた。

ミンジュンとロングは黙っていたが、やがて今度も同時に口を開いた。

「チェ・テリョンとは誰です？」

「それは誰だ？」

リチョルはミンジュンの頭をつかみ、荒っぽい動作で前のめりにさせ、後頭部に銃口を突きつけた。ミンジュンの気を挫（くじ）くため、間髪入れずに声を張り上げる。

「どうせ二人いるのだから、お前が死んでもあの女から訊き出せばいいことだ。もう一度訊く。今度も知らないと答えたら、ただちに頭を吹き飛ばす。チェ・テリョンがお前らを送り込んだのか？」

「ああっ！　う、撃たないでください！　ほんとに知らないんです！　それが誰なのかも知らないんです、本当に！　私たちはただ、憲兵隊長の事件を調べているだけです。どうか……」

パーン！　リチョルは引き金を引いた。

ミンジュンは、床にうつぶせたまま全身をぶるぶる震わせている。銃弾はミンジュンの耳の脇すれすれ三センチほどのところに食い込んでいた。

リチョルはミンジュンを引き起こした。ミンジュンの髪は汗にまみれ、額にぺったりと貼りついていた。目は半ば虚ろで、安堵からか羞恥心からか、頬を赤く火照（ほて）らせていた。

「憲兵隊長の事件とは何だ？」

ミンジュンは息も絶え絶えといった体（てい）で、とても答えられない。後ろにいるロングが口を開いた。リチョルの目をまっすぐに見て言う。

「あなたが今日、平和維持軍の中領を殺害した事件だ」

「俺は平和維持軍の中領を殺してなどいない」

リチョルが言い返す。

「目撃者がいる。あなたが中領を殺すところを見たと言っている」

ロングはリチョルを睨みつける。

「いい加減なことを言うな」

ミンジュンが飛びかかってこられないよう後ろに一歩下がり、銃口をロングに向ける。ロングは目をそらさなかった。

リチョルは銃を下ろし、また質問を投げた。

「お前らは、何をしにここに来た？」

「ここの店主が平和維持軍に投書をした。憲兵隊長が、……カン大尉、通訳をお願いできますか」

ロングは、思うように言葉が出てこないのがじれったいらしく、ミンジュンに声をかけた。ミンジュンも最低限の落ち着きは取り戻していた。ロングが話し、ミンジュンがそれを通訳する。ミンジュンは少し前までのように丁寧な言葉は使わずに、ロングの口調そのままで通訳した。いくらかはプライドのためで、またいくらかは自暴自棄の心境からだった。

「この店の主人が平和維持軍に投書をした。韓国軍の憲兵隊長を告発する内容だった。その憲兵隊長が今日、目元に傷がある暗殺者によって刺殺された。私たちはその事件を調査していて、投書に関する情報を得た。それで、確認のためここに来た」

リチョルが胡乱げにロングとミンジュンを見る。女性将校が後ろから英語で話し、男性将校がそれを韓国語に通訳するのを見ているうちに、彼らが何やら妙な策略でも仕掛けてこようとしているような気がしてきたのだ。

ロングが続けた。

「お前は北の地域の治安を守る韓国軍の領官級将校を殺害したのだ。我々も彼と同じ憲兵将校だ。私たちをここで殺したとしても、完全に逃げおおせるのは難しいと思え」

リチョルは何も言い返さず、胸元から携帯電話を出してパク・ウヒに電話をかけた。パク・ウヒはリチョルからの電話を取るやいなや、ウン・ミョンファの安否を訊いてきた。リチョルは軍人たちに通話の内容を聞かれないよう、口元を手で覆って小声で答えた。ミョンファは無事で、父親と一緒に〝目的地〟に向かっている、と。それからパク・ウヒに、目的地には無事に着いたのかと尋ねた。パク・ウヒはさっと小声になり、自分も〝連れ〟も無事だと答えた。

リチョルは口を覆った手を放し、軍人たちにも聞こえるよう声を張り上げ、はっきりした口調でパク・ウヒに質問した。

「パクさんは最近、平和維持軍に投書したことがありますか?」

「ええ、してます。半月ぐらい前に。でも、チャンさんがどうしてそれをご存じなんです?」

「その投書は、憲兵隊長とかいう者を告発する内容でしたか?」

「似たようなものです」

「いましばらく何もおっしゃらず、電話は切らずにいてください」

リチョルは電話を棚に置き、ロングとミンジュンに向き直った。

「俺は憲兵隊長という人間を殺していない。俺が韓国軍の中領を殺すのを見たという目撃者がいるんなら、その者は嘘をついている。チェ・テリョンに買収されたんだ」

リチョルが言った。

「チェ・テリョンとは何者だ?」

ロングが韓国語で訊いた。

「このあたり一帯の麻薬組織のボスだ。南朝鮮(ナムチョソン)の軍人はそんなことも知らんのか」

「地方小都市のちっぽけな組織の系譜までは知らない。この人は、長豊郡に来て何日も経っていないし」

ロングは、「この人」と言うときに顎でミンジュンを指し示した。そして話を続ける。

「そのうえ北の住民たちは、そんな情報を平和維持軍には絶対に教えないではないか。〝朝鮮人のことは朝鮮人同士〟などと言って」

そのとき、棚の上の電話機から、差し迫った調子でリチョルを呼ぶ声がした。

「チャンさん、チャンさん!」

スピーカーモードにしていないのに、ロングやミンジュンにまで聞こえるほどの大きな声だった。

「何ごとです?」

電話を耳元に当ててリチョルが訊く。

「ひょっとしていま、南朝鮮の軍人さんと一緒にいらっしゃるんでしょうか?」

リチョルはパク・ウヒに状況を説明した。チェ・テリョンの部下に会えるかと長豊バーガーに来てみたら、平和維持軍の大尉が二人、中を捜索していた。そこで彼らを制圧して店に来た理由を問いただしたところ、「長豊バーガーの主人が平和維持軍に投書したためだ」と言っている。その投書で言及されている韓国軍の中領は今日殺害されたのだが、自分がその犯人に仕立て上げられているようだ、と。

「チャンさん、電話はそのまま通話中にしておいて画面を押すと、ボタンが表示されるはずです。電話機を耳に当てなくても通話できるようになるボタンです。それを押してくださいますか。南朝鮮の軍人さんたちと話がしたいんです」

リチョルはおぼつかない手つきでスピーカーモードに変えた。

「初めまして。パク・ウヒと申します。長豊バーガーの店主で、半月前に平和維持軍希望部隊の隊長に関して投書をいたしました。希望部隊の中領とテリム建設のチェ・テリョン社長との癒着関係を暴露するものです。いまそちらで聞いていらっしゃる方々がどなたなのか、お伺いしてもよろしいですか?」

*

「私はミッシェル・ロングといいます。平和維持軍司令部直属の薬物捜査チームに所属しています。長豊郡一帯の麻薬組織について調査中です。私は韓国語があまりできないので、英語で話さざるを得ないときもあります。そのときには、カン・ミンジュン大尉が通訳をしてくれます」

ひざまずき、頭に手をのせた姿勢でロングが言った。

「私はカン・ミンジュンといいます。韓国軍の大尉で、えーと、いまのミッシェル・ロング大尉と一緒に仕事をしています。ロング大尉の通訳を任されています」

ロングと同じ姿勢でミンジュンが言った。

「憲兵隊の中領が死んだんですか？　どういうふうに？　それから、それが薬物捜査とどんな関連があるんでしょうか」

パク・ウヒが訊いた。憲兵隊長殺害事件についてロングが英語で説明し、ミンジュンが通訳する。ロングは事件の詳細な部分はわざと省いて伝えた。

「私たちはいま、私たちの前にいるこの男性を一番の容疑者と見ています。目元にナイフの傷跡があり、そのうえ殺人に長けている人間なんて、そうそういないでしょうし」

「ロング大尉とカン大尉の前にいる人はチャンさんといって、私の古くからの友人です。チャンさんが平和維持軍の憲兵隊長を殺してなんかいないということは、私が保証します。今日、私とチャンさんは一日中一緒にいました。ついさっきまでです。チェ・テリョン組織がチャンさんに濡れ衣を着せようとしているんです。目元に傷がある男を見たという目撃者、それは誰ですか？　テリム建設の社員じゃありませんか？」

パク・ウヒが尋ねた。

「目撃者の身元については申し上げられません。そのチェ・テリョン組織とやらは、いったいなぜチャンさんに罪を着せようとしてるんです？　チェ・テリョン組織と憲兵隊長の関係は？　書かれたという投書の内容は、チェ・テリョン組織と憲兵隊長に関するものだったんですか？」

「チェ・テリョン組織は新興勢力です。何年か前までここの麻薬市場を支配していたのはペク・サング組織という別の勢力でした。チェ・テリョン組織はペク・サング組織とつい最近まで勢力争いをしていたのですが、平和維持軍のおかげで一滴の血も流すことなく勝利しました。平和維持軍がペク・サング組織の武器庫を見つけ出して調べ、中間幹部を二人逮捕したんです。またペク・サングとその家族が指名手配されました。ここまでが公開されている事実です。ですが、それよりも前に、平和維持軍がペク・サング組織の薬物基地をまず発見し、その過程で人を五人も殺害したという噂があります。平和維持軍はペク・サング組織の基地の情報をチェ・テリョンから入手したのだろうと見る向きが、ここでは主流です。平和維持軍とチェ・テリョンの間をつなぐ役割をしたのが憲兵隊長だったんじゃないでしょうか」

リチョルは、水面下で複雑な腹の探り合いが行われている印象を受けた。彼の不得手な分野だ。二人の話が終わるまで、彼はおとなしく待つことにした。平和維持軍の将校たちが脱出する機会を窺ってはいまいか、外部からの援軍が来るまでの時間稼ぎをしているのではないか、それを食い止めるべく見張ることぐらいしか、彼の役目はいまのところなさそうだ。

「いまのお話、証拠があるんでしょうか？」

ロングが訊いた。

「証拠は多いですが、どれもかけらのようなものばかりです。なので、ことによるととんでもない的外れなストーリーを組み立てているのかもしれません。そちらのほうがよくご存じの部分もあるでしょうし。私がお話しした中で、正しい部分と間違っている部分を教えていただければ、必要な物証を見つけ出して差し上げることができます。平和維持軍は長豊郡の底辺で起こっていることをまったくご存じない。でも、私たちは平和維持軍の内部事情を知らない。そのあたりのところはお互い様です。とくに薬物捜査と絡んだ話ならば。何しろ捜査は秘密裏に行われますしね」

「私は、いまおっしゃった内容を確認できるポジションにいるわけではありません。ですが、興味深いお話をお聞かせくださり、ありがとうございました。とても参考になりました。ところで、もう少し質問をさせていただいてもよろしいでしょうか。そちらとチェ・テリョン組織はどんな関係なんですか？　なぜ、チェ・テリョン組織がここにいるチャンさんに罪を着せようとしているんです？」

「私たちは別件でチェ・テリョンを追っていました。チェ・テリョンは別の会社で受け入れたがらない二人の建設技術者を数か月前に採用したのですが、最近になって、その人たちの行方がわからなくなりました。その二人の技術者に大っぴらにはできない工事をやらせ、作業が終わるやいなや彼らを処分したんでしょう。憲兵隊長を消したのと同じようにね。テリム建設は、彼らが会社の金を横領しようとしたと主張していますが、それは事実ではありません。私たちにはその証拠がありますす。私はその件について、チャンさんの手を借りて追跡しています。チェ・テリョンもそのことを知っている。それで、憲兵隊長殺害という濡れ衣を私たちに着せようとしているんです。厄介事を二つ、一気に解決しようというわけですね」

「そちらはどなたなんですか？　本当にハンバーガー店のご主人なんですか？」

ロングが尋ねた。

「ずいぶんと長電話をしてしまいましたね。次にまたお話しする機会があるかと思います。電話番号をお聞きしてもよろしいでしょうか」

ミンジュンは思わず安堵のため息をついた。電話番号を教えてほしいということは、次にまた話そうということだ。ロングとパク・ウヒの話を聞きながら、〝とりあえずいまここで死ぬようなことにはならなさそうだな〟と期待してはいたけれど、その裏付けが取れたことで、胸のつかえが何センチか下りた気がした。

ロングとミンジュンはそれぞれ、パク・ウヒに電話番号を教えた。ところが、ロングはそこで終わらせようとはしなかった。ミンジュンは通訳している間にまたぞろ不安がこみ上げてくるのを感じた。「本当にありがたかった」とか何とか言ってはぐらかしてしまいたかったが、致し方ない。

「有用な情報をたくさん教えてくださってありがたく思います。ですが、まだあなたたちのことを完全に信じたわけではありません。ここで私たちの縛(いまし)めを解いて武器を返してもらえれば、信頼が増すかと思うのですが」

通訳を終えたミンジュンは顔を若干上に向け、下唇を突き出して、ふうっと息を吹き上げた。汗で濡れた顔の表面を、息がひんやりと撫でていった。

パク・ウヒが何か答える前に、リチョルが電話に手を伸ばし、スピーカーモードを解除した。そしてパク・ウヒと短く言葉を交わしてから電話を切った。リチョルは銃を置き、ロングとミンジュンに近づいてきた。解放してもらえるのかと期待したのに、それはとんでもなく甘い考えだった。縛めを解かれるどころか、ポケットを探られて携帯電話と車のキーを奪われてしまったのだ。

リチョルがドアの前で振り返り、ロングとミンジュンに言った。

「あの道の向かい側にドブがある。あんた方の銃と電話、それから車のキーは、そのドブに捨てることにする。一つひとつ、離れた場所に捨てておくから、よく探してみることだ。そのテープは、十分もあれば歯で食いちぎれるはずだ」

そのあと、リチョルは長豊バーガーの固定電話の線を抜いて引きちぎり、室内の明かりを消した。そしてロングとミンジュンを残し、真っ暗になった店を出ていった。

＊

平和維持軍の将校たちの所持品をドブに一つ、また一つと放り投げてから、チャン・リチョルはパク・ウヒに電話をかけた。

「平和維持軍の将校たちは、しばらくは店から出られないようにしておきました。私はどこに行けばいいんでしょうか」

リチョルが尋ねた。

「チェ・テリョン一味の目につかなさそうな場所で待っていてください。ミョンファを迎えに行かせますから」

「あの将校たちから何か情報は得られたんでしょうか？　パクさんの説明をあいつらがそっくりそのまま信じているようには見えませんでしたが」

「決め手となり得る情報を一つ得ましたよ」とパク・ウヒが答えた。

「それは、どんな？」

「あの将校たちは投書を読んではいないようです。私は投書を希望部隊の部隊長に読ませるために送ったのですが、先ほど電話で話した将校たちは、希望部隊の所属ではなく、司令部薬物捜査チーム所属だと言っていました。あの人たちは、憲兵隊長という人物を捜査しているうちに、投書の存在を知ったようです」

「ええ。それで？」

「私はその投書に、憲兵隊長のことを書いたんじゃありません。希望部隊所属の中領のうち一人がチェ・テリョン一味と内通しているとだけ書いたんです。チェ・テリョン一味が開城まで行って、豪華なルームサロン*で希望部隊のある一人の中領を何度も接待し、一緒に薬物も使ったと。でも、それが誰なのかは知らなかったんですよ。チェ・テリョンと手を組んだのは、部隊内外の工事を担当する工兵隊の隊長かと思ってました。チェ・テリョンは建設業者ですからね。でも、実は憲兵隊長と手を組んでいたわけです。少なくとも、さっきの薬物捜査チームの将校たちはそう見ていました。私はチェ・テリョンが誰を買収したのか知らず、彼らは憲兵隊長が誰に買収されたのかを知らなかったってことです。あと、憲兵隊長を殺したのはチェ・テリョン一味。それは明らかです。偽の目撃者を手配した手際、それが証拠です。憲兵隊長という人物がもう用済みになったか、その者がチェ・テリョンを脅迫したか、二つに一つでしょうね」

　パク・ウヒが説明した。

「チェ・テリョン組織の後ろに別の勢力がいるっていう話は何です？」

「さっきご覧になったでしょう。平和維持軍は共和国(コンファグク)の事情についてまったく知りません。ペク・サングの薬物基地の位置は、機密事項の中でも最高機密だったはずで、平和維持軍が突きとめることなど絶対に不可能です。チェ・テリョンが見つけて教えてやったに違いないんです。でも、それほどの計画をチェ・テリョン一人で進められるでしょうか。卸売業者たちの承認なしにチェ・テリョンがペク・サングを思うがままに叩くなんて、できなかったはずです。だって、この地域にピンドゥを供給する者たちにとっては、ペク・サングとチェ・テリョンが競争をしてくれたほうがありがたいはずですから。卸売業者としては、少なくともペク・サングに供給した量よりも多くチェ・テリョンに売らせなければ、利益を維持できませんからね。でも、チェ・テリョン一人では、それはとうてい不可能なはずです」

リチョルは頭の中を整理するのに忙しく、相槌すら打てなかった。パク・ウヒが続けた。

「チャンさんは、信川復讐(シンチョンボクス)隊の元隊員を捜してここまで来たと言いましたよね。信川復讐隊員は、精鋭の中の精鋭だとも。でも、そんなに優れた能力を持った元軍人ならば、開城や平壌(ピョンヤン)の大きな組織で軽々とのし上がっていけるでしょうに、なぜ長豊なんかにやって来たのか。ちっぽけな地域の薬物小売業者にすぎないチェ・テリョンが、そんな実力者を三人もどうやって雇用できたのか。それについては逆に考えるほうがむしろ自然じゃないでしょうか。もっとカネを持っている何者かがその三人を雇用し、チェ・テリョンのもとに送り込んだのだ、と。チェ・テリョンのバックには、もっと大きな何者かがいる。どうもそんな気がします。超一流のプロを三人も送り込み、卸売業者まで動かせる何者かが」

9

一時間ほどして、パク・ヒョンギルが乗っていた車でウン・ミョンファが約束の場所へやって来た。車のナンバープレートには泥が跳ね、数字がよく見えなかった。わざとそうしたのか、それともアジトとの間を往復するうちに自然にそうなったのかはわからないが。

それはともかく、ミョンファは偽装の必要性をよく心得ていた。助手席に乗り込んだとき、運転席に座っている人間が誰なのか、チャン・リチョルは一瞬わからなかった。

「私ですよ」

ミョンファはリチョルから目をそらしてぶっきらぼうに言った。

「別人かと思いましたよ」

リチョルが言った。

ミョンファは髪を男のように短くしていた。目元には濃く化粧を施し、さも素行が悪そうに見せている。身なりもこれまでとはがらりと変え、黒の革ジャケットなどを羽織っている。

「長豊（チャンプン）郡から出る道は、一つ残らず検問所が設けられてます。その傷跡を隠さないと」

ミョンファはそう言って、運転席と助手席の間のスペースに化粧ポーチを置き、化粧道具をあれこれ取り出し始めた。リチョルはミョンファに手渡されたウェットティッシュで傷跡のあたりを拭(ぬぐ)った。

「顔全体を拭(ふ)いちゃってください。顔色にムラができたらいけませんから」

リチョルは言われたとおりにした。

リチョルの顔に手を触れるとき、ミョンファはしばしためらった。それをごまかそうと、咳払いをしてから話しかける。

「この傷跡は、どうしてできたんです？　ケンカですか？」

「違います。地面から突き出た石につまずいて転んだときの傷が残ったんです」

リチョルは生真面目な口調で答えた。

ミョンファは、ムン・グモクほど化粧に長けていなかった。リチョルと二人っきりで近い距離にいるせいで緊張していたからかもしれないが。リチョルも同じく、どことなく居心地の悪さを感じていた。

「これをかぶってください」

化粧を終えたミョンファは、リチョルに薄手のニット帽を差し出した。傷跡がうまく隠れたか確かめられるように鏡を手渡すこともしない。リチョルが黙って帽子をかぶると、ミョンファはエンジンをかけた。

「とりあえず、検問要員が多い道の情報をチャットメンバーにアップしてもらってます。ちょっと様子を見てから出発しましょう」

ミョンファが言った。

「それじゃ、私たちが人民保安部に追われているのをチャットルームのメンバーみんなに知られてしまいますが？」

「追われているのが誰なのか、正確に知ってる人はいません。ただ会員のうち誰か助けが必要な人がいて、ウヒさんを通じてチャットルームにメッセージを残した。それぐらいに考えてます。チャットルームでやりとりされる情報が外に漏れることはありませんから、ご心配なく。こういうことにはみんな、とっても口が堅いですから」

リチョルはうなずいた。

「ところで、長豊郡内にあまり長く留まるのは危険です。私たちはいま、死んだ人間の車に乗っています。この車の行方をチェ・テリョン組織が目を血走らせて追っているはずですから」

リチョルの言葉に今度はミョンファがうなずく。

「きっかり三十分、待ってみましょう。そのときまでに検問が解除されなければ、別の手を考えることにして」

静かすぎるところは人目につきやすいし、人で混み合った地域だと、それもまた見つかる可能性が高まる。適度に開けていて周囲を警戒しやすく、逃走もしやすいうえに、静かな場所でなければならない。彼らは露店が並ぶ通りに出る間際のひっそりした路地端に車を止めて待った。

ミョンファは携帯電話を計器盤の上に立てた。チャットルームに書き込まれるメッセージを見ながら、前方と左の窓の外を注意深く窺っている。リチョルは集中力を失わないよう気を配りながら、軍隊で学んだとおりに前、左右、バックミラー、サイドミラーの順番で注意を向けていた。

「パク・ウヒさんは、もともと何をしていた方なんですか？」

リチョルが不意に尋ねた。

「えっ？　何ですか、いきなり」

「さっき、平和維持軍の将校たちと話をするのを聞いていたんですが、将校たちから話を聞き出す手腕が尋常じゃなかったので」

「女一人、道端で商売始めて、いまや女商人のリーダーになってる人ですよ。人を操る技術ぐらい、おのずと身についてるでしょう。ウヒさんの前の仕事はね、あなたが考えてるような、そんな類（たぐい）の仕事とは違いますよ」

「では、どんなお仕事を？」

「歴史の教師です」

「歴史？」

「高級中学校（高校）で朝鮮史と革命史を教えてたんです。それが、統一過渡政府が発足して、革命史は廃止、朝鮮史はほぼ全面的につくりかえられた。それはご存じ？」

「よく知りません」

「統一過渡政府が発足したとき、南朝鮮（ナムチョソン）当局が巨額の援助を行いました。学校の施設の修繕費や子どもたちの食費として使うようにって。でも、そこには条件があったんです。金王朝を偶像化するような教育は絶対に禁止、教科書の内容は修正し、教員たちも試験を受け直すこと。英語や数学だったらとくに問題なかったけれど、道徳や歴史なんかを教えていた教師にとっては大ごとでした。本当のところ、南朝鮮は、その二科目の教師を全員クビにしろと要求したそうです。仕事がなくてぶらぶらしてる年寄りが南朝鮮にたくさんいるから、その人たちにいくばくかの教育を施してから、共和国（コンファグク）で歴史の教師をさせようと考えたんですって。その老人たちの給料は共和国に出させることにして」

「知りませんでした」

「南朝鮮は、いつもそんなふうなんです。真の意図を隠して、こっちにも機会があるかのように言うんですよ。いつだってそう。で、試験や面接なんかを受けさせる。それを評価する委員団は、自分たちの側の人間で固めておいて。つまりね、南がカネをタダでくれるって言うときは、そのカネが最終的にあちらに戻るようになってるの。知っておいたほうがいいですよ」

　ミョンファの口調には棘(とげ)があった。

「パク・ウヒさんも試験を受けたんですか？」

「ええ、再任用試験を。歴史の教師は全員受けさせられたんです。おそろしく難しい試験を。共和国の教師たちはね、自分たちが学んだこともない内容を一夜漬けで頭に詰め込まなきゃならなかった。南朝鮮の歴史教科書と参考書を何十部ってコピーして、回し読みして。でも、教科書の内容があんまり違うから、白紙の状態から学ぶよりもずっと大変だったんだそうです。朝鮮(チョソン)の地を最初に統一したのが新羅(シルラ)だなんて、そんな話もそのまんま受け入れなきゃならなかったんですって。チャンさんは、ハングルを誰が創ったのか知ってます？」

「李朝時代に国を統治してた輩が創ったんじゃないんですか？　封建思想を広めようと」

「南朝鮮の人たちは、李朝時代のことを朝鮮時代って呼びます。とても重要な時期として学校で教えられてて、ハングルを創製した王様なんかもう、英雄扱い」

「さぞかし勉強しにくかったことでしょうね」

　リチョルが感想を述べる。

「それでもウヒさんは懸命に勉強した。でもね、さっき申し上げたとおり、歴史の教師はみんなお払い箱って内部指針があったから、どうしようもなかったんです」

「それで学校から追い出され、長豊バーガーをやるようになったってことですか？」

「ざっくりまとめると、そういうことになりますね。長豊バーガーの前に、あれこれほかの仕事に手をつけたりもしたそうですけど」

リチョルはミョンファの様子から、もう少し事情がありそうな感じを受けたが、根掘り葉掘り尋ねることはしなかった。そのときミョンファが両手でハンドルを握った。

「三十分経ちましたね。鉄原(チョロン)に行く往復二車線道路の監視が手薄だそうです。人民保安員が二人いるけど、そのうち一人はぶらぶらしてて、若いほうが一人で適当にやってるってことです。車に乗ってるのが二人だったり、女が運転してたりすると、見向きもしないんですって」

「お任せします」

リチョルが了解の旨を伝えると、ミョンファはアクセルを踏み込んだ。潜んでいた場所から出て五分ほど経った頃、ミョンファはたまらなくなったように打ち明け話を始めた。これまで胸に溜め込んできた話を。

「うちの父も歴史を教えてたんです。平壌(ピョンヤン)で。父もやっぱり南朝鮮の歴史を学ばないとならなくなったんですけど、そのときにウヒさんと知り合って、一緒に勉強してたんです。まあ結局、二人ともクビになりましたけどね。ウヒさんは市庭(いちば)経済に適応して肉重ねパンの店を開いた。けど、父はそんなふうにはできなかった」

短い髪のミョンファは、正面を見据えて言った。リチョルは何も言わなかった。統一過渡政府が発足する前の金王朝時代に平壌で教師をしていたというのがどんな意味を持つのかは、彼にもよくわかっていた。ミョンファも彼女の父親も平壌で暮らしていたということで、それはつまり特権階級だったことを意味する。そして統一過渡政府の発足後、父娘が社会の最上層から底辺まで一気に滑り落ちたという意味でもあった。

＊

パク・ヒョンギルの死体は、宅配会社の営業所の警備詰所の裏に隠されていた。首を折られており、激闘の痕跡がある。ケ・ヨンムクは自分に選択の瞬間が近づいていることを悟った。

パク・ヒョンギルの死は、朝鮮解放軍にただちに報告すべき事案だ。ケ・ヨンムクは、自分の能力と立場を過信してはいなかった。彼は朝鮮解放軍の道具であり、将棋の駒なのだ。道具や駒が自ら考え、判断することを好ましく思う主はいない。ふいに現れた流れ者がチェ・テリョン組織を突き回し、パク・ヒョンギルまで殺害した。その流れ者はまだ捕まっておらず、何者なのか、なぜそんなことをしたのかもわからない……。そう聞いたら、朝鮮解放軍はどう反応するか。彼らはチェ・テリョンの能力について疑問を抱くだろうし、雪虎作戦のパートナーとしてふさわしいのか、再考の余地ありと判断するだろう。ことによると、援軍を送ってくるかもしれない。チェ・テリョンをいっそ排除し、組織を奪い取ろうとする可能性もある。ケ・ヨンムクとしては、どれもさほど好ましからざるシナリオだ。

〝チョ・ヒスンの奴は、俺についてくるはずだ。あいつは頭が使えんから……〟

いまが賭けに出るチャンスなのかもしれない。ケ・ヨンムクはチェ・テリョンに電話をかけた。

「捕まえたのか、そいつは」

電話を取るやいなや、チェ・テリョンが訊いてくる。真夜中を過ぎているというのに、電話の向こうはざわざわしていた。女たちのすすり泣く声が聞こえる。人力事務所で部下が二人死んだという知らせを受けて、チェ・テリョンはすぐさま遺族のもとへ向かった。長豊郡の底辺の者たちから好意的に見られるための作戦だ。その一方でチェ・テリョンは、ケ・ヨンムクが組織に入ってすぐ、朝鮮解放軍の処刑方式を導入すると、両手を挙げて歓迎した。敵や裏切者を生きたまま焼き殺すというやり方だ。この業界で成功するには〝寛大〟と〝残忍〟、二つの相反する評価がどちらも必要だということを、チェ・テリョンはよく心得ていたのだ。

チェ・テリョンは大物になる。ケ・ヨンムクはそう信じていた。雪虎作戦はチェ・テリョンに翼を与え、彼の勢力は長豊郡から飛び出し、外へ外へと拡大してゆくだろう。朝鮮解放軍の末端にいるよりはチェ・テリョンの右腕になるほうが、ケ・ヨンムクとしてはビジョンがありそうに思えるのだが……。

「社長、パク・ヒョンギルが死にました。例の流れ者の仕業のようです」

ケ・ヨンムクは、宅配会社の営業所の状況を整然と、またくわしく説明した。折れたセキュリティゲート、無人の警備詰所、消えたパク・ヒョンギルの車。それからパク・ヒョンギルは何者かと激闘を繰り広げた末に首を折られて死んだということ。

電話の向こうからは、しばらくの間、反応がなかった。驚きのあまり我を失ったのか、怒りのあまり言葉を失ったのか。ケ・ヨンムクには判断がつかなかった。

〝チェ・テリョン、あんたはそんな盆暗だったのか？　頭を動かせ。考えてみろ〟

ケ・ヨンムクは心の中で祈った。

「朝鮮解放軍には何と報告した？」

チェ・テリョンがついに沈黙を破った。

「まだ報告しておりません」

ケ・ヨンムクが答える。

「なぜだ?」

「何と報告すればよいのか考えをまとめているところでして」

「ケ・ヨンムク、お前、ひょっとしていま、俺を試してるのか?」

今度はケ・ヨンムクが沈黙する番だった。彼は少し間をおいてから、口を開いた。

「パク・ヒョンギルは首を折られて殺されました。が、ひき逃げされたようにも見えないことはありません」

「このところ、ひき逃げが深刻な問題ではあるな」

「死んだ者は、もうどうすることもできませんし、私たちとしては、ともかく結果さえよければいいのでは?」

ケ・ヨンムクが言った。

「目元に傷跡があるっていうその流れ者は、いったい何者なんだ?」

「そいつは一匹狼です。そこのところは確かです。長豊バーガーの女たちが雇った解決屋ではないかと思われます」

「明日の作戦には朝鮮解放軍から三人、開城繊維縫製協会から三人、そしてうちの組織から三人参加することにしてある。三つの組織が互いに裏切りを警戒しているからな。それで、そういうことになったんだ。組織ごとに責任者一人、警護員一人、そして運搬係が一人の三人。運搬係が動いている間、責任者と警護員はその場に残る。だが朝鮮解放軍は、うちの組織から参加する三人のうち、警護員の役割はお前にするようにと言ってきてる。お前も連絡を受けたか?」

「いいえ。初耳です」

「全体の九人のうち、実際は四人が朝鮮解放軍所属となるってわけだ。それを開城の卸売業者たちだけが知らん。運搬係を除けば、こちらの味方は俺一人、開城卸売業者所属は二人、そして朝鮮解放軍所属は三人ってことになる。俺や開城の連中が何やら企てたとしても、自分たちのほうが頭数で優勢だから、何とかできるだろうって腹づもりだろうさ。でもな、お前さんは実はこっちの味方だと俺は信じてるんだがな。どうだ？」

「ありがとうございます」

ケ・ヨンムクが答えた。チェ・テリョンはやはり彼を失望させなかった。

チェ・テリョンが続ける。

「明日の作戦現場では、とくに何ごとも起こらんだろう。朝鮮解放軍は、俺たちのことなんぞ気にもかけておらん。俺たちと朝鮮解放軍は利害関係が一致してるからな。あちらはブツを持っていて、俺らには販路がある。そこは取り換えがきかないからな。事を起こすとしたら、開城の奴らだ。卸売業者は替えがきく。その分、立場が不安定だからだ。朝鮮解放軍が自分たちの側の人員をひそかに四人に増やそうとしたのは、開城の奴らを牽制するためだ。朝鮮解放軍からはかなりの信頼を得てると、俺は確信してる」

「お話はよくわかりました」

「ふむ、お前からも信頼を得られたようだな。よし、じゃあ、汚らわしい資本主義のカネ、一丁思いっきり稼いでやろうぜ。明日、作戦が終わったら、俺し息子たちと一杯やろう。タンコギ（犬肉）を出す店の従業員連中に、帰らず待つよう言っておく」

「ありがとうございます。で、運搬係には誰を？」

「次男だ。信頼できる奴じゃないとならんし、あいつにもいろいろ学ばせんとな。上の奴も、夜が明けたらお前のほうへ向かわせる」

「副社長をですか?」

「いま一番重要なのはな、朝鮮解放軍にも開城の連中にも、俺たちが間違いなく長豊郡を掌握してるってことをよーく知らしめることだ。だからこそ、わけのわからん流れ者一匹に好き勝手させるわけにはいかん。そいつを捕まえろ。市庭で商売してる女どもなんざ、逃げたところでたかが知れてる。流れ者が捕まらなけりゃ、その女たちだけでも捕まえろ。親しくしてる商人を締め上げてやりゃあ、居場所なんぞすぐにわかるだろう。多少荒っぽくても構わん。その流れ者か女ども、どちらかは必ず見つけ出せ。うちの息子に、獲物を追いつめる要領ってもんを教えてやってくれよ」

「わかりました」

ケ・ヨンムクが答えた。

電話を切ったケ・ヨンムクは、パク・ヒョンギルの死体を車のトランクに積んだ。北に向かって車を走らせる。周囲に車の行き来がなさそうな場所。だからといって、普段あまりに人通りがなさすぎてもダメだ。ちょうどいい場所を見つけた彼は車を止め、トランクに入れてあったパク・ヒョンギルの死体を抱え上げる。部下の死体を道路の真ん中に寝かせたケ・ヨンムクはふたたび車に乗り込み、アクセルを踏んだ。前進、後進、また前進。わざとスピードを落として。パク・ヒョンギルの体を踏み潰し、完全に粉砕するために。

*

真夜中を過ぎているというのに、長豊郡の外れに向かう車は検問所の前に長く列をつくっていた。

車のテールランプが赤い点線を描いている。

ウン・ミョンファが団体チャットルームで得た情報とは違い、その狭い道路でも人民保安員たちは厳しく検問を行っていた。人民保安部の車が一台、検問要員が二人という情報は正しかった。より階級が高そうな一人がやや離れたところに座ってタバコをふかし、時間を潰しているのも事実だ。けれど、もう一人のほうが、すべての車をいったん停車させ、いちいち車の運転席の窓を開けさせて、乗っている者の顔を確認しているのだ。そのまま通過していく車など、一台としてなさそうに見える。

乗っているのは女二人のようなのに、その車を検問要員が止まらせているのを見て、ミョンファはため息をついた。車を方向転換するには時すでに遅しだ。前後の車にわざと衝突して車間を広げ、Uターンして逃げるとか。ハリウッドのアクション映画みたいに。それからカーチェイスを繰り広げる、……何を考えてるのだ、私は。ミョンファは首を振った。

一台が検問所を通過し、二人の乗った車は五メートルほど前進した。ブレーキを踏んだミョンファは、チャン・リチョルに意見を求めた。

「どうしましょう」

「そうですね、どうしたらいいか……。私が小用を足すふりをして降りて、様子を見て逃げるというのはどうですか？」

「それじゃあ、かえって人目を引きますよ。いまは傷もうまく隠せてるし、ニット帽もそこそこ似合ってます。ほとんど賭けですけど、やってみる気ありますか？」

「でも、見つかったら……」

車がまた一台通過し、その分、二人の車は人民保安員に近づく。

「あいつらが感づいて身分証を見せろとか、車から降りろとか言ったら、私の頭に銃を突きつけてください。私を人質に取ったように見せかけるんです。その後、私はドアを開けて人民保安員の方向へ飛び降ります。そしたら、空に向けて一発撃って狙いを外したように見せかけ、すぐに運転席に移って発車するんです」

「でも、人民保安員が追いかけてくると思いますが」

「いま、検問要員は二人とも車の外にいます。まず、私を保護して無線で状況を報告しなきゃならないはずですから、すぐにチャンさんを追跡することはできません。私もできる限り時間を稼いでみますから」

「わかりました」リチョルはうなずいた。

彼らの順番が近づいてくる。

「首を右下にうつむけて、眠っているふりをしてください」

ミョンファに言われ、リチョルはそのとおりにした。ミョンファは迷った末に、シャツのボタンを二つ外し、胸元をはだけた。顔が赤く火照(ほて)ってくるのは如何ともしがたかった。

人民保安員に車を止められると、ミョンファは窓を開けて胸を突き出すようにし、百元札を一枚差し出しながら、鼻にかかった甘ったるい声で話しかけた。

「あのう、私たち、一杯だけしか飲んでないんです。ほんとです。見逃してもらえませんか」

人民保安員はせせら笑った。粘っこい視線がミョンファの顔と胸に絡みつく。彼女は目をそらすまいと必死でこらえた。

人民保安員が揶揄するように言う。

「なんだ、一枚か？　人は二人だぞ」

ミョンファが咄嗟に意味をつかみかねていると、人民保安員がタバコを吸っているもう一人のほうをすっと顎で示した。ああ、と気づいたミョンファは急いでポケットを探り、百元札をもう一枚差し出す。そんなやりとりの間、人民保安員は助手席には目もくれなかった。

人民保安員は二枚の紙幣を素早くポケットに突っ込み、どうでもよさそうにうなずく。顔はまったく別のほうを向いたままだ。何はともあれ、通過の合図だった。

10

ドブはひどく汚かった。幅は一メートル、深さは一メートル半ほどか。半ば自然に、半ば人工的に出来上がったドブと言えた。畑だった地域を細い川が侵食し、それにつれて道の脇の畝間が徐々に深さと広さを増していったのだろう。アスファルトで舗装されているわけでもなく、底にしろ、盛り上がった部分にしろ、泥はぐずぐずして柔らかそうに見える。下手をしたら、膝までズブッとはまってしまいそうだ。

このドブの現在の用途は、汚水が流れ込む、いわば〝開放型の下水道兼ゴミ箱〟だ。露店の生ゴミはそこに捨てられているようだ。近所にあまり街灯がなく、あたりが薄暗いので、覗き込んでも底はよく見えなかった。

いっそそのほうがマシだ。カン・ミンジュンは思った。この底に溜まっているものが鮮明に見えたら、嘔吐しながら逃げ出す羽目になるかもしれないし。とか言ってるけど、俺のゲロのほうがドブの底よりまだきれいだったりして……。

ドブの底に溜まっている水はごく少量で、表面はギラギラと虹色に光っていた。白くて長いひもが一本、汚水からにょろりと出ている。客の食べ残しの麺のようでもあるが、回虫か何かにも見える。ミンジュンは二回ほど深呼吸をしてから、ドブに下りた。

ドブからは、何とも表現しがたい嫌なにおいがしていた。あえて描写するなら、饐(す)えたキムチが発する鼻を刺すような悪臭に、洗濯しても無駄なくらい服に染み込んだ汗のにおい、それからカビのにおい……。それらが一緒くたに混ざっていると言えば、わかるだろうか。

ミンジュンは顔をしかめ、吐き気をこらえながらミッシェル・ロングを盗み見た。左手で鼻を押さえ、口で息をしている。

〝そりゃ、さすがにどうすることもできないよな、彼女だって〟

安心すると同時に、彼女を意識しすぎている自分に対し不甲斐ない思いが募る。

薄暗いドブでの探し物には二時間ほどかかった。シュールな環境の中で機械的に体を動かしているうちに、ミンジュンは精神と肉体が分離していくような気分を味わった。そのせいか、彼の中にあった〝命拾いした！〟という高揚感は影を潜め、次いでとんでもない自己嫌悪が襲ってきた。ミンジュンの目はチャン・リチョルに捨てられた自分の所持品を探していたが、頭の中では長豊(チャンプン)バーガーでの出来事が繰り返し再生されていた。

完全に怖気づいていたぶざまな自分。それに比べ、ロングはどれほど毅然としていたことか。恐怖のあまり悲鳴をあげ、いじましく命乞いをするミンジュンの姿を見てロングはどう思ったろうか。

外を行き交う人々が、ミンジュンとロングにちらりちらりと視線を投げる。中年の女が、ドブを見下ろして「あのう、何してるんですか？」と警戒するような声で尋ねてきた。ミンジュンが答える気にもならずに沈黙していると、「何をしてるんです？」と女は重ねて訊いてきた。

「捜索中です」

ロングが短く答えた。声がくぐもっているところをみると、口も半ば手で覆っているようだ。女は「何の捜索です？」とさらに訊いてきたが、頭を突き出してドブを覗き込み、ロングとミンジュンの服装を見ると、「ああ、軍人……」と独りごちて去っていった。

まず弾倉が一つ見つかった。次に拳銃二丁と携帯電話二台、それからまた弾倉、最後に車のキーを拾い上げた。運よく、携帯電話はどちらも壊れていない。車のキーは、最初に弾倉を見つけた地点から五十メートルほど離れたところにあった。探し物を終えるまでに、その五十メートルの区間を二人は三往復した。北に平和維持軍が駐留するようになって以来、最も屈辱的で不潔なものであろう捜索をしている間、ロングとミンジュンは言葉を交わさなかった。「あ、弾倉ありました」だとか、「あとは車のキーだけですね」といった必要最小限の会話を除き。

二人は饐えたにおいを放ちながら地面に這い上がった。生ゴミが腐ったら、それこそいろいろなにおいが生じそうなものなのに、それが全部混じると結局はツンと酸っぱいにおいになるのはなぜだろう。唐辛子の粉とキムチのせいだろうか。南と北は、キムチをよく食べることに限っては同じ民族だと言えるな……。ミンジュンの感想だった。

いつドブの底に触れたのか定かでないが、ミンジュンの軍服のズボンには尻まで汚水が染み込んでいた。車のシートに新聞紙か段ボールでも敷いてから乗り込みたい気持ちはやまやまだったが、車内にも周辺にも手ごろな紙が見当たらない。ミンジュンはあきらめて、濡れたズボンのまま、じかに座ることにした。

〝いいやもう。どうせ俺の車でもないんだし〟

腰を下ろすと、尻や内腿（うちもも）に汚水の染み込んだ布が貼りついてきた。肉体の衛生と魂のプライド、双方に対してミンジュンは諦念の境地に達した。

ロングに目をやると、ハンドルに両手をのせてぼんやりしていた。やはり半ば魂が抜けている様子だ。視線に気づいたロングはミンジュンを見て、ぼそりと言った。

「銃」

「はい？」

「銃の手入れをしないと。部隊に戻ったら……」

「ああ……そ、そうですね。中に水が入っちゃったかもしれないから……」

ミンジュンが応じた。

希望部隊に戻るあいだじゅう、二人はただのひと言も口を利かなかった。その気づまりさといったらなかった。昔の恋人と偶然に同じ飛行機に乗り合わせたばかりか、エコノミーの狭い座席に並んで座っちまったらこんな感じか、でも、昔の恋人からは少なくとも生ゴミのにおいはしないよな……、ミンジュンは思った。

車から降りながら、ミンジュンはロングに尋ねた。

「今日のことは、報告するんですか？」

「ええ、もう思いっきり脚色してね」

ロングがため息まじりに答える。ミンジュンは、口は開かずにこくこくとうなずき返した。彼らは将校宿所まで並んで歩き、目礼をして、それぞれの部屋に戻った。

ミンジュンは部屋に入るやいなや、着ていたものをすっかり脱ぎ捨ててシャワーブースに直行した。熱い湯のほとばしり出るシャワーの下で、彼はしばらくじっと立ちつくしていた。長豊バーガーでの出来事も、おびえきっていた自分のことも、頭から閉め出そうと努める。すると今度は、十代の頃から軍に入隊するまでにしでかした、ありとあらゆるケチな非行や思わず赤面してしまうような記憶の数々が浮かんでくるではないか。シャワールームから出て鏡の前に立ったミンジュンは、幽霊のような虚無の表情を浮かべていた。それでも気を取り直して歯を磨き始める。そんな彼の頭に、いつかインターネットで見かけた突拍子もない都市伝説が思い浮かんだ。酒に酔った男が歯を磨こうとして歯ブラシと髭剃りを取り違え、歯茎をほとんどすりおろしてしまったという……。ミンジュンは、自分がくわえているのが髭剃りではなく歯ブラシだということを何度も確認した。

シャワーを終え、ジャージに着替えたミンジュンは、汚水にまみれた軍服と下着を持って廊下の一番奥にある洗濯室に向かった。何気なく洗濯室に入ったミンジュンは飛び上がった。ロングとばったり鉢合わせしてしまったのだ。彼女は洗濯物を洗濯機に入れているところだった。ロングも、ミンジュンを見て目を大きく見開いた。

医師の白衣であれ聖職者のローブであれ、制服というものは、それを身に着けた人間に威厳を与える。一方、いつも制服を身に着けている人間が普段着姿で現れると、にわかに親しみが湧くと同時にどこか心もとなげに見えるものだ。ロングもミンジュンと同様、体を洗い流すやいなや、洗濯室にやって来たようだ。白いTシャツと半ズボンという出で立ちに、髪は生乾きのまま、化粧っ気もないロングの姿は、昼間の彼女とは別人のようだった。性格まで変わってしまったかのように、うろたえて顔を赤らめている。ミンジュンも一緒になっておろおろした。

「あ、お、お先にどうぞ」

あたふたと洗濯物を持って回れ右するミンジュンを、ロングが呼び止めた。

「あ、カン大尉、待ってください。大尉の服も一緒に入れませんか。どうせそんなに量もありませんし」

ロングは洗濯機の前からどいた。遠慮するのも何かと思い、ミンジュンはおずおずと洗濯機の前に立った。洗濯槽にはロングの軍服と白い洗濯ネットが一つ入っている。ネットの中にはブラジャーとパンティ。さっきロングが顔を赤らめた理由がわかった。

洗剤と柔軟剤を入れてスタートボタンを押したミンジュンは、洗濯機の上に「午後十時以降は使用をお控えください」と書かれた紙が貼ってあるのに気づいた。すでに真夜中だが、どうしようもない。洗濯機の液晶画面に所要時間を示す「四十分」という数字が浮かび上がった。洗濯槽に水が注ぎ込まれる音がやけに大きく聞こえる。あーあ、と頭を掻くミンジュンに、ロングが唐突に言った。

「洗濯が終わるまで、一杯いかがです？　部屋にウィスキーがあるんですけど」

*

検問所を過ぎ、長豊郡の中心街から離れるにしたがって、街灯は少なくなっていった。コンクリートの道から非舗装道路に入ると、あたりは漆黒の闇に包まれた。ウン・ミョンファはハイビームを灯し、ゆっくりと車を走らせる。ともすると、道路下の畑に転がり落ちるかもしれないからだ。数メートル前まではまばゆいばかりに照らし出す強烈なヘッドライトも、その先はだんだん力を失ってゆき、ついには闇がすべてを呑み込んでしまう。光が消えるあたりに目を凝らしてみると、うっすらと青みがかった夜空と真っ黒な大地の境目がかすかに見えた。

道がカーブしているところで、ビニールハウスが光の中にぱっと浮かび、また消えた。パク・ウヒが準備した隠れ場所だ。低い丘の麓（ふもと）の畑の中にある。ミョンファによると、後ろに見える黒い丘の名はラボクシル峠、遠くに見える山の名は月陽山（ウォリャンサン）だということだった。

近くに来ると、丘の麓、地面がちょうど平らになったあたりに黒い布をかぶせたビニールハウスが三棟あるのがわかった。周りは大雑把な木の囲いがしてある。単に境界線の役割を果たしているだけで、防御用としてはまったく役に立たない代物だ。チェ・テリョン一味が嗅ぎつけて攻め込んできたら、ビニールハウスを捨てて月陽山に逃げ、追っ手をまくのが最善だろう。長豊郡の方角にはこれといった障害物がなく、チェ・テリョン側としても奇襲はかけにくいのではないだろうか。とはいえ、くわしいことは夜が明けてからでないと把握できそうにない。

パク・ウヒとムン・グモクは、三棟のビニールハウスのうち真ん中の棟の前でミョンファとチャン・リチョルを待っていた。ミョンファが車を止めると、二人はボディカバーをかぶせ始めた。どこからかミョンファの父親が現れて、おぼつかない手つきで女たちを手伝う。ミョンファと老紳士は目を合わせようともしなかった。

「ほんとにお疲れ様。とりあえず今日は休んで朝になったら話しましょう」

気まずい雰囲気を察したパク・ウヒが、ミョンファの肩を抱いて言った。

「寝ずの番が必要だと思います。チェ・テリョン一味がいつここを嗅ぎつけて襲ってくるやらわかりませんから」

リチョルが口を挟んだ。

「今晩からですか？　いまはみんな疲れてるし、いくらチェ・テリョン組織だって、ここをすぐに突きとめることはできないかと思いますが」

パク・ウヒが言う。

「チェ・テリョンやケ・ヨンムクもまったく同じように考えることでしょう。私たちがほっとひと息ついているだろうと。私が彼らの立場だったら、ここの位置を突きとめるやいなや、手下を送り込みますね。たとえ空が白み始めたとしてもです」

リチョルが言った。

「私が見張りをします」

ミョンファの父親が名乗り出た。みんなの視線が彼に集まる。ミョンファの父親は言葉を続ける。

「夜間勤務だったので、そんなに眠くもありませんし、そういう仕事には慣れていますから。長豊郡の方角から車や人が来ないかどうか、見張っていればいいんですよね？」

「外に出て見張る必要まではありません。どのみち一本道ですから。室内で窓から外を窺って、怪しげな車がやって来たら私たちを起こしてくだされば結構です」

リチョルが答えた。

「夜でもあるし、その車が怪しいのかどうか見分けられるでしょうか……。車が来たら、とにかく起こしたほうがいいですか？」

そうすべきだというのが、元特殊作戦部隊員としてのリチョルの考えだった。彼は、少し考えてから言った。

「私だけ起こしてください。どうせそんなに来ないと思いますよ。長豊郡の検問所からここに来る間、ほかの車とほとんど行き合いませんでしたし」

「じゃあ、みんなもう休んでもいいってことですね？」

パク・ウヒが言った。ビニールハウスの真ん中の棟は女二人が使い、ミョンファの父親とリチョルは横の棟に案内された。

ミョンファの父親が入口の脇のスイッチを押すと、天井にぽつんぽつんとつり下げられた蛍光灯がついた。長さ五十メートルほどのビニールハウスの中は、ほとんど空っぽだった。何かを栽培してみようとはしたけれど、うまくいかなかったようだ。地面から濡れた土のにおいが立ちのぼってくる。

ビニールハウスのひと隅に、靴を脱いで上がれるようになっている空間があり、その内側にまたビニールと布をかぶせた木製の扉がある。扉を開けて入ると、オンドル〔床暖房〕の床と二つのちっぽけな部屋が現れた。小部屋にもそれぞれドアがついている。ビニールハウスの入口から小部屋まで、ドアが三つもあることになる。ビニールの敷物が敷かれた床の下にはもとはオンドルがあったようだが、いまは温もりは感じられなかった。

「こっちの部屋の窓が道に面していますから、外を監視しやすいかと思いますが……、私がこちらの部屋を使ってもよろしいですか？」

ミョンファの父親がリチョルに尋ねた。丁重きわまりない態度だった。老紳士の言動からは、北ではまず見られない高尚さが感じられる。

努めて強気に振る舞っているミョンファも、時に似たような雰囲気を漂わせていた。生まれ育ちが醸し出す気品のようなものは、おのずと滲み出るものなのだろう。平壌で特権階層として暮らした人だけが持ちえる品格。それも一種の美しさだ。そんな人たちが、野卑な悪党に苦しめられる姿を見ているのは辛いものがある。それは、ほとんど本能的な感覚と言っていい。誰もが白鳥や鹿は庇いたくなり、蛇やイノシシは敵視する。マンナ食堂でリチョルがチェ・シンジュを殴り倒したのにも、そんな本能が明らかに作用していたことだろう。

だが一方で、リチョルにはそんな美しさが空虚にも感じられた。あの老紳士は、いかなる不利な立場に置かれても、状況を打破しようとあがいたり、暴力を振るうことはできないだろう。ただ高邁で哀しげな雰囲気を醸し出しながら、限りなく譲歩し、退いていくタイプだ。芸術作品の中の人物ならば、または単なる通りすがりの人ならば、そんな姿は強い印象を残すかもしれない。が、もしもそんな人物が自分の近くにいたとしたら、間違いなく苛立つだろう。娘のミョンファがそうであるように。

ミョンファの父親は、依然として床に立ったままリチョルの答えを待っていた。リチョルはミョンファの父親が示した部屋に入り、窓の方向を確認した。窓は確かに道のほうを向いていたが、ガラスではなく透明ビニールが窓に張られているせいで、外がはっきりとは見えない。北の田舎では、費用のかかるガラスの代用として、いまだにビニールが多く使われているのだ。

「大丈夫かと思います。車がこちらに来るのが見えたら、すぐに私を起こしてください。何回でも構いません」

ミョンファの父親はそれを聞いて、「わかりました」と頭を下げ、小部屋に入っていった。リチョルも腰をかがめて反対側の小部屋に入った。

リチョルは横になるやいなや眠りに落ちたが、深く眠ってはいなかった。特殊作戦部隊員のほとんどは、眠っていても警戒態勢をとる要領を教え込まれていた。不意の集合訓練を何度か受ければ、嫌でも体得する。周囲から聞こえてくる音の大きさとはまた別の次元の問題だ。訓練を繰り返せば、汽車の機関室や工場の中など、耳が潰れそうな騒音の中でも平気で眠り、布がこすれるかすかな音が聞こえただけでもぱっと目が覚めるような神経が備わる。自分がどれくらい眠っていたのか、かなり正確に見当をつけられる感覚も。

横になってから一時間と少し経った頃、リチョルは目を開けた。誰かが静かに部屋の外で板の間脇のドアを開けている。

＊

「いつもこうしてお酒を持ち歩いてるんですか？」

マグカップに酒を注いでもらいながら、カン・ミンジュンが尋ねた。ラベルに「軍納」というスタンプが押されたスコッチウィスキーだ。

「ええ。出張のときは必ず一本。ビールやワインのほうがほんとは好きなんですが、そういうお酒はかさばりますから」

ミッシェル・ロングが答えた。「一本」と言うが、ロングの戸棚には免税のコニャックも一本あった。どちらもどうということのない韓国産だ。ロングはミンジュンに酒瓶を渡さず、手酌(てじゃく)で飲んだ。マグカップに半分以上、なみなみと注いでいる。

「味や香りにうるさいほうじゃないみたいですね」

ミンジュンがあきれて言った。

「ストレスを解消するために飲むんです。シングルモルトだの熟成年度だの、そんなの一切気にしません」

「一人で飲むことが多いんですか？」

「若い女が一人でバーに入ると、人からじろじろ見られるものなんですよ。世界のどこの国でも。とくにマレーシアはね、ムスリムが多いので。朝鮮民主主義人民共和国も例外じゃないでしょ。一人の部屋で、が一番です」

ごくごくと喉を鳴らしてウィスキーを飲んでいたロングが、ふいに立ち上がった。そのときまで、ロングは机と揃いの木の椅子に、ミンジュンはベッドの端に腰かけていた。ロングが背筋を伸ばして立ったので、ミンジュンの視線はおのずと上に向かう。ロングは机にダッフルバッグを置き、ミンジュンに背を向けて中をごそごそ探っている。ダメだダメだと思いながらもミンジュンは、半ズボンから伸びるロングの白くなめらかな足が気になって仕方なかった。

バッグから何かを取り出したロングは、それをミンジュンが座っている脇に置いた。ビーフジャーキーや日本の煎餅などだった。

「思いっきり飲んで、忘れてしまいましょう。今日のことは」

そう言うと、ロングはミンジュンのカップに自分のカップをぶつけ、一気に飲み干した。あっけにとられて見ていたミンジュンもぐっと目をつぶり、カップの中の酒をえーいと煽(あお)るように飲み干した。

しばらくのち、二人の男女は抑制力を失って、言いたい放題にしゃべりまくっていた。

「ところで、さっきから訊いてみたいことがあったんですけど、ほんとに英語をオックスフォードで学んだんですか？　オックスフォードまで出られておいて、なぜ軍隊になんか？」

「ジョークですよ、当たり前でしょ。マレーシアはイギリスの植民地だったんだし、いまだって英語が公用語なんですよ。CNN英語じゃなくてBBC英語。そんな国の人間に、人は言ってくるわけですよ。英語をどこで勉強したのか、英語の発音が垢(あか)抜けてる……。もう、ため息が出ますよ。何なの、この人って」

「無教養ですみませんね。どうかお許しを」

ミンジュンはぺこりと頭を下げて、イギリス式英語で言った。

「でも、ほんとにオックスフォードに留学しようと思えばできたんですよ。親戚にそういう人もいたし」

「へえ?」

「マレーシアではね、華僑への差別が強くて、大学に入るのが大変なんです。私が勉強ができるのがわかって、父はイギリスに留学させようとしました。私としても行きたい気持ちはあったので、いろいろ調べ、入試の関係者にも会いました」

「なのにどうして行かなかったんですか?」

「不利な条件でもマレーシアで大学に通おう、留学は卒業してからだってできる、と思ったので。そのときは政治を勉強したいと思ってた。そういう家柄なんです。祖父は華人系政党の高級幹部でした。マレーシアにはね、人種ごとに政党があるんです。伯父は、祖父とは別の華人系政党に属する政治家です。父は貿易業を営んでいるんですけど。韓国人の母とは再婚でした」

「もしかして、軍隊もそれで来たんですか? のちのち政治の道に入ろうと? 平和維持軍に配属されたのも、そのためだとか?」

「そんないっぺんに訊かないでくださいよ。それよりカン大尉はどんな方なんです? ご自分の話もしてくださいよ。どこで生まれて、ご両親はどんな方で、軍隊に来る前は何をしていたのか」

ミンジュンは、ウィスキーをちびちびと飲みながら話し始めた。生まれたのは韓国、小学校入学前までは釜山(プサン)で育ったけれど、その頃のことはほとんど覚えていないということ、父親が事業に失敗したのか、それとも何かヘマでもしでかしたのかいまでもわからないのだが、ある日突然、家族揃ってグアムに移住する羽目になったこと、父親はグアムで在住韓国人向けの韓国料理屋を始めたが、さして繁盛していなかったこと、グアムで五年暮らし、小学校を卒業する頃にまた韓国に戻ってきたこと、韓国の学校に適応するのが大変だったということ。

「つまり、僕の英語はアメリカ領で覚えた正統アメリカン・イングリッシュだってわけです」
「その次は？　そのあとずっと韓国で暮らしてたんですか？」
「うーんと、中学校に入ったんですが、相変わらず韓国語が苦手でクラスじゃほとんどのけ者。父の事業運のなさも相変わらずでした。事業なんてやっちゃいけないタイプだったんですよ。家がまたもや完全に傾き、僕はほとんど放任状態で、ただ学校に通ってるだけでした。一度なんてね、マジで成績がビリだったんです、学年で最下位。なのに父も母も何にも言わないの。すごいでしょ、これ」

その頃に抱いていた鬱々とした気分や絶望感が、ありありとよみがえってきた。家や学校よりネットカフェで過ごす時間のほうが明らかに長かったはずだ。ゲームを通じて友達をつくり、ゲームを長いことやっていられるような同年配の友人とつるんでいたので、気がついたら周りは学校に適応できない連中ばかりだった。中学生らしい非行にも試しに走ってはみたけれど、深刻な少年犯罪レベルではなかったもので、両親にも教師にも、気づいてさえもらえなかった。感受性が豊かだった幼いミンジュンに、〝自分の人生は、どうやらのっけからこじれてしまったようだ〟という不吉な予感を抱かせただけだった。彼は透明人間のようなものだった。ある本に出合わなかったら、いったいどうなったことやらわからない。その本で、彼はゲームプランナーという職業があることを知った。

「僕がまだ家に大切に取っておいてる本があるんです。アンドリュー・ローリングスの『ゲーム企画概論』とデイヴィッド・クシュナーの『マスターズ・オブ・ドゥーム』。中学三年のときに読んだんです。中学に入ってから、教科書以外に初めて読んだ本だったんじゃないかな。『マスターズ・オブ・ドゥーム』は、ゲームをまったく知らない人が読んでも面白いですよ。ロング大尉もよかったら一度読んでみてくださいよ。それから勉強を始めました。ジョン・D・カーマックみたいなすごいプログラマーになるんだ！　カーマックがプログラムを組み立てるときとおんなじに、俺もトイレ以外では絶対席を立たないぞ、そうやって……」

酔いも手伝ってかハイテンションで熱く語っていたミンジュンが、いきなり声をあげて泣きだした。ロングが静かな声で訊いた。

「ゲームが本当にお好きなんですね」

「大尉のお酒とおんなじくらいに」

ミンジュンが手のひらで涙を拭いながら答えた。

「あら、失礼な。私はお酒がおいしいって泣いたりしませんよ」

「そうやって苦労して大学に入って、僕は授業料も全部自分で稼いで払ったんですよ、ヒック！卒業してからも、ありとあらゆるアルバイトをして、毎日夜通し働きながら、やっとの思いで入りたかった会社に入れたんです。なのに、こんな肥溜めみたいなところに連れてこられちまった。まだ仕事らしい仕事もしてないってのに。僕が何か悪いことしたわけじゃない、ただ英語がちょっとできるからって兵役に二回も就かなきゃならないなんて、そんなのあんまりじゃないですか。それに、北に来てから二か月も経たないうちに、まるでジェイソン・ボーンか何かみたいな奴に殴られて、縛られて、拳銃で頭を吹き飛ばされそうになって。そんなことをあと何回経験しなきゃいけないんだろう。ここでそんなふうに死んだら、それこそ犬死にじゃないですか。ああもう、人生がいままさに花開こうとしてたってのに……」

「祖国の未来と民族の統一に奉仕する機会じゃなくて？」

ロングが唇の片端を上げて言った。

「ああもう、そんなたわごとはたくさんです！　この頃の南の若者はね、『こんなことなら、いっそ北と戦争すべきだった』なんてことを公然と口にします。インターネット掲示板みたいなところでね、『戦場でなら、前にいる敵とだけ戦えばいいけど、平和維持軍に入ったら、四方に隠れている敵を相手にしなけりゃならない』とかね。戦争をしていたら、殲滅戦になったに決まってる。北を完全に焼き尽くして、一から再スタートしたほうがよかったと思いませんか？　武力統一をしようが、でなけりゃ南にとって望ましい傀儡政府を立てようが、いまよりは悪くなかったはずです。統一過渡政府みたいな役立たずな政府ができることもなかったし、腐敗した官僚も出てこなかったろうし、麻薬組織だってすっかり掃討できたでしょうよ、きっと。北と中国との国境地帯の薬物工場がなくならない限り、組織もなくなりませんよ。その工場がなくならないのは、統一過渡政府のせい。南米の麻薬カルテルとその国の政府の関係と似たようなものなんだから」

「全面戦争が起こっていたら、南側の被害もかなりのものになったんじゃないでしょうか？」

「そんなことはないでしょう。北の軍隊なんか、まともに動く装備もほとんどないし、軍人だって烏合の衆だったんですから。死傷者はほとんど北から出たことでしょうよ。非対称戦争だの何だの言いますけど、北は実際に核兵器や化学兵器を使うことはできなかったはずです」

「ふうん、つまり戦争が起こらなかったから、南の人たちが北で平和維持軍として活動する羽目になって、そこで何人かずつ死んでいく。それはいけなくて、戦争が起きて北の人が数千数万いっぺんに命を落とすのは構わないと？」

　ロングが皮肉っぽく言うのをミンジュンはスルーした。

「大尉はこの頃の南の若い男たちがどんなふうなのか、ご存じないでしょう。北に来てもね、顔に傷が残るんじゃないかって心配したり、お肌が日焼けしちゃうって日焼けどめを念入りに塗ったり……。ああ、はいはい、わかりましたよ、もう正直に言っちゃいますよ。僕らとしてはね、南の人間と北の人間の命の値段が同じだなんて、もう考えられないんです！」

そう言いきったミンジュンは、ロングの視線を避けながらカップに残っていたウィスキーを一気に飲み干した。酒の味が急に苦くなった気がする。かなりの間をおいて、ロングが口を開いた。

「韓国人がそんなふうに、つまり統一は絶対になしとげられるべきって強迫観念にとらわれている理由がわかりません。マレーシアは、華僑が多いシンガポールをむりやり切り離しました。シンガポール州をマレーシア連邦から追い出したんです。一九六五年のことです。シンガポールにとっては望まぬ独立だったし、だいたい分離したときだって、シンガポールのほうがマレーシアより経済力があったんですよ。でもね、そうやって離れた結果は、マレーシアにとってもシンガポールにとってもプラスと出ました。一つの国のままでいたら、人口のほとんどを占めるマレー系はシンガポールの華僑の資本に頼りっきりのまま、中産階級になれるなんて思ってもみずに生きていったことでしょう。マレー系と華僑の間の摩擦もいまよりずっと大きかったことでしょうし。二つの国に分かれたからこそ、シンガポールはシンガポールで団結して先進国になり、マレーシアもシンガポールに頼ることなく自力で成長し、いまや先進国入りを目前にしています」

「韓国も北と分かれなきゃいけないってことでしょうか？」

ミンジュンが沈んだ声で言う。

「南の統一論者たちが、統一の長所について語っているのを何度か新聞で読みました。私としては、納得できませんでしたね。とくに南と北が一つになれば、内需が拡大し、北の安価な賃金のために南の企業が利益を得られるっていう話。それは、資本力のある南が、北の人たちを労働者としても消費者としても利用してやろうってことでしょう。北の人たちがそんなに我慢強いですかね？　マレーシアの人たちよりもっと？　それに、北にあれやこれやとインフラ投資をすれば、何十年か後に莫大な経済的成果をあげられるだろうって話も、うーん、さあ、どうでしょうね。別の分野、例えば基礎科学にそれだけの大規模投資をしても、莫大な経済効果はもたらされるはずです。どちらのほうが高収益になるかなんて、わからない。そのうえ、誰が手にすることになるかわからない何十年もあとの利益なんて、ほとんどの一般人にとって意味がないものです。そんな事業に投資しろと言われたら、私だったらまっぴらごめんですね」

ロングは断言した。

ミンジュンはしばし、言葉もなかった。

＊

チャン・リチョルはゆっくりと身を起こした。目を開けて体をまっすぐに起こし、布団をよける彼の姿には、当惑した様子も無駄な動きもなかった。物音もまったく立てない。

リチョルはしばらくの間、ドアの脇に立って外の物音に耳を傾けていた。そしてある瞬間、ぱっとドアを開けて外へ飛び出した。そんなリチョルの奇襲に、板の間にいたウン・ミョンファは肝を潰し、危うく腰を抜かすところだった。あんまり動転して悲鳴をあげることすらできなかったようだ。

「父の様子を……見に……。さっき、父にきついこと言っちゃって、だから……」

ミョンファがつかえつかえ言う。父親に謝ろうとここまで来たはいいが、いざ部屋に入る段になって迷っていたところだったのだ。板の間の天井から下がっている電球が揺れる。それにつれ、ミヨンファの影も大きく揺らいでいる。状況を把握したリチョルは、うなずいて自分の部屋に戻ろうとした。そこへ、ミョンファが声をかけた。

「あの、もしかしてタバコ、持ってます？」

北の成人男性の喫煙率はほぼ百パーセントといっても過言ではない。当然ながら、リチョルもタバコを持っていた。リチョルとミョンファは連れ立ってビニールハウスを出た。間に適度に距離を取って並び、二人はタバコを口にくわえる。ミョンファは手際よく火をつけたが、煙を吸い込む様子はどことなくぎこちなかった。

空気は湿り、空は三分の一ほど雲に覆われている。午後には雨が降るだろうとリチョルは予測した。少しすると目が闇に慣れてきて、雲に覆われていない部分の夜空に星がちりばめられているのが見えた。リチョルは時間と方角を把握するのに役立つ星々と星座を無意識のうちに探していた。昔からの習慣だった。

「夢を見て……」

ミョンファが言った。

「生活総和*でもしてる夢ですか？」

生活総和。北の住人が見る悪夢の第一号だ。金王朝時代、学校や職場、地域などの組織単位で一週間か十日に一度やらされていた集会で、一人ずつ立ち上がり、「指導者がご教示された唯一思想十大原則*」を守れなかったと自己批判をし、他人の過ちを告発し、友人や同僚が自分を告発するのを聞くというものだった。統一過渡政府が発足して何が一番良かったかという問いに、北の住民の多くが生活総和の廃止を挙げていた。暮らし向きが良くなったかどうかはともかくも、総和がなくなっただけでも枕を高くして寝られると。

「いえ。南朝鮮（ナムチョソン）にいたときのことが夢に出てきたんです」

ミョンファがそう言うと、リチョルは催促することもなく、ミョンファが話を続けるのを待った。そんなふうに話をすることが、女たちのストレス解消法だということぐらいはリチョルも知っている。タバコを吸い終わり、もみ消した後で、ミョンファはようやく口を開いた。

「北朝鮮（プッチョソン）の大学生が南朝鮮に留学するには二種類の方法があります。一つは交換学生、もう一つは複数学位っていう制度。どっちも人気だったけど、競争が激しかったのは複数学位のほうでした。四年生のときに複数学位で留学すれば、北朝鮮と南朝鮮、どちらの大学の卒業証書ももらえるから。それに、卒業前に南朝鮮で就職を決められれば、滞在許可も得られるし。私は複数学位で南朝鮮に留学しました」

「南朝鮮で就職しようと思ったんですか？」

「みんなそうですよ。北朝鮮の大学生の夢。女子学生はとくにね。就職に関する細かい情報があれこれあるんですけど、ほとんど丸暗記してました。サービス業種でアルバイトの経験を積むべき、とかね。共和国（コンファグク）の学生が南朝鮮の会社の面接を受けに行くと、必ずされる質問があるっていうんです。『北出身者はサービスマインドに欠けていて、客と摩擦を起こすことが多いというが、どう思うか』って」

「ああ……、そういうときはどうしろと？」

「こんなふうに答えればいいって。『私もそういう指摘に深く共感します。それで私はサービスマインドを育（はぐく）もうと、各種サービス業のアルバイトをしました。とくに結婚式場の補助アルバイトのことが記憶に残っています。結婚式は、新郎新婦にとって一生に一度のことで、両家の慶事であるだけに、補助スタッフの責任はこのうえなく重大だと感じました。私が働いていた結婚式場は、江（カン）

南（ナム）の高級ウェディングハウスで、一つの結婚式に千人以上の招待客が訪れたものでした……』」

ミョンファはそこで言葉を切り、ククッと短く笑った。

「結婚式の補助の仕事をしたんですか？」

「ええ。三か月くらい。ほかにも、それこそあらゆるアルバイトをしましたけどね。統一学舎っていって、北からの留学生が入れる寄宿舎があったので、基本的な生活は心配しなくてよかった。でも、残りの費用はとにかく自分でどうにかしなきゃならなくて。何も知らなかったんですよね、私。地下鉄からバスにどうやって乗り換えるのか、交通カード〔公共交通機関にワンタッチで乗り降りできるチャージ形式のICカード〕をどうやって使うのかもわからなくて、一か月間、バス停いくつか分を歩いて通ったりして」

交通カードとは何なのか、リチョルも知らなかったが、ただうなずいておくに留めた。

「結婚式場で働いていたときは、態度の悪いお客に一日に一、二回は必ず当たりました。南朝鮮の人たちは〝クレーマー〟とか呼んでましたね。とにかくたくさんの人が来るからか、感じの悪い人はお金持ちのほうに多いからなのか、……それはわかりませんでしたけど。連れが来るからって席をいくつも取って、絶対に譲ろうとしないとか、ビュッフェなのに、これこれこういう料理はないのかって、わざわざつくらせたり。そんなクレーマーが来ると、いつも私がそのテーブルに回されました。厄介な客は北の人のほうがうまくさばけるんじゃないか。だって、北の人のほうが弁も立つし、自己主張もはっきりしてるからって。私は、それもサービス技術を学ぶチャンスだと思ったし、同僚の役に立てるのが嬉しかったので、いつも喜んで引き受けてました。でもね、実は私、陰で〝クレーマー処理係〟とか呼ばれて、笑われてたんですよ、同僚の子たちにね。それで、クラブに行くとか、男の子たちと会うときなんかは、私には絶対声をかけないの。後になってわかったことですけど」

リチョルは地面に唾を吐き、二本目のタバコをくわえた。が、火はつけなかった。

「南の人たちは、目の前にいる従業員が南朝鮮の人か北朝鮮の人かによって、露骨に態度を変えます。南の発音や抑揚、頑張って練習したんですけどね。単語によってはどことなく違って聞こえるみたいで。言葉の使い方が少し違ったのかも。文句を言う人もいましたよ。ここは高級結婚式場だろう、なのになぜ脱北者を雇ってるんだって。脱北者じゃなくて留学生だって言っても通じません。どっちだって似たようなものだろう、外国人労働者には変わりないじゃないかって。水をひっかけられたこともあります」

「そういうことが夢に出てきたんですか?」

「いえ。今日の夢はね、とってもいい夢でした。美しい夢」

そう言うミョンファの頬を突如、涙が伝い始める。けれど彼女は、何ごともないかのように背筋を伸ばして立っていた。涙を拭おうともせず、泣き声も立てず、体を震わせもせず。そうして毅然としていれば、いま流している涙がなかったことになるとでも思っているかのように。

「付き合ってる人が夢に出てきたんです。南朝鮮の人。生まれも育ちも。就職が決まらなくて北朝鮮に戻ることになったとき、彼は言ってくれました。待ってるって。電話やメッセンジャーで連絡を取り合おうって。でも、連絡がないんですよね。もうひと月以上……」

ミョンファは涙を拭った。

「留学期間が終わりに近づいた頃、就職ブローカーを訪ねました。南朝鮮にはあるんですよね、そういう偽装就職会社が。北朝鮮出身の人たちがやってるんですけど。一千万ウォン出せば、正社員として採用されたことにしてくれて、在職証明書を発行して滞在許可も得られるようにしてくれるんですって。そのときになって知りました。そういう形で南朝鮮の滞在許可を取る人って、けっこう多かったんですよね。そんなの当然じゃないか、一千万ウォンなら安いものだろうって、みんな……。北の人を雇うと政府から助成金が出るんですけど、そのいくばくかのお金を狙って北の人間を雇う会社なんてあるはずないって。南朝鮮の若者だって失業者だらけのこのご時世に……。まずはお金を借りて偽装就職して、滞在許可を取ってから、アルバイトして借りたお金を返せばいいんだって。それで父に頼みました。お金をつくってほしいって。でも、一言のもとに拒絶されました。法を破っちゃいけないって。それで、南朝鮮で必死にアルバイトしてお金を貯めたけど、一千万ウォンなんてとても……。それでまた共和国に戻ってくるほかなかったんです。みんな私のことバカだって、どうかしてるって……。でも、どうしようもなかった」

ミョンファの声に湿り気は感じられなかった。

「どうしてその南朝鮮の男の人にご自分から連絡しないんです?」

シンプルな思考回路を持つリチョルが訊いた。

「男女関係については何にも知らないんですね。チャンさんって何かの機械みたい。戦闘機械」

チャン・リチョルは言い返せずに口ごもる。ミョンファが訊いた。

「今日、人を殺しましたよね。それについて、良心の呵責みたいなものは感じないんですか?」

「私が先に手を下さなかったら、こちらが殺(や)られていたはずです」

リチョルはやや面食らった表情で答えた。

ミョンファは反応しなかった。リチョルのほうを見ることも、うなずいたりすることも、何も。

彼女は結局、父親の部屋には入らず、真ん中のビニールハウスに戻っていった。リチョルも寝床に戻り、眠りについた。

今度は彼のほうが夢を見た。山道を走っているときに突き出ている石につまずいて坂道を転がり落ちる、よく見る悪夢だ。顔に傷を負い、脚の骨を折ったリチョルは突然、子どもに戻ってしまう。すると、幼いリチョルの前に母親が現れるのだった。リチョルは実の母親の顔も覚えていない。彼を抱いてくれる夢の中の母親は、これまでいつも人民俳優❖のチョ・チョンミ*だった。それが今日の夢では、パク・ウヒの顔をしていた。

❖人民俳優……功績のあった俳優に対し、国が授与する最高の栄誉称号。

第Ⅲ部

1

真ん中のビニールハウスの前に食卓がしつらえられた。パク・ウヒとムン・グモクがカセットコンロで朝食を準備している。彼女らは、ほかの者には手伝わせようとしなかった。料理は厳然たる技術であり、その保持者がすべきだと言って。

「材料がなくて、こんなものしかつくれませんでした。長豊（チャンプン）バーガー本店の味とまではいかないですが、それでもまずくはないと思いますよ」

パク・ウヒが、湯気の立つ皿をテーブルに置きながら言った。大きな皿には焼いたパンと炒めた玉ねぎ、炒り卵が盛られていた。香ばしいにおいが漂い、急激に食欲を刺激してくる。パク・ウヒは同じものが載った皿を人数分用意していた。

「おかわりしたければ、言ってくださいね。追われてる立場だからこそ、しっかり食べておかないとね」

夜中にチャン・リチョルと別れてからもよく眠れなかったのか、ウン・ミョンファは目の下に隈（くま）をつくっていた。ミョンファと彼女の父親は、相変わらず目を合わそうとしない。ミョンファは、リチョルとはぎこちなく目顔で挨拶を交わした。

リチョルは皿を自分の前に引き寄せ、一気に平らげた。コーヒーも砂糖をたっぷり入れてごくごくと飲む。食べ物もコーヒーもどちらも温かくおいしかった。

「ゆっくり召し上がれ。舌をやけどしますよ」

ムン・グモクが言う。

「熱い飲み物のおかげで腹が落ち着いた気がします」

リチョルは純朴な笑みを浮かべていた。道に迷った子どもか動物みたい……。そんな彼を見て、パク・ウヒはふと思った。

「人が聞いたら、コーヒーじゃなくてヘジャンクク〔酔いざましに効くスープ〕を食べたのかと思いそうですね。そんなにおいしいんなら、土鍋にいっぱいいかが？」

パク・ウヒの冗談にリチョルも笑った。ムン・グモクは「たかだかインスタントコーヒーですけどね」とはにかんだ。インスタントのどこが悪いのかリチョルにはわからなかったが、ほかの人たちにあわせてうなずいておく。

「インスタントだって、淹（い）れる人によって味がまったく変わってくるのよ」

パク・ウヒがそう言って、ムン・グモクの肩を軽く叩いた。

「平壌（ピョンヤン）に自由に出入りできるようになったときにね、友達と一緒に遊びに行ったんです。海棠花館（ヘダンファ）❖の六階に有名なコーヒーショップがあるんですけど、そこでハンドドリップコーヒーっていうものを初めて飲んで、もう虜（とりこ）になっちゃって。いつかこんなコーヒーのお店を出したいなって思った

❖海棠花館（ヘダンファ）……平壌にある有名なショッピングセンター。

んです。いまも夢はそれ」

　ムン・グモクが言った。

「そのコーヒーショップを開く夢、叶えられるでしょ、充分」

　ミョンファが不意に割り込んだ。

「え？」

「そんな夢があるんなら、もっと遠くに逃げましょうよ。ここはチェ・テリョンがいるところから近すぎるし、長くはいられませんよ。何日かはいられるでしょうけど、隠れてるのが一週間とか一か月になったら？　食料も買い、お金も稼がないといけないでしょ？　そのためにはまた長豊郡に戻るか、開城(ケソン)に行くしかないんじゃないかしら」

　ムン・グモクは箸を置いて、ミョンファとパク・ウヒを代わる代わる見る。リチョルはそんなムン・グモクをじっと見ていた。ミョンファがまた口を開く。

「夕べ、ずうっと考えてたんです。で、あの……ウヒさん、グモクさん、一緒に平壌に行きませんか。元山(ウォンサン)や咸興(ハムン)でもいいし、羅先(ラソン)直轄市も経済がよく回ってるっていいますし。そういう都市でハンバーガーのお店を出して、コーヒーショップも開きましょうよ。長豊バーガーのメニューって、すごく個性的じゃない。たまに食べに来た外国の人たちだって、変わってるけどおいしいって親指立ててくれたでしょ。平壌や咸興でもきっと受けますよ」

　ムン・グモクが訊いた。

「チェ・テリョンはどうするの」

「忘れようなんて、言う気はないんです。でも、時機を待つほうがいいんじゃないかって。ごめんなさい、こんなこと言って。お二人の心の傷がどんなに深いか、私には想像もつかないぐらいなのに。でも、まず私たちが生計を立てられるようになって、力をつけてから戻ってくるわけにはいきませんか？　復讐って、人生の最終目標にはなり得ないって思うんです。どんなことが起きたのか調べるのも同じです。幸せに、豊かに暮らせるようになるための、いわば一つの段階です。違いますか？」

ああ、私ったら、とんでもないトラブルメーカーの厄介者だ……。ミョンファは思った。下衆所長を殺すのを止めて、パク・ウヒ、ムン・グモク、そして父親まであたふたと夜逃げさせたのは、ほかならぬ自分だ。そのくせして、今度はいっそ長豊郡を出ようなどと言っている。チェ・テリョンへの復讐をそんなに急ぐ必要はないだろうなんて言って。自分なぞ、何者でもないのに、偉そうに……。

そう思う一方で、ミョンファには確信があった。自分の主張が単なる合理化の産物ではないという確信が。彼女は鋭敏な頭脳と悲観的な知性の持ち主だ。そのペシミスティックな能力を駆使し、彼女は他人に対して、また自分に対して無慈悲なまでの判断を下した。彼女を含む五人はいま、このうえなく危うい岐路に立っている。でも、それは実利的に、または倫理的に、正しい選択をする機会がまだ残っているということだ。

有利か不利か、正しいのか間違っているのか。そういったことについて、パク・ウヒ、ムン・グモク、チャン・リチョルの三人は、まったく考えていない。少なくともミョンファの目にはそう見える。彼らはひたすら個人的な恩讐の感情に従って行動している。もちろんミョンファとて、はじめはそうだった。パク・ウヒとチャン・リチョルに手を貸すことにしたのは、恩返しがしたいという思いからだった。暴力を行使するといっても、悪党どもを何発か殴ったり脅したりするくらいの非公式捜査レベルだとばかり思っていた。しかしそれは、処刑まで含む行為に一気にレベルアップした。なのに、パク・ウヒもムン・グモクもまったく抵抗感を抱いてはいないようなのだ。

徐々に深さを増しつつ広がっていく血だまり。彼女はそこから抜け出したくなったのだ。できるなら、パク・ウヒとムン・グモクも連れて。

「あたしたちが力をつけてる間に、チェ・テリョンのほうだって、もっと勢力が増すかもしれないでしょ。時機を待ってるうちに、あたしたちなんかが手を出せるような相手じゃなくなっちゃったらどうするの」

ムン・グモクが言った。

「私はただ、すべてがドロドロに崩れていきつつあるような気がして……。私はその泥沼にはまりたくないし、ウヒさん、グモクさんにもはまらせたくないんです。夕べ、私たちのために人が三人死にました。みんな、誰かの息子です。もしかすると、夫でもあったかもしれない。人力事務所長も頭を銃で撃たれるところだった。それを私が止めたんです。いま私たちがここにいるのはそのせい。ごめんなさい。でも、いま思い返してみても、あの悪党を殺すんだったら、いっそ私が逃げるほうがいいとしか思えないんです。私たちに彼らを全部倒せる力があるんだったらともかく……。認めるのは辛いけど、それが真実です」

ミョンファが言った。彼女はいまやムン・グモクには目を向けず、パク・ウヒだけを見つめていた。パク・ウヒが口を開く。

「最初にペク・コグマが長豊郡でピンドゥを売り始めたとき、そのときペク・コグマ一味はたかだか五、六人だった。ペク・コグマとその息子、甥っ子たち。それで全部。あの頃、誰かが率先して声をあげ、ピンドゥ販売に反対する組織をつくっていたらどうなってたろうって思うわ。そうしてたら、ペク・コグマ組織はあんなにも巨大になれなかったろうし、チェ・テリョン一味も現れなかったことでしょう。私の息子やグモクの旦那も犠牲になることはなかった。でも、あのときは、誰もそうしようとしなかった。そしてそのツケが、結局こうして回ってきたの。ミョンファ、昨日死んだ人たちも、決して無辜の民ではなかった。彼らは自分の選択の対価を支払ったのよ」

「でも、チェ・テリョンの部下だからって、無条件で死刑宣告を受けるべきなんでしょうか。ウヒさんの息子さんもチェ・テリョンの部下だったじゃないですか」

ミョンファが反駁した。

「ちょっとミョンファ、何てこと言うの？　平壌から身ひとつで追われるように長豊に来たあなたたち親子を、誰が助けてくれたの？　誰のおかげでこんなに立派な大人になれたと思うのよ？」

ムン・グモクが立ち上がって叫んだ。ミョンファは黙ってうつむいていた。

「申し訳ありません」

それまで口を一切開かなかったミョンファの父親が、ぽつりと言った。老紳士は、ほかに言うべき言葉を探せずにいるようだった。ミョンファを睨みつけていたムン・グモクがうろたえる。そんなムン・グモクを元どおり座らせながら、パク・ウヒは言った。

「私たちはみんな、生まれてはいけない国に生まれてしまったんだっていう気がする。これまでは漠然と、それでも我慢して生きていかなきゃ、頑張らなきゃ、と思ってたわ。でもねミョンファ、私はもう限界。こんな思いをしながら生きられないの、もう。私はね、息子がどんなふうに死んだのか、何としてでもその真相が知りたい。そして息子を殺した連中に罰を与えたい。ミョンファ、さっきあなたの言ったこと、止めはしないわ。ただ、最後にお願いを一つだけさせてくれる？　時間がないの。それだけ引き受けてくれればいい。そしたらあなたは、お父様と長豊郡を出ていく。そうしてもらえないかしら」

ミョンファはしばらく黙っていたが、やがて注意深く尋ねた。

「お願いっていうのは？」

＊

「やいこのアマ、黙ってんじゃねえよ。長豊バーガーのアマどもはどこに行った？」

チェ・テリョンの長男は、女の頬を張り飛ばした。長豊バーガー脇の路地に箱飯屋の店を出している女だ。夫のほうは床に倒れて気を失っている。血の気の多いチェ・テリョンの長男に、ついさっき頭を壁に叩きつけられたのだ。彼は力の加減の仕方がまだわかっていなかった。気を失った男にとっては、それがむしろ幸運だったとも言える。

チェ・テリョンの長男の背後にはケ・ヨンムクが立っていた。教師兼監視役というところか。箱飯屋のドアの両脇にはチェ・テリョンの部下が二人、外を向いて立っていた。その見張り番どもの体格がいくらよかったとはいえ、中のありさまは外からもよく見えた。

市庭(いちば)の商人たちは、少し離れたところからその光景を見守っていた。チェ・テリョンの上の息子が自ら汚れ役を引き受けていることに人々は驚いた。ふつうは部下がやることなのに……。それが、チェ・テリョンの長男とケ・ヨンムクの狙いだった。チェ・テリョンがいま、完全に頭にきているという合図を送るための。

「知りません。本当に知らないんです！　自分がどこへ逃げるって言い置いて逃げるマヌケがどこにいます？　私はね、あの人たちが夜逃げしたことだって、いま聞いたばっかりなんですよ！」

箱飯屋の女が泣きながら訴える。チェ・テリョンの長男は返す言葉が見つからなかったのか、しばし迷い、結局、女の顔をもう一度殴りつけた。

「やいこのアマ、嘘はもうたくさんだ。長豊バーガーのアマどもと一番親しいのはおめえだろうが。このあたりじゃ知らねえもんはねえっていうじゃないか。もう一度訊く。長豊バーガーのアマどもはどこだ？」

ケ・ヨンムクはチェ・テリョンの長男を好きにさせておいた。ケ・ヨンムクが見るに、彼は内心びびっている。自分が暴力を振るっているという事実に、またその暴力がどんな状況を招くかわからないことに、おびえている。それで、振る舞いがやたらと無秩序になっているのだ。チェ・テリョンの長男は、相反する二つの不安に揺れている。自分の暴力によってよもや女が死んだらどうしよう。その一方で、女に粘り強く抵抗されている自分を見て、後ろにいる父親の部下どもが腹の中でせせら笑っているんじゃないか、と。

とはいえ、加減の仕方をいちいち教えてやることもできない。暴力で人をひざまずかせるすべを身につけることは、水泳の仕方や自転車の乗り方を覚えるのと似ている。自分で実際にやってみながら、それなりの感覚を体得してゆくしかないのだ。チェ・テリョンもチェ・テリョンの長男も、そのことを知っていた。

「知らないんですってば！　知らないことは、殺されたって言えませんよ！　なのに、このまま永遠に殴り続けるつもりですか？　殴られてれば、知らないことがわかるようになるっていうんですか？」

殴打を浴び続けている女の声が鋭さを増す。暴力が逆効果を生んでいた。

❖箱飯屋……弁当屋。

「何だと、このクソアマが……」

「ショバ代払って、上前ハネられて、そのうえ何でこんな目に遭わなきゃならないのさ？　あんたたちがあたしらに何かしてくれたことでもあるのかい？　ないだろ？　そのくせして、何の罪もない人間の店で暴れて！　この店出すのにいくらかかったと思ってるんだい？　はん、あんたなんかにゃわかるわけがないさね、このクソ野郎が！」

チェ・テリョンの長男のほうもカッとしたようだ。まず拳で女の顔を殴り、仰向けに倒れたところを足蹴にするつもりで駆け寄ろうとする。そこでケ・ヨンムクが止めた。チェ・テリョンの長男の両脇に背後から素早く腕を差し入れ、ささやく。

「人が死んだらそれはそれで困ったことになります。本当に知らないみたいですから、ここはこのあたりで引き揚げましょう」

ケ・ヨンムクにいわば羽交い締めにされた形のチェ・テリョンの長男は、その腕を振り払おうと荒々しくもがいたが、まったく通じない。機を見計らってケ・ヨンムクがすっと腕を下ろすと、若者の膝はそのとたんにがくんと折れた。まるで強力なプレス機に挟まっていたようだった。彼の煮えたぎっていた血は、一気に冷めた。目の下が拳ほどに膨れ上がった女が上半身を起こし、助けを呼んでわめき始める。

人間というのは、それほど悪い存在として生まれてくるわけではないというのがケ・ヨンムクの考えだった。誰しも初めて人に暴力を振るうときにはためらうものだ。自分が暴力を振るった相手と初めて目を合わせたとき、ほとんどの加害者はおののく。

かといって、そんなに善なる存在として生まれてくるわけでもない。よって、その心理的な抵抗線を越えるのはさほど難しいことではない。何度か経験すれば、幼い子どもでも慣れる。ある瞬間からは、自分が殴りつけている相手と目が合ったときに生じる苛立ちを、さらなる暴力で解消しようとするようになる。そんなふうにして、十一歳の子どもが十歳の子どもをいたぶったあげく、死に至らしめることだってあるのだ。

一線を越えるのが難しいのではなく、越えてから適切な地点で止まるのが難しいのだ。チェ・テリョンの長男を解放したケ・ヨンムクは、床に倒れたままでわめき続けている女に歩み寄った。ケ・ヨンムクを見た女は、何やら得体の知れぬ冷気を感じて鳥肌を立てたが、これといってなすすべもないのでそのまま大声で叫び続けた。

ケ・ヨンムクが手を伸ばし、女の喉首をつかむ。わめき声がぴたりとやんだ。ケ・ヨンムクは手に力を込めた。女の顔が赤黒く染まってゆく。前夜にチャン・リチョルが人力事務所長に使った例の拷問技術とよく似ていた。箱飯屋の女が顔を汗ぐっしょりにして手足をばたつかせても、ケ・ヨンムクは力を抜こうとしない。チェ・テリョンの長男が、目を丸くしてケ・ヨンムクを見つめている。

女が気を失う直前、ケ・ヨンムクは人さし指と中指の力だけわずかに緩めた。女は口から白い泡を吹いている。

「長豊バーガーの女たちと親しかった者には誰がいる?」

ケ・ヨンムクが柔らかな声で尋ねた。彼が手を放すと女は激しく息を喘(あえ)がせ、よだれを小さなコップ一杯分くらい床に垂れ流した。ケ・ヨンムクの手がふたたび動き、女の喉に向かう。箱飯屋の女は人とは思えない動きで飛びすさり、いくつかの名前を続けざまに挙げた。ケ・ヨンムクがすでに知っている名もあったが、知らないものもあった。ケ・ヨンムクは手帳を取り出し、その名前を書き加える。

「今日のところはここまでにしておく。店の中を滅茶苦茶にして悪かった。今日一日、商売できなくしたのもな。修理代は午後に送る。それから今月と来月のショバ代は払わなくていい。その代わり、長豊バーガーの女たちについて、少しでも新しい情報が入ったらここに連絡するんだ。わかったな?」

ケ・ヨンムクは手帳を一枚破り、電話番号を記して女に差し出した。女はぺこぺこ頭を下げて紙を受け取る。

「万一、長豊バーガーの女たちのことで隠し事をしていることがわかったら、また来るからな。どんなちっぽけなことでもだぞ。そのときは、こんなもので済むとは思うなよ。お前ら二人とも、生きたまま焼き殺してやる」

立ち上がろうとしたケ・ヨンムクを箱飯屋の女が呼び止めた。

「ま、待ってください。言い忘れたことがあります」

女はいくつかの名前を口にし、その名はケ・ヨンムクの手帳に書き留められた。

*

ウン・ミョンファは食卓を見下ろして、平壌を出る前に経験したことを思い起こしていた。

金王朝が崩壊した後のことだ。ある夜、暴徒たちが平壌に押し寄せてきた。「正義」と「民族」という言葉が入った何とかいう団体の発足式を済ませ、酒に酔った若者たちだった。彼らは棒切れや棍棒を手に街を歩き回り、家と見るや、漏れなくドアを叩いた。金王朝の手下を捜し出すのだと言って。人民保安員たちは、恐れをなして姿を隠していた。

リビングに掲げた金父子の肖像画を外していないという理由で、ある一家が広場に引きずり出された。酒に酔った若者たちは、真夜中の広場で夫婦に自己批判をさせた。妻のほうはおびえて口もきけない。憤った暴徒の一人が棒切れで彼女の腹を突いて威嚇した。妻をかばって前に出た夫が、反射的に棒切れをつかむ。十歳ぐらいの息子も同じように棒をつかみ、二人一緒に引っ張った。結果、女の腹を突いていた男の手から、棒切れを奪い取る格好になってしまった。

　そのとたん、人々が駆け寄り、二人に殴る蹴るの暴行を加え始めた。

「革命家の家族だの何だのと、何代にもわたって贅沢三昧した報いだ！」

　興奮した人々は、地面に倒れ伏してピクリともしない父親と息子、そして狂ったように泣き叫んでいる母親に向かって叫んだ。

　その日の晩、ミョンファは父親と連れ立って平壌を出た。彼らは開城（ケソン）の外れへと向かった。朝鮮（チョソン）全土の路上生活者が大挙して開城に向かっていた時期だった。ミョンファの父親は、熾烈な賃金労働市場で仕事にありつく要領をつかめずにおり、手持ちの金は、ドルに両替するときに詐欺に遭って半分以下に減ってしまっていた。

　その年の冬を風がびゅうびゅう入ってくるちっぽけな小部屋で過ごした二人は手足ともに凍傷にかかり、足の爪などは全部剥がれてしまった。そんなウン・ミョンファ父娘を見かねて、粗末な部屋とはいえ家賃も取らずに貸してくれたのがパク・ウヒ母子だった。一緒に歴史の試験勉強をしていたからというだけの、何の対価も求めない、純粋な同情心からの行為だった。まだパク・ウヒが長豊バーガーを開く前のことで、ウン・ミョンファが高級中学に入る頃のことだった。

　ムン・グモクが正しい。パク・ウヒ母子がいなかったら、ミョンファはその冬を越せなかったろう。そのうえ、それからも何度もパク・ウヒの手を借りている。彼女が無事に高級中学を卒業し、大学に入って南朝鮮（ナムチョソン）に留学するときまで。

でも、いまのパク・ウヒの姿は、平壌で家族を痛めつけていた暴徒と時にダブって見えてしまうのだ。

「お願いって、何ですか？」

ミョンファがパク・ウヒに尋ねた。

「あなた、軍務員のファン・ドンオと結婚した子と親しいって言ってなかった？　親友だって聞いた覚えがあるけど」

「ええ、大学に入る前までですけど。あの子、大学に行かなかったので……」

「ファン・ドンオがその子のことを何年も追っかけ回した末に結婚したのよね？」

「ええ。美人なので、彼女……」

ファン・ドンオの妻は、学生の頃からアプローチしてくる男があとを絶たなかった。彼女がもう少し意志が強いか、または野心家だったなら、長豊郡などでくすぶってはいなかったろう。平壌や南朝鮮でその美貌を思う存分生かしたに違いない。でも残念なことに、彼女はそうするのに必要な頭脳を生まれ持っていなかった。それで、長豊から出ることもなく一介の軍務員とさっさと結婚してしまったのだ。

「チェ・テリョンが買収したのはね、希望部隊の工兵隊長じゃなくて憲兵隊長だったの。でも、その橋渡しはファン・ドンオがしたみたいなのよ。夕べ、団体チャットルームで調べてみて、大まかな事情はわかったわ。で、お願いなんだけれど、ファン・ドンオの家に行って、その子に会ってみてくれない？　彼女も何年か前まではチャットルームのメンバーだったのに、いまじゃ連絡も途絶えちゃってるの。死んだ憲兵隊中領って人物とチェ・テリョンの関係について、訊いてみてもらえると嬉しいんだけど」

「わかりました。でも、あの、あんまり期待はしないでくださいね。それから、それが終わったら……」

ミョンファはパク・ウヒと父親を代わる代わる見た。

「わかってる」

パク・ウヒはうなずいて、チャン・リチョルに尋ねた。

「チャンさんはどうなさいます？　この後も私たちのことを手伝ってくれますか？」

「私はケ・ヨンムクとチョ・ヒスンに会わなきゃなりません。パクさんと動きます。ミョンファさんは、いまから長豊郡に入られるんでしょうか。ならば私が護衛します」

リチョルがそう答えると、ミョンファは思わず口を開いた。

「あなたっていったい何者？　何だってそんなにまでしてチェ・テリョンの部下に会いたがるんです？　何か怨恨でもあるんですか？　それともお金？」

「もうあんたとは関係ないことでしょ。この人はあたしたちと動くのよ」

ムン・グモクが尖った口調でばっさり切り捨てた。

「私は信川復讐隊一〇一特殊作戦部隊の、いわば脱走兵です。昨日殺したパク・ヒョンギルは同僚でした。ケ・ヨンムクとチョ・ヒスンも十中八九、私の知っている人間でしょう。私は信川復讐隊の最後の千里の行軍のときに落伍しました。落伍者は脱走兵として処理されるんです」

リチョルが言った。

*

彼らは、咸興（ハムン）貨物ターミナルで落ち合った。出口がいくつもあるうえに、待合室がとんでもなく混雑しているので、接触場所としてはおあつらえ向きだ。

朝鮮解放軍の中佐は、この季節に身に着けるにはやや厚めのジャンパーを着込んでいた。

彼が後にしてきた両江道（リャンガンド）のほうが咸興よりはるかに気温が低かったためでもあり、胸元に九ミリ口径の「白頭山（ペクトゥサン）拳銃」*を二丁隠し持つには分厚い服のほうが都合がよいためでもあった。場合によっては、敵はもちろん同業者や部下でもためらうことなく撃つように。総参謀長から直々に指示を受けている。

朝鮮解放軍の中佐は、夜半過ぎに民間人の車に乗せてもらって江界（カンゲ）市まで、そこからは貨物バスに乗って咸興貨物ターミナルに来た。時間はまだ余裕がある。周囲はひどく騒がしかった。彼はゆっくりと待ち合わせ場所の時計の下に歩いてゆき、新聞を読んでいるふりをした。

「何か面白い記事でも出てますか？　ずいぶん熱心ですね」

三十代前半に見える男が中佐に近づいてきて、声をかけた。

「面白いだと？　バカを言うな。労働党がなくなって久しいってのに、何だって『労働新聞』はなくならんのだ」

中佐が答える。

「朝鮮記者同盟の力でしょう。それでも『平壌新聞』と『青年前衛』はなくなったじゃないですか」

「面白さで言えば、『セナル新聞』が一番だったんだがな」

中佐が言う。そこまでが、彼らが決めていた合言葉だった。三十代の男がうなずき、ターミナルの建物から外へ出た。中佐は彼の後について駐車場へと向かう。

中古のソナタの傍らに立っていた男が軽く頭を下げて中佐を迎えた。

「ようこそ、中佐殿」

ターミナルで中佐を迎えた二人はどちらも階級が少佐だった。朝鮮解放軍における階級は、朝鮮人民軍での階級とはほとんど関連がなかったが、朝鮮解放軍にどれだけ早く合流したかとは若干の関係があった。とはいえ、現実として大した意味は持たない。今回の雪虎（スンホランイ）作戦上では、各自がどんな役割を請け負っているかを示す呼称ぐらいに考えればいいだろう。つまり中佐という階級ならタスクフォースチームのチーム長、という具合に。朝鮮人民軍から転役したときは上級兵士（兵長）だった少佐二人は、両江道には行ったことがない。咸興の中規模麻薬組織が朝鮮解放軍と合併するに伴い、少佐という階級を得たのだ。中佐はそのことを知っていたが、言及はしなかった。偉ぶったり機先を制するのに時間と労力を消耗する気はない。それほどに今回の作戦は重要なのだ。朝鮮解放軍の少佐二人も中佐の過去について根掘り葉掘り訊いたりしなかった。重要なのはただひとつ、裏切りの恐れがなく実戦経験も豊富な殺人のプロ同士がチームを組んだということだ。

彼らは車に乗り込むやいなや、すぐに本題に入った。

「長豊郡までは何時間ぐらいかかる？」

中佐の問いかけに少佐が答える。

「咸興市内は検問が多いので、迂回する必要があります。道が混むかもしれないですし、余裕をもって見積もって六時間ぐらいでしょうか」

「約束の時間はとりあえず十七時だが、少し遅れても構わん。落ち合う場所が食堂だからな。夕飯を食ってから十九時頃に作戦に入ることになるだろう。昼飯は途中で適当に済ませよう」

　中佐が言った。

「待ち合わせている食堂から作戦を実行する場所までは遠いんですか？」

「車で二十分ぐらいだ。車はおそらく乗り換えることになるだろう。チェ・テリョンが用意した車にな」

「この車のトランクに機関短銃が何丁かあるのですが……」

「それをチェ・テリョンも承知してるはずだから、乗り換えさせるだろうさ」

「ボディチェックはされるんでしょうか？」

「まさか、それはできなかろう。開城の奴ら〔開城繊維縫製協会〕も応じないだろうしな。チェ・テリョン一味が作戦の場所に武器を忍ばせている可能性は充分にある。それを名分に、俺たちはボディチェックを拒否できる。だから、拳銃の一丁や二丁は隠し持てるはずだ。ただ、弾倉は充分に用意しておいたほうがいい。ナイフも必ず持っていろ。二人とも、防弾チョッキは着けてるか？」

　中佐が前の席に向かって訊いた。

「はい」

　運転席と助手席で、少佐二人がうなずいた。助手席の男が尋ねた。

「作戦には全部で九人参加するんですよね？　私たち三人、チェ・テリョン一味から三人、それから開城の奴らが三人」

「そうだ。責任者一人、警護員一人、それから運搬係が一人。三人一組になって動く。お前たちのうち、素手での格闘が得意なのはどっちだ？」

「私のほうかと思います」

助手席の男が言った。

「なら、お前が運搬係だ。運搬係に限ってはボディチェックをされるかもしれんぞ」

「わかりました」

「長豊郡の奴ら〔チェ・テリョン組織〕はそんなに気にすることはないはずだ。でも、開城の奴らには充分注意するんだぞ」

両江道から来た殺人のプロが念を押す。

「わかりました」

咸興で合流した二人のプロが応じた。

＊

「チャンさんみたいな人が落伍するなんて……、いったいどんな訓練なんですか」

ムン・グモクが尋ねる。

「実に厳しいです。体重ぐらいある荷物を背負(しょ)って五日間、道もない山の中を休むことなく走り続けるんです。夜に睡眠をとることもしません。終わってみると、体重が毎回数キロは減ってましたね。それで、最後の千里の行軍のときは、動揺がとくに激しかったんです。金王朝が崩壊した直後、統一過渡政府が発足する直前のことでした。朝鮮人民軍も崩れ始めていて。ほとんどの部隊で脱走者が出ていました。信川復讐隊に限ってはいませんでしたが。何しろ軍紀が厳しく、みなプライドが高かったですから。部隊長からは、脱走者は裏切者だから即刻始末するようにという指示が出ていました。それでもみな不安がり、自分たちはこれからどうなるんだろうと、落ち着かない空気が漂っていました。もうすぐ米軍と南朝鮮軍が共和国（コンファグク）に進駐してくるだろう。米軍は真っ先に寧辺（ニョンビョン）の原子力研究所へ向かって核燃料を確保するだろうし、南朝鮮の特殊作戦部隊は我々信川復讐隊を皆殺しにするに違いない。……そんな噂が飛び交いました。そんななか、部隊からは定期訓練を行うと、千里の行軍を準備するようにと指示が出たのですから、隊員たちの不満は並大抵のものではありませんでした。それでもともかく行軍を始めました」

「で、何があったんです？」

「四日目に、足を挫（くじ）いたんです。足を踏み外して斜面を転げ落ちまして。目元のこの傷も、そのときにできたものです。夜間行軍の途中だったし、私が後尾にいたため、ほかの隊員は気づかなかったようです。遅れをとったまま、木の枝をギプス代わりにして部隊を追いかけました。一日分ほど遅れをとったかと思います。ところが、進んでいく道々に、同僚の死体が転がっているんです。背中にナイフが刺さっている者、首にロープを巻きつけられた者……。三人目を見つけたとき、追いかけるのをやめました。そして、その場で回れ右をして山を下りたんです」

「なぜです？」

ムン・グモクが訊いた。

「死んだ同僚たちは、みな精鋭だった。それが何の抵抗もできずに一瞬のうちに殺（や）られたようでした。ならば、敵も相当の実力者だということになります。私は一人でしたし、負傷もしていました。敵と出くわせばなすすべがない。それでは犬死にだと思いました。それで逃げたんです。できる限り痕跡を隠しながら」

「そうしたでしょうよ、誰だって」

パク・ウヒが相槌を打った。

「山を下りてからは体を休めながら足の治療を受けていたのですが、まともに歩けるようになったときには少し迷いました。朝鮮人民軍に戻ろうかと。でも、軍にいる隊員たちだって脱走しているようなありさまなのに、自分からまた隊に戻るのもどうかと思って。私にだって、その程度の頭はありますから。それからしばらくして、朝鮮人民軍の解体が発表されました。もはや戻るところはなくなってしまったというわけです」

「朝鮮人民軍が解体されたのって、もう何年も前のことでしょう？　その後はどうしてらしたんですか？」

パク・ウヒが尋ねた。

「名前を変えて、何年かは日雇い仕事をして食いつないでいました。鉄道の近代化工事をする現場が多かったですね。そうして線路に沿って、北から南に下ってきました。悪い生活ではありませんでしたが、満足のいく暮らしでもありませんでした。それが、ふとしたはずみに気になりだしたんです。信川復讐隊一〇一特殊作戦部隊でいったい何が起こったんだろう、誰が戦友たちを殺したんだろう、と。どういう者が狙われたのか、何人の命が失われたのかも知らなかったので。事のいきさつを突きとめよう。そう考えました。それが半年前のことです」

「本当にそれだけですか？」

「はじめは、南朝鮮の特殊作戦部隊がうちの部隊を襲撃してきたんだと思っていました。でも後で冷静になって考えてみると、それはあり得ない気がしてきたんです。南朝鮮の軍人が果たして、私たちがいる山を探り当て、またあんなに手際よく隊員を殺害できるものなのか。不可能だ。結局、私が下した結論は、裏切り者がいたのではないか、というものでした。何人かが謀(はか)って反乱を起こしたに違いないと。部隊に残っていたら危ないと判断した隊員たちが脱走を決意し、最終日に決行したんです。交戦の跡などはありませんでした。裏切者どもは、後ろから同僚を襲撃し、殺害しながら前へ前へと進んだんでしょう。私は落伍したものだから命拾いをしたというわけです、運よく。パク・ヒョンギルは死ぬ前に、その原因をつくったのが私だと言っていました。私を動揺させるための嘘だったのか、それとも私が知らない何らかの曰くがあったのか。それはわかりません。パク・ヒョンギルが裏切者の一人だったのかもしれませんし」

「仮に信川復讐隊で裏切りが発生したというのが事実だったとして、その裏切者たちを見つけ出してどうなさるおつもりです？　殺すんですか？」

パク・ウヒが尋ねた。

「はい」リチョルは一瞬の迷いもなく答えた。

リチョルは大型犬に似ている。パク・ウヒは思った。獰猛だけれど忠実な猟犬。主の命令とあらば、熊や虎のような猛獣にも飛びかかり、「すぐ戻るから待っていろ」と言われれば、何日でも、ついには飢え死にするまでその場で待ち続ける……。

「復讐を完全に終えたらどうするおつもりです？　何かやりたいことがあるんですか？」

純粋な好奇心から、パク・ウヒは訊いてみた。

「よくわかりません。先ほども申し上げたとおり、もう軍隊には戻れません。仮に戻れるとしても、いまはもうそんな気になれませんし。子どもの頃は食べ物を求めて放浪していて学校にもろくろく通えず、軍隊に入ってからは人を殴ったり殺したりする技術ばかりを学び。少しでも配給品や支給品の多い部隊に行こうと努めた結果、信川復讐隊に行き着いたんです。そこで学んだことは、人として好ましいことじゃなかった。いまはそう思います。軍隊を離れてからはあちこちの工事現場を放浪していましたが、いつまでもそうしていられるわけじゃありません。やりがいもないし、稼ぎもはかばかしくない。紹介費や作業靴の貸与代が高すぎて」

「商売はどうです？　それか、何か勉強とか習い事をするのは？」

ムン・グモクが言うと、リチョルはにわかに顔を赤らめ、少年のようなはにかんだ笑みを浮かべた。女たちが思わず目を見張る。

「長豊郡に来る前に、闘鶏会場に立ち寄ったんですが、そこで手風琴（アコーディオン）を演奏する楽師を見かけました。小銭の入った缶を持っていて、覗いてみたら意外と稼げているようでした。私は腕に力もありますし、肩も強いですから、習ったらうまく弾けるようになるんじゃないかと思いまして。はじめのうちはその楽師みたいに街頭などで弾いて小銭を稼ぐしかないでしょうが、実力をつけて、ゆくゆくは食堂みたいなところでも演奏させてもらえたらと。高級食堂では、稼ぎが一日に五十ドル、うまくすれば百ドルにもなると聞いたので」

「楽器のほうがいいですか？　銃よりも？」

パク・ウヒはほほ笑んでいた。

「はい」

触ってみたことがある楽器と言えば、ハーモニカがせいぜいだったが、それでも銃などより楽器のほうがよかった。自分は何が好きなんだろうか……、考えていてふと思いつき、つけ加えた。

「孤児院なんかでは、お金はもらわないで弾きます」

子ども好きでもあるし、彼もまた孤児院出身だったからだ。とはいえ彼は、そんな理由をあえて説明しようとはしなかった。リチョルは、自分がそんなふうにふと口にする言葉がしばしば相手を戸惑わせるということに気づいていなかった。でも長豊郡の二人の女は、吹き出したりあきれた表情を浮かべたりはしなかった。うなずきながら聞いていたムン・グモクがこう言っただけだった。

「いつか私がコーヒーのお店を開いたら、そこでも演奏してくださいね。ご連絡しますから」
「もちろんです」
リチョルは頭を下げた。

*

朝鮮チマチョゴリ〔北朝鮮式の女性の伝統衣装〕を着た若い女たちが、舞台の上で踊っていた。金王朝時代の万寿(マンス)台(デ)芸術団*風の音楽舞踊公演だ。北にやって来た南の企業家たちが興味を示す公演といえば、これぐらいのものだった。舞台の後ろには垂れ幕が掛かっており、何やら意味のはっきりしない文句が書かれている。「慶尚南道(キョンサンナムド)経済投資団 開城(ケソン)織維縫製協会招請懇談会」……。

慶尚南道経済投資団が開城織維縫製協会を招請したのではない。開城織維縫製協会が開城を訪れた慶尚南道経済投資団を招請したということだ。

慶尚南道経済投資団に属する南の企業家たちに会いたがる北側の人間があまりに多かったため、開城織維縫製協会の事務局は公演の時間を午前にするしかなく、それで公演団の女たちは、朝からホテルに呼び集められることになった。中には、その席に参加する南の企業家を前日の夜に遊興施設で接待していた団員もいた。

女たちが踊っている間、開城の新興企業家らは、テーブルを回りながら顔見知りの南の企業家や公務員に挨拶をし、新しく誰かを紹介してもらおうと努めていた。背広に身を包んだ参加者たちは、胸に名札をつけている。

そんななか、名札をつけていない短髪の男が一人、あたりをきょろきょろと見回しながら連れを捜していた。今日の彼の表向きの肩書は、開城繊維縫製協会の室長だ。表向きの肩書が組織局の局長と次長になっている二人の部下を、彼は捜していた。肩幅が広く、目尻の切れ上がった室長は、どう見てもビジネスマンには見えなかった。それは彼が捜している局長と次長も同様だったが。

本格的なイベントが始まり、人々は席についた。慶尚南道の副知事と開城繊維縫製協会の会長が順に演壇に上がって挨拶をする。

「いまだ多数の共和国人民が資本主義市場経済に対し、恐れと反感を抱いているのが実情であります。完全に統一がなされれば、南朝鮮の企業が共和国の資源を独占し、共和国の人民はその下で雑用をさせられることになるに違いないと、多くの人民が信じています。その一方で、南朝鮮でも、統一が完全になされて自由な往来が許可されれば、共和国の人民がどっと南に押し寄せてきて、南朝鮮の仕事をすべて……」

開城繊維縫製協会会長が準備された原稿を読んでいるのを尻目に、室長はイベント会場を抜け出す。

「いまどこだ？　なぜ会場にいない？」

携帯電話に向かって問いかけた彼は、建物の裏手に回っていった。ゴルフカートが何台も止められている空き地に局長と次長が立っている。

その前には、血まみれになった二人の若い男がいた。一人は鼻と口から血を流し、膝を折って地べたにへたり込んでいた。もう一人は完全に気を失って倒れている。近くに行ってみると、小さな血だまりの前に折れた歯のかけらがいくつか見えた。

「なんだ、こいつらは」

室長が尋ねた。

「こんなものを撒こうとしてましたんで」

次長が室長に紙の束を渡した。粗雑な印刷のビラには「ポミャンアパレルは労使の合意事項を履行せよ！　ポミャン社長は詐欺師だ。共和国の労働者の前で土下座して謝罪せよ！」と書かれていた。

「ひざまずいて謝れっていうから、逆にそうさせてやったんです」

次長が面白くもない冗談を言った。

室長は、ひざまずいた男の顔に足蹴りを食らわせた。そのスピードが何しろ速かったもので、座っていた男は自分に何が起きたのかもわかっていないようだった。男の鼻は、室長の靴の踵(かかと)で完全に潰されていた。まるでコメディのように男の上半身がゆっくりと後ろに倒れていった。局長と次長の顔から笑いが消えた。

「気を抜くんじゃないぞ。この後、長豊に行ってからもこんなふうだったら、ただじゃおかんからな」

室長が脅しつける。

「はい、わかりました」

局長と次長が答えた。

「雪虎作戦にはな、うちの組織の生死がかかってるんだぞ。それから俺たちの命もな」

「はい、わかりました」

彼らもやはり咸興から来ている三人の男に劣らぬ殺人のプロだった。朝鮮解放軍が軍の名前を借りた武装麻薬組織であるのと同様、開城繊維縫製協会も看板と実体が違った。繊維縫製業よりは、マネーロンダリングを主な業務とする機関だった。その背後には開城最大の薬物卸売組織が控えている。

「実際に戦闘を繰り広げる可能性もあるんですか？」

開城最大の薬物卸売組織の中間幹部である局長が訊いた。

「そんな可能性はさほど高くない。そいつらだってバカじゃないし、雪虎作戦はみなにとって有益な事業だからな。だが、朝鮮解放軍の奴らと長豊郡の奴らが俺たちの裏をかこうとする可能性は排除できん。いったん争いになったら、死体がいくつも転がることになるはずだ。誰か一人でも銃かナイフを手にしたら、その瞬間からは俺たち以外はみんな敵だ。各組織から三人ずつ作戦に参加することにしたのも、そんな理由からだ」

開城最大の薬物卸売組織の高級幹部である室長が答えた。

「何か事が起こったら、私たち三人で六人を相手にするってことですね」

局長が言った。

「実際は八人か九人になるだろう。長豊郡の奴らが作戦場所に子分をあと二、三人は置くだろうからな。警備って名目で。予定どおり十五時に出発するぞ。長豊郡の食堂で十七時に落ち合うことになってる。抜かりなく武器を準備しておけ。懐に入れられる銃とナイフ、あと弾倉も充分にな」

縫製業界ではなく殺人請負業界のほうで長く華麗な経歴を誇る殺人技術者がその場を後にしながら命じる。

「はい、わかりました」

同じ業界で、これまた相当の経歴を積んだ二人のプロが答えた。

2

今度もまたウン・ミョンファがハンドルを握り、チャン・リチョルは助手席に座った。軍務員のファン・ドンオの家は長豊(チャンプン)郡の郊外にある。軍務員の家に着くまでの道々、車の中は気づまりな沈黙に包まれていた。

何でもいいから話しかけてみようかとミョンファは何度も思ったが、ためらった末にやめておいた。なぜだろうか、先に口を開いたほうが負けという気がしていたし、いうなれば彼女はいまやパク・ウヒやチャン・リチョルから追い出された身だ。そんな彼女がいま言えることといったら？　自らの選択についての弁明？　パク・ウヒをなじる？　それともリチョルにもっと突っ込んだ質問をしてみる？　はたまた天気の話？

ついに沈黙を破ったのはリチョルのほうだった。ファン・ドンオの家に着いたときだ。彼はのんきな声で言った。

「ここですか？」

「ええ」ミョンファがうなずく。

「家っていうより要塞みたいですね」

リチョルの言葉にミョンファも同意した。大人の背丈の倍はありそうな高さの煉瓦の塀が家をぐるりと取り囲んでいて、建物はほとんど見えない。そんなに高い塀を張り巡らせた家は、このあたりでもほかにはなかった。建物はほとんど見えない。煉瓦のてっぺんには忍び返しが取りつけられている。それも塀の内と外に向かって二重にびっしりとだ。その塀の用途は、そこに住む夫婦を外の何かから守るためというよりは、妻が外に出るのを阻むためなのではないか。ミョンファの目にはそんなふうに映った。

ベージュ色の建物の表門は、見るからに分厚く頑丈そうな鉄製で、その上には監視カメラが取りつけられていた。ミョンファは車から降り、表門の横のインターフォンのボタンを押す。誰も出ませんように……、そんな気持ちがなくはなかった。十分ほど車の中で時間を潰し、そのまま戻りたい。そうすれば、パク・ウヒへの義理は果たしたことになる。彼女に「ファン・ドンオの家が留守で、話が聞けなかった」と告げて、父親と一緒に永遠に長豊郡を後にできたら……。

望みむなしく、インターフォンのスピーカーから返事があった。ひどく警戒しているような、ファン・ドンオの妻の声だ。

「どちら様でしょうか」

「私よ。ミョンファ。久しぶりね、覚えてる？　高級中学のとき一緒だった……。連絡もしないでいきなりごめんね。ちょっと訊きたいことがあるんだけど、いいかしら？　時間は取らせないから。ごめんね、こんなこと失礼だってわかってるんだけど、あなた、電話番号も変わってるし、それで……」

顔も見えなければ何の音も聞こえないのに、不思議なことに相手の驚きやためらいが伝わってくる。十秒くらい経って、またインターフォンから声がした。久しぶり、とか、元気だった？　などという挨拶はなかった。

「訊きたいことって？」

「会って話したいんだけど、無理かな？」

ファン・ドンオの妻はまた十秒ほど黙っていた。なぜ自分を追い返したり、きっぱり頼みを断ったりしないで、こんなふうに答えを引き延ばすのか。要塞みたいな家で監禁でもされているような暮らしをずっと送ってきて、夫以外の人間との話の仕方を忘れてしまったとか……？　ミョンファの頭にそんな妄想が浮かぶ。

「一人で来たの？」

ミョンファは正直に答えることにした。

「ううん、ほかの人と一緒」

「男の人？」

「そう」

「私が知らない人？」

「ええ」

「あなただけ通したいんだけど。それじゃダメなの？　そういう状況？」

「二人とも入れてもらえないかしら」

「いま、一人なんだよね。ねえミョンファ、こんな形ででも久々に声が聞けて嬉しいわ。でもやっぱり、知らない人まで家に上げるのは……」

「その……、ほんとに少しの間だけでいいの。じかに話がしたいんだ。私たち、親友だったじゃない。それにね、私一人の問題じゃないの。長豊バーガーのウヒさん、知ってるよね？　ウヒさんとも関係のある話なの」

ミョンファの口調はほとんどすがるようだった。

「どれぐらい急用なの?」

「ものすごく」

「一刻を争うの?　出直すわけにはいかないくらいに?」

「ある人にとってはね、生死がかかったことなの」

ガチャリと電子式のドアロックが解錠される音がした。鉄扉が左右に開いていく。ミョンファは車に戻ってエンジンをかけ、門から中へ車を乗り入れた。

鉄扉の内側は、別世界のようだった。外は赤茶けた田畑だというのに、高い塀の内側の庭園にはよく手入れされた芝生が青々と広がり、いかにも高価そうな伊吹の木が植えられている。その背後にそびえる家は、平屋建てとはいえ、庭園に向かった面がほとんどガラス張りになっているモダンな建物だった。人が暮らす家というよりは、高級カフェか小ぶりの美術館のようだ。

ミョンファは庭園の隅にある日光浴用の野外ベッドの脇に車を止めた。黒いワンピースを着たファン・ドンオの妻が、全面ガラス張りの引き戸式のドアを開けて出てきた。上下に違う模様の描かれたドレスは肌の露出は少ないものの、ボディラインがくっきりと浮かぶ洗練されたものだった。値段を聞いたらあっけにとられるような高級ブランドの品に違いない。家事をするにはこのうえなく不都合な服でもある。柔らかくカールした髪も、時間をかけて丁寧にケアがされているようだった。ヘアスタイルは、南で流行している最新のものだ。学生のときから数えきれないほどの男たちを虜にしてきたある種独特の白痴美が相変わらず見て取れるが、全体としては文句のつけようがない富裕層の若奥様の姿だった。

「ミョンファ、久しぶりね。顔を見るのなんて何年ぶりかしら。なあに、その頭は？　ずいぶん短くしちゃったのね。どこかで会ってもわからないわ、きっと」

ファン・ドンオの妻は、ロボットのようにぎこちなく歩み寄ってきたと思ったら、大げさにはしゃいでみせた。西洋の女たちのように、ミョンファの左右の頬に自分の頬を軽くくっつける。十代の頃には一度もしたことのなかった仕草だ。

「こちらが一緒にいらした方？　長豊バーガーからまっすぐ来たの？」

軍務員ファン・ドンオの妻がチャン・リチョルを見ながら言った。華やかな笑みを浮かべていたが、つくり笑いなのは一目瞭然だった。できるだけリチョルから離れていようとする様子から、違和感と警戒心が透けて見える。

「家の中、見る？　ここはね、小さく見えても必要なものはなーんでも揃ってるのよ。屋上にはバーベキューのグリルもあるし」

客を室内に招き入れながら、軍務員の妻が誘った。

「見せてもらいたいけど、次にするわ。ありがと。でね、お願いがあるんだけど」

「ちょっと待って。何か飲み物持ってくるから。コーヒー？　お茶？　それともジュースか何か？」

「私は何でも」

ミョンファが言った。

「私はコーヒーをいただきます」

こと食べ物、飲み物に関しては決して遠慮することのないリチョルだった。

「あら、ちょうどよかった。カプセル式のコーヒーメーカーがあるのよ、うち」

ミョンファとリチョルを半ば強引にテーブルにつかせておいて、軍務員の妻はキッチンに消えた。

室内は異常にきれいに整っている。かえって落ち着かないほどだ。直射日光が当たるわけでもないのにこんなに内部が明るい建物をミョンファは初めて見た。

少しして、軍務員の妻はコーヒーカプセルが入った箱を持って現れた。

「さあ、選んで。どれがいい？」

「ねえ、あの、悪いんだけど……コーヒーは後にして、まず用件から入らせてもらっていい？　ウヒさんが連絡を待ってるのよ。それで……」

ミョンファが軍務員の妻を押しとどめた。

「わかったわ。いくらいるの？」

視線をそらして軍務員の妻が尋ねた。

「え？」

「だから、いくら欲しいの？　どうせお金借りに来たんでしょ？　言っておくけど、あんまりたくさんは無理よ。うちの人に内緒で私が自由にできるお金なんてそんな多くないの。それからね、これ一回きりよ。次はもうないからね。お金のせいで人を失うのなんて、もうこりごり」

そのときになってようやくミョンファは、軍務員の妻がなぜあんなにも警戒しているふうだったのかに思いが至った。

「違う違う、そんなんじゃないって！　お金を借りに来たんじゃない。訊きたいことがあるだけよ。あなたのご主人とチェ・テリョン、それから憲兵隊長について……」

ミョンファが慌てて言い、簡略に状況を説明する。軍務員の妻は目をぱちくりさせながら聞いていた。いつしか彼女は昔のような純真な顔に戻っていた。

「なんだ、そんなことなら早く言ってくれればよかったのに。それでなくても昨日、男たちがいきなり上がり込んできてさ、その前で私、ピアノまで弾かされたんだよ。それがチェ・テリョンの部下たちだったんだって。うちの人を脅しつけて帰ってってたわ。そのときの殺気立った様子ったらもう……。悔しくて悔しくて、寝つけなかったわよ、夕べは。解決屋を雇って懲らしめてやりたいわ、そいつらのこと」

「チェ・テリョンって、憲兵隊長と親しかったの？　その二人の橋渡しをあなたのご主人がしたって本当？」

ミョンファが訊いた。

「そんなことまでは……わからないわ。私はあんまり外に出ないし、あの人がしてることにもあんまり興味がないから……。最近は、家でドラマ見たりゲームなんかをしてるだけ。それぐらいしかすることないのよね」

「チェ・テリョンの部下たちは、ご主人にどんなことを尋ねていましたか？」

リチョルが尋ねた。

「うーん、何だっけ。雪虎（ヌンホランイ）作戦？　そんなことを言ってたかしら。雪虎作戦、それか五〇三号について何か知ってるかって。うちの人は知らないって答えたんですけど、そしたらそいつら、何だかずいぶん怒ってたかしら。でもね、後でわかったんだけど、そいつら、自分たちがすでに知ってることをうちの人に訊いてたの。うちの人がどれぐらい知ってるか、確かめようとしてたんですって」

「五〇三号ですか……」

リチョルの言葉は、問いや相槌というより嘆声に近かった。なぜそれにいままで気づかなかったんだろう、という嘆息まじりの。

「何ですか、それ」

ミョンファがリチョルに目を向ける。リチョルはミョンファには答えず、軍務員の妻に質問を浴びせた。

「そいつらが言っていたのはつまり、雪虎作戦が五〇三号ということでしたか？　ほかには何か言っていませんでしたか？　ご主人はただ知らないとだけ答えていましたか？」

「ええと……よくわかりません。隣で聞いてた限りでは、その雪虎だとか五〇三号とかは、同じものみたいに聞こえましたけど。うちの人が話したのは……ただの自分なりの推測です。チェ・テリョンが雪虎っていうのを推進しようとしている。息子のうち一人が反対しているらしいけれど、それでも強引に推し進めようとしている。ということは、ずいぶん実入りのいい事業なんじゃないか、とかそんなこと。自分も希望部隊の会食のときにちらりと聞いただけで、確かなことじゃないって。はじめのうち私、そいつらがペク・コグマの部下なのかと思ってました。チェ・テリョンの情報を得ようとか……うーん、まあそんなつもりで来たのかなって。そしたら後でうちの人が、チェ・テリョンの部下だって」

「五〇三号って？」

ミョンファがもう一度訊いた。

「ここではちょっと……、席を外して話したほうがいいかと」

リチョルが庭園のほうを目で示す。目を丸くしている軍務員の妻を残し、二人は席を立った。軍務員の妻は、お芝居のような大げさな素振りで首を横に振りながら立ち上がった。

「じゃあ、私はコーヒーでも淹れてるわ。一番香りが良くて無難なのを三杯ね！」

軍務員の妻がミョンファとリチョルに向かって叫ぶ。話に加えてもらえないことに、向かっ腹が立ったようだ。今度はミョンファが不自然な笑みを浮かべてみせた。軍務員の妻がキッチンに消えると、ミョンファはさっと真剣な顔に戻り、リチョルを見つめた。

「五〇三号は、信川復讐隊(シンチョンボクス)で使っていた暗号です。五百番台の作戦は、各種潜入訓練を指します。五〇〇号が夜間潜入、五〇一号が山岳潜入、五〇二号が水中潜入、そんなふうに」

リチョルが説明した。

「じゃ、五〇三号は?」

「五〇三号は地下潜入です。潜入用に一九七〇年代に掘られた地下通路が数十か所あります。どれも南に通じるものです。そのうちの一つがこの近くにあるんでしょう。それをチェ・テリョンが見つけたってことでしょうね」

ミョンファはあぜんとした。

「刑務所に忍び込もうとしたんじゃなかったんですね。南朝鮮(ナムチョソン)に行くのが目的だったんだ」

「地雷を踏むリスクもなく、監視員に賄賂を渡す必要もなく、南朝鮮に出入りできるってことです。クスリ、武器、偽造紙幣、人……、何でもやりとりできるようになる。いや、すでに実行されているのかもしれません」

リチョルが言った。

「でも、それっていったいどこにあるんだろう」

ミョンファがつぶやく。

*

空は一面曇っており、雨粒がぽつ、ぽつと落ちていた。朝鮮解放軍の殺人専門家三人は、沙里院（サリウォン）市のあたりに差しかかったところだった。ハンドルを握る朝鮮解放軍の少佐は、ワイパーを動かしたり止めたりしている。運よく、咸興（ハムン）と開城（ケソン）をつなぐ高速道路は、普段と比べれば混んでいないほうだ。南の資本が投じられ、南の建設会社によって施工されたこの高速道路は、舗装の状態も良好だった。

「ひとつお伺いしてもよろしいですか？」

助手席の少佐が尋ねた。雪虎作戦で運搬係をすることになった者、つまり今日の夜、実際に地下トンネルに入ることになる者だ。彼が地下で南北分界ラインを越え、覚醒剤十キロを南に運び込む間、責任者の役割を担う中佐と警護員役のもう一人の少佐はトンネルの入口で待機することになっている。

「質問ならいくらでも受け付けるぞ。俺が答えられるかどうかはまた別の問題だがな」

中佐が後部座席の窓を開け、タバコをくわえて火をつけながら言った。

「お前らも吸いたけりゃ吸え。気なんぞ使わんでいい。知りたいことは何でも訊け。音楽だって聴きたけりゃ、かけていいぞ」

数分後、一行は一人残らず窓を開けてタバコを吸っていた。カーステレオはつけなかった。車内に流れ込んでくる風に、三人の男の髪がなびく。

「長豊郡じゃなくて、別のところにも地下トンネルはあるんですよね。そっちはいま、どんな状況なんですか？」

助手席の少佐がタバコを吸いながら訊いた。

「ほとんど忘れ去られてるさ。もう何十年も手入れがされてないから、あちこち崩れたり水に浸かったりして使いものにならなくなってる。いまじゃ、すぐ横を通ったってわからん。入口が草に覆われてたり、土が積もってたりするからな。地図には表示されてても、実物がどこにあるのかはわからなくなっちまった。地図からして紛失しちまったりな」

中佐が答えた。

「地下トンネルは数十か所掘ったそうじゃないですか。それがすっかり忘れ去られるなんてことあるんですか？」

「おいおい、五十年も昔の話だぞ。それに、本当に必要で掘ったってわけでもなかった。〝一つの地下トンネルは水素爆弾三発に等しい〟なんぞと首領様がご教示されたものだから、前方の部隊が先を争って掘っただけさ。そのときはまだ、一線の部隊に工事の装備もあったし、物資も充分にあったからな。そのうちに金日成（キムイルソン）がくたばって、せがれの時代になった。そうなりゃ、地下トンネルのことなんか誰が考える？　工事は軒並み中止になって、もう掘っちまったものはほっぽっとかれたってわけさ」

「地下トンネル一つが水素爆弾三つに匹敵する、ですって？」

運転席にいた少佐が困惑まじりの声で訊き返す。彼は、「水素爆弾の開発に成功しさえすれば、民族の自決権と生存権が保障される」という宣伝を耳にタコができるほど聞いて育った世代だった。

「たわごとだ。金日成の妄想さ。もういっぺんドンパチおっぱじめようって思ってたのさ、一人でな。地下トンネルがあれば、奇襲に役立つんじゃないかと考えたんだろうが、だがな、考えてみろ。どんなに深くて口の広い穴を掘ったところで、そこを通じて兵士を何人送り込むことができると思う？　一個連隊を一列に並ばせて歩かせてたら、一キロ進むんだって何時間もかかる。そのうえアメリカの奴らが開発した地震爆弾*を南朝鮮の軍隊が輸入したもんだから、大規模作戦用としてはまったく意味がなくなっちまったんだ。精鋭の要員を何人か送り込むのにゃ使えるだろうがな。それで特殊作戦部隊が何か所か地下トンネルを通じた潜入訓練を受けたりしてた。なのに、その潜入に使うトンネルの手入れが前方でまったくされてなかったんだな、これが。ま、よくあることだろう?」

「そういうことでトンネルの存在などすっかり忘れられていたけれど、チェ・テリョン組織が長豊郡でたまたま一か所見つけた……ってことですか?」

助手席の少佐が尋ねた。

「まさか。俺らが教えてやったのさ。お前らのいるあたりにトンネルがあるんだが、コンクリート造りだから、ほんの少し修理すれば使えるはずだとな。直して一緒に使おうと」

中佐が答えた。

「私たちで修理せずにですか?」

「遠いじゃないか。それに、そんな工事を南の目を盗んでやるのも難しいしな。俺たちが最初に行ってみたときは、真ん中あたりが完全に水没してたんだ。排水作業にかなり時間がかかるだろうってことだった。また水に浸かっちまわないように、浸水防止工事もせにゃならん。一、二回しか使わないものでもなし、発電機も設置して、トンネルに電灯もつけて、中に換気施設もつくらにゃならん。そんな大がかりなことをするのなら、いっそ現地の建設業者を抱き込んだほうがいいと判断したわけさ」

「ああ……確かに、入口もあんな場所ですしね……」

運搬係の少佐が言った。

「ああ、そのせいもあったさ」

中佐はうなずいた。

*

慶尚南道(キョンサンナムド)経済投資団と開城(ケソン)繊維縫製協会の懇談会は終わり、協会の形だけの会長は事務局に戻っていった。実際には何の仕事もしていない似非(えせ)職員であり、開城最大の薬物卸売組織の幹部である三人の男は、懇談会が開かれていたホテルに残り、自分たちだけで昼食をとった。

空気はややひんやりしていたが、彼らは野外テラスのパラソルの下で食事をすることにした。何者かに盗み聞きされる心配もなく、好き放題に話ができるからだ。

禁煙の表示板が壁に掛かっていたが、三人はわれ関せずで、おのおのタバコを口にくわえた。

「うっとうしい天気だな。雨が降りそうですね」

開城繊維縫製協会の次長が言った。雪虎作戦決行の際は、開城最大の薬物卸売組織の運搬係を務めることになっている。

「しっかり食っとけよ。空気のよくないところをさんざん歩くんだからな」

室長が言う。

「でも、距離はたかだか四キロだそうですよ。往復でも八キロです。南の金庫に荷物を入れて戻ってくるだけですし、二時間もあれば充分でしょう。米俵を担いで行くわけでもなし……」

次長が言った。

「俺は運搬係のほうがよかったなあ。運搬作業が終わるまで二時間も、チェ・テリョンの奴と一緒にぼーっと待機してるんですよね？　気が進まないなあ」

局長が不平たらしく言う。

「気が進まんのは個人的なことでか？　それとも事業と関係のあることでか？」

室長に訊かれ、局長はためらった末に口を開いた。

「チェ・テリョンは本格的に建設業に進出する前に、モムキャム〔わいせつ動画〕で稼いでたんですよ。ご存じですよね、モムキャム？」

「それぐらい知っとる。チェ・テリョンがそんなことをやっとったのもだ。それでペク・コグマが頭にきたんじゃないか。自分がやってる酒場の女たちがぞろぞろそっちに行っちまうから。それで女を一人、見せしめにバラバラにしたんじゃなかったか？　その頃はまだチェ・テリョンにさほど力がなかったから、手を引いたんだったろ？」

「あ、いや、バラバラにまでは……、ナイフでちょっとひどく切り裂いてですね、チェ・テリョンの会社の正門前に放り出しといたんですよ。あと、ペク・コグマ一味がチェ・テリョンのモムキャムスタジオを襲撃したことも一度あります。そのとき、実は外で見張りをしてたんですよね、私が」

局長が頭を掻いた。

「何でまた、そんなことしてたんだ」

「クスリを一発キメて軽く酔ってもいたし……、あの頃は、ペク・コグマのとこの連中とちょっと親しくしてましてね」

「正直に言え。見張りだけしたのか、それとも襲撃にも加わったのか？」

室長が問いただす。

「見張りだけです。中に入りはしませんでした」

「お前がそこにいたのをチェ・テリョンも知ってるのか？」

「知ってると思います。それがペク・コグマの腹だったんですから。自分らのバックには開城の組織がいる、それを誇示しようとしたんだと思います」

「その程度なら大丈夫じゃないですか？　私たちの手助けがなかったら、ペク・コグマを追い落とすことは不可能だったんですし。ピンドゥ倉庫を実際に襲ったのは奴らでも、武器庫の位置を平和維持軍に流したのは私たちですし」

次長が割って入る。

「俺も同じ考えだ。チェ・テリョンも頭の切れる奴だから、過ぎたことを蒸し返したりはせんだろう。朝鮮解放軍と我々開城組織があってこそ、いまのチェ・テリョンがあるわけだからな。チェ・テリョンだってよく承知しとるから、わざわざ動画なんか送ってきたわけだろう？　俺らの機嫌を取ろうとして。トンネル補修工事をやらせた奴らを殺る動画をさ。雪虎はな、朝鮮解放軍にしろ、我々にしろ、チェ・テリョンにしろ、並々ならぬ投資をしてきた作戦だ。こう考えてみろ。朝鮮解放軍と俺たちとチェ・テリョンが同じだけのカネを出し、一緒に大きな食堂を開くことにした。土地を買い、何か月もかけて建物を建てて、今日ついに開業日を迎えるんだと。それで、その共同名義の主たちが集まり、最後のチェックをするんだ。インテリアは整っているか、メニューは適切か、等々。それがいわば、今日の催しだ。お前のご面相が気に入らないって理由で、チェ・テリョンが膳をひっくり返すようなことはないさ。そりゃもちろん、チェ・テリョンが今日、膳をひっくり返して俺らを皆殺しにしようとする可能性はある。だがな、その理由はお前じゃあないはずだ」

室長が断言した。

「チェ・テリョンは建設業者で、ペク・コグマは養鶏業者だから、雪虎作戦のパートナーとしてチェ・テリョンを選んだってことはわかります。でも、ペク・コグマ組織を根こそぎにする必要があったんでしょうか？」

　局長が言う。

「どういうことだ？」

「南側に渡すブツはチェ・テリョンに送り、以前のように長豊郡一帯で売る分量だけはペク・コグマにさばかせるっていう選択肢もあったんじゃないかと」

「いいか、もっと視野を広げて見にゃいかん。共和国（コンファグク）にまともな病院ができ、人民の意識も向上するにつれて、ピンドゥ中毒者は減ってきてる。両江道（リャンガンド）企業は生産量を調節しなけりゃならん状況だ。朝鮮解放軍は新たな市場を求めてる。それで必死になって南朝鮮にブツを流す方法を模索したってわけだ。雪虎作戦が成功すれば、この業界全体が変わる。巨大市場とつながった空港や港が一つ、長豊郡に新しくできたらどうなるか。とてつもない額のカネが回るようになる。そうだろう？だがな、その空港や港がここに存在するってことは、絶対に外に知られたらいかん。じゃ、どうする？」

「空港や港の近くではピンドゥを売らないようにする」

　局長の代わりに次長が答えた。

「そのとおりだ。これからは、危険な小売取引は減らしていくことになるだろう。とくに長豊郡じゃ絶対に禁物だ。朝鮮解放軍は今後、両江道工場をフル稼働させる。俺たちは、そこで生産されたピンドゥを咸鏡南道（ハムギョンナムド）から長豊郡まで運ぶ。これまでとは比べものにならん量を、絶対にバレないように運ぶんだ。そしてそれをチェ・テリョンが南朝鮮に流す。南朝鮮の人民がみんなピンドゥ中毒になったら、次は釜山（プサン）を経由して日本に、オーストラリアに、アメリカにまで輸出する。俺たちは運送業者になり、チェ・テリョンはいわば港湾公社みたいな組織になるってわけだ。ペク・コグマのごとき担ぎ屋風情が割り込む隙などないさ」

室長は言い捨てた。

＊

「それなら、それが事実なら……」

ウン・ミョンファが言葉を切って、手で額を押さえた。こめかみの血管がぴくんぴくんと動いている。彼女は言葉を続けた。

「それが事実なら、チェ・テリョン一味を根こそぎにできますよ」

軍務員の妻が、コーヒーが入ったとミョンファとチャン・リチョルを呼んだ。

「どのように、ですか？」

リチョルが訊いた。

「平和維持軍に知らせればいいんです。この地で平和維持軍が気にかけることは三つしかない。言ったでしょう、この間。自分たちの部隊員が死んだり負傷したりすること、違法銃器、それから麻薬取引だって。南朝鮮につながる薬物密売用の地下トンネルなんて最優先事項ですよ、彼らにとっては」

ミョンファが言った。

「平和維持軍ってのはそんなに力があるんですか？　チェ・テリョン一味も激しく抵抗するだろうと思いますが」

平和維持軍の将校二人を縛り上げて尋問したときのことを思い出し、リチョルは首をかしげた。

「ペク・コグマ一味が一掃されたのも、平和維持軍が乗り出したからなんですよ。平和維持軍の武力が圧倒的だからじゃありません。平和維持軍の捜査を受けるような小規模組織とは、誰も取引しようとしなくなるからです。代わりはいくらでもいますから。そうなって、カネや品物が入ってこなくなれば、もう命運が尽きたのも同然。もう平和維持軍も何も関係ありません。あとはおのずとライバル組織に食われちゃいますから」

「はあ……」

リチョルが口をぽかんと開けてうなずいた。

「もちろん信憑性のある具体的な証拠を示す必要はあります。平和維持軍がペク・コグマ一味の処理に乗り出したのは、誰かがペク・コグマのピンドゥ倉庫と武器庫の位置を平和維持軍にじかに伝えたからです。同じ情報が人民保安部に伝えられたとしたら、うやむやにされたでしょうね。情報提供者はペク・コグマ一味に報復されたでしょうし。ペク・コグマ一味も人民保安部も同じ穴のムジナだったんです。いまはチェ・テリョンと人民保安部が、ですけど。だから、私たちで地下トンネルの入口を見つけましょう。それを平和維持軍にじかに伝えるんです。生半可な情報なんか提供したら、人民保安部と一緒に調べるって言われかねない。それじゃ、伝えなかったほうがマシってことになっちゃいますから……」

「ねーえ、コーヒー飲まないの？　冷めちゃうわよ！」

軍務員の妻がリチョルとミョンファを呼んだ。

「トンネルの入口は、工事現場に偽装されているでしょうね。そうすれば、一般人の立ち入りを禁じられるし、工事の装備を運び入れたり持ち出したりしても目立ちませんから」

リチョルが言った。

「そんなに大規模な現場じゃないはず。ほかの会社とコンソーシアムを組まずにテリム建設が独自に請け負ってる工事の現場よ。昨日、人力事務所から持ってきた地図が車のトランクに入ってます。見てみましょう、いますぐ。ごめんね、コーヒーはまた今度いただくわ。急用ができちゃって！」

ミョンファが言った。最後の部分はリチョルではなく、軍務員の妻に向けられた言葉だ。ふくれっ面になった軍務員の妻をリビングに残し、リチョルとミョンファは車に向かって走った。

「電話ですよ」

車のトランクの前に立ったとき、リチョルがミョンファに言った。そう言われて着信音に気づいたミョンファが電話に手を伸ばす。

「もしもし」

ところが、ミョンファが電話を取るのと同時に着信音はやんでしまった。液晶画面にはパク・ウヒの電話番号が表示されている。ミョンファが首をひねっていると、また着信音が鳴りだした。

「ウン・ミョンファさん、長豊バーガーのパク・ウヒです。何度もお電話差し上げてごめんなさい。いまちょっとお話しできますか？」

パク・ウヒの声だったが、口調がいつもと違う。何か尋常でないことが起こっている。そう直感したミョンファは、パク・ウヒの演技に合わせることにした。

「ああ、ええ、パクさん。ミョンファです。どんなご用件でしょう？」

そのとき、電話の向こうで女のすすり泣く声がした。ムン・グモクだ。そのすすり泣きが突然ぴたりとやむ。傍らにいる何者かに脅されたように。状況を理解したミョンファの全身に鳥肌が立つ。パク・ウヒは電話をスピーカーフォンに設定している。それはつまり、何者かがそこにいて、パク・ウヒとウン・ミョンファの通話を聞きたがっているということだ。すすり泣きを漏らすムン・

グモクを脅し、黙らせた何者かが。

「ウン・ミョンファさん、まだ解決屋の方とはご一緒ですか？　料金を追加してでもまた呼ばないといけなくなりました。何としてもです」

パク・ウヒが言った。

「長豊郡に入ってすぐに別れましたけど。何か別のご用事でも？」

ミョンファが訊き返す。額を支える彼女の手はかすかに震えていた。

＊

パク・ウヒは、足をガクガクさせていた。止めようにも止められなかった。携帯電話は朝にみんなで食事をとったテーブルの上に置かれており、その向こうにはケ・ヨンムクとチェ・テリョンの長男が立っている。二人は部下を五人連れてきていた。彼らはパク・ウヒの背後にいたが、そのうち二人は手を頭の後ろに回したムン・グモクとミョンファの父親に銃を向けている。

自分は死ぬことになるだろう。パク・ウヒにはわかっていた。ここには、ケ・ヨンムクが有益に使える人質が三人もいる。見せしめに少なくとも一人は殺すはずだ。そして、その一人は、間違いなく自分になるだろう。いつになるかはわからない。ことによると、ほんの十分後かもしれない……。

いまパク・ウヒが震えているのは、死ぬことへの恐怖からではなかった。悔しさ、そして無念の思いがそうさせているのだった。チェ・テリョンに敗北した悔しさ、このアジトが安全だと信じてしまったことへの無念の思い。おびえているように思われたくない。毅然とした姿を見せてやりたい……。何の役にも立たないプライドが頭をもたげ、すぐに消えていった。

パク・ウヒは頭を振り、雑念を振り払った。ケ・ヨンムク一味に脅され、アジトの位置を白状してしまったのが誰なのかも、考えないことにした。とにかく冷静にならなければならない、できる限り。いま彼女がすべきことは、ただ一つだ。

ミョンファとリチョルがチェ・テリョン一味に反撃できるよう、〝隙〟をつくること。つまり、ある言葉を使って、ミョンファには正確な情報を伝え、チェ・テリョンの息子とケ・ヨンムクには誤った判断を下させることだ。

パク・ウヒはテーブルに置かれた電話に向かって言った。

「ウンさん、もしかして、あの解決屋をいますぐ呼び戻す方法があるでしょうか？　別れてから時間が経ってますか？　あの人は持ち歩き電話を持っているんでしょうか？」

「ないみたいです。夜に電話をくれるって言ってました」

賢(かしこ)いミョンファは、こちらの状況にすぐさま気づいたようだった。ミョンファの言うとおり平壌に発っていたらどうなっていただろう。そんな考えがパク・ウヒの頭をかすめた。

そのとき、ケ・ヨンムクがふいにつかつかとやって来て、パク・ウヒの頭をつかみ、テーブルに叩きつけた。離れたところからムン・グモクの悲鳴があがる。パク・ウヒは額から血を流してうめいた。

「ムダな真似はやめろ。傷のある男と一緒にいるってことはわかってる。いますぐその男と代わるように言え。五つ数える間に代わらなければ、この女の命はない」

ケ・ヨンムクは電話に向かって言い、銃を取り出して銃口をパク・ウヒの頭に突きつけた。パク・ウヒはテーブルに突っ伏している。

「五」

ケ・ヨンムクの声が響く。

「なぜ、人の言うことを信じないんです？　一緒じゃないって言ってるでしょう！」

後ろでムン・グモクが声を振り絞って叫ぶ。

「四」

「どなたですか？　嘘なんてついてません。ねえ、パクさんに何するつもりなんです？」

電話の向こうからミョンファの声がした。

「三」

ケ・ヨンムクはテーブルにうつぶせていたパク・ウヒの体を引き起こし、床にひざまずかせた。パク・ウヒの後頭部に銃口を突きつける。銃を撃ったとき弾丸がテーブルにぶつかって跳ね上がらないようにするためだ。

「ウンさん、後のことをお願いします！」

額から血を流しながらパク・ウヒが叫ぶ。

「二」

「待って、待ってください！　その、か、かい、けつやを……」

ミョンファがどもりながら叫んだ。

「一」

「その解決屋を呼び戻せばいいんでしょ？　夜になったら……」

ズガン！

ケ・ヨンムクが発砲した。銃弾は、パク・ウヒの後頭骨から入って脳を破壊し、まっすぐ鼻梁(びりょう)を突き抜けて飛び出した。銃声に、チェ・テリョンの長男がびくっとする。パク・ウヒは前のめりに倒れた。

「キャーッ、ウヒさん！　いやあああ、ウヒさん、ウヒさあああん！」

ムン・グモクが狂ったように暴れながら泣き叫んだ。ミョンファの父親は口を開け、呆けたような瞳をパク・ウヒの死体に向けている。

「黙らせろ」

ケ・ヨンムクがムン・グモクの前にいる部下に命じた。拳銃のグリップでガツンと頭を殴られ、ムン・グモクが気を失って倒れる。テーブルに置かれていた電話をケ・ヨンムクが指でトントンと叩く。

「聞こえたか？　さ、次はお前の親父の番だ」

そう言ったとき、ケ・ヨンムクはすでにミョンファの父親の前に立っていた。まるで瞬間移動でもしたかのようなスピードだった。次いでケ・ヨンムクは、流れるような動作でミョンファの父親に足蹴りをくらわした。部下たちも面食らうほどの素早い足の動きだった。みぞおちを蹴り上げられたのか、ミョンファの父親は、胸のあたりを抱えて前のめりに倒れていった。

ミョンファの父親は、完全に床に倒れ伏す前にケ・ヨンムクに肩をひっつかまれ、ずるずると引きずられるようにしてテーブルの前に連れていかれた。

半ば魂が抜けたようになっているミョンファの父親の横っ面を、ケ・ヨンムクが何発か張り飛ばす。ミョンファの父親は我に返った。

「何か言え」

ケ・ヨンムクがミョンファの父親に命じる。

「な、なにを言ったらいいんです？」

ミョンファの父親はおびえた声で尋ねた。

ケ・ヨンムクはその問いには答えず、片手で相手の頰をつかんでむりやり口を開けさせた。そこに銃口を突っ込む。ミョンファの父親がくぐもった声をあげた。

「聞こえたか？　お前の親父だ。今度も五つ数える。その間に傷のある男と電話を代われ。でなきゃ、親父は死ぬ」

ケ・ヨンムクが甘い声で告げる。

「ほんとにいないんです。信じてください。私一人なんですってば！」

電話の向こうでミョンファが泣きわめいた。

「五」

「その解決屋を連れていきます。それならいいでしょう？　後で電話が来ることになってるんです。だから……」

ミョンファがすがるように言う。

「四」

「言うとおりにします！　どうかやめて、お願い！」

「三」

ミョンファの父親は声をあげて泣きだした。

ミョンファは舌をもつれさせながら何やら叫ぶ。

「二」

「そんなことしたって何にもならないんだってば！　無理なものは無理なのようっ！」

ミョンファがわめいた。

「―」

「ダメっ、やめてええっ!」

ミョンファの悲鳴が響き渡る。

ケ・ヨンムクは、男の口から銃口を抜き出した。

「お父さん? お父さん、お父さん!」

ミョンファが父親を呼び続ける。ミョンファの父親は声を殺して泣いていた。

「殺しちゃいない。最後のチャンスをくれてやる。目元に傷のある男を捕まえて、明日の朝九時にこの番号に電話しろ。生きたままで捕まえる自信がないなら殺してから連絡してもいい。だがな、顔は潰すなよ。こっちも確認しないとならんからな。わかったか?」

ケ・ヨンムクが言った。

「わ、わかりました」

ミョンファがすすり泣きながら答えた。

「明日の朝、八時五十五分にお前の親父ともう一人の女の体にペイントシンナーをかける。タバコを吸いながら待ってるよ。九時までに連絡がなかったら、またはお前が事を仕損じたら、そのときは火のついたまんまのタバコを二人に向かって投げてやる。いいか、遅れるなよ。言っとくが、シンナーってのはな、一度火がついたらそうそう消せないぞ。わかったな?」

「わかりました」

電話の向こうからミョンファの声がした。

3

「ウヒさんが殺されました。父とグモクさんもチェ・テリョンの部下どもの人質になってます。そいつらの狙いはあなたです。明日の朝九時までにあなたを捕まえるか殺害して、電話を寄越せと」

チャン・リチョルに辛うじて状況を説明したあと、ウン・ミョンファは車体に両手をついて体を支えた。片手には携帯電話を握りしめたままだ。

思わぬ知らせに驚いたリチョルは、言葉もなく体をこわばらせた。ほんの一、二秒だったが、リチョルは疑念を抱いた。ミョンファが自分をチェ・テリョンのもとへ連れていくのではないか、と。

一方、ミョンファのほうは額を車に押しつけたまま動かない。彼女の顔は蒼白だった。リチョルが注意深く近づいて肩に手をかけると、ミョンファは熱いものにでも触れたように体をびくっとさせた。彼女は電話をしまい、リチョルから数歩離れたところでふいにしゃがみ込み、嘔吐した。彼女が胃の中のものをすっかり吐き出すまで、リチョルは黙って傍らで待っていた。

ミョンファはリチョルの心を読み取りでもしたかのように、嘔吐の合間につぶやいた。

「あなたを、チェ・テリョンに売り払うことは絶対にないから、安心して。どうせチャンさんを連れていったところで、結果は同じです。あいつらは、私たちを皆殺しにしようとするはず。作戦を……作戦を立てないと」

そのとき軍務員の妻が、リチョルとミョンファがいる庭園に駆け込んできて、ミョンファに話しかけた。どうも神経が細やかなほうではないようだ。

「何よ、もう。気分が悪かったんなら、そう言えばよかったのに。もしかして妊娠じゃないわよね？」

「そんなんじゃないって。もう何ともないし。でもね、もう帰らなきゃならなくなっちゃった。ほんとにほんとにごめん。また今度会おうよ、絶対。ね？」

ミョンファは手の甲ですっと口元を拭って身を起こし、軍務員の妻をぎゅっと抱きしめたかと思うと、相手を押し戻すようにして体を離し、車に乗り込んだ。軍務員の妻は目を丸くしてミョンファを見つめている。リチョルは彼女にぎくしゃくと目礼をし、助手席に乗り込んだ。

「運転できそうですか？」

ミョンファの手がぶるぶる震えているのを見てリチョルが訊いた。ミョンファは答えずにエンジンをかけ、車を出した。

要塞のような軍務員の邸宅から二百メートルほど走ったあたりでミョンファは車を止めた。

「チャンさん、ごめんなさい。ちょっと外で待っててくれますか。ほんの少し……そう、十分だけ……、お願いします」

リチョルは無言でうなずき、車から降りた。リチョルが車から降りるやいなや、ミョンファは運転席のシートを後ろに下げ、顔を膝にうずめて泣きだした。

リチョルは長豊(チャンプン)郡中心部の方向を眺めながらタバコを口にくわえた。どんな作戦を立てたらいいのか思案してみたが、これといったアイディアは浮かばない。タバコを一本吸い終わったとき車内をちらりと見ると、ミョンファは滝のように涙を流しながら獣のような声で慟哭(どうこく)していた。リチョルはタバコをもう一本くわえた。そのタバコを吸い終えたとき、運転席のドアが開き、ミョンファが顔を出した。赤い顔をしているが、もう泣いてはいない。

「ごめんなさい。ウヒさんのことで……どうにも我慢できなくて」

ミョンファが沈んだ声で言った。

「いいえ、いいんですよ」

リチョルが答えた。彼はむしろ、ミョンファの沈着さと強靭さに感嘆を禁じ得なかった。たとえ軍人でも、同僚が死んだり人質に取られたりしたときに、いまのミョンファと同じくらい平常心を保てる者はそう多くない。

「父とグモクさんを絶対に助け出さないと。明日の朝までに、何としてでも……」

ミョンファは拳をぐっと握った。

「必ず助け出せます。雪虎(ヌンホランイ)作戦の正体を知っているとチェ・テリョンを脅迫するのはどうでしょう。でなければ、こちらもチェ・テリョンの息子や孫を誘拐するっていうのは？」

リチョルが言った。

「でも、なんで明日の朝九時に電話をかけろなんて言ったんでしょう」

ミョンファがふとつぶやく。

「私をどこかへ連れてくるように、というのが、あちらにとっても不都合だったからじゃないですか。その時刻に自分たちがどこにいるか伝えないといけないでしょう。それにミョンファさんが私をむりやりどこかへ連れていくっていうのも、やっぱり……」

「いえ、そういうんじゃなくて、どうして明日の朝まで猶予をくれたのかってことです。今日、いますぐじゃなくて」

ミョンファの指摘に、リチョルはしばし考えに沈んでから口を開いた。

「今夜、何か用事があるんでしょうね」

「いまの状況をチャットルームに書き込みます。ウヒさんが亡くなって、グモクさんと父が人質になってるって。いまから明日の朝まで、チェ・テリョンとその息子たち、ケ・ヨンムク、チョ・ヒスンの居場所を追ってほしいって。食堂や酒場の予約も調べてもらわないと。とにかくグモクさんと父がどこに監禁されてるのか探り出すことが最優先ですね。二人の居場所が確実につかめたらそれが一番ですけど、せめて候補地だけでも突きとめないとね」

いまや、ミョンファの冷静さと頭の回転の速さは並みの将校など及びもつかないほどだった。そんな彼女に、ふとパク・ウヒの姿が重なる。

「二人の居場所がわかったら、その次はどうするおつもりですか？　警備の厳しさが並大抵ではないだろうと思いますが」

リチョルが尋ねる。警備の者を押さえ込むことはできるが、人質を無事に救出できるとは断言できない、という言葉は呑み込んだ。

「平和維持軍に任せます。平和維持軍が正式に話を聞きに行けば、いくらチェ・テリョン一味だって、正面切っては抵抗できないはず。銃を持った平和維持軍に、どこどこの倉庫を開けろ、と要求されれば、抗（あらが）うよりは人質をあきらめるほうを選ぶでしょう。絶対の自信があるってわけじゃないですけど、それでもこの方法が一番可能性が高いんじゃないでしょうか」

そう言っておいて、ミョンファは両手で顔を覆った。友人と家族の命でもって賭博（とばく）でもしているかのように思えたからだ。いや、実際に賭博だった。

「平和維持軍は、雪虎作戦をエサにして釣るんですか？」

　リチョルが訊いた。

「ええ。雪虎の実体を知ってる人が捕まってるとかいうふうに言って、関心を引くんです。でも、言葉だけじゃもちろんダメ」

「証拠を見せるよう要求してくるでしょうね」

「とにかくまず、トンネルを探しましょう」

　ミョンファは拳で目をこすると、身をひるがえして車のトランクを開いた。リチョルが地図の束を取り出すと、ミョンファがトランクを閉める。そのときの二人の息はぴったりだった。まるで長く一緒に活動してきたコンビだ。ミョンファとリチョルはトランクの上に地図を置き、半分ずつに分けて検討し始めた。地図が風になびく。

「人力事務所の所長は、ウヒさんの息子とグモクさんのご主人が働いてた現場は長豊郡の中心から南西方向だって言ってましたよね」

　地図に目を走らせながらミョンファが言った。

「小さなアパートや多世帯住宅の工事ではないでしょうね。近くに住む人たちの目につく恐れがありますから」

　リチョルがつけ加えた。

「これだ。長豊（チャンプン）招待所❖」


❖招待所……迎賓館。

地図の一枚を綿密に検討していたミョンファが、それを抜き出して大きく広げた。

「ここに招待所があったんですか？」

リチョルが尋ねた。

「開城と長豊の間にもともとあったんです。洋風っぽい建物で、私が小さい頃からずっと工事をしてましたね。金正日専用の特閣（別荘）になるはずだったんだけど、いざ完成したら金正日が死んじゃったので、迎賓館になったそうです。きれいに手入れされた庭園に、テニスコート、屋外プール、乗馬練習場もあったかな。統一過渡政府の発足後には南朝鮮の有名ホテルに買い取られたんですけど、高級リゾートにするっていってね。それは立ち消えになったのかな。建物をいくつか解体したり、造景工事だとかいって地面をガンガン掘り返したりしてましたけどね。以来、工事中のまんまです。当時、統一主義者が何人かしぶとくデモをしてたんですよね。金王朝の遺産は、何であれ全部撤去すべきだって。そのせいで工事が中断されたのかと思ってたけど、いま思うと別の理由があったのかもしれませんね。長豊から南西方面。周囲に住宅はない。この地図を見ると、工事業者からして変わったみたいです。聞いたことない会社だわ」

ミョンファの説明に、リチョルが応じる。

「金正日専用の特閣として使う建物だったなら、間違いなく地下に掩体壕もつくられてるでしょうね。それが地下トンネルにつながっているのかはわかりませんけれど」

「そういえば、子どもたちが噂してましたっけ。招待所の建物の地下に平壌に続く道があるって。何をバカバカしいと思ってましたけど、あの頃は……」

＊

パク・ウヒの死体は、チェ・テリョンの部下たちの手で黒いビニールにくるまれ、車のトランクに積み込まれた。ビニールの上には、彼らが車の中から持ち出してきた芳香剤スプレーが、ほとんど浴びせかけるように撒かれた。丸一日ほど車のトランクに入れっぱなしにされることになるからだ。ケ・ヨンムクはパク・ウヒの死体を長豊招待所に持っていき、そこで焼却する考えだった。部下の一人がパク・ウヒの血が落ちた地面をシャベルで掘り、その上に落ち葉や端切れを置いて火をつけた。

「あのゴミどもはどうする？　いま殺っちまったほうがいいのかな？」

チェ・テリョンの長男がケ・ヨンムクに歩み寄り、尋ねた。俺は怖気づいてなどいないぞ……。懸命にそんなふりをしているのが丸見えで、いっそコメディだ。〝ゴミども〟というのは、気を失ったムン・グモクと半ば正気を失っているミョンファの父親のことだった。

「明日の朝までは生かしておきませんと。私と通話した娘に圧力をかける道具になりますからね。あの女にも頭ってものがあるんなら、こちらの言うことを聞く前に、人質が生きているかどうか確かめようとするはずですから」

ケ・ヨンムクが説き聞かせる。

「あの娘が嘘をついてるのかどうか……。ケ部長はどう思う？」

チェ・テリョンの長男が訊いた。

「嘘をついているようには思えませんでしたが、我々の手の内にあるというわけではありません。

あの女が言ったことがみな事実だとしても、この後、どう出てくるかはわかりません。そんなときに備えるためにも、父親と女は生かしておくべきなんです」

ケ・ヨンムクが言った。

「本当に一緒じゃない可能性があると思うか？　あのアマと流れ者が」

「可能性は半々だと思います。その流れ者は銃やナイフを巧みに操りますが、頭はさほど回らないようです。だから、どこの組織にも属せず、あんな女たちの手伝いをして小遣い稼ぎをしているんでしょう。仕事を請け負ったはいいけれど、何人も殺す羽目になり、長豊郡の裏の事情もわかってきて、高飛びしたのかもしれません」

真っ黒な煙を上げて燃えていた焚き火が消えかけていた。血の痕は灰に覆われ、血のにおいも焦げ臭さに紛れてもはや感じられない。部下の一人がムン・グモクの頬を張り飛ばして正気づかせてから、腕をつかんで引き起こした。ほかの部下たちは彼女とミョンファの父親の手を背中に回させ、手首を縛る。

「人質はバンに乗せたほうがいいよな？　車は狭いから……」

チェ・テリョンの息子がケ・ヨンムクの顔色を窺いながら言う。

「ええ、そのほうがいいでしょう。私が人質と一緒にバンに乗ります」

ケ・ヨンムクが答えた。

「人質は明日の朝までどこに置いとく？　普段だったら招待所がちょうどいいんだけどな、今日は連れてくわけにゃいかねえだろ？　来客があるから」

「生き物は、生きたまま保管するのが難しいんですよね。テリム物産はどうですか。駐車場が屋内にあるから、倉庫まで人目につかずに人質を連れていけるでしょう」

チェ・テリョンの長男はうなずき、死体を積んだ車に乗り込んだ。ケ・ヨンムクは人質と一緒にバンに乗る。車はテリム建設に、バンはテリム物産に向かった。途中でようやく我に返ったムン・グモクは、バンから降りて建物に入ってゆく間ずっと、すすり泣きながら祈りの言葉をつぶやいていた。ミョンファの父親は依然として呆けたような顔だ。

ムン・グモクとミョンファの父親を建物の中の倉庫に連れていく部下の後を、ケ・ヨンムクは監視しながらついていった。倉庫に入ると、人質二人を縛めたロープがきちんと結ばれているか、手ずからチェックする。人質がロープを解いて逃げ出すなどというのは、映画の中でもなければあり得ない。そんなふうにして人質に逃げられたことなど、ただの一度もなかったとはいえ……。ケ・ヨンムクがロープの結び目を確認するのには、一分もかからなかった。

「水を飲みたがったら、ボトルを口に当てて流し込んでやれ。食い物はやるな。一日ぐらい食わなくたって死にはしないからな。便所に行きたいと言っても行かせるな。放っておけば、自力でどうにかするだろう」

ケ・ヨンムクは、テリム物産に残してゆく二人の部下に指示した。猿ぐつわはかませず、ただ人質たちが互いに話をしたり、外に向かって大声で叫んだりしたら、そのたびに腹を一回ずつ蹴ってやれと命じる。猿ぐつわを禁じたのは、かませ方を間違えて人質が窒息して死んでしまうという屈辱的な経験をしていたからだ。

*

〈ウン・ミョンファです。皆さんにお願いがあります。先ほどウヒさんが殺害されました。チェ・

テリョン一味の仕業です。チェ・テリョン一味はいま、グモクさんと私の父を人質に取っています。ウヒさんの知り合いを一人、明日の朝までに連れていかなければ、グモクさんと父を殺すと、そいつらに脅迫されています……〉

ミョンファが団体チャットルームにメッセージを書き込むと、それからしばらくの間、電話は休むことなく鳴り続けた。その知らせが事実なのか確かめようとする電話だ。電話をかけてきた長豊郡の女性商人たちは衝撃を受け、泣き叫ぶように「何てこと、ああ、ほんとに何てこと！」という言葉ばかりを繰り返した。その一方で彼女らは、パク・ウヒがどのように死んだのか、チェ・テリョンがパク・ウヒの〝知り合い〟をなぜ捕らえようとしているのか、繰り返し訊いてきた。

せわしなく電話を取り続けていたミョンファは、はじめの問いについては一人にくわしく説明し、ほかの人たちに伝えてもらうことにした。が、後の問いについては最後まで言葉を濁した。ミョンファは、自分が電話を取り続けているわけにはいかず、いま必要なことはチェ・テリョン一味に関する情報なのだとメンバーに説き聞かせた。

〈申し訳ないけれど、いまからは私に電話をかけるのは控えていただけますか。皆さんの疑問についてはのちほど説明しますので。いまから私は、あちこち動き回ることになると思います。電話をマナーモードに設定して、合間合間に団体チャットルームにアップロードされた情報を確認するだけにさせてください。追跡中のチェ・テリョンの弱みを探ると同時に、人脈を活用して平和維持軍に助けを求める考えです。このままチェ・テリョン一味に降伏するわけにはいきません。私には何の権限もありません。ですが、緊急要請をいたします。ウヒさんに代わって……。今日一日だけ、私に皆さんの時間をください。テリム建設とテリム物産の事務室、主な工事現場、人力事務所二か所、チェ・テリョンの家、チェ・テリョンの部下たちがよく行く馴染みの酒場の周辺を注意深く見張り、そいつらがどこにいて、どこへ動くのかを把握していただきたいんです。とくに今回の事件の実行者であるケ・ヨンムクは、三、四人で追いかけていただけたらと思います。大きな食堂の予約状況も調べていただけるとありがたいです〉

ミョンファがおそろしく速いスピードで長いメッセージを打ち込む様子を、チャン・リチョルは感嘆しながら見ていた。彼女の指は液晶画面を叩くというより、もはやこすっているようだった。メッセージのアップロードを終えたミョンファは、スマートフォンで文字メッセージをやりとりする方法や、写真を撮って転送する方法を知っているかとリチョルに尋ねた。リチョルが首を横に振ると、やり方を教えてくれた。後で必要になるかもしれないからと言って。

「武器もいるかもしれません。いま持っている銃には弾丸が数発しかありません。チャットルームで、銃と弾倉があったら貸してほしいと頼んでいただけますか」

リチョルが要請した。ミョンファがうなずいて、メッセージをアップする。その間にすでに団体チャットルームにメッセージがいくつかアップされていた。ミョンファがそのうちの一つの内容をリチョルに伝える。

「平壌冷麵（ピョンヤンネンミョン）・タンコギ料理店で働いてる会員の書き込みがありました。日頃使わない別棟に、テリム建設の名前で十人、今日の夕方五時に予約が入ってると。予約は数日前に入ったそうです。従業員は三人以上配置され、くれぐれもすべて最高級のものを準備しておくようにと言われているそうです。チェ・テリョンが来ても、普段はそれほどにはしないんですって」

「よっぽど重要な接待があるようですね」

「それも五時に。夕食を早めにとって、その後にやることがあるってことですね。雪虎と何か関わりがあるんでしょうか。今日が作戦の実行日なのかしら」

「わかりませんが、偶然にしてはタイミングが合いすぎてるような気がしますね」

「一緒に長豊招待所に行きましょう。トンネルがあるかどうか、まず確認しないと」

ミョンファはそう言い、車に乗り込んだ。リチョルが助手席に乗り込みながら尋ねる。

「もしもそこにトンネルがなかったらどうします？　トンネルなんて、はなからどこにもなかったら？　私たちがいま推測していることがすべて的外れだったとしたら？」

ミョンファはびくっと体をこわばらせたが、すぐに力強く言った。

「構いません。今日の夕刻に平和維持軍を動かすことさえできればいいんですから。筋立てはなかなかそれらしいでしょう？　証拠を捏造してでも、とにかく人質を助けなきゃ。要は今日一日です。うまく今日を乗り越えたら、あとは逃げます、遠くに」

ミョンファはエンジンをかけたが、いくらも行かないうちに車を止めた。

「ちょっと待って」

ミョンファはサイドブレーキを引き、両手を額に当てて深呼吸した。

「ごめんなさい、ちょっと落ち着いてから……」

車から降りたミョンファは、またもしゃがみ込んで嘔吐した。涙を拭いながらリチョルに言う。

「すみませんが、背中をちょっと叩いてもらえませんか。すっかり吐き出しちゃったほうがよさそうなので」

＊

表向きの帳簿上、チェ・テリョンの事業のうち比重が最も大きいのはテリム建設とテリム物産だった。チェ・テリョンはテリム建設とテリム物産の社長を兼任していた。チェ・テリョンの長男はテリム物産の副社長、次男はテリム物産の常務だ。彼はいま、息子たちをテリム物産の経営に少しずつ参加させているところだった。

二社とも経営をきっちり分けなければならないほど大きな会社ではない。いまのところは社員も数十人ほどだ。どのみち朝鮮解放軍と開城組織〔繊維縫製協会〕の手を借りて本格的に薬物の密売に参入することになれば、二社は実際の収入源を隠す包装紙にすぎなくなる。

それでも二つの会社は別々の建物を使っていた。テリム建設は、長豊郡の中心地にあるそこそこ立派な四階建ての建物の全フロアを使っていた。一方、テリム物産はそこから車で十分ほど離れたところにある古びた三階建てだった。チェ・テリョンがモムキャム事業をしていたとき、スタジオとして使っていた場所だ。

チェ・テリョンと二人の実の息子と、実際は甥である養子のチェ・シンジュ、そしてチョ・ヒスンはテリム建設の役員会議室で弁当を食べていた。憲兵隊長が死ぬ前に訪ねてきた部屋だ。壁の時計は午後一時四十五分を指している。その日、チェ・テリョンは忙しく、午前中に片づけなければならない仕事が山ほどあった。それで、ほかの者もチェ・テリョンの日程に合わせ、遅い昼飯を同じ弁当で済ませているのだった。

逆コの字形をしたテーブルの中央の席に陣取ったチェ・テリョンは、食事をしながらタバコも吸っていた。夕刻には、朝鮮解放軍と開城繊維縫製協会の中間幹部に会うことになる。もうじきだ。チェ・テリョンは内心ピリピリしていた。そんな父親の心中も知らず、チェ・テリョンの長男は、朝方の出来事を長々としゃべった。長豊バーガーの女たちを見つけ出した話だ。自分の果たした役割はさりげなく誇張している。一度チェ・テリョンにフッと鼻で笑われたのに、彼は気づかなかったようだ。

次男のほうも兄に負けじと、取るに足らないテリム物産の事業の進み具合などを重々しい口調で父親に報告し始めた。が、ふと父親の目つきを見ると、だんだん寡黙になっていった。

チェ・シンジュは卑屈な態度でチェ・テリョンと二人の兄の顔色を窺っていた。何日か前、まさにこの場所でチェ・テリョンに情け容赦なく叱責され、チョ・ヒスンにそれこそ嘔吐するまでさんざん殴られたからだ。チョ・ヒスンというのは、ある意味ではケ・ヨンムクよりも恐ろしい男だ。「たっぷりヤキを入れてやれ。ただしどこかぶっ壊しちまったりはするなよ」という指示をチェ・テリョンから受けたとする。ケ・ヨンムクだったら、完璧に指示どおりに実行する。それがイノシシに似たチョ・ヒスンだと、言われたとおりにできずに障害を負わせるか、最悪の場合、殺してしまう恐れさえあるのだ。あくまでも、しくじって。

そのチョ・ヒスンはというと、窓の一番近くに座り、不満げな表情を浮かべていた。そのとき彼の頭の中にあったのは、チェ・テリョンやその息子たちなどではなかった。弁当の量。何だこりゃ、腹の足しにもならんじゃないか……。ケ・ヨンムクの場所に置かれた手つかずの弁当にちらりちらりと目をやる。

そのとき、ケ・ヨンムクが役員会議室のドアを開けて入ってきた。人質をテリム物産の倉庫に閉じ込め、直行してきたのだ。

「ご苦労だったな、ケ部長。さあ、早く座って食え。チェ・シンジュ、お前はもう行っていい」

チェ・テリョンはケ・ヨンムクをねぎらった。チェ・シンジュのほうは、しめたとばかりに箸を置き、生まれついてのいびつな顔を安堵に弛ませて出ていった。ケ・ヨンムクはぺこりと礼をしてチェ・テリョンの隣の席に座った。そして鶏の揚げ物をいくつか弁当箱の蓋に取り、残りをチョ・

ヒスンに勧める。チョ・ヒスンは礼も言わずにさっそく食べ始めた。

「それだけしか食わないで大丈夫か？」

チェ・テリョンが案じると、ケ・ヨンムクが答える。

「今日は重要な日ですから。食べすぎると体の動きが鈍くなりますからね」

「まあそうだな、後でタンコギも食わにゃならんし。今日の雪虎作戦には俺とケ部長、それからチェ常務が行く。朝鮮解放軍と開城組織を接待する席にもその三人で行く。副社長は挨拶だけしたら帰っていい。それから今日は、終業時間になっても退社するな。チョ部長と留守を預かれ。人質、それから目元に傷があるっていう例の解決屋の件もお前ら二人に任せる」

チェ常務とは次男、副社長とは長男のことだ。

「雪虎作戦に参加させていただけないんですか？」

長男は信じがたいという表情で抗議した。

「それについては会議が終わったら話そう。ちゃんと理由があるんだ」

チェ・テリョンがタバコを灰皿の底でもみ消しながら答えた。

＊

「私が覚えてるのと違うわ。あそこが全部、工事現場だったのに」

ウン・ミョンファがつぶやく。

「いいほうに考えましょう。私たちの推測が当たっている可能性が高いってことでしょう」

チャン・リチョルが言った。

「それはそうですが……」

長豊招待所があった場所は、鉄でできた巨大な仮囲いで四方を覆われていた。囲いの高さは四メートル近くありそうだ。工事現場の正門は閉まっており、その脇に警備詰所がある。中には制服を着た男が二人いた。

「ひと回りしてみましょう」

ミョンファはそう言うと、ハンドルを切った。

囲いは、上から見下ろしながら物差しを使って線を引いたかのように正確な長方形を描いて招待所があった場所を取り囲んでいる。長い辺は二百メートル、短い辺は百五十メートルほどか。たわんだりへこんでいるところもなく、頑丈そうだ。中を覗き込める隙間や穴などもない。

ミョンファが言っていた乗馬練習場やテニスコートの跡は、囲いの外にあった。かつて池でもあったのか、それとも土がこそげてそうなったのか、囲いの下の地面が深くくぼんでいる部分があった。その付近だけ雑草が茂っている。

「あの下のところから入り込めないでしょうか？」

ゆっくりと車を走らせながら、ミョンファが雑草の茂ったところを指さす。けれど、リチョルは慎重に見きわめてから首を横に振った。

「無理だと思います。この囲いはただ立ててあるんじゃなくて、地面に土台コンクリートが打ってあります。あの草の下もコンクリートで固められているはずです」

「でも、ちょっと見てみたら……」

「上にカメラがあります」

リチョルが指で上方を示した。囲いの上には固定式の監視カメラが何台も取りつけられていた。

一方に三台ずつ、あわせて十二台だ。カメラの方向はみな外側を向いている。いったん中に入り込みさえすれば、カメラは気にしなくてもいいということだ。

二人は車を返し、近くの坂に向かった。トンネルは見つけられないかもしれないが、囲いの内側の建物の配置がわかるのでは、と思ってのことだ。ところが、テリム建設はそんな点まで考えに入れていたようだ。囲いは絶妙な高さになっていて、内側は完璧に隠されている。

「どうしましょう。監督機関から来たって嘘をついて、入口を開けるように言ってみましょうか。それとも警備員に賄賂を渡すとか?」

ミョンファが提案する。

「どちらもうまくいきそうにありませんが」

リチョルは同意しなかった。

「トンネルの入口らしく見える写真を何枚か撮っておかないと。でないと、平和維持軍に嘘をつくことになったとき、騙し通せるかどうか……」

「あそこの曲がり角にある木、見えますか? あの木に登って囲いを越えるのなら、できそうです。その間だけ、警備員の目を引きつけてくれませんか。詰所の中に監視モニターがあるようですから」

「やってみます」

ミョンファがうなずく。

「私は一度中に入ったら、いつ出てこられるかわかりません。お一人で待つことになりますが、大丈夫ですか?」

「大丈夫です」

「武器を持っていったほうがよさそうです。団体チャットルームに何か情報が出ているか確認してもらえますか」

リチョルが言った。ミョンファは携帯電話を取り出し、チャットルームにアップされた情報に急いで目を通した。数百件ものメッセージがアップされている。しばらくしてミョンファが口を開いた。

「銃は二丁、銃弾は二十発ぐらい入手できそうです。私がもらいに行ってきます。チャンさんはここで待っていてください。人目につかないに越したことはありませんから」

「わかりました。この近くに隠れています」

リチョルは車から降りた。ミョンファはアクセルを踏もうとして、ふと思いついたように言った。

「まさかないとは思いますけど、でも、もしも……もしもチャンさんが逃げたりしたら、地球の果てまででも追いかけますよ、私」

「待っています、ここで」

「気をつけて」

ミョンファが長豊郡市街の方面に向けて車を出発させた。リチョルは坂の上に適当な場所を見繕(みつくろ)って横になる。腹からぐうっと音がした。そう言えば、昼食の時間をはるかに過ぎている。おそらく今日は夜まで何も口にできないだろう。仕方がない。それよりは、ミョンファが手に入れてくるという銃と銃弾が気になる。

実弾二十発というのは、戦闘になった場合、決して充分な数ではない。いくら狙いをきっちり定めても、拳銃というのは油断ならない武器だ。実際に正確に的に当てたとしてもだ。敵が防弾チョッキを着込んでいるかもしれないし、体格がいい相手だと、口径が小さい銃弾を一、二発浴びてもすぐには倒れなかったりする。だから、拳銃のみで接近戦をするときには、まず体を二発、それから頭を一発というのが定石だ。とはいえ、奇跡といっていいほどの幸運に恵まれて一度も的を外さず、銃弾三発で一人ずつ倒したとしても、二十発だと六人、よくて七人がせいぜいだ。

タンコギを食ってやって来るのは何人ぐらいだろうか。

リチョルは電話を出し、おぼつかない手つきで文字を打ち込んだ。彼はミョンファに、切れがよくて頑丈な果物ナイフを一つ買ってきてほしいと頼んだ。メッセージが送信されたのを確認すると、空を見上げて寝転がる。

雨がひと粒顔に落ちてきた。リチョルはポケットから携帯電話を出し、時間を確かめた。午後二時十分だった。

*

下の息子とケ・ヨンムク、チョ・ヒスンが出ていった後、チェ・テリョンは長男と二人、会議室に残った。チェ・テリョンがタバコの箱を差し出す。上の息子は丁重に一本抜いて火をつけ、煙を吸い込んだ。チェ・テリョンは無言でそんな息子を見つめていた。

「私が何かヘマでもしたんでしょうか。なぜ作戦に加えてくださらないんですか」

沈黙に耐えきれなくなった長男が口火を切った。

「考えてみろ。俺がどうして招待所にお前を連れていかないのか」

息子は煙を二度吐き出してから答える。

「こういうことには弟のほうが向いてると思われたんじゃないですか。昔から私たち二人が競争し合うように仕向けてらっしゃいましたよね……」

「お前を連れていかない理由はな、俺かお前の弟がそこで死ぬかもしれないからだ」

チェ・テリョンは息子の言葉を遮った。息子が目を大きく見開く。

「え？」

「考えてみろ。朝鮮解放軍にとって俺たちがどういう存在なのか。トンネルから水を抜き、補修するには、現地の組織の役割が絶対的に重要だ。だが、その作業は終わった。自分たちでトンネルを管理したい。そんな誘惑を感じてもおかしくないだろう？　このチェ・テリョンを殺して組織をそっくり手に入れようともくろんだことが一度もないとは考えられん」

「考えが及びませんでした、そこまで……」

「お前もいつかは俺の事業を引き継ぐことになる。あらゆる可能性に備えにゃならん。ケ・ヨンムクとチョ・ヒスンは朝鮮解放軍の所属だ。死んだパク・ヒョンギルも朝鮮解放軍だった。お前、俺、それからお前の弟を監視するために送り込まれてる奴らだ。ケ・ヨンムクは頭がいいから二股をかけてる。だがチョ・ヒスンは絶対に信じちゃいかん。朝鮮解放軍と俺がそれぞれ違う命令を下したら、朝鮮解放軍のほうに従う奴だ」

チェ・テリョンの長男の顔から血の気が引いた。

「そんな……、知りませんでした」

「もしも今日、俺に何かあったら、すぐに開城に行くんだ。開城繊維縫製協会と競合する別の組織がある。そこに預けておいたカネとブツがある。そいつを受け取って、後のことを考えろ。それが長男の役目だ」

若い後継者は顔を伏せて、チェ・テリョンから組織の連絡先を受け取った。

役員会議室の一階下ではケ・ヨンムクとチョ・ヒスンがタバコを吸っていた。彼らのすぐ脇に浄水器がある。チェ・シンジュがおどおどとやって来て、紙コップに水を注ぎ、戻っていった。チェ・シンジュがいなくなるのを待って、ケ・ヨンムクがチョ・ヒスンに言う。

「今夜は宿所に戻らないで、テリム物産のほうを頼む。だからって人質に余計な手は出すなよ」

「何を言う。俺に何やら妙な趣味でもあるみてえじゃねえか。爺婆なんかにゃ興味はねえよ」

片手にタバコ、もう片方の手に爪楊枝を持ったチョ・ヒスンが、ふふんと横柄に笑い飛ばす。

「部下どもは二交代制にするのがいいだろう。目元に傷があるっていう例の男が夜に侵入してくるかもしれない。そいつの正体はわからん。ことによると、人質やテリム建設とは関わりなく、俺たちを追っているのかもしれん」

ケ・ヨンムクが言った。

「もし来たら、この俺の手にかかるまでさ。さすがはケ上士だ、頭が回るな。人質をエサに使おうってんだろ」

「どうとでも考えろ。社長と俺は雪虎作戦の間は連絡を受けられない。その間、人質はお前が責任を持て。目元に傷のある奴を捕まえたら大手柄だ。だがな、優先順位をよく考えるようにしろよ」

ケ・ヨンムクが言った。

「手柄？　誰にとってのだ？　チェ・テリョンか？　しっかりしろよ、ケ・ヨンムク。俺らはテリム建設の社員じゃないんだぞ。俺はな、テリム建設だろうがチェ・テリョンだろうが、どうなろうといっこうに構わん。このドブみてえなところにゃ、気に食わねえ奴らばっかりいやがる。下請けのくせして偉そうにしてるテリム建設の奴らも気に食わねえし、朝鮮の地で英語なんぞくっちゃべる平和維持軍の連中にも反吐が出るわ。俺はそろそろ限界だ。どいつだろうが、目ざわりな奴はみんなぶっ殺して両江道（リャンガンド）に帰るぞ」

チョ・ヒスンの言葉に、ケ・ヨンムクはただかすかな笑みを浮かべてみせた。が、腹の中では首をへし折ってやりたい衝動に駆られてもいた。相も変わらずバカな奴だと聞き流しているうちに、ふいに頭に血がのぼったのだ。もちろんそんなことはおくびにも出さなかったが。

「わかってるさ。俺も似たような心境だからな。けどな、そんな話は別の部下どもやチェ・テリョン一家の連中の前でするんじゃないぞ。俺たちの手の内をそっくり見せてやることもないだろう?」

ケ・ヨンムクがなだめるように言った。

「どうやらやっと話が通じるようになったみたいだな」

チョ・ヒスンがケ・ヨンムクの肩を叩く。ケ・ヨンムクはニッと笑った。いつか貴様をこの手であの世に送ってやる。そんな意味の込められた笑いだった。チョ・ヒスンが彼の肩を叩いたから。それが理由だ。午後三時半だった。

＊

運よく、雨は時折ぽつぽつと落ちてくるくらいだった。体は濡れるよりこわばるほうが心配だ。リチョルは腕と脚のあちこちの筋肉に力を入れたり抜いたりし、いつでも動けるよう備えた。頭の中では、木を登って囲いを飛び越えるシミュレーションを何度も繰り返す。太い枝を鉄棒のように活用し、弾みをつけて遠くへ飛ぶ。三十秒ぐらいあれば充分な気もするし、そうそう思うようにいくだろうか、という気もする。

ウン・ミョンファが戻ってきたのは三時間ほど経った頃だった。坂の上に車を止めたミョンファは、助手席に積んだ重そうなリュックを持ち上げてみせた。

「開けてみてください」

車に乗り込んだチャン・リチョルにミョンファが言う。

リュックの中には拳銃が二丁と弾倉、鉄製の鉤とナイロンのロープ、単眼の望遠鏡、イヤフォン、懐中電灯、「労働新聞」、それからナイフがあった。拳銃は朝鮮人民軍で六十四式と呼ばれていたブローニング自動拳銃とワルサーPPKだった。弾丸の数は、全部で十七発。鉤は太いステンレスの爪が三つくっついた形のもので、下部にロープを結べる穴があけられている。懐中電灯はホワイトボードマーカーぐらいの太さだが、頭の部分を回してみるとそこそこ明るく、焦点も調節できるようになっている。望遠鏡も懐中電灯と同じくらいの大きさだった。回すとズーム調節できるつまみがついている。ナイフは、短いながらもずば抜けて鋭利な刃を持つ折り畳みナイフだった。刃先は尖っている。台所などで使われるものではない。明らかに殺傷用だ。ずしりと持ち重りのする感じもいい。リチョルは感嘆の目でミョンファを見た。

「こんなものをどこで買ってきたんです?」

「あちこち回って。必要になるんじゃないかと思ったものを手当たり次第に買ったんで、役に立ちそうにないものは捨ててください。鉤は使えそうかしら?」

「もちろんです。ところで新聞とイヤフォンは何のために?」

労働新聞は最新の日付だが、とくに目に留まるような記事はなさそうだ。

「トンネルを見つけたら、写真を撮って送ってほしいんですが、この新聞はそのときに使うんです。トンネルの入口の脇に置いて一緒に撮ってください。そうすれば、捏造じゃないって証明できるでしょ。写真は一枚きりじゃなくて、何枚か撮ってくださいね」

ミョンファの説明にリチョルはうなずいた。

「イヤフォンは？」

「ちょっと持ち歩き電話、いいですか？」

ミョンファに言われてリチョルは携帯電話を取り出し、運転席と助手席の間に置いた。ミョンファはリチョルの電話機にイヤフォンをつなぎ、リチョルの両耳にイヤーチップを押し込んだ。ミョンファの手が耳に触れたとき、リチョルはかすかにぴくっとしたが、じっとしていた。ミョンファはポケットからイヤフォンをもう一つ取り出して首に巻くと、自分の携帯電話の端子につないでリチョルに電話をかけた。ミョンファのイヤフォンは、小型マイクがついたものだった。

「私の声、聞こえますか？　イヤフォンから」

「よくわかりません。近くにいるので」

「じゃあ、外に出てみますね」

ミョンファは手で胸を押さえてドアを開け、車を降りた。そして傘を差さず、雨に濡れながら走って十メートルほど離れ、車に背を向けて立った。

「テスト、テスト」

ミョンファがマイクに向かって言った。

「聞こえます？」

「聞こえました。テスト、テストと」

リチョルが言った。ミョンファは車に戻りながら言う。

「私が警備詰所に行って、警備員たちの注意を引きます。警備員が二人ともモニターから目を離したら、〝いま〟っていう単語を自然に使います。私の口から〝いま〟って言葉が出たら、鉤のついたロープを使って囲いを乗り越えてください。時間はどれぐらいかかりますか？」

「二十秒ぐらいあれば充分です。ここからは、別々に行動したほうがいいですね。車から降りて、あの木の後ろに隠れています。十分後に出発してください」

リチョルはそう言って、拳銃と弾倉、それからナイフをリュックにしまった。鉤とつなげたロープは左腕に緩く巻いておく。ミョンファが車に戻ってくるのと入れ替わりにリチョルは助手席から降りた。

ミョンファに一度うなずいてみせ、リチョルは坂道を駆け降りていく。声をかけ合う暇もなかった。ミョンファは戸惑ったように立ちつくしていたが、やがて車に乗り込んだ。

きっかり十分後、ミョンファはアクセルを踏んだ。ふつうのスピードで警備詰所の前を通り過ぎ、五十メートルぐらい離れたところで車を止める。

彼女はシャツのボタンを一つ外し、髪を撫でつけた。そして車から降り、足早に工事現場の正門へ向かう。さっきまでぽつ、ぽつと落ちてくるぐらいだった雨は、いまでは小雨ぐらいになっていた。

「あのう、すみませんけど、車がちょっとおかしくって。見てもらえないでしょうか。エンジンが急に止まっちゃったんです」

ミョンファは警備詰所の窓を叩いて言った。男に対してこんな目つきで、こんな口調で話しかけている。この私が……。何者かに体を乗っ取られて動かされてでもいるようだ。

「どうしたんです？」

のんきそうな警備員が、好奇心と警戒が半々の顔で応じた。もう一人の警備員はあからさまに歓迎している様子が窺える。退屈しのぎにちょうどいいということだろう。二人とも、十二台の監視カメラが送ってくるモノクロの映像モニターになど見向きもしていない。

「走ってたら、急に止まっちゃったんです。私、いま、ほんとに急いでるんですよ。すみませんが、お二人のうちどちらか、ちょっと見てくださるわけにいきませんか？」

ミョンファは唇に軽く前歯を当てて首をかしげ、困った顔をしてみせた。

リュックを背負ったリチョルは、木の後ろから囲いの前へ一気に飛び出した。左腕に巻いてあったロープをほどき、注意深く狙いをつけて鉤を投げ上げる。鉤は囲いの一メートルほど上を越え、反対側の面にぶつかった。鉄板に石がぶつかるような、キンという鋭い音がした。ロープを引っ張る。鉤が囲いのてっぺんに掛かった。ナイロンのロープを強く引っ張り、体重をかけても耐えられるか確認する。そこまでかかった時間は七秒ぐらいだった。

リチョルは五秒もかけずに囲いを上りきった。右足は囲いの外側に、左足は内側に、囲いをまたいだ姿勢で上半身をかがめる。まずは囲いの内側の工事現場だ。近いところからだんだん遠くへ、素早く目を走らせる。警備兵や監視者は見当たらない。リチョルは鉤を手に取り、垂れ下がっているロープを引き上げた。それらをひとまとめにして囲いの内側に投げる。囲いに上ってからそこまでで、かかった時間は五、六秒ほどだった。

リチョルは囲いの内側に音も立てずに飛び降りた。地面に降りるやいなや、ロープの束を手に近くのコンクリートの壁の後ろに移動する。

「ああ、何なのよ、もう。車を見てほしいって頼んだだけでしょ。誰も遊びたがってなんかいないわよ。バカにしないでよ！」

ミョンファが警備員たちに向かって怒鳴る。

「だって、詰所を長いこと空けておくわけにゃいかねえんだよ。早く直してやろうと思っていろいろ訊いただけなのにさあ、何をそうカッカするかなあ?」

警備員の一人がにやにや笑いながら言う。ミョンファは無視して身をひるがえし、彼らを残してエンジンを止めておいた車に向かった。

午後五時二十分だった。

4

韓国の犬肉とは異なる平壌(ピョンヤン)のタンコギの特徴は、一匹の犬から多彩な料理をつくるところにある。長豊郡(チャンプン)の平壌冷麵(ネンミョン)・タンコギ食堂で最も高価なメニューはハンサンチャリム〔膳いっぱいに並ぶコース料理〕だったが、それを注文すると、茹で肉と犬鍋をはじめ背骨肉の煮物、サムギョプサル、カルビサル〔骨なしカルビ〕、鍋料理、後ろ足のぶつ切り煮、和(あ)え物、粥(かゆ)などの料理が出てくる。みな犬肉を使った料理だ。

チェ・テリョンは、食堂の離れにハンサンチャリム十人分を準備するよう言っておいた。そればかりか、まずめったに供されることのない犬の丸焼きまで注文してある。足を切り落として内臓を取り除き、腹に米を詰めて丸焼きにするもので、大がかりなバーベキューパーティーなどにしばしば登場する豚の丸焼きとよく似ていた。

膳を囲み、雪虎(ヌンホランイ)作戦の十人の関係者が座っている。チェ・テリョンの二人の息子を除く八人は、その手で人を殺した経験がある。その八人に命を奪われた犠牲者は百人ではきかないだろう。すぐ前日に死んだ者や、パク・ウヒのようにその日の朝に犠牲になった者まで。チェ・テリョンの二人の息子は、そんな彼らの素性まではよく知らなかったが、自分たち二人以外の男たちが醸し出す人間離れした威圧感だけは確かに感じ取っており、正直なところすっかり怖気づいていた。ほかの男たちもうわべでは笑い、騒いでいるが、その宴席には得体の知れない緊張した空気が漂っていた。朝鮮解放軍の少佐たちが親指を立てて見せ、長豊郡の平壌冷麵・タンコギ食堂の料理は、平壌にあるタンコギ料理店の元祖と比べても味が劣らないと持ち上げる。朝鮮解放軍の中佐も穏やかな笑みを浮かべたが、口元だけで、目は笑っていない。

「いやあ、両江道(リャンガンド)ではなにせ葉っぱばかり食ってますのでね、チェ社長のおかげで今日は舌も腹も、もう大喜びですよ。気持ちとしては、食事のあとで酒も一杯やって、友情を深めたいものですが、残念です」

「いや、まったくです。ぜひともまたおもてなしさせていただきたいですな。いつでもご連絡くださいよ」

朝鮮解放軍の中佐とチェ・テリョンが形ばかりの言葉を交わす。そのあとも二人は、咸興(ハムン)から長豊まで来る途中で一度も検問を受けなかったことに言及し、大した幸運じゃないかと意気揚々と話す中佐に対し、チェ・テリョンが「いやあ、それはそれは」と大げさに相槌を打ってみせるなど、うわべだけの歓談に興じた。

その一方で、開城繊維縫製協会の室長はというと、多少不快げな雰囲気を振りまいていた。この席が気に入らなかったのだ。こんな盛大な宴会を開いたら、人目にもつくし、食堂の従業員やほかの客の記憶にも残りかねないだろうに。そんな席をこれ見よがしに設けるチェ・テリョンという男も、慎重さに欠けているとしか思えない。そのうえタンコギだなんて。どこがうまいのだ、こんなもの。彼は歓談に割って入った。

「さて、腹も膨れたことですし、仕事の話に移るとしますか。従業員は下がらせて」

「さすがは開城商人*ですな。では、そういたしますか」

開城の麻薬組織を代表してやって来た室長の提案に、蓋馬高原（ケマコウォン）の薬物生産基地から出向いてきた中佐が応じる。チェ・テリョンは従業員をみな本館へと下がらせた。

「うちの品ですが、ダウンベストのサンプルに偽装して車に積んであります。ブツを取り出すには服の裏地を取り払う必要があるが、私の考えではそのまま、つまりダウンベストのまま運んだらどうかと。厚みはあっても重くはないですしな。その形で渡すほうが南朝鮮（ナムチョソン）側も楽なんじゃないかと思うが」

開城繊維縫製協会の室長が提案する。薬物流通に関する開城繊維縫製協会のずば抜けた競争力の背景には、巧みな偽装技術があった。その技術を駆使し、彼らは今後、咸興から長豊まで途方もない量の薬物を迅速かつ安全に運んでくることだろう。

「ブツだけだとどれぐらいの重さに？」

朝鮮解放軍の中佐が尋ねた。

「九キロ。重量は間違いない」

「九キロですと？　もっと多くても構いませんのに。完璧に整えられたルートがあるのだから」

チェ・テリョンが言った。

「今回は、手始めにということで。今日はトンネルがちゃんとつくられているか、テストする日だ。九キロだって決して少ない量ではありませんぞ。純度九十八パーセントの高級品だ。この頃は開城一帯の取り締まりが緩くなって需要も増えている。ここで売っても十万ドルにはなるはずだ」

「重量はソウルで確認させてもらいますよ。もちろん間違いないだろうが」

朝鮮解放軍の中佐が言った。

「それで相談なんですが、うちの車で雪虎の入口まで行けるようにしてもらえないかと。ダウンベストが計三十着。うち十五着にブツが一斤ずつ入ってる。それを別の車に積み替えるのは、重くはないとはいえ手間だし、人目にもつきやすくなる。おまけに雨も降ってますからな」

開城繊維縫製協会の室長が話を持ちかける。

「うちは構いませんが。両江道の方々はいかがですかな？」

チェ・テリョンが朝鮮解放軍のほうへ振る。

「我々がやろうとしていることは、なにせ前例がないことだ。我々がこの手でつくり上げ、整えねばならないことは、ひっきりなしに出てくることでしょう。開城の方々を疑っているわけではありません。しかし、例外をつくるときには慎重になる必要がある。いかがです？　車に載せた荷物は積み替えず、人が車を乗り換えるというのは。私たちが開城繊維縫製協会の車に乗り、私たちが乗ってきた車に開城の方々が乗る。または混ざって乗るか」

朝鮮解放軍の中佐が提案する。

「混ざって乗りましょう。私がそちらの車に乗る。中佐は私たちの車にどうぞ」

開城繊維縫製協会の室長が言い、朝鮮解放軍の中佐がうなずく。

次のテーマはトンネルに入る運搬係が予想時間までに戻ってこなかったときにどうするか、ということだった。トンネルの中では携帯電話も無線機も使えないということもあり、この問題はかなり重要だ。トンネルが途中で崩れたり、換気口が詰まるといった事故が発生する可能性もある。男たちは真剣に意見を交わし合った。

*

雨脚がやや強くなった。チャン・リチョルはコンクリート構造物の後ろに隠れて周囲をもう一度窺った。肉眼で一度見て、気になる部分は望遠鏡で重ねて確認する。移動できずに目と首ばかり動かしている彼の鼻先からは、雨の滴が垂れ下がっていた。警備兵は、少なくとも建物の外にはいない。それは間違いなかった。

長豊招待所はこぢんまりとした学校の校庭のような雰囲気だった。ウン・ミョンファから「忘れ去られた工事現場」というように聞いていたので、ひどく汚いか、荒れ果てていることだろうと想像していたのだが、正反対だった。むしろ「忘れ去られた庭園」という名がふさわしい。あちこちに灌木の茂みがあり、木も何本か植えられている。地面も平らにならされていた。

囲いで覆われた四角い土地の真ん中には円形のプールの跡があった。二十人ぐらいは充分に入って水遊びができそうな広さだ。深さは子どもの背丈ほどかと思われたが、確かにはわからなかった。泥が溜まっていてプールの底が見えないからだ。

プールの裏手に建物が三棟ある。真ん中の本館は四階建ての石造りの建物だったが、外壁を蔦が一面に覆っているのがなかなか良い趣だ。その左右には本館を縮小したような二階建ての建物が、対をなして向かい合っていた。ただ、左側の建物に関しては、二階の上の部分がほとんど崩れている。空から落ちてくる雨の滴が壁と屋根にぶつかって跳ね、建物が淡い光を放っているかのように見せている。

リチョルはナイロンのロープを巻いて鉤と一緒にリュックに入れ、今度はブローニング拳銃を取り出した。弾丸を装塡し、まず本館に向かう。

最高権力者のために建てられた別荘の地下に敵国へ続く地下トンネルがある。ふつうならあり得なさそうな話だが、朝鮮民主主義人民共和国とは、非常識で理解しがたいという点で、これとはとうてい比較にならないようなことを数えきれないほどしでかしてきた国だった。

建物の中に人はいないようだったが、リチョルは警戒を怠らなかった。両手に拳銃を持ったまま腰をかがめて素早く走り、入口の階段脇に身を潜める。人の気配がないのを確認してから階段を上がり、玄関脇でしばし息を整えた。そして銃を手に、一気に建物の中に入っていった。

本館内部は薄暗かった。ところが、まったく荒れ果ててなどいない。傷んだ外壁とは対照的に、室内はよく手入れされ、あちこちに構造補強工事の跡がある。天井の照明も新しく取りつけられたもののようだ。

狭いロビーを過ぎ、最初に見える部屋のドアを注意深く開けて入ってゆくと、一般住宅のリビングぐらいの広さの部屋が現れた。床には清潔なカーペットが敷かれ、中央に新しい木製テーブルと高級そうな革のソファがある。真新しいガラスのはまった窓、窓枠の脇には二重カーテン。テーブルの上には封が切られていない洋酒が一瓶とそのほかの飲み物、さらには輸入菓子まで置かれている。部屋の隅にあるオーディオの液晶画面が青くかすかに光っている。電気が通っているということだ。

リチョルは静かにその部屋から出て、一階にあるほかの部屋を見て回った。みな空っぽだった。窓にガラスもはまっておらず、雨が吹き込んでいる。

廊下の突き当たりに階段がある。リチョルはまず地下に向かった。窓がある一階とは異なり、地下は完全な闇だった。踊り場でピクリとも動かずに一分ほど立っていた後、リチョルはリュックから懐中電灯を取り出してスイッチを入れた。懐中電灯のクリップをリュックの肩ひもに留め、銃を手にして下りていく。

リチョルが歩を進めるたびに懐中電灯の明かりがちらちらと踊った。地下には、巨大な機械と書棚のようなものがあった。近づいてよく見ると、巨大な機械はディーゼル発電機、書棚のようなものは発電機が稼働しなくなったときに電力を供給するＵＰＳ（無停電電源装置）らしかった。

チェ・テリョン一味がこの建物をリゾート以外の目的で使おうと、あれこれ手入れをしていることは明らかだ。が、地下室にリチョルが探しているドアや通路はなかった。秘密の入口があるのではと思い、壁に沿って隅々を探りながら地下室を一周してみたが、やはり何もない。

本館の二階にも、これといって気になるところはなかった。一階ほどきちんと手入れがなされていないというだけだ。リチョルは三階には上がらずに建物を出て、正面から見て本館右の小ぶりの建物に向かった。雨脚はまたも強くなっていて、服も髪もぐっしょりと濡らした。

建物に足を踏み入れたとたん、リチョルは何ともいえない異臭を嗅いだ。濡れた練炭と工事現場のセメント粉のにおいが混ざったような悪臭とでも言おうか。リチョルは本館と同じ手順で捜索を開始した。一階を探り終わり、地下に向かう。

階段を下りるにつれ、悪臭はさらにひどくなってくる。階段を下りきって地下室に入ったとき、リチョルはついにその悪臭のもとと対面した。

地下室の真ん中に鉄製のテーブルがあり、大型の水槽が載せられている。水はすっかり抜けて水槽の底に土が積もり、魚の死骸が放置されている……。初めはそう思った。ところが、懐中電灯の光の中に人の頭が……二つの目があった場所にぽっかりと穴があいた人の頭が映し出されたとき、リチョルには水槽の正体がわかった。

建物の外の庭園のどこかに処刑場があるのだろう。チェ・テリョン一味はそこで人を殺害していた。時には噂を流す目的で生きたまま焼き殺したりもしていたのだろう。そしてその残骸をこの建物の地下に運んできて、ガラスの水槽に入れて展示しているのだ。部下たちの目に時折触れるように。動物の肉塊(にくかい)に完全に火を通すのはたやすいことではない。分厚い肉を焼いたことがある者ならばわかるだろう。けれど、人や獣の筋肉と脂肪をきれいに燃やし尽くして灰にするのは、それとはまた桁違いの根気のいる作業だ。体にガソリンやシンナーをかけて火を放つだけでは、外側は真っ黒に焼けても体の奥、骨のあたりの肉すら燃えないうちに火が消えてしまうことが多い。体を切断するか、肉を前もって削ぎ取っておいたところで同じだ。火葬場の炉から出てくる遺骨のような状態にするには、骨が焼け続けるよう外部燃料と酸素を長時間供給し続けなければならないのだ。

チェ・テリョン一味は、そんな施設を持ってはいない。それに、火だるまになった人間が泣き叫びながら死の舞踏を踊る光景が、彼らには必要だった。真っ黒に焼けた遺体の上にシンナーをもう一度かけて火をつけたとしても、残るのはきれいに焼けた白い骨ではない。焼け焦げた肉付きの骨だ。だからこそ、彼らはそれを水槽に入れておくのだ。そして、においを抑えるために、その上に石灰を撒く。

いったいどれほどの人間が焼き殺されたのだろう。二十人? 三十人?

リチョルは懐中電灯で水槽を照らし、注意深く観察した。パク・ウヒの息子やムン・グモクの夫の遺体だとわかるような証拠が、もしかしてあるのではないかと。

完全に燃え尽きていない歯茎に残った金歯が光る。脇や股らしき部位の、腐敗が進んで黒くなった皮膚には焼け残った毛がくっついている。女の乳房のように見える肉塊もある。ひときわ小さな頭と遺体の一部がリチョルの視線をとらえた。四、五歳ぐらいかと思われる子どもの焼け残った上半身だ。その残骸は、背中と腰の部分で別の死体とつながり、ひとかたまりになっていた。子どもとつながった遺体のほうは頭や手足がなく、体だけ残っている。まるでトルソー〔頭や手足のない胴体だけの彫像〕だ。肩幅の狭いその体は、長い髪をしていたようだった。その一部が焼け残った肉の中に埋もれ、蜘蛛（くも）の巣の模様を印刷したかのように見せている。

若い母親は、生きたまま焼かれながらも子どもをしっかり抱きしめていたのだろう。いまは二つの穴となった子どもの遺体の目から、二センチほどのシデムシ〔動物の骸に集まり、それを餌とする昆虫〕がふいに飛び出してくる。リチョルはとても見ていられずに顔を背けた。光沢のある黒い背中に赤い模様のあるシデムシが触角を動かす。背筋をゾッとさせるような動きだった。

リチョルはうめくようにつぶやく。誰なのかはまだわからないが、かつては自分の同僚だったであろう何者かに向かって。

「これはさすがにやりすぎじゃないか、同志」

呼吸を整えているリチョルの頭の中に、ミョンファとパク・ウヒの言葉が順に浮かんだ。

「今日、人を殺しましたよね。それについて、良心の呵責みたいなものは感じないんですか？」

「生まれてはいけない国に生まれてしまったんだっていう気がする」

「こんな思いをしながら生きられないの、もう」

リチョルは拳銃をズボンの腰に差し込んだ。携帯電話と新聞を取り出し、水槽と一緒に写真を撮る。「労働新聞」の一面と、ほぼ白骨化した誰かの頭が一つの画面に入るように。新聞をリュックにしまったリチョルは壁に視線を向けた。

けれど、この地下室にもトンネルや秘密通路の入口は見当たらなかった。リチョルは壁を上下に観察しながらも、時折、正気を失ったかのようにつぶやいた。

「これはさすがにやりすぎじゃないか、同志」

*

ウン・ミョンファは長豊郡の中心部から少し離れた空き地に車を止め、運転席に座っていた。フロントガラスに雨の滴が点々と散っている。滑りやすい傾斜面に危なっかしく取りついている雨粒は、クリティカルポイント〔物事が限界に達する段階・時点〕を迎えると、一瞬のうちに水の筋に変わって流れ落ちていく。

自分の人生も、何時間か前にクリティカルポイントを越えたと彼女は考えていた。彼女はいまや、滑り落ちていく真っ最中だった。その重力を拒むことはできない。どれだけうまく滑り落ちるか。自分にできることは、もうそれしかない。

だいたい十分間隔でメッセージの受信音が鳴った。

〈テリム建設の刑務所建設現場は雨のせいで早めに切り上げ。雑役夫のみ残って室内清掃中。人目にもつきやすくカメラもあるので、グモクさんとミョンファのお父さんを連れてきて閉じ込めるっていうのは難しいか。それでも隅々まで観察してみる〉

〈兎山（トサン）郡方面の人力事務所、怪しい感じ。さっきからやたらと騒がしい。理由を調べてみる〉

〈チェ・テリョンは自宅にはいない。家には妻とつんけんした家政婦が一緒にいるが、妻が家政婦に何やら怒鳴っている模様。認知症の老母は部屋にいる様子〉

パク・ウヒの死を知った長豊郡の女性商人たちは、親身になってミョンファを手助けした。その日の商売を切り上げてしまい、グループをつくってチェ・テリョン組織の幹部を追っているメンバーもいる。にもかかわらず、いまのところこれといった成果はなかった。ムン・グモクとミョンファの父親を見たという情報は、依然として上がってこない。

〈チェ・テリョンは、二人の息子と平壌冷麵・タンコギ食堂にいる。ケ・ヨンムクもいるが、チョ・ヒスンとパク・ヒョンギルは不明。客を招いて離れで一席設けてるところだけど、みな殺伐とした雰囲気の男ども。離れに入った従業員の話を聞いて、また報告する〉

〈チェ・シンジュは街のごろつきどもと一緒。雨が降っているからか、酒が飲みたくなった模様。チヂミの店でマッコリ飲酒中〉

〈チョ・ヒスン、パク・ヒョンギルは間違いなく食堂には不在。離れには全部で十人いるが、親しい間柄には見えないとのこと。酒も戊戌酒（ムスルジュ）〔犬肉を茹でた水でつくる伝統酒〕を一杯ずつのみ。食堂のメインホールにはチェ・テリョンの子分が何人か。離れの客とは関係ないふりしているのが見え見え〉

どうやら人質を見張っているのはチョ・ヒスンのようだ。でも、どこにいるのかがわからない。

どう滑り降りる？　どこに滑り落ちたらいい……？

ミョンファは携帯電話を手にした。チェ・シンジュの位置を伝えてきた女商人に電話をかける。

「もしもし、ミョンファです。チェ・シンジュはまだいます？」

「ああ、ミョンファ。大変ね、ご苦労様。もうマッコリ二瓶目に突入してるよ。機嫌は悪そうだね。まあ、あのご面相が機嫌よさそうに見えたことなんてないけどね」

「いまどこにいらっしゃいます？　チェ・シンジュが動いたら追いかけてもらえますか？」

「あたしは店だよ。うちの練り物の店、チヂミの店の真向かいなのよ。あの化け物、尾行したほうがいいの？」

「ええ、できればそうしていただけると。無理なら誰か別の人に頼んででも……」

「あたしがやる。スクーターがあるから、あいつが動いたらついてくよ。店は旦那と姑に任せればいいから」

彼女に心から礼を言い、ミョンファは次の相手に電話をかけた。自分から連絡することになるだろうとは、夢にも思わなかった相手に。

呼び出し音が四回鳴ってから、チェ・シンジュは電話を取った。

「うーん……おやぁ？」

チェ・シンジュは驚かなかった。彼女が電話をかけてくるかもしれないと思っていたに違いない。すがりつくような口調に聞こえるよう努める。

「チェさん、助けてください。父がどこに連れていかれたのかご存じでしょ？」

「さあなぁ。俺だって助けてやりたいのはやまやまだがな、ほんとに知らないんだよな」

「父とグモクさんを解放してください。お願い。チェさんならできるでしょ？　チェ・テリョン社長の息子さんなんだから」

「実の息子じゃねえよ。たかだか養子の身の上さ。それに、何で俺がわざわざ？」

いまだ。エサを投げるタイミング。

「父を無傷で解放してくれさえしたら、何でもします。何でも」

「……何でも、ねえ……。それ、本気で言ってんだな？」

チェ・シンジュはたちまち食らいついた。声が昂(たか)ぶっている。あまりに手もなく釣れたので、すんでのところで嘲笑を漏らしそうになった。

「ええ、何でも。後になって、言葉を翻したりなんかしません。自分の言ってることは、自分が一番よくわかってます」

「南朝鮮にいる男はどうするんだ?」

「もうずっと前に終わってます。私が受け入れられなかっただけで」

電話の向こうでしばし沈黙が流れた。

「……やっぱりダメだ、そいつぁ。ビジネスやってりゃな、時にゃ手を汚さにゃならんこともある。こんなことは前にもあった。でもな、伯父貴は悪い人間じゃない。一線ってのを越えることはないさ。それは俺が保証する」

チェ・シンジュは愚にもつかぬことをさんざん並べ立てた。ミョンファは適当に相槌を打ってやる。チェ・シンジュの長々とした馬鹿話は、「この際、俺って男を信じてみちゃあどうだ?」という言葉を最後にようやく終わった。

「なら、ひとつだけお願いします。父はひどい高血圧で、中風の気もあるんです。薬屋で清心丸(チョンシムファン)*を買って、飲ませてくれませんか。父が倒れるんじゃないかって気が気じゃなくて。このお願いさえ聞いてくださったら、御恩は一生忘れませんから。頼れるのはあなただけなの」

何やらもごもご言っているチェ・シンジュに、ミョンファは「聞いてくれますよね?」と駄目押しした。後は電話を切って、待つしかすべはない。

練り物店の女主人が電話をかけてきた。チェ・シンジュが酒を飲むのを切り上げて、薬屋に入っていったという。くれぐれも注意してね。ミョンファは尾行に入る彼女に念を押した。

薬屋から出てきたチェ・シンジュは、薬の入った袋を手にして車に乗り込んだ。飲酒運転など日常茶飯事。気は緩みきって、まったく無防備な状態の彼の車の後を、スクーターにまたがった練り物屋の女主人がゆっくりと追い始める。車が向かったのは、テリム物産の事務室だった。

＊

チャン・リチョルは、今度は正門から見て本館左手の別館に入った。二階が崩れている建物だ。本館の左側の建物は、右側の建物と対照をなす構造に見えた。だからといってリチョルは気を抜くことなく、ほかの建物のときと同じように時間をかけ、四方を警戒しながら階段を下りた。

懐中電灯の明かりの後ろに巨大な影が揺れる。ここの地下室には人骨を入れたガラスの水槽はなかった。けれど、もっと巨大な何かがあった。近寄ってみると、大型排水ポンプだ。上下にはパイプがつながっている。家庭用の小型のものなどではなく、下水処理場や発電所などで使われるような大がかりな代物だ。

排水ポンプの脇に正方形の鉄板がある。鉄板と床の間に電線が隠されていないかどうか、リチョルは注意深く目を凝らす。ブービートラップ〔敵が通るであろう動線に仕掛けておく罠〕というわけではなさそうだった。鉄板の片側をつかんで引っ張ってみると、斜めに持ち上がる。それを横にどけたところ、大人二人が同時に下りていけるぐらいの穴が現れた。懐中電灯であちこち照らしてみたところ、穴の底は少なくとも四メートルは下にあるようだ。穴の壁には一定の間隔をおいて鉄筋が取りつけられ、それをはしご代わりに上り下りできるようになっていた。

リチョルは拳銃をリュックにしまい、懐中電灯のクリップをズボンのベルトに差し込んだまま鉄筋を踏んで下りていった。一段、また一段と下りるにつれ、懐中電灯が床につくる光の円が小さくくっきりしてくる。床には少量だが水が溜まっているようだ。懐中電灯の光がとりわけ明るく反射する部分があり、彼の体から雨水が垂れると、下から水の跳ねる音が聞こえてくる。

足が床についたが、リチョルはよもや地盤が脆いということはないか確認したうえで鉄筋を握る手の力を抜き、初めて足に体重をかけた。床に溜まった水は、靴底を濡らす程度にすぎなかった。カビ臭いにおいが立ちのぼってきた。

リチョルは懐中電灯で周辺を照らした。立坑の下部空間は、上から見下ろしたときは一つの面が開いた正八角形だったが、大きさは立坑の断面積の三倍ほどあった。小さな家のリビングぐらいの広さだ。鉄筋の簡易はしごがつけられている立坑の壁が、正八角形の一辺になっている。コンクリートの壁面の下は、緑のウレタン塗料で大まかに防水コーティングがなされていた。八角形の空間のぽっかり口を開けている面には、かすかではあるが空気がゆっくり吸い込まれていくのが感じられる。

リチョルは懐中電灯を持ってその開いている面に向かった。大雑把につくられた階段が下に向かって伸びている。何段か下りてみると、ついに彼が探していたものが現れた。意外にも、鉄門や錠前のような装置はない。

立坑の下の八角形の空間から伸びている階段は、長いトンネルの中間部分とつながっていた。幅二メートル、高さ二メートル強のトンネルだ。ごつごつした岩壁が剥き出しになっている天井に対し、両方の壁と床はきれいにコンクリートで固められている。床の片側には排水路もつくられ、水が溜まらないようになっている。

トンネルはカーブせずまっすぐに伸びていた。ぽつんぽつんとではあるが電灯が下がっており、おかげで長さの見当がつけられる。一方は五十メートルぐらい先までしか電灯がついていないが、反対方向に向かうほうは、視野が及ぶ限りずっと続いている。そちらが南のようだ。リチョルが足を踏み出すたびに、重厚なこだまが響く。

いざトンネルの中に足を踏み入れると、入口とは違って空気はさほど濁ってはいなかった。どこかに換気設備があって、それがきちんと作動しているようだ。リチョルは一番近くにある電灯を確認した。安物の蛍光灯ではなくハロゲンランプだ。まだ新しい。最近このトンネルを手に入れた者が、岩壁の天井にアンカーボルトを打ち込み、電灯を取りつけて、その間をケーブルでつないだのだ。その作業はおそらくパク・ウヒの息子とムン・グモクの夫がしたのだろう。あれほど強靭な女性の息子が何ゆえにこんなことに巻き込まれる羽目になったのだろう。大金を稼げると思ったのだろうか。脅迫されていたのだろうか。それとも人として、母親とは格が違ったのだろうか……。リチョルにはわからなかった。

リチョルはリュックから「労働新聞」を出し、トンネルと一緒に写真を撮った。その際、トンネルの内部には携帯電話の電波がまったく届かないということがわかった。リチョルは下りてきた順序と逆に立坑を上り、立坑の写真も撮った。そのうえで、鉄板を元の位置に戻し、おぼつかない手つきでウン・ミョンファに写真を送信する。

〈やりましたね！　じゃあ、早く抜け出してください。チェ・テリョン一味が食堂を出ました。三台の車に分乗して長豊郡の南西方面に向かってます。行き先はきっとそこです〉

ミョンファが返事を送ってきた。

〈全部で何人ですか？〉

リチョルが尋ねる。

〈九人です。食堂では十人だったんですが、チェ・テリョンの長男は一人で長豊郡の市街に戻ったとのことなので〉

〈九人の中にケ・ヨンムクもいますか？〉

〈ええ。チョ・ヒスンはいませんけど〉

ミョンファが答えた。

〈お父さんとムン・グモクさんがどこにいるかは突きとめましたか？〉

〈ええ、多分。いますぐ平和維持軍に連絡します。この写真をエサに〉

そのメッセージにリチョルは返事を送らなかった。彼は携帯電話を切り、リュックに突っ込んだ。

彼はチェ・テリョン一味を待つつもりだった。

なぜならば、彼らがパク・ウヒを殺したからだ。ミョンファの父親とムン・グモクを連れ去ったからだ。パク・ウヒの息子とムン・グモクの夫にトンネルの補修作業をさせ、仕事が終わるやいなや始末したからだ。長豊郡で数多くの罪を犯し、人を数十人も焼き殺したからだ。幼い子どもと母親まで手にかけたからだ。


あいつらは罰を受けるべきだ。

チャン・リチョルはこれまで、道に迷った犬のように生きてきた。その視野は、かつて所属していた小さな組織の枠内に留まり続けていた。狂った国に生まれ、幼い歳で精神的な拠り所を失い、そこへ軍隊で新しい道徳を叩き込まれた。ところがその道徳は、新たな無法地帯では通用しなかった。それで彼は、日に日に変わっていく世の中を眺める老人のような不満と無関心をもって統一過渡政府時代に対応してきた。信川復讐（シンチョンボクス）隊の最後を追う彼の追跡も、初恋の相手の行方を訪ね歩く老人の情熱と大いに通じるところがあった。本質的には、現在の己の立場を否定する行為であり、過去への退行だった。自分を捨てた主人のもとへ帰ろうとする犬の心も、似たようなものなのではないだろうか。

けれど、いまやリチョルの心には新しい行動原理が芽生えていた。いまだ粗削りではあるが、いままさにむくむくと身をもたげ、姿を整えてゆこうとしていた。彼の視野は、ようやく数百人規模の集団の境界を超え、広がりつつあった。共同善や社会正義といった抽象的な概念が、彼の世界観の中心に根を下ろす場所を求めてうごめいているところだった。自分が正しいと信じるところのために損害を甘受したミョンファの決断や、「誰かが率先して声をあげねばならなかった」と個人の責任に言及したパク・ウヒの姿が、リチョルに影響を及ぼしたのだ。徐々に、リチョル本人も知らず知らずのうちに。

とはいえ、高等教育も受けられず、洗練された思考訓練を受けたこともないリチョルが抱き始めた新たな行動原理は、きわめて粗削りかつ原始的なものだった。それはハムラビ法典と似たところがあった。

リチョルはトンネルがある別館を出て、本館に向かった。そして二階に上がり、長豊郡中心地に続く道路に目を走らせた。日はほぼ暮れ、雨はじとじとと降り続いていた。空は暗い青色だ。チェ・テリョン一味が乗った車はヘッドライトをつけて来るだろう。連なってやって来る三台の車がターゲットだ。

〝三台の車に九人が乗っている。間違いなくみな武装しているだろう。正門脇の詰所には警備員が二人いる。計十一人だ。中には信川復讐隊出身も一人いる〟

手持ちの銃弾は十七発だ。戦術の教官が聞いたなら、気は確かかとあきれたことだろう。仮にリチョルが狙撃用の小銃と照準器を持っていたとしても、絶対的に不利なこの状況は覆せない。彼はその場所に慣れていなかったし、敵の武装状態も正確に知らない。援護してくれる補助射撃手もいない。なのに、彼がここにいる理由はひとつ。奴らに罰を与えたい。それだけだった。

＊

ミッシェル・ロングとカン・ミンジュンは、夕食を食べ始めようとしたそのときに発信者表示がない電話を受けた。平和維持軍は、北の人民保安部と合同捜査本部を立ち上げ、憲兵隊長殺人事件の捜査をしていた。ペク・コグマの薬物倉庫が急襲された事件と憲兵隊長の死に関連が疑われることから、ロングとミンジュンも合同捜査本部に加わっている。ミンジュンは、ひっきりなしに命じられる通訳と二日酔いで昼食が喉を通らず、将校食堂のテーブルに座る頃には腹をぐうぐうと鳴らせていた。

苛立ちながら電話を取った彼の表情が、さっと変わる。彼は手まねでロングを呼び、通話口を押さえて小声で言った。

「長豊バーガーの関係者だそうです。チェ・テリョンが南に薬物を流そうとしている証拠があると」

ロングが、行こうと身振りで伝えた。席を立ちながら、携帯電話を耳と肩の間に挟んで上着のポケットから手帳とペンを取り出そうとしていたミンジュンの動きがぴたりと止まった。

「それはつまり……証拠があるってことですか？」

驚いた顔でミンジュンが尋ねる。とたんに電話が切れた。

「もしもし、もしもし？」

ミンジュンはうろたえて携帯電話の画面を見つめた。ロングがミンジュンをほとんど引きずるようにして食堂の外に連れ出す。

「どうしたんです？　いったい何の話だったんですか？」

食堂の幕舎の裏手まで来たところで、ロングがもう待ちきれないとばかりに問いただした。

「あっ、待ってください。いま何か送られてきてます」

送られてきたメッセージはどれも写真だった。ミンジュンの口が徐々に、徐々に開き始める。

「カン・ミンジュン大尉、いまの状況を説明してください」

ロングはミンジュンを射るように見ていた。

「ここから南に続く地下トンネルがあると。それをチェ・テリョン組織が少し前に見つけたそうです」

ロングのほうには目も向けずにミンジュンが早口で答えた。彼の目は、写真に釘付けになっている。今度はロングがぽかんと口を開ける番だった。

「見せてください、写真」

ロングがほとんど奪い取るようにミンジュンの携帯電話を手にした。液晶画面を覗き込むロングの手がぶるぶる震えている。

「捏造でしょうか?」

ミンジュンが訊いた。

「わかりません。これは調べないと。ところで、このトンネルはどこにあるんです?」

ロングが訊き返す。

「聞けませんでした。五分後にまた電話をかけるって、切られてしまって」

「昨日、私たちと電話で話した人でしょうか。パク・ウヒ?」

「いや、もう少し若い声だったかと」

そのとき電話が鳴った。ミンジュンはロングと目配せをし合い、電話をスピーカーモードに設定してから取った。携帯電話を挟んでほとんど額をくっつけ合う。

「いまお送りしたものは、絶対に捏造写真ではありません。でも、そのトンネルがどこにあるかは私にもわかりません。正確な位置を知っている二人はいま、テリム物産の事務室に監禁されています。チェ・テリョン組織は明日の朝早く、その二人を殺害するつもりです。その二人を助け出せば、トンネルの位置もわかります。いますぐテリム物産の事務室に行ってください。絶対に人民保安部に教えてはなりません。チェ・テリョン組織とグルですから」

電話の向こうの声が言った。

*

一番前の車にチェ・テリョンが乗った。ピックアップトラックのコランドスポーツだった。雙龍(サンヨン)自動車〔韓国の準大手自動車メーカー〕のこのモデルは、南より北でよく売れた。SUVのような形をしていながらトラックなので、大きな荷物も積めるし牽引力も悪くなかったからだ。道路事情が悪くても、ある程度安定した走行状態が保てるため、とくに都市以外の地域で人気が高かった。開城繊維縫製協会の次長が運転し、助手席には朝鮮解放軍の少佐が乗った。

真ん中の車は、朝鮮解放軍の中佐と少佐が咸興から乗ってきた中型セダンだ。ケ・ヨンムクが運転し、助手席にはもう一人の朝鮮解放軍の少佐が乗った。二人は同じ朝鮮解放軍所属だが、顔見知りではなかった。後部座席には開城繊維縫製協会の室長が陣取った。最後尾の車はSUVだった。開城組織〔繊維縫製協会〕が乗ってきた車だ。チェ・テリョンの次男が運転している。助手席には開城組織の局長が、後部座席には朝鮮解放軍の中佐が乗っている。

警備員がチェ・テリョンの乗っている車を確認し、長豊招待所の工事現場の門を開けた。警備員の一人が主電源を入れる。本館と二棟の別館の廊下に明かりが灯った。三台の車はゆっくりと工事現場に乗り入れてゆく。チェ・テリョンの乗った車が、二階が崩れている別館の前にまず止まった。残りの二台も順々にその後ろに止まる。男たちが車から降り、次々と建物に入ると手狭なロビーは満員状態になった。

「ここですか？　思ったより小さいな」

開城繊維縫製協会の室長が建物を上下に見渡しながら言った。

「金縁（きんぶち）のドアでも期待してらしたのかな？」

朝鮮解放軍の中佐がチクリと刺す。

「入口は、ここの地下にあります。まず荷をここで解いておきませんか？」

チェ・テリョンが声をかけた。

開城繊維縫製協会の室長が、部下の次長に「持ってこい」と指示した。次長が一番後ろに止めてあるSUVに向かって駆けてゆく。朝鮮解放軍の少佐が一人、後ろに続いた。

「お前も行くんだ。運搬係なんだから。ケ部長は俺の隣にいるように」

チェ・テリョンが次男に指示する。彼はきまりの悪い顔でほかの運搬係の後を追っていった。

彼らはSUVのトランクに積んであったダウンベスト三十着を二度に分けてロビーに運び入れた。ベストは平べったく押し潰され、ビニールで包装されていた。チェ・テリョンの次男は自分の車から持ってきたバックパックを三つ、ダウンの山の脇に置いた。

「XLのラベルがついてる服は偽装用で、Lサイズ十五着がブツ入り。一人五着ずつだな」

開城繊維縫製協会の室長が言う。各組織の運搬係が服を明かりに透かして見て、LとXLを分けた。

「何だこの雨は。降るなり晴れるなりはっきりしたらどうだ、イライラする」

朝鮮解放軍の中佐がぶつぶつ言った。

「まさか作戦終了まで車で待つなんてことはあるまいな」

開城繊維縫製協会の室長が独り言のようにつぶやく。

「応接室はご用意してあります。暇つぶしになるようなものもいくつか。女は呼んでないが、ご所望とあれば何なりと。夜に長豊郡指折りの娘を呼んで差し上げますよ。あと、麻雀（マージャン）ができる方は？」

チェ・テリョンが言ったが、反応は一切なかった。

チェ・テリョンの次男と朝鮮解放軍の運搬係少佐、開城繊維縫製協会の次長は、偽装に使われたXLサイズのダウンベストを再び車に積み込み、Lサイズのダウンベストを五着ずつバックパックに詰めた。バックパックはかなり大きめだったが、ダウンベストを五着入れると、さすがにパンパンになった。

「さあ、地下に下りましょう。私たちの未来をお見せしなくてはね」

チェ・テリョンが言った。

彼らは階段を下りていった。チェ・テリョンが先頭に立ち、各組織の代表のうちナンバー1とその警護を請け負うナンバー2が後ろに従う。運搬係は最後尾だ。チェ・テリョンが踊り場のスイッチを押し上げると、地下室の床が目の前に浮かび上がった。

「ここです」

チェ・テリョンが排水ポンプ脇の鉄板を足で軽く踏みつけ、ゴン、ゴンという音を響かせた。下に空間があるということだ。チェ・テリョンの次男とケ・ヨンムクが鉄板をどかす。

「皆さん、下りてご覧になりますよね？　ブツは運搬係が運ぶにしても」

チェ・テリョンが問いかける。

「もちろんだ」

開城繊維縫製協会の室長が答えた。

「この目で拝見しなければな。我らがチェ社長がどれだけ立派に工事を終えられたのか。上に報告もしなけりゃならんし」

朝鮮解放軍の中佐も同調する。

立坑の下に下りていくときも、責任者と警護係がまず下り、運搬係がその後ろに従った。九人が順番に下りていくのだから、時間がかかる。立坑の下の八角形の空間にしても、大の男が九人立っていては、決して快適とは言いがたい。責任者たちがみな下りてきたのを確認したチェ・テリョンは、八角部屋からトンネルに続く階段に向かった。

三人の運搬係のうち先頭に立ったチェ・テリョンの次男が八角部屋に下りてきたとき、チェ・テリョン、朝鮮解放軍の中佐、開城繊維縫製協会の室長の三人はすでにトンネルのメイン通路に到達していた。

チェ・テリョンの次男の次に下りてきた運搬係は朝鮮解放軍の少佐だった。彼は次男についていこうとして、ふと自分の後ろにいた開城繊維縫製協会の次長がまだ下りてきていないのに気づいた。不審に思い、いま下りてきたはしごをまた上っていく。

立坑の上の地下室の排水ポンプの脇に、開城繊維縫製協会の次長が座っていた。上着が血でぐっしょり濡れている。次長の喉首は、ナイフですっぱりと切り裂かれていた。傷口からどくどくと噴き出る血が幾筋にも分かれて首を伝い、床に流れ落ちている。

死体に目を留めるやいなや、朝鮮解放軍の少佐は胸の拳銃ホルダーから銃を抜こうとしたが、そのときにはもう弾丸が飛んできていた。上方から四十五度の角度で。ワルサーＰＰＫの銃口から発射された銃弾は、朝鮮解放軍の少佐の側頭部に正確にめり込んだ。銃弾の速度は秒速九百メートル。音速を超えている。そのため朝鮮解放軍の少佐には銃声が聞こえなかった。ちなみに自分の体が床に倒れる音も。

しばらくして、地下室の明かりが消えた。

5

長豊（チャンプン）招待所の工事現場の正門詰所にいた警備員二人は銃声を聞き、顔を見合わせた。

「いまの、銃声……ですよね？」

若いほうの警備員が確かめるように言う。中年の警備員はしばし悩んだ末に言った。

「お前が先に行け」

彼らは銃を手に詰所を出て、正門に向かった。工事現場の中にいるメンバーとは異なり、まともな軍事訓練など受けたことのない彼らは嫌々、門を目指した。銃を持つ手はどちらもぶるぶると震えている。

鉄門は、中央が左右に屏風のように折り畳まれながら開く構造だった。警備員は音を立てないよう気をつけながら、人ひとり通れるぐらいだけ現場の正門を開けた。雨に濡れた鉄門はつるつると滑った。門から首を少しだけ出して、ちらりと覗いてみたが、あたりは真っ暗闇で何も見えない。

「このまま外で待機してたほうがいいんじゃないですか？　中の状況もわからないし……」

若い警備員が振り向いて言った。

「入れ。ぐずぐず言ってないで」

後ろにいる中年の警備員が早く行け、と手まねをした。銃を持った手も一度、脅すように振って見せる。規則どおりに仕事をしなかったと、後でチェ・テリョンに問責されるのを恐れていたのだ。烏合の衆のごろつきどもをかき集めて部下にしているチェ・テリョンは、組織の紀綱を保つべく、時に下の者を懲らしめることがあった。烏合の衆への見せしめだ。

若い警備員は震えながら人ひとり分の門の隙間に向かった。門の向こうで何か音がしないか、全神経を耳に集中して。糸のような雨が地面に落ちる音のほかは何も聞こえない。

〝大丈夫だろう、きっと大丈夫だ。神様、どうかお慈悲を。ああ、銃声なんて聞こえないふりすりゃよかった……〟

若い警備員は心の中でつぶやく。それから「えいっ！」という間抜けな気合いとともに門の内側に走り込んだ。

残された中年の警備員は、彼の立てるさまざまな物音を聞いた。威勢よく駆け込んだものの、方向を間違えて、膝を鉄門の横面にしたたか打ちつけたようだ。多分そのせいで、滑って転んだようでもあった。どこか怪我でもしたのか、閉じた歯の隙間から息を吸い込むような「すうっ」という音もした。

「おい、大丈夫か？」

若い警備員の立てる物音を聞いた中年の警備員が、門の向こうに声をかけた。答えは返ってこない。

「おい、なんだよ、返事しろ」

依然として答えはない。もしかして、もうかなり先に行ってるのか？　中年の警備員は迷ったあげく、門の隙間に体をねじ込んだ。若い警備員と違ってゆっくり、そろそろと門を抜ける。

そして彼は、若い警備員が返事をしなかったわけを知った。門の内側に人の体が一つ転がっている。本館と二棟の別館から漏れてくる光のほかにまったく明かりがないのでぼんやりと輪郭が見えるだけだったとはいえ、その首のあたりから赤黒い液体が流れ出て、雨水に混じっていくのが見えた。

そのとき中年の警備員の後頭部に、冷たく固い材質の何かがぐっと押しつけられた。続いて刃物がスッと喉ぼとけに触れる。恐ろしく鋭利な刃だった。軽く触れただけなのに、肉が切れ、血がひと筋流れ落ちるのが感じられた。

中年の警備員は、心の中で祈った。

〝お願いです。首を切り落とされるのだけは、どうか……どうせなら銃で……〟

しかし、後ろに立っている男は、中年の警備員の願いを聞き入れてはくれなかった。物音を立てたくなかったし、銃弾も大事に使いたかったからだ。

*

銃声は、トンネルのメイン通路でも、八角部屋でもはっきりと聞こえた。トンネルの中で銃声は何度かこだまし、遠ざかっていった。雪虎(ヌンホランイ)作戦の参加者たちは、ほとんどが手練(てだれ)の殺人のプロだ。何人かは素早く床に身を伏せ、何人かは壁に体をぴたりとつけて銃を取り出す。

排水ポンプがある地下一階は明かりが消えていたが、八角部屋とトンネルの照明はそのままだった。八角部屋にいた男たちは、銃を手にしてそろそろとトンネルに続く階段のほうへ移動する。トンネルにいた者たちは、反対に八角部屋へとゆっくり上がってきた。彼らは階段のところで顔を合わせた。

「何ごとだ?」

朝鮮解放軍の中佐が小声で言う。

「ここに七人います。二人、下りてきていません。銃声は一発、その後で上の明かりが消えました」

ケ・ヨンムクがてきぱきと状況を要約する。

「上に俺たちが知らない何者かがいるんなら、下にいる俺たちが絶対的に不利だ」

開城繊維縫製協会の室長が言った。爆薬、ガス……そんな考えがみなの頭をかすめる。誰ひとりとして口には出さなかったが。

「とりあえずトンネルのほうに場所を移して、しばらく様子を見たほうがいいでしょう」

チェ・テリョンが言った。

男たちは、そんな状況に陥ったにしてはかなり秩序を保ってトンネルに移動する。そして次に何が起こるのか、数分の間、静かに待った。

「いったい何が起こっている?」

開城繊維縫製協会の室長が訊いた。

「わかりません」

チェ・テリョンが正直に認める。

「単なる誤射かもしれないですよ。引き金をうっかり引いちまったとか……」

チェ・テリョンの次男が口を挟んだが、完全に黙殺された。

「上の様子を見てきます」

ケ・ヨンムクの言葉にチェ・テリョンがうなずく。「援護しろ」と朝鮮解放軍の中佐が少佐に指示する。

ケ・ヨンムクは片手に銃を持ったまま立坑の簡易はしごを上った。はしごの一番上の段に手がかかると、彼は体を止めて顔を上げ、目を闇に完全に慣らした。それから前もって抜いてあった一つの弾丸を、上に向かって大きな弧を描くように投げた。

弾丸が壁にぶつかり、床に落ちて転がっていく音がした。が、地下一階からは何の気配も感じられない。ケ・ヨンムクは一瞬のうちに体を引き上げ、地下一階の床にしゃがんだ。その間、彼は物音ひとつ立てなかった。喉首を切り裂かれた開城繊維縫製協会の次長と頭を撃たれた朝鮮解放軍少佐の死体が転がっている。ケ・ヨンムクはすすっと踊り場に移動し、明かりをつけた。

援護射撃を請け負った朝鮮解放軍のもう一人の少佐が立坑から上がってきた。ケ・ヨンムクは指で階段の上を差した。少佐がうなずく。

両手で銃を持ったケ・ヨンムクが先に立ち、少佐が後に続いた。ロビーに上がり、敵がいないのをまず確認してから、ケ・ヨンムクはまた地下に戻った。少佐はその場に残る。

「上がってこられても大丈夫です」

ケ・ヨンムクが立坑に頭を入れて下に向かって叫んだ。下にいた五人が上がってくる。

開城繊維縫製協会の室長は、チェ・テリョンの次男の次にはしごを上った。彼は地下一階に来ても、チェ・テリョンの次男の後ろに立っていた。床に倒れている死体を確認した開城組織の室長は、間髪入れずに前にいる若者の後頭部に銃口を押し当てた。と同時に、開城組織の局長が朝鮮解放軍の中佐に銃口を向ける。

「何をする！」

チェ・テリョンが叫んだ。

「それはこっちのセリフだ。貴様ら、何を企んでる?」

開城繊維縫製協会の室長がうなり、片手でチェ・テリョンの次男の上着の後ろを引っ張って排水ポンプ前に移動した。どの角度からも自分を狙えない位置を占めたのだ。

「俺も気になるな。チェ社長、いったい何がどうなってるんだ? うちと開城組織の運搬係を殺したのは、どこのどいつだ?」

朝鮮解放軍の中佐がチェ・テリョンを問いただす。向けられている銃口など気にも留めていない様子だ。

「ペク・コグマの仕業(しわざ)でしょう。あそこの残党が解決屋を雇って、ここまで追いかけてきたのではないかと」

ケ・ヨンムクがチェ・テリョンの代わりに答えた。

「そんなたわごとを信じろっていうのか?」

開城繊維縫製協会の室長が言い返す。

「相手は一人で、武器も銃とナイフだけです。ここまで追いかけてきておいて、二人殺しただけで退(ひ)いたのを見ればわかります。待ち伏せして、上ってくる者たちを攻撃することもできたのに、です」

ケ・ヨンムクが言った。

「一人だって待ち伏せはできるだろうに、なぜ逃げる?」

朝鮮解放軍の中佐が疑問を呈する。

「詰所の警備員が気にかかったんだと思います。ここで銃声がすれば、彼らが来るはずです。前後の敵を相手にするのは手にあまるというところでしょう。おそらくいまごろは、警備員を始末して庭園のどこかに隠れているかと思われます」

ケ・ヨンムクが答えた。

「仲間割れをしているときではなさそうだ。早く外に出て、そいつから先に始末せんと。俺はいったんこの言葉を信じてみるが、開城の方々はどうなさるおつもりか？」

朝鮮解放軍の中佐が開城繊維縫製協会の室長に問いかける。かなりの時間が流れた末に、開城組織の室長はチッと一度舌打ちし、チェ・テリョンの息子を解放した。開城組織の局長も、解放軍の中佐を狙っていた銃口を下ろした。

「解決屋だと？　まったく、なんて不手際だ」

開城組織の室長がぼやく。

「その話は後だ。とりあえず急ぎの用事から済ませるとしましょう。まさか七人で一人を取り押さえられないなんてことはなかろうし」

朝鮮解放軍の中佐はそう言いながら、ケ・ヨンムクに向かってかすかにうなずいて見せた。ケ・ヨンムクも目顔で答えた。

「うちの車には短機関銃がある。そちらは、武器はお持ちか？」

開城組織の室長が訊いた。

「アサルトライフルが三丁。持ってこよう」

朝鮮解放軍の中佐がそう言って上がっていった。少佐とケ・ヨンムクが従う。チェ・テリョンは次男を力づけるふりをして一行の最後尾につく。階段を上がる一行の背後で、彼はポケットからこっそり携帯電話を取り出し、上の息子に手早くショートメールを打った。

「雪虎は失敗だ。早く逃げろ」

＊

「北の男の人は不愛想に見えても頼り甲斐があるのが魅力で、南の男性は優しいけれど軽すぎるとおっしゃいましたよね。では、ご自分の魅力は北の男性と南の男性のどちらのほうにアピールできると思いますか？」

「白頭(ベクトゥ)から漢拏(ハルラ)まで、＊同胞の男性なら誰にでも通じます！」

レポーターの問いに、若い女がそう応じた。「金日成(キムイルソン)総合大学生のみなぎる自信」という字幕が画面に浮かぶ。

チェ・テリョンの長男とチョ・ヒスン、そしてチェ・テリョンの部下二人は、テリム物産の建物の二階でテレビを見ていた。四人がみなタバコを吸っていたので、部屋にはタバコの煙がもうもうと立ち込め、灰皿には吸殻がこんもりと盛り上がっている。テーブルの下にはさっき出前を取って食べた中華料理の皿が置かれていた。チェ・テリョンの長男は携帯電話を取り出し、いま届いたばかりのショートメールを確認してから部下の一人に指示を出した。

「おい、人質をちょっと見てこい。ケ部長の指示は覚えてるな？　喉が渇いたって言うんなら水はやっていい。それ以外は全部ダメだ」

一番序列の低い部下が、腰をうーんと伸ばしながら倉庫へ向かった。

「一時間前に確認したばかりだろ。そんなにしょっちゅう行かせることもないいんじゃねえか？」

チョ・ヒスンがケチをつける。

「いいだろ、別に。ほったらかしとくよりゃ」

チェ・テリョンの長男が言い返した。肩書からいえば、チェ・テリョンの長男は副社長、チョ・ヒスンは部長。その差は歴然としていたが、二人とも丁寧な言葉遣いはしていなかった。チェ・テリョンの息子たちとケ・ヨンムクが互いに敬語を使っているのとは大違いだ。

「ま、いいさ。好きにしな」

チョ・ヒスンがタバコをもみ消した。

「でも、南の男の人と付き合ったことはないってさっきおっしゃってましたよねえ。それって、どうしてです？」

番組のレポーターがわざとらしい口調で尋ねている。

「それは、南の男の人たちのせいです。臆病で、アプローチしてこないんですもの！」

金日成総合大学を休学し、南で経営学を学んでいるという若い女がテレビ画面の中で言い放ち、キャハハと笑った。南で暮らしている北の若者をスタジオに招いてくだらない話をし、隠し芸のようなものをさせる、面白くもない芸能番組だ。

「何だこりゃ。見てられんな、まったく」

チェ・テリョンの長男が立ち上がった。

「どこへ行く？」

チョ・ヒスンがすかさず訊く。

「腹がすっきりしねえんだよ」

「クソしに行くのになんで車のキーがいるんだ？」

「誰が便所に行くって言ったよ？　すっきりしねえからビールでも飲もうってのさ。好きでもねえタンコギ、人の顔色を窺いながら食わされてさ、そのうえクズみてえなテレビなんざ見てたもんだから、胃がもたれてしょうがねえや。一杯ひっかけなきゃいられねえよ」

「一人でか？」

「何だよ、じゃあ、お手々つないで行くか？」

チョ・ヒスンはチェ・テリョンの長男が出ていくのを放っておいた。あのガキ、親父さえいなけりゃボコボコにしてやるんだが……。しょっちゅう頭に浮かぶ思いだが、実行するわけにはさすがにいかない。チェ・テリョンの息子たちに対し、表面的には礼儀正しく接しながらも一目置かせているケ・ヨンムクの巧妙な手腕がうらやましい限りだ。

　とはいえ、チョ・ヒスンのそんな不愉快な気分は、いつもいくらも続かない。ただ今日は、それと入れ替わるかのように別の衝動が湧いてきた。そこでチョ・ヒスンは、チェ・テリョンの長男に電話をかけた。自分の分のビールも買ってくるように言おうと。大同江（テドンガン）ビール*じゃなく龍城（リョンソン）ビール*で、と。

　ところがチェ・テリョンの長男は電話を取らなかった。チョ・ヒスンは悪態をつきながら電話を置いたが、二分後にはまた電話をかけていた。さらに一分後にも。なんだ、あん畜生、小僧の分際で俺の電話を無視するだと？　チョ・ヒスンはぶつぶつ言っていたが、あきらめて部下に命じた。

「おい、さっき出かけた野郎にな、どうせ買ってくるんなら箱ごと買ってこいってメール送れ」

チョ・ヒスンはメールの送り方を知らない。

「副社長に、ですか？」

　部下が訊いた。

「さっき出かけた野郎が、そいつ以外にいるか？」

チョ・ヒスンに言われ、部下はうつむいて携帯電話の画面を叩き始めた。

しばらくして、待ちきれなくなったチョ・ヒスンは別の命令を下した。

「おい、お前が買ってこい。大同江じゃなくて龍城でひと箱だ」

続けざまの命令を受けた部下は、しかし面倒くさがるどころか、むしろ待ってましたと言わんばかりに「はいっ！」と叫んで立ち上がった。事務所で座っているのによっぽど飽き飽きしていたようだ。階段のほうへ歩きだした部下がふと足を止め、チョ・ヒスンにお伺いを立てる。

「部長、あの……お金は、その……」

「とりあえずお前が出しとけ。後でくれてやる」

「あ、はい……」

「早く行け」

部下を送り出したチョ・ヒスンは、またテレビにのめり込んでいった。今度は、北出身の女子大生たちがスタジオでダンスバトルを繰り広げている。若い女たちは、南のガールズグループの真似をして胸や腰を揺らしていた。いつ、あんなことができるようになったんだ？　南朝鮮（ナムチョソン）に行ってからか、それとも北朝鮮（プッチョソン）にいるときから練習してたのか……。

「南朝鮮の女たちは開けっ広げで魅力がない」というのが彼の常日頃からの持論だったが、隣に座っている部下は正反対の感想を抱いた様子だ。「あーあ、やっぱりダメだ、北朝鮮の女は」と首を振っている。〝ウェイブ〟がぎこちないと。この小童（こわっぱ）が何を偉そうに！　とチョ・ヒスンに一喝されるや、部下はたちまち恐れをなして口をつぐんだ。

俺は何をやってるんだ。あんなどうでもいいことで部下を怒鳴りつけたりして……。どうにも後味が悪く、またわけもなく腹立たしい。彼は立ち上がり、窓から外を見下ろした。

「あいつら、ビール買ってくるだけなのに、いつまでかかってやがるんだ。醸造所でつくってんのか」

日が沈み、雨も降っているので、外はよく見えない。にもかかわらず、道の向こう側の建物の屋上、そこにある何かが目についた。

頭が鈍いからといって、勘まで鈍いわけではない。チョ・ヒスンとてやはり、数々の戦術を、その身をもって学んだ信川復讐隊（シンチョンボクス）の生き残りだ。向かいの建物の屋上にいるのはビニールで体を覆った狙撃手で、屋上の柵から外に突き出している短い棒のようなものは小銃の銃口だということをたちまち見て取った。

チョ・ヒスンはすぐさま事務室の反対側の窓際に回り、そちら側の建物の屋上も確認した。そこにも狙撃手らしい影がある。目を凝らすと、建物の角のあたりにも、作戦の開始を待つ軍人たちのシルエットがちらちら見える。

「おい、さっき酒買いに行った奴に電話してみろ」

チョ・ヒスンは部下に命じた。部下はしばらくして「取りませんけど」と言ってチョ・ヒスンを見つめた。

そのときチョ・ヒスンの頭に浮かんだ考えは、「チェ・テリョンの奴が、ついに俺を売りやがった」というものだった。チェ・テリョンの長男がメールを確認したあと、ふいに酒を買いに行くと言って出ていったのも、そう考えれば納得がいく。チェ・テリョンが自分を売ったところで、どんな利があるのか。チョ・ヒスンの頭では、そこまでは考えが及ばない。平和維持軍が彼を逮捕するつもりだったら、こんなふうにテリム物産を襲撃するより、食堂や酒場などで罠を仕掛けて待っているほうがはるかに楽なはずだということも。しかし「チェ・テリョンの陰謀」という説は、筋の通らないものではなかった。チョ・ヒスンにとってだけは。起こるべきことがついに現実になったのだ。そういうことだ。

ずっと前から彼が勘ぐってきたシナリオ。

チェ・テリョンとその息子、それから平和維持軍が手を結び、自分を捕らえに来る、という……。

「俺たちは包囲されてる」

チョ・ヒスンは部下に言った。

「えっ?」

部下は何のことかわからずぽかんとしている。

「チェ・テリョンとそのガキどもに担がれたんだ。あっち側の外にはな、平和維持軍がいる。隣の建物の屋上には拳銃使いが二人いる。ここに踏み込もうって腹だ。見てみろ、道を通る奴がいないだろう? 奴らに通行規制されてるんだ。間違いない」

状況を呑み込み、部下は真っ青になった。

「部長、どうしましょう」

チョ・ヒスンの指示を仰ぐ。

「武器を持ってこい。ありったけだ。いいか、しっかりしろよ。どんな窮地に陥ったって、気をしっかり持ってさえいりゃ生き残れるもんだ」

部下が期待していた対応策は、実はそういうものではなかった。圧倒的な数の敵と戦おうなどとせず、こっそり脱出する手立てを考えてほしかったのだ。絶望した部下は、それでもわずかな希望を抱いて訊いてみた。チョ・ヒスンの意図を自分が把握しそこねたのかもしれない、という儚(はかな)い希望を胸に。

「あのう……、その連中とやり合おうってことですか？　逃げるんじゃなくて？」
「そうだ、戦争だ。死ぬか生きるか、やってみようってことさ」
チョ・ヒスンが言いきる。部下は困り果てて上司の顔を見上げた。

＊

二階が崩れている別館の玄関ロビーには、ほかに出入口はない。前方に突き出した形の玄関には柱が四本あった。ケ・ヨンムクと朝鮮解放軍の少佐が柱の後ろにおのおの隠れて外を窺う。後ろに開城組織の局長とチェ・テリョンの次男、最後尾にはチェ・テリョンと朝鮮解放軍の中佐、開城織維縫製協会の室長が立った。

彼らは別館の照明を消した。そうすると、自分たちが動いているということを相手に伝えることになってしまうが、とはいえ明かりを背にして動くのはあまりにも危険だという判断からだ。とてつもなく強烈な、太陽光のような照明だったらともかく。

外は静まり返っていた。敵はおそらく庭園のどこかで待ち構えていることだろう。雨に濡れて。奴の武装レベルは大したものではなさそうだった。狙撃用の小銃があればともかく、本館ともう一つの別館の建物からでは、彼らのいるところを狙うには遠すぎる。一方、ロビー前に止められている三台の車からだと近すぎる。車の後ろに何者かが潜んでいないか、ケ・ヨンムクは目を凝らした。

チェ・テリョンの次男から車のキーを受け取ったケ・ヨンムクは、舌を鳴らして朝鮮解放軍の少佐を呼んだ。指を三本広げて見せ、車を指す。三つ数える間に車の前まで走ろうという合図だ。解放軍の少佐がうなずいた。

一、二、三。

彼らがロビー前の階段を走り下りるやいなや、銃声が轟いた。銃声は左から、つまり本館の方向から聞こえてきた。全部で四発発射されたが、ケ・ヨンムクは一発も被弾せずに駆け抜けた。駐車中の三台のうち一番後ろ、朝鮮解放軍が乗ってきた乗用車の横っ腹にぴたりと体をつけてから、彼はロビーの方向に目をやった。階段の前に解放軍の少佐が倒れている。片手で腹を押さえているところをみると、腹部を撃たれたようだ。身をよじらせるようにして車のほうへ這い寄ろうとしているが、もはや戦力として使いものにならないばかりか、生き残る可能性さえさしてなさそうだ。敵の射撃術が優れていたというよりは、弾に当たった者がすこぶる運が悪かったというほかはない。

ついさっきまでケ・ヨンムクと朝鮮解放軍の少佐が立っていた柱の後ろに、今度はチェ・テリョンの次男と開城組織の局長が立った。彼らはそれぞれ拳銃を抜き、銃声がした方向に援護射撃をした。厳密にいえば、正確な位置などはわからないまま闇雲に発砲しているにすぎないとはいえ。その間にケ・ヨンムクはポケットから車のキーを取り出し、乗用車のトランクを開けた。

開城組織が乗ってきたSUVにはチェコ製の短機関銃スコーピオンが三丁あった。朝鮮人民軍が南に送り込むスパイに持たせていた銃だ。グリップを折り畳むと長さが三十センチ以下になるうえに重さも一・五キロ弱なので、持ち歩くのに都合がよい。反動も短機関銃としてはきわめて小さく、ケ・ヨンムクが好んでいる銃の一つだった。

銃弾は充分だ。二十発入りの弾倉がたっぷりある。ケ・ヨンムクはスコーピオンを一丁取って装填し、オートポジションに設定して、敵がいそうな方向に乱射した。弾が切れると新しい弾倉に替え、今度は一発ずつ本館の方向へ撃つ。と同時に、スコーピオン二丁と弾倉をいくつか別館ロビーに向かって投げる。

ロビーにいたチェ・テリョンの次男と開城繊維縫製協会の局長は、無事に銃と弾倉を受け取ったようだ。しばらくしてロビーからも短機関銃の発射音が響き始めた。彼らが一斉射撃をしている間、ケ・ヨンムクはポケットに弾倉をはち切れんばかりに突っ込み、真ん中に止められている中型セダンのほうへ移動した。

ケ・ヨンムクはセダンのトランクを開け、朝鮮解放軍の少佐に教えられたとおり、トランク内部の奥深くにあるスイッチを押した。隠されていた秘密の引き出しが開く。そこにはAK－74を改良した八十八式自動小銃二丁と八十八式をさらに改良した九十八式が一丁入っていた。みなグリップが折り畳めるタイプだ。八十八式と九十八式は朝鮮人民軍が使っていた小銃で、人民軍が解体されてからは闇市場に大量に流れ込んでいた。

チェ・テリョンの次男と開城組織の局長は闇に向かい、ある程度の間隔をおいて発砲し続けた。敵は撃ち返してこない。ケ・ヨンムクは小銃三丁を胸に抱えてロビーへと走った。

走っている途中でケ・ヨンムクは、地面に倒れていた朝鮮解放軍の少佐に足をつかまれ、危うく転ぶところだった。もう死んだかと思っていたが、最後の力を振り絞ったようだ。少佐はケ・ヨンムクに向かって何やらつぶやいたが、よく聞こえなかった。聞きたくもない。ケ・ヨンムクはその手を振り払い、ロビーに駆け込んだ。

小銃をチェ・テリョンと朝鮮解放軍の中佐、開城繊維縫製協会の室長に一丁ずつ渡してから、ケ・ヨンムクは本館方向ではなく車があるほうに向き直る。そして地面に倒れている朝鮮解放軍の少佐をスコーピオンで撃った。少佐の体がびくり、びくりとのけぞる。それを見ても、解放軍の中佐は何も言わなかった。

ケ・ヨンムクはチェ・テリョンの次男の後ろに回り、片膝をついてしゃがんだ。短機関銃の銃床を開いて肩に当て、本館方面をじっと窺う。

そのとき、プール跡の脇の灌木が動いた。風で揺れたのではない。かなり重さのある何かが枝に触れたのだ。間違いない。ケ・ヨンムクと開城繊維縫製協会の局長、チェ・テリョンの次男は、一斉に灌木に向かって短機関銃を連射した。後ろからチェ・テリョンと朝鮮解放軍の中佐、開城組織の室長も小銃を撃ちまくる。撃発音と薬莢が地面に落ちる音が耳を打つ。銃撃はかなりの間、続いた。

銃声がやんだ。火薬の煙で前方がぼやけて見える。すさまじい一斉射撃を受け、灌木の上のほうは、ほぼ吹き飛ばされてしまっていた。後ろに潜んでいたのがサイだったとしても、ボロ布のようになっていたに違いない。

「お前、見てこい」

チェ・テリョンが次男に命じた。

「え……私がですか？」

息子はおずおずと訊き返す。

「そうだ。お前はさっきから何にもしてないだろう、運搬係の分際で」

チェ・テリョンの声は断固としていた。息子に何か役割を与えてやろうという親心だ。その場にいる者たちはみな、それを察した。父親の配慮を汲み取れなかったのはただ一人、当事者である息子だけだった。チェ・テリョンの次男は注射を打たれに行く子どものような表情で、頭のふっ飛んだ灌木に向かって足を踏み出した。

茂みの中には人も、人の残骸もなかった。ナイロンロープにつながれた鉄の鉤が一つあるだけだ。鉤の爪は灌木の下のほうに引っかけてあり、遠くからロープを引っ張れば、灌木が動くようになっていた。

罠だったのだ。

チェ・テリョンの次男が、〝あっ、畜生、罠……〟と思ったその瞬間、思わぬ方角から銃声がした。

＊

「そんな大層な情報をくれって言っているわけじゃない。中に何人いるのか、何階にいるのか、そんなのでいいんだよ」

カン・ミンジュンはミッシェル・ロングの通訳をしていた。ロングの態度は礼儀正しかったが、ここは敬語を使ったらおかしいと思い、丁寧な物言いはしていない。

ロングとミンジュンは、テリム物産の向かいにある建物の脇に立っていた。舗装されていない道路とは垂直をなす、建物と建物の間の狭い隙間だ。地面には、捨てられて久しそうなゴミやタバコの吸い殻が山をつくっている。そこに平和維持軍の一分隊が、雨に打たれながら潜んでいた。

少し前にテリム物産の事務室から出てきた若い男もそこにいた。チョ・ヒスンから金ももらえずに酒を買いに行ってこいと言われ、内心不平たらたらで建物を出てきた一番下っ端の部下だ。彼は道を渡り、向かいの建物の角あたりまで来たとき、ふと、いくらぐらい金を持っているのか不安になった。それでポケットから財布を取り出したところを平和維持軍に捕まったのだ。そんな状況だったこともあり、抵抗らしい抵抗もできずに。

それが悔しいのだろうか、チェ・テリョンの若い部下は口を閉ざしていた。平和維持軍は雨合羽を着ていたが、チェ・テリョンの部下は着ていない。彼の上着に雨が染み、体に張りつき始めていた。持って出た傘は遠くのほうに転がっている。腕を背中に回されて手錠をかけられた格好で、彼は頑なに口をつぐんでいた。平和維持軍の兵士二人に銃を突きつけられながら。

「報復を恐れてるんなら、それは心配ない。チェ・テリョン組織はもう終わったようなものだからさ。ペク・コグマ組織が崩壊するの、見てただろ？　チェ・テリョン組織も同じことになるんだよ。それに誰が俺たちに中の様子を話したのかなんて、わかるわけないだろ？　いい加減、言っちまえよ」

　ミンジュンが口説き落とそうとしたが、チェ・テリョンの部下はびくともしない。いまや目まで閉じている。そうしていれば、相手の声も聞こえなくなるとでもいうように。ミンジュンは、いっそ銃口を突きつけてしまいたい衝動に駆られた。前の日に、眉の下に傷のある男が自分にしたようにだ。

　ロングはミンジュンとはまったく逆の戦略を駆使した。ロングの言うことをミンジュンがまた通訳する。

「ふーん、そうか。協力しないってか。じゃあ、こうするかな。お前が裏切者だって噂を流してやろう。お前が口を開こうが開くまいが、俺たちはどうせあの建物に入るんだ。お前は関係ない。だけど、情報を漏らしたのはお前だって言いふらす。あの建物の中にいる奴らにも、外で見物してる連中にもな。どうだ?」

　通じなかった。どうしたらいいんだ。もう暴力を振るうしか手がないのか……。悩むミンジュンの横で、ロングが携帯電話を出した。スマートフォンのフラッシュが光る。撮ったのは男の顔だ。ミンジュンは怪訝(けげん)な顔でロングを見た。

「情報提供者の番号を教えてください。この写真を送ります」

ロングが英語で言った。

「情報提供者に、この男の顔写真をですか？」

ミンジュンが訊き返す。

「ええ。その後で電話もかけます。このあたりの事情やチェ・テリョン組織については彼女のほうが私たちよりくわしいですよね。あの男の弱みを握れるかもしれないでしょう？」

ミンジュンは、ロングとチェ・テリョンの部下から何歩か離れ、写真を送信した。それからロングの指示どおりに電話をかける。

「カン・ミンジュン大尉です。いま、テリム物産の建物の前にほかの隊員たちと一緒に来ています」

提供者の応答があった。ミンジュンは言葉を続ける。

「建物から若い男が一人出てきたので捕まえました。尋問して内部の状況を聞き出そうと。でも、そいつが口を固くつぐんでるんです。もしかしてこの男、ご存じじゃありませんか？　何かプレッシャーをかける方法があれば……」

電話の向こうで情報提供者が淀みなくアドバイスをした。ミンジュンはいささか驚いて訊き返した。

「それでいけるでしょうか？　ああ、そういうふうに……。はい、わかりました」

ミンジュンは電話を切って、ロングとチェ・テリョンの若い部下の前に戻った。情報提供者が教えてくれた内容をロングに耳打ちする。ロングは半信半疑のようだったが、うなずいた。ミンジュンがチェ・テリョンの若い部下に言う。

「お前、すごくかわいがってる姪っ子がいるんだって？　小学生の。市庭（いちば）で豆腐飯（トゥブパプ）屋をやってるお前の姉貴が育ててるんだろ?」

そのとたん、チェ・テリョンの若い部下が初めて反応した。男は顔を上げ、不安でいっぱいの目でミンジュンを見つめてくる。

「その子、実は姪っ子じゃなくて、実の娘なんだって?」

ミンジュンが言った。疑問形でいて、質問ではなかった。

「それとこれとは別の話じゃねえか」

チェ・テリョンの若い部下がついに口を開いた。拗ねたような口調だが、人のよさそうな声だ。

「俺たちがその子のところに行って、本当の父親が誰なのかしゃべっちまってもいいのか? お嬢ちゃん、実はね、君の叔父さんって、ほんとはお父さんなんだよ。君はね、お父さんが若い頃、女の人にうっかり生ませちゃった子なんだ。ほんとのお母さんはいま、どこにいるのかもわからないんだよってさ。それからこうつけ加えようかな。でも、君のほんとのお父さんはね、平和維持軍に捕まっちゃったんだ。いつ出てこられるかわからない。犯罪組織で働いて、人を閉じ込めたり脅したり、悪いことを山ほどやったからしょうがないんだよ、って。ああそうだ、これまで君がお母さんだと思ってたおばさんがやってるこの露店も、ほんとはやっちゃいけないお店なんだよ……」

「そんなことしてみろ、世界の果てまでも追っかけて復讐してやるからな」

若い男がミンジュンを睨みつけた。レーザービームでも発しているような強い眼だ。想像以上の反応に、ミンジュンは驚いた。

「だったら、そうならないようにすればいいだろう。よく考えてみろよ。チェ・テリョン組織なんて、お前にとってもう何の役にも立たないし、脅威にもならないんだぞ。テリム物産はな、もうなくなったんだ。いまのお前にとって大切なものは何だ? 自分と娘だろう。俺たちはな、それをぶち壊せる。チェ・テリョンにはもうできないが、俺たちにはできるんだ」

〝俺って、こんな野卑な人間だったのか?〟

ミンジュンは内心、頭を抱えたい気分になった。が、ともかく脅しは効いたようだ。

「何が知りたいんです」若い父親が訊いてくる。

「あの中に何人ぐらいいる? それから人質はどこだ?」

「中には二人。二階の大通り側の事務室です。反対側に資材倉庫があって、人質はそこ。倉庫の棚に縛りつけてあります」

ついに口を割ったチェ・テリョンの若い部下は、うつむいていた。

「二人だけだって? 武装はしてるのか?」

「拳銃を一丁ずつ持ってるはずです。でも、武器なら別の部屋にたくさんあります。二人のうち一人は特殊作戦部隊出身ですし」

相手にする敵は二人だけで、人質は彼らとは一緒におらず、別のところに閉じ込められているという情報に、潜入組の隊長の顔つきが目に見えて和らいだ。催涙ガスを使おうという案、兵力を二手に分けて、正面から本陣に突入する間、特攻隊員数人がはしごを使って倉庫に入るのはどうかという案などが出されている。作戦を練っている潜入組に背を向け、ミンジュンは手錠をはめられたチェ・テリョンの部下に歩み寄った。

十代で子どもをつくったとはいえ、女と別れてからも捨てたりすることなく必死で育ててきたんなら、偉いじゃないか。ミンジュンは思った。でも、そういうことは北では途方もなく恥ずかしいことなんだろうか。いくら脅してもすかしてもびくともしなかったのに、娘のことを持ち出したとたんに折れるなんて。とはいえ、そんな男の姿は感動的ですらあった……。もちろん、そんなことは口には出せないけれど。

　ミンジュンは、地面に放り出されていた傘を拾ってきて、手錠をはめられた男の肩に掛けてやった。それからタバコの箱をトンと叩いて一本出し、男に差し出す。いまはもうチェ・テリョンの部下ではなくなった若い男は、唇を開いてそのタバコをくわえた。それに火をつけてやると、ミンジュンは自分も一本くわえ、二人並んで発がん性物質を肺の奥深くまで吸い込んだ。

*

　鉄製の鉤を灌木の下部に引っかけてから、チャン・リチョルは五メートルほど匍匐（ほふく）前進で移動した。茂みと別館前に止められた車の中間地点あたりだった。チェ・テリョン一味がいる別館ロビーとリチョルの間には、遮るものが何もない。冒険だが、やってみるしかない。灌木からそれ以上遠ざかると、いくらナイロンロープでつないだといっても、鉤を引っ張りそこなう恐れがある。逆に、相手からもっと遠ざかってしまうと、銃弾を命中させるのが難しくなる。

　雨が降っているのは幸運だった。いまや雨脚はかなり強くなっていた。雨音のせいで、チェ・テリョン一味は日頃より注意力が散漫になっていた。一方のリチョルはそんなことはない。匍匐をやめたリチョルは別館ロビーに目を凝らし、相手の人数と位置を確認した。

　敵は全部で六人だった。地下に残った者はいないようだ。リチョルは彼らに番号を振った。左から一、二、三、四、五、六番。
　一、三、四番は小銃を持っており、比較的年輩だ。四番は膝射（しっしゃ）の構えをしていた。二番は姿勢が定まっておらず、動きも危なっかしい。五、六番は、すらりとした体つきをし、隙がない動きをしている。

二、五、六番は短機関銃を持っていた。リチョルは、彼らが持っているスコーピオンについてはよく知っていた。携帯性を重視した武器なので、火力は割に弱い。弾丸は七・六五ミリ。銃弾一発の威力に限っていえば、リチョルが持っているワルサーPPKよりも弱い。ワルサーPPKは九ミリのパラベラム弾を使うが、スコーピオンは七・六五ミリ。車の鋼板に向かって撃った場合、一枚ならともかく二枚は絶対に貫通させられない。

スコーピオンのもう一つの弱みは、弾倉に入る弾丸の数が少ないということだ。弾倉は二種類。十発入りと二十発入りだ。二、五、六番がどちらの弾倉を使うのか、いまはまだわからないが、銃撃戦になれば、相手が弾倉をつけ替えるタイミングの見当をつけることができるだろう。連射というのは、こんなときにはデメリットになる。

結論。小銃を持った一、三、四番を始末すれば、車を掩蔽物(えんぺいぶつ)に使える。そうすれば、窓ガラス越しに撃てるようになるので、車にくっついているほうが有利になる。

リチョルは頭の中で照準を合わせてみた。玄関の正面から奇襲をかければ、少なくとも二人は倒せそうだ。うまくすれば三人。体に二発、頭に一発撃つという定石には、ここでは従えない。ほかの三人、または四人にあまりに多くのチャンスを与えることになるからだ。銃弾の数も充分ではない。一人撃ったら、すぐに次の標的に銃口を向ける必要がある。リチョルは右利きだったし、自然な筋肉の動きと銃の反動を考慮すれば、一番を真っ先に狙うのが正解だろう。次は三番、四番。二発は目の高さに、敵の頭を狙って。次の三発目は少し低めに。一、三番がずっと立っていて、四番が膝射(しっしゃ)の構えにこだわるとすれば、だが。

リチョルは鉤につなげたロープを引っ張った。遠くで灌木が大きく揺れ、チェ・テリョン一味はものの見事にそのトリックに引っかかった。ほかの方向は見向きもせず、六人全員が茂みに向かって一斉射撃を加えた。その間にリチョルは、別館ロビー前に駐車している車の後ろまで無事に移動でき、ピックアップトラックの荷台の後ろに隠れた。

射撃がやんだ。二番がへっぴり腰で茂みのほうへ歩いていく。リチョルはピックアップトラックの脇に立ち、姿勢を定める。灌木の前で二番が鉤を見つけた頃、リチョルは攻撃を開始した。

リチョルは一番の首と胸の間を狙って引き金を引いた。やや照準がずれたとしても致命傷を負わせられる部分でもあるが、銃弾は狙ったところに的中した。薬莢がリチョルの足の甲に落ちた。

銃声を聞いて三番がこちらを見た。リチョルを見つめてくる。熊のような体躯に狡猾そうながらも妙な威厳を漂わせている中年の男。チェ・テリョンだろう、リチョルは思った。リチョルは三番の顔のど真ん中を狙って撃った。鼻があった場所に穴があき、そこから血を噴き出しながら男が仰向けに倒れ込んでゆく。

四番は、膝撃ちの姿勢だったうえに小銃の台尻を肩に当てていたため、体の向きをスムーズに変えられず、遅れをとった。五番と六番の動きのほうが早かった。五番はリチョルに向かって短機関銃の弾倉ひとつ分の弾丸を撃ちまくり、そのうち一発はリチョルの耳のすぐ脇をかすめていった。リチョルは四番に向かって発砲したが、それは思いきり外した。

リチョルはピックアップトラックの後ろに身を隠した。五番と六番が、今度は車に向かって銃弾を浴びせてくる。二人のうち一人は大変な切れ者だった。三、四発ずつ間隔をおいて撃ってくる。弾倉をいつ替えるのか見当をつけにくくしているのだ。四番も射撃に加勢する。ピックアップトラックのガラスが粉々に砕け散った。

リチョルは割れたガラスの間から手を入れ、助手席のドアを大きく開けた。そして、そのドアを盾にして立つ。立っていられる空間にやや余裕ができ、視界もそれだけ広くなった。ロビーの玄関から茂みを確認しに行った二番が、まだ元の位置に戻れずにいるのが目に入った。突然の銃撃戦に体が凍りついてしまったらしい。リチョルは二番に向けて三発撃った。腹に二発、頭に一発。二番は地面に倒れた。

いまや敵は三人だ。小銃を持った四番と短機関銃を持った五、六番。彼らは別館の玄関の柱の後ろに一人ずつ身を潜め、時たま身を乗り出してリチョルに向かって撃ってくる。リチョルは三人が銃を撃つのを待っていて、隙が生じると間髪入れずに応射する。そのうちリチョルは気づいた。敵はそんなふうにして、自分の弾丸が尽きるのを待っているのだ。この状況では、時間が過ぎれば過ぎるほど不利になる。

そんなとき、二番が地面に取り落とした短機関銃がふと目についた。ピックアップトラックのサイドブレーキを下げて助手席のドアを押し、そこまで車を動かせるだろうか。検討してみたが、あっさり棄却した。距離がありすぎるうえ、地面がぬかるんでいるためタイヤばかりが空回りし、車が進まないおそれもあったからだ。

リチョルは反対方向を見た。いっそこちらのほうが可能性がありそうだ。リチョルは敵の射撃がやむのを待って、ピックアップトラックの後ろから中型セダンの後ろに走った。こちらの位置が変われば死角も変わる。敵としても、リチョルに向かって発砲しようと思ったら位置を定め直さないといけないし、そうこうしているうちに隙が出る可能性もある。ともかく、いまのこの状況を揺るがさねばならない。

セダンの助手席まで駆けてきたリチョルは、車のボンネットの上から何発か撃った。チェ・テリョン一味はたじろいだが、すぐに態勢を立て直して撃ち返してくる。隙は見せない。むしろ体の隠せる部分が狭くなったリチョルのほうが、不利になってしまったようだ。

そのとき。リチョルもチェ・テリョン一味もまったく予期していなかったことが起こった。形勢を一瞬のうちにひっくり返し得る、まったくもって信じられないようなことが。空から銃撃戦を見下ろしていた超越者が、暇つぶしに残酷な悪戯でもしたかのような……。

稲妻が光った。

恐ろしいほどの威力を持った雷。それがすぐ近くに落ちたのだ。閃光が走るのと轟音が響くのが、ほぼ同時だった。

四方が完全に照らし出されたなかでも、目の前の地面に自分の影がくっきりと落ちるのをリチョルは確かに見た。雷は彼の背後に落ちたのだ。警備詰所の上に避雷針があったらしい。目が潰れそうな強烈な光を、敵は真正面から浴びたことになる。

リチョルは迷わなかった。別館の玄関に向かって一気に走る。

九十八式自動小銃を持っていた四番は、完全に対応が遅れた。リチョルは階段のところでいったん立ち止まり、四番に向かって発砲した。腹部に二発　相手の体が地面に頽(くずお)れる。

五番は身をひるがえして撃ってきた。が、まだ視力は完全に回復していなかったらしく、銃口はまったく見当違いの方向を向いていた。リチョルは四番が隠れていた柱に沿って一周し、五番の真横に立つ。二人は真っ向から顔を見合わせた。〝何てことだ……〟と言わんばかりの表情を浮かべる五番の目に銃口を当て、リチョルは引き金を引いた
一番遠くにいた六番とリチョルは、ほぼ同時に互いに向かって発砲した。六番が撃った弾が当たった。七・六五ミリの弾丸は、リチョルの左の鎖骨を砕いた。銃弾があと五センチ右に当たっていたら、即死だったろう。それはともかく、左腕はもう使えない。正確に銃の狙いをつけることもで

きなくなったということだ。

リチョルが撃った九ミリ弾は、相手の短機関銃の本体に食い込んだ。弾倉の挿入口のすぐ上の部分だ。銃身を支えていた左手とグリップを握っていた右手に、六番は衝撃を感じた。何が起こったのかは見なくてもわかる。自分の銃はもはや使えなくなった。撃発装置には異常がなかったとしても、いま挿入されている弾倉が抜けないか、または新しい弾倉が挿入できなくなった可能性が高い。

ケ・ヨンムクは銃を捨て、リチョルに突進した。リチョルも素早く拳銃の引き金から指を離し、拳を握った。

*

モンゴル軍からなる特攻隊が、テリム物産の二階ロビーに立っている。カン・ミンジュンをはじめとする韓国軍の憲兵たちは一階と二階の踊り場に、ミッシェル・ロングは無線機を持って一階にいた。防毒マスクをつけたモンゴル軍特攻隊の二人の小銃手が足を広げて立ち、ドアに向かって銃の狙いをつけている。ほかの特攻隊員が鉄の門を蹴り開け、発煙手榴弾を事務室に投げ込んだ。M18発煙手榴弾は、白ではなく赤紫の煙を出し、そこから甘いにおいがするということを、ミンジュンは初めて知った。

大韓民国憲法によると、北の地も厳然たる韓国領土であり、国家の安全保障と国土防衛の神聖な義務が国軍の使命だ。また大韓民国は統一を志向するとしている。が、そのときミンジュンは切に思った。モンゴル軍が国を守ってくれればと。罪悪感はある。でも、どうしようもなかった。あの甘いにおいを嗅ぎながらもうもうとした煙の中に分け入り、特殊作戦部隊出身の拳銃使いを制圧して人質を救出する自信など、現実にあるわけがないのだから。

赤紫の煙はまず、水道の蛇口から水が流れ出るように一直線に噴き出た。少しすると、その煙の尻尾がドアの内側から外にも漏れ出してくる。煙幕弾は二発投げ込まれたため、煙の尻尾も二本だ。それから少しして、とてつもない量の煙が事務室に一気に充満した。まるで入道雲が発生したようだった。

モンゴル軍の特攻隊員たちの体格が何しろ頑健で、表情もきわめて厳粛だったため、そしてまた赤紫の煙もかなり印象鮮やかだったため、ミンジュンたち韓国軍憲兵は状況を甘く見ていた。別に大したことは起こらなかろうと。なので、それからじきに、事務室の壁が轟音とともに一気に崩れ落ちる光景を目の当たりにし、みな肝を潰してしまった。

煙を見たチョ・ヒスンが、特攻隊員がドアから侵入してくるのを待ち伏せて、ロケット砲を発射したのだった。朝鮮人民軍で「七号発射管」と呼ばれた対戦車兵器だ。

が、そんなことなどミンジュンが知るよしもない。銃声というには大きすぎる発射音とともに巨大な鉄の塊が飛んでくる音が聞こえたかと思ったら、木の破片、コンクリートのかけら、土埃(つちぼこり)が衝撃波とともにすっ飛んできた。彼にわかったのはそれだけだった。

踊り場に立っていた韓国軍は、みな白い埃を頭からかぶる羽目になった。負傷者はいなかったとはいえ、思いもかけぬ状況にみな呆けたようになり、身動きすらできない。どう行動すべきなのか。二階に上がって特攻隊員を援護すべきか、それとも下に退却すべきなのか。まったくわからなかった。

二階の事務室から聞こえてくる銃声が、いやに遠くから聞こえてくるような気がした。後でわかったことだが、片方の耳の鼓膜が破れていたのだ。

ふいに埃と煙の中から大きな卵のような形をした黒い石ころが飛び出してきた。そいつは壁に一度ぶつかってから階段を転げ落ち、韓国軍が立ちつくしている踊り場で動きを止めた。

よく見ると、それは石ころではなかった。

「手榴弾だ！」

叫び声があがる。さっきの銃声と同じく、その声もやはり遠く聞こえる。そんなミンジュンと兵士たちの目が、まともに合った。セメント粉を頭からかぶり、歌舞伎俳優のような顔になった若者たちの目からは、衝撃と恐怖がはっきりと見て取れる。それらの目、目、目は、ミンジュンに訴えていた。

〝私たちはまだ若いんです。こんなところで死ぬわけにはいかないんです〟

彼らは口をつぐんだまま、その目で悲鳴をあげていた。彼らはあれやこれやと自由を制限されているだけでなく、劣悪な環境の内務室で寝起きし飯も食い、将校や副士官の指示を仰ぐ兵士たちだ。一方、自分は将校食堂で食事をし、将校宿所で過ごす幹部なのだ。

〇・一秒にも満たない間に、数えきれないほどの考えが浮かんでは消え、またかすめ去った。

これを……蹴り飛ばせるだろうか。

拾って投げる……？　映画ならそれもアリだけど……。

でも、投げるったって、どこへ？

窓もないし、階段の上にも下にも人がたくさんいるのに。

どうしよう。

どうしよう。

どう……。

ああっ、破裂する！

ミンジュンは咄嗟に身を投げ、手榴弾の上に覆いかぶさった。

俺だってさ、こんなふうに死にたくなんかなかったよ。

畜生……。

ミンジュンは目をつぶった。

＊

またも稲妻が光った。

ケ・ヨンムクは全速力でチャン・リチョルに向かって突進した。距離が近いので、よける暇もない。リチョルは背を丸めて腰を落とし、右肩で相手の胸を受けとめた。左腕は持ち上がらないからだ。ずしんと衝撃が来る。リチョルは相手に組みつかれるのを防ごうとした。

ところがケ・ヨンムクはリチョルに組みつかず、脇腹にフックを打ち込んできた。満足に防御できない左の脇腹だ。二人の位置が近すぎて腕を充分に振るえなかったため、受けた打撃はさほどではなかった。最初の一撃はまともに受けておいて、続いて繰り出される同じ攻撃は、膝を上げて脚で受けとめる。リチョルは相手が身を引く前に腰を大きく回し、相手の顔に肘打ちを食らわせた。この攻撃はまともに入った。

二人の体が離れる。

ケ・ヨンムクは、倒れないようこらえつつ素早く一歩後ずさり、体のバランスを整えた。リチョルも殴られた脇腹を右手で押さえて後退する。

チャン・リチョルとケ・ヨンムクは、そのとき初めて相手の顔をまともに見た。

「おやおや、こんなところで顔を合わせるとはな」

ケ・ヨンムクがあきれたように笑う。

リチョルは笑わなかった。答えも返さなかった。ただ、心の中でつぶやいた。

これはさすがにやりすぎじゃないか、同志。

朝鮮人民軍でも屈指の精鋭を集めた特殊作戦部隊で、それぞれ〝狼〟〝軍用犬〟というニックネームで呼ばれた二人の男の再会だった。

〝狼〟対〝軍用犬〟。

リチョルは、ウン・ミョンファが買ってきた折り畳みナイフをポケットから取り出し、刃を開いた。米ベンチメイド社の製品をパクった中国製模造品。とはいえ鋼鉄の刃は本家にも劣らない。朝鮮解放軍の少佐と警備員二人の喉を掻き切ることで、性能チェックは済ませてある。信じるに足る武器だった。

ケ・ヨンムクは、腰に下げていたポーチからナイフを出した。ベンチメイド社のライバルであるマイクロテック社製の正規品で、チャン・リチョルのものとは違ってボタンを押せば刃が飛び出すタイプだ。刃も長い。

「死んだとばかり思ってたよ。その傷は何だ？　最後の千里の行軍のときにできたのか？　落伍しただろう、あのとき」

ケ・ヨンムクが甘い声で話しかける。

「ああ。石につまずいて転んでな」

リチョルが答えた。

「よく気をつけて歩かなきゃな、山道は」

ケ・ヨンムクが応じる。

彼らはスローなダンスを踊るようにステップを踏んだ。リチョルはケ・ヨンムクのナイフだけでなく、左手にも気を配っていた。ナイフを持ってやり合うとき、人はしばしば相手にもう一つ手があることを失念する。その点ではケ・ヨンムクが有利だった。リチョルは左腕が使えない。ケ・ヨンムクもそのことを知っている。

ケ・ヨンムクがまずリチョルの左を突いてきた。リチョルは身をかわして攻撃を避けてから相手の首を狙い、上から下へと斜めにナイフを振るった。ケ・ヨンムクが左腕でリチョルのナイフの持ち手を打ち、素早く身を引く。そうしておいて、反対方向へ突進するかのように見せかけたが、リチョルは引っかからなかった。

「パク・ヒョンギルが言うには、千里の行軍の後半に起こった惨事、その原因になったのは俺だってことだったが」

リチョルが言った。

「はっ？　何をバカな。貴様がそんなご大層な人間か？」

ケ・ヨンムクは指でナイフの持ち手の端をつまんだ。刃に力を込めることはできないが、攻撃可能な範囲がそれだけ広がる。その何センチかの違いは、時として勝敗を左右する。ケ・ヨンムクは体の重心を左、右と変えて相手の目を引きつけておいて、機を見て攻撃を仕掛けてきた。ナイフを投げるような仕草で腕をまっすぐに伸ばして。ナイフの刃は、リチョルの額からわずか数ミリのところの空気を切り裂いた。リチョルの顔をナイフが起こした風が撫でていった。

ケ・ヨンムクがナイフの持ち手を三本の指でつまんだときから、リチョルはそんな攻撃を予想していた。額を切っても致命傷は負わせられないが、流れ落ちる血が目に入ることで、相手の動きは徐々に鈍くなる。古くからある戦法だ。

「何が起こったんだ？　団体で脱走しようと先手を打ったのか？」

「その反対さ、アホが。絶対についてこなさそうな頭の固い連中を何人かふるい落としたんだ。一〇一特殊作戦部隊はな、千里の行軍を終えるやいなや朝鮮解放軍に合流したんだ」

「朝鮮解放軍にだと？　なぜだ？」

リチョルが驚いて訊き返す。

「わかりきったことを訊くな。あのままだったら皆殺しになってたはずだからさ」

ケ・ヨンムクは鼻で笑った。

話しているうちに、二人の男の息は徐々に上がり始めていた。それでも彼らは無意識のうちに、十数年前に訓練を受けたとおり、途切れることなくフェイントモーション（牽制）をかけ、足の位置を変えていた。

彼らはだんだん不注意になり、ベテランらしい姿を失いつつあった。ケ・ヨンムクは、リチョルさえ始末すれば、念を入れて取り組んできた雪虎（ヌンホランイ）作戦を復活させられるのではないか、などという無駄な希望を抱くあまり、理性を失っていた。リチョルは左肩からの出血が気にかかり、焦りを感じていた。

ケ・ヨンムクがナイフを逆手に持ち替え、腰をすっと低めて一歩踏み込んだ。リチョルの胸を正面から突こうとしたのだ。リチョルはナイフを持った右手をひねり、相手の手の甲を打って攻撃をかわす。と同時に足の裏でケ・ヨンムクの内腿（うちもも）を強く蹴った。ケ・ヨンムクはしゃがみ込みこそしなかったが、体がぐらりと揺らいだ。リチョルはその機を逃さず、ナイフの持ち手を握った拳をまっすぐに突き出し、ケ・ヨンムクの顔にパンチを食らわせる。それほどのパワーはなかったとはいえ、パンチはまともに入った。左右の鼻の穴から鼻血を噴き出し、ケ・ヨンムクは後ずさりした。

「南朝鮮の特殊作戦部隊が俺たちを皆殺しにするって、そんなガセネタを信じたのか？　あんなのはたわごとだった！　お前だってわかってたろう！」

リチョルが叫ぶ。

「まったく、救いようのないバカだな、貴様は。俺らを狙ってたのはな、南朝鮮の部隊じゃない。統一過渡政府だ。奴らが俺たちを殺そうとしてたのさ。反人権犯罪を調査する委員会の審議にかけてな！」

ケ・ヨンムクが言い返した。いつもの甘い声ではない。鼻から血を流しているせいだろう。ケ・ヨンムクがナイフの持ち手をしっかり握って攻撃を仕掛けてくる。突くように切る攻撃。リチョルはその姿を真似するように腕を伸ばし、相手のナイフを自分のナイフで受けとめた。キン、と金属がぶつかり合う音がする。

三度目の稲妻が光った。

「統一過渡政府だと？」

リチョルが訊き返す。

「そうだ！　統一過渡政府はな、アメリカと南朝鮮の承認が欲しかった。それで金王朝の反人権犯罪を適度に暴いて責任者に罰を与えようとしたんだ。だからって、高い地位のお歴々を対象にはできん。統一過渡政府の高官は、金王朝時代にも高位を占めてた連中だったからだ！　奴らには、もっと与(くみ)しやすいスケープゴートが必要だった。それが信川復讐隊みたいな組織だったんだよ！」

ケ・ヨンムクがわめくように言った。

「嘘をつくな。俺たちが何をしたっていうんだ?」

リチョルはケ・ヨンムクの胸元にもぐり込み、ナイフを振るった。鼻の下を血まみれにしたケ・ヨンムクが腕を広げて後ずさる。

「お前、人を素手で殺す実習をしただろう。それは誰を相手にやった? 逃げる標的を撃つ訓練をどこで受けた? 政治犯収容所だろう! 収監者を相手にやっただろう! アメリカが聞きたがる話ってのがな、そういう類のもんだったんだよ!」

ケ・ヨンムクはそう言うと咳き込み、ペッと血を吐き出した。彼は、蛇がちろり、ちろりと舌を出すように素早くナイフを前後に動かし、リチョルの喉を狙った。

「それで朝鮮解放軍に行ったのか? そんな計画、大隊長も知ってたのか?」

リチョルが訊く。

「バカが。その計画からして大隊長の考えついたことだ。いまじゃ朝鮮解放軍の総参謀長さ」

あまりのことにリチョルは言葉を失い、ぼうぜんとする。ケ・ヨンムクがその隙を逃すはずがない。彼はナイフに全体重をかけ、突進した。あたかも人間ミサイルだった。

リチョルは舞踊手のようにその場でひらりと体をターンさせた。横向きになったリチョルの胸に、ケ・ヨンムクのナイフが浅い傷をつける。ケ・ヨンムクの頭はリチョルの鼻先を、尻は腿をかすめて通り過ぎた。

リチョルはケ・ヨンムクの背後に立った。恋人を抱きしめるように後ろから片手でケ・ヨンムクを抱く。そして模造品ベンチメイドの鋼鉄の刃で、ケ・ヨンムクの腹を裂いた。内臓が勢いよく飛び出してくるほど長く。どんな医者も縫合できないほどに深く。

それぐらい強く胸を突いたり切り裂いたりすると、あばら骨にナイフの刃がぶつかって刃こぼれすることがよくある。リチョルは政治犯収容所の収容者たちを相手に、そんな実習を何度も行っていた。そのときは、その囚人たちがみな祖国に対して酌量の余地のない大罪を犯した悪質な反逆者だと信じていたのだ。

またも稲妻が空を走った。

腹から血を流して死んでゆくケ・ヨンムクを、チャン・リチョルは片腕で長いこと抱いていた。

エピローグ

ミッシェル・ロングが病室に入ってくると、医務兵が立ち上がって敬礼をした。将校の病室には、病床が四床しかない。廊下側のベッド二つは空いており、窓際の一方のベッドには、白髪まじりの頭をして腹が突き出た白人が座っていた。入院着姿の白人将校はロングを見ると、どうしようもなく不快感を催させる表情を浮かべた。何を考えているのやら、その真意は測りかねたが。

窓際のもう片方のベッドの周囲には、白いカーテンが引かれていた。ロングがそこを指さしてささやくように医務兵に尋ねる。

「カン・ミンジュン大尉？」

「はい、そうです」

医務兵が答える。

ロングはカーテンの外に立ち、咳払いをした。けれど、中からは何の反応もない。ロングはためらいがちにカーテンを少し開けてみる。誰か来たのに気づいたのか、ミンジュンが枕から頭を上げた。盛大なしかめっ面だ。片方の腕からは点滴のチューブが伸びている。

「どうしたんです。どこか具合が悪いんですか？」

ロングが訊いた。

「胃腸ですよ。具合が悪くてもう死にそうです。夕べ酒を飲みすぎたみたいで。大尉が戻られたあともずっと飲んでたので」

ミンジュンは身を起こした。

「そんなこと言ってると、後で泣きを見ますよ。宝くじに当たった後で、人生ダメにする人って多いのをご存じでしょう。宝くじで一等を当てたらどうすべきか知ってます？　当たったってことを隠して、これまでどおり誠実に生きていくんです」

ロングが言った。

「あんまりそう言われるんで、宝くじに当選する確率を調べてみたんですよ。ロトの一等当選率がだいたい八百万分の一だそうです。でも、手榴弾が爆発しない確率は一万分の一なんですって。つまりはロト一等より八百倍もありがちなんですよ。でもまあ、ロトは毎週、一等当選者が出ますしね。何人も当選したりするときもあるし」

ミンジュンが言い返す。

旧朝鮮人民軍の手榴弾の不発率は、実際は一万分の一よりはるかに高いだろうなとミンジュンは思った。解体直前の朝鮮人民軍といえば、何しろ装備が古くて、航空機や戦車などはまともに動くものがほとんどなかったのだから。

とはいえ銃器は例外だった。北朝鮮の軍隊の小銃や拳銃はソ連やチェコの銃を改良したものだったが、元になった銃が頑丈で故障が少ないと定評のある品だったからだ。また、銃はきちんと作動するかどうか確認するのも簡単だ。一度撃ってみればいいのだから。でも、手榴弾は？　実際に安全ピンを抜いて投げてみないことには、良品か不良品かわからない。そのうえ爆薬類は保管の際、温度や湿度を徹底的に管理しなければ寿命が維持できないのだ。電気も油も極度に不足していた朝鮮人民軍にできるわけがない。

「ところで今日はどうしたんですか。このところ書類作業で忙しいって言ってませんでした？」

ミンジュンが尋ねた。

「異動になったんです。咸興（ハムン）。たったいま、連絡をもらいました。で、ご挨拶にと思って」

ロングが髪を耳の後ろに流しながら答えた。

「咸興ですって？　何ですか、それ。開城（ケソン）や平壌（ピョンヤン）に行って、重要なポジションに就くべきでしょ。大韓民国を呑み込もうとする〝覚醒剤高速道路〟を発見したお方なのに」

そう言うミンジュンの口調は快活で、皮肉っぽさは感じられなかった。〝覚醒剤高速道路〟というのは、ロングが発見したトンネルに対してメディアがつけた呼び名だ。平和維持軍は、トンネルの位置や発見の経緯についてはくわしく発表しなかった。昔つくられた地下トンネルを利用して薬物や物資を南に密輸しようとしていた犯罪組織を検挙したという事実のみ、短く公表した。統一過渡政府と平和維持軍の意見さえ一致すれば、北のニュースはいまだ統制可能なのだ。

「機密だってまだ言われてないから教えてあげられるんですけど、平和維持軍がね、朝鮮解放軍の尻尾をつかむ専門タスクフォースを立ち上げることになったんです。薬物流通の本格的なスタート地点が咸興だから、タスクフォース事務室も咸興に置かれる予定で。そこに行くことになったんですよ」

ロングがミンジュンを睨（ね）めつけるふりをする。

「お別れパーティーをやる時間もないんですか？」

「おわかりでしょ。本部が事をどう処理するか、……あ、待って、それ、そんなふうに抜いたらダメですよ」

腕に刺さった点滴の針を抜こうとするミンジュンをロングが押しとどめる。ロングは医務兵が座っているところからアルコール綿を取ってくると、片手でミンジュンの手首をつかんだ。もう片方の手で器用に針を抜きながら、血が噴き出ないようにアルコール綿で押さえてくれる。

「こすらないで、そのまま押さえていてくださいね」

ミンジュンは、ロングに言われたとおり十秒ほど押さえてから綿を捨てた。そして上着を着込む。

「病室で別れるのはイヤなので。出ましょう」

医務大隊の建物の玄関にある自動販売機で、ロングが缶入りの飲み物を二つ買う。彼らは希望部隊の建物の間を歩きながら話をした。表向きは、自分たちが捜査していた事案にどの程度の進捗があったのか、重ねて確認する内容だ。

テリム物産で起こった銃撃戦の結果、モンゴル軍の特攻隊員が三人死亡し、一人が重傷を負った。チョ・ヒスンともう一人のチェ・テリョンの部下は、現場で射殺された。捕らわれていた人質二人は無事に救出されたが、彼らはトンネルについては何も知らなかった。情報提供者が人質を助け出すために平和維持軍を利用したのだった。

情報提供者は南に留学経験のある若い女性で、ウン・ミョンファと名乗った。トンネルは実際にあった。平和維持軍は、ウン・ミョンファに言われるがままに長豊（チャンプン）招待所の改修工事現場に赴き、黄海北道（ファンヘブクト）長豊郡から京畿道漣川（キョンギドヨンチョン）郡に続く四・一キロに及ぶ地下トンネルを発見した。浸水していたところに最近になって手を入れた痕跡が残っていた。長豊招待所の工事現場ではまた、チェ・テリョンとその息子をはじめとする十一人の男性の遺体も見つかった。激闘の末に命を落としたようだった。希望部隊がテリム物産の事務室を急襲していた、まさにそのときに。

ウン・ミョンファは、トンネルに関する情報をどうやって手に入れたのか、初めのうちは口を固く閉ざしていたが、後にチェ・テリョンの次男から聞いたと答えた。けれど、チェ・テリョンがどういったいきさつでトンネルのことを知ったのか、またその用途についても、これ以上知っていることはないと一貫して主張した。工事現場で起こった銃撃戦や死体の身元、誰が彼らを殺したのかも、知らぬ存ぜぬだった。

実際、テリム建設の一般の社員は、トンネルのことなど誰ひとりとして知らなかった。となると、地下トンネルの隠された部分について聴取できそうな人物は、チェ・テリョンの長男ぐらいしかいない。ところが、チェ・テリョンの長男は跡形もなく消え失せていた。平和維持軍が、朝鮮民主主義人民共和国の全域にかけて指名手配したにもかかわらず、痕跡すら見つからない。すでに死んでいて、どこかに埋められているのでは、とロングは考えていた。

「その若い女性は間違いなく何かもっと知っています。しっかり監視してください。人質になっていた女性も怪しいですね。ムン・グモクとかいう人。彼女も私たちに何か隠しています」

ロングが言った。

「私もそう考えています。でも、その若い女性を監視できる時間は、もういくらもないかと。彼女、南で就業許可が下りたそうで。来月から昌原（チャンウォン）で働くそうです」

ミンジュンが答えた。ミョンファが南へ行く前に、何とか口実をつけて希望部隊に呼んでプレッシャーをかけないと、と言い張るロングにミンジュンは曖昧にうなずいてみせた。

「ところで、ひとつ伺ってもいいですか？」

ロングが突然足を止めて言った。ミンジュンも立ち止まる。ついに来るべきものが来たか……。

「ええ、何でも。ロング大尉」

にわかに緊張を感じながらミンジュンは応じる。

「手榴弾に覆いかぶさるなんて、何を考えていたんです、いったい……」

ミンジュンはハーッとため息をついた。予想していた問いではなかった。

「だって、すぐ目の前に落ちてきたんですよ。逃げるところもないし、爆発したらもう一巻の終わり。僕も、ほかの兵士たちも。そのときね、思ったんですよ。ほかの兵士たちが死なないで済むようにしようって。どんなふうに死のうが、死ぬのには変わりないでしょ?」

「ええ? そんな短い時間に考えたんですか? そんなこと全部?」

ロングは疑わしげだ。

「まさか」

ミンジュンが答えると、ロングは声をあげて笑った。

「じゃ、何です?」

「うーん、その……恥ずかしかったんです。私は将校で、周りにいる連中は若い兵士。そんな中で、将校の服を着てる私が逃げるなんて情けないって思ったんですよ」

ロングはうなずいた。

自分が経験したことは、よりマクロな状況に置き換えて考えることもできるのではないかとミンジュンは思っていた。彼はこれまで、軍服や階級章というものに道端の落ち葉ほどの価値も感じていなかった。軍人としての責任感を自覚したこともなかった。にもかかわらず、究極の事態に遭遇したとき、それに従って行動していた。先天的に個人主義者なので、軍人精神、忠誠心などといった言葉や、「軍人は軍人らしく、学生は学生らしく」といったスローガンなどには依然として抵抗がある。でも、そういった、ある意味での強制的な義務感抜きにまた手榴弾を目の前にしたとして、漠然とした人類愛や冷静な理性だけで、あのときのような勇気を引き出すことができるだろうか。正直なところ自信がない。

　民族だとか統一とかいう概念はどうだろう。北の住民に対する責任感を引き出すためには有用ではないだろうか。隣人が飢えたり不当な理由で苦しめられているとき、然るべき勇気を絞り出す心理的ツールとして。同じ言語を使い、同じ歴史を共有しながら、はるかに富裕に生きている人間が、すぐ隣にいる貧しい人たちから目を背けるのは、恥ずかしいことではないのか……。

　そこまで考えたとき、ロングがすっと手を差し出してきた。

「お時間あるときに、遊びに来てください、咸興（ハムン）に。冷麺（ネンミョン）、奢（おご）りますから。冷麺が有名なんですよね？」

〝そうだな、俺たちはもう挙手敬礼をし合うような間柄じゃない。握手するぐらいには親しくなれたよな……〟

　ミンジュンはロングの手を握った。

「咸興冷麺はね、実はいまいちです。平壌冷麺のほうがおいしいんですよ。麺やスープが淡白で、慣れるのにちょっと時間がかかりますけど。平壌冷麺はね、一度その旨さがわかったらもう虜になっちゃうぐらい……」

　その時間を引き延ばしたくて、ミンジュンはロングの手を握ったまましゃべりまくった。

「カン・ミンジュン大尉、あなたって人はもう」

　ロングがため息をつき、韓国語で言った。

＊

サウナから出てきたチェ・テリョンの長男は、シャワーガウンを羽織っただけで個人用の按摩室に入った。サウナと按摩室を結ぶ廊下は薄暗い。按摩室でしばしば売春が行われるためだ。それでも、「ここで不健全なことをやってます」と大っぴらに言わんばかりの怪しげな赤い照明はさすがに使われておらず、ほのかな間接照明になっている。とりあえずそこのところは、開城の外れとはいえ高級ホテルの看板を掲げているだけはある。とはいえ、左右の壁に施されたギリシャ彫刻を真似たらしい石膏のレリーフは、安っぽさのあまり、むしろ何らかの意図が込められた前衛芸術に見えるような代物だった。

その廊下を歩くたびに長豊郡のトンネルが思い出され、怒りがこみ上げてくる。数百億ウォン、ことによると数千億ウォンも稼ぎ出せるはずだった事業が、成功直前に水泡に帰したのだ。自らの命の瀬戸際で、彼に生き延びるすべを伝えてくれた父親は、そのあと銃で撃たれて死んだ。弟もだ。彼のものになるはずだった会社は跡形もなく消滅した。

怒りが腹の底から頭に広がって体調まで崩させているのか、首と肩が凝るのはしょっちゅうで、時には頭もズキズキ痛む。父親であるチェ・テリョンの隠し財産のおかげでカネには困らないとはいえ、いったいいつまでこんな逃亡生活を続けなければならないのだ……？　体の調子が悪くなるたびに彼はホテルのサウナで汗を流し、マッサージを受けた。

廊下の突き当たりにある按摩室に入る。部屋の鏡にちらりと自分の顔が映り、彼は瞬間びくっとする。別人のように思えて。整形手術を受けてから早三か月。そろそろ新しい顔に慣れてもよさそうなものなのに。

　按摩室の真ん中には、ゴムのマットが敷かれたベッドがあった。ベッドの頭の部分には手のひらほどの大きさの穴があけられている。そこに顔をはめていれば、うつぶせて背中と首の後ろをマッサージされているときも楽に息が吸えるのだ。チェ・テリョンの長男はベッドに横になり、目を閉じた。ガウンの前が開いて性器がゴムのマットに触れているのに気にも留めない。彼は疲れていた。物音がした。人が入ってきたようだ。チェ・テリョンの息子はすでに半ば夢うつつの状態だった。

「肩と首を中心に揉んでくれ。頭皮マッサージも追加だ」

　按摩師の柔らかだが力のこもった手が首、または肩に触れるはずだった。いつもなら。が、部屋に入ってきた女が手を伸ばしたところは、彼の脇腹だった。女は按摩師の服装をしているだけで、実は按摩師ではなかった。手には、闇市場で手に入れた電気ショッカーが握られている。カメラのフラッシュを改造してつくられた製品で、放出する電気の強さと量は、一般の護身用のものとは桁違いだった。

　その電気ショッカーを脇腹に二度押しつけられ、チェ・テリョンの長男はぐったりと伸びた。女は気を失ったお尋ね者の体を仰向けにし、顔をじいっと覗き込む。それから腕の内側の入れ墨を確かめた。

　少しすると、ホテルの従業員の服装をした男が按摩室に入ってきた。彼は本物の従業員だ。男と女はチェ・テリョンの息子の体を両側から抱えて起き上がらせ、部屋から引きずり出す。ギリシャ彫刻もどきの脇にある職員専用通路のドアを、ホテルの従業員が開けた。下に向かう階段が現れる。按摩服を着た女とホテルの従業員は、気を失っているせいでゆらゆら揺れ動くチェ・テリョンの長男の体を引きずって、一階下に下りた。

階段を下りたところのドアを開けると、目の前に地下駐車場が現れた。職員専用通路のすぐ前に、窓ガラスにスモークフィルムを貼ったミニバンが止まっている。

運転席のドアが開き、ムン・グモクが出てきた。ミニバンは七人乗りで、後部座席が二列になっている。ムン・グモクはホテルの従業員と按摩師の服装をした女を手伝って、チェ・テリョンの長男を一番後ろの列のシートに寝かせた。彼らはチェ・テリョンの息子が羽織ったままでいたシャワーガウンを脱がせ、一糸まとわぬ体にダクトテープをきっちりと巻く。体を完全に縛めておいて、ムン・グモクはチェ・テリョンの長男の顔をよくよく見た。

「何か変だと思ったら、なんだ、整形手術をしたのね。頬と額に何だかずいぶん入れてるわ」

「灯台もと暗しって言うけど、ほんとだね。こんなところにいるなんてね」

按摩師の服装をした練り物屋の女主人が言った。彼女は数か月前から長豊郡の女性商人ネットワークでナンバー2の役割を果たしていた。リーダーはムン・グモクだ。

ムン・グモクは、丸めたドルの札束をホテルの従業員に渡した。従業員は金を数えてみることもせず、ポケットに突っ込む。それからぺこりと頭を下げて、無言で職員専用通路へ消えていった。

ムン・グモクと練り物屋の女主人はバンに乗り込んだ。

「最後にもう一度だけ考えてみない？　必ずしも平和維持軍に引き渡さなくてもいいんじゃないかなあ。このクソ野郎がやってきたことを考えてごらんよ。こいつは、それにふさわしい罰を受けなきゃ」

助手席に座った練り物屋の女主人が言う。

「ふさわしい罰って？　生きたまま焼き殺すこと？　それを動画に撮っておくこと？」

ムン・グモクが訊き返す。練り物屋の女主人は黙り込んだ。

「私たちはね、チェ・テリョン一味みたいなやくざ者じゃないのよ。そうなってもいけないし。私だっていま、目の前を夫の顔がちらついて仕方ないけど」

練り物屋の女主人はもう何も言わなかった。

「じゃ、行こうか」

ムン・グモクは車のエンジンをかけた。

*

「就業許可を取って南で働く北国籍の労働者数は二十万人を超えています。ところが、彼らを雇用する事業主の賃金未払いの手法もだんだん巧妙になっているとの指摘が出ています。雇用労働部が一日、北国籍の労働者の上半期の相談内容を分析した結果を発表しました。全相談件数およそ五千件のうち半数以上が賃金の未払いに関する……」

空港バスの運転席の後ろには液晶テレビが取りつけられており、ニュースが流れている。金海(キメ)空港に降り立ったウン・ミョンファは、空港バスで昌原(チャンウォン)市に向かっているところだった。降りそこなったら大変だと思い、彼女は運転手の真後ろの席に座った。金海空港は、ミョンファが踏んだ半島最南端の地だ。

留学期間が終わる頃、ミョンファは南の企業数百社に入社志願書を出していた。絶望的な心境で、就職サイトに求人広告を出す企業には必ずといっていいほど願書を送った。初任給や勤務地といった条件など、一顧だにしなかった。南の企業ならどこでもよかったのだ。にもかかわらず、ただの一社からも合格通知はもらえなかった。

ところが、大韓民国の法が変わっていたのだ。ミョンファが北に戻ってからのことだ。北の若者を雇用する地方の企業に対して南の政府および自治体が出していた補助金の額が大幅に引き上げられたのだ。その結果、昌原にある精密機械メーカーから、なんと書類審査通過の通知が来たのだ。志願書を出してから十か月後のことだった。自分が願書を出したのか、記憶も定かでない会社だったが。

面接はオンラインで行われた。面接官が強調した点は二か所。まず、宿所と食事は正社員に対してのみ提供されるが、それでも構わないか。ミョンファがためらうと、インターン社員も寄宿舎と社内食堂を利用できる。ただその分、給料から差し引かれるのだと追加説明があった。ミョンファは、ならば構わないと答えた。次に、事務職として採用するが、営業や現場での業務もしてもらうことになるかもしれない、それでも構わないか。ミョンファは快諾した。

テレビでは、ニュースが流れ続けていた。

「北の労働者は南の賃金制度をよく知りません。そこを悪用し、各種手当を支給せずに済ませているというわけです。一部の事業主は、メッセンジャーやSNS〔ソーシャル・ネットワーキング・サービス〕でそんなノウハウを共有したりもしているということがわかりました。北の労働者には労使の合意が適用されないなどと言って昇給させなかったり、国民保険に加入せず、保険料は控除していたケースも……」

精密機械メーカーから最終合格の通知を受け取った日、ミョンファは悩んだ末に南で付き合っていた相手に電話をかけた。メッセージやメールを送ってもよかったのだが、そのときは、どうしても声が聞きたかったのだ。彼はミョンファの就職の知らせに喜んでくれ、心からお祝いを言ってくれた。ミョンファの胸は希望に膨らんだ。ところが、そんな彼女に彼は告げた。

「でもなミョンファ、ごめん。俺のお前への気持ちはさ、もう前とは違うんだ。だって、まだ若いじゃないか、俺たち……」

それはどういう意味なのか。ミョンファは尋ねた。ソフトで婉曲的な表現をする南の人の話し方は、北の人間にはよくわからないから、と。嘘だった。北の人たちがそうなのは事実だが、ミョンファは違う。彼女は、彼が言いたいことを理解していた。それでも、もしかしたら自分の勘違いかもしれないという願いと、実際に彼の口から確かな答えを聞きたいという思いから、尋ねたのだった。そして彼は、〝元彼〟になった。

「……一方、京畿道では先月、賃金の不払いが数か月に及んだことから、十人あまりの北の労働者が社長の家族を拉致して立てこもり、ついには社長夫婦を殺害するに至る事件も発生しています」

テレビニュースの下に次の停留所を示す字幕が出た。ミョンファの目的地だ。ミョンファはそれでも、バスの運転手に確認した。衣類の詰まったスーツケースは、ミョンファの力では持って立っているのも大変なぐらいの大きさだ。それでバスから降りるとき、のろのろするなとなじられるのではないかと気が気でなかったのだが、運転手は文句を言うどころか席を立って手を貸してくれた。

タクシー乗り場はバスを降りた場所から十メートルぐらい離れたところにあった。ミョンファはスーツケースを引きずって歩いた。歩道と車道が分かれているうえに歩道は広く、きちんと舗装されているので、キャスター付きのスーツケースはするすると進む。でこぼこのうえに汚い長豊郡の通りをミョンファは思い浮かべた。彼女はテリム物産の捜索作戦のときに命を落としたモンゴル軍兵士たちとチェ・テリョンの部下たちのことも思った。死んだ者たちについて考えるたびに罪悪感に苛まれ、時に、出口がない地下のトンネルに閉じ込められたように息苦しくなる。

タクシー乗り場の広告板には公益広告協議会のポスターが貼られている。赤銅色に日焼けした皺だらけの顔をした男と白い皮膚に長い髪の女、そしてかわいらしい男女の子ども、その四人が、顔がくっつくくらいにぴったり寄り添って座り、笑っていた。その上に、「統一、第二の希望です」というフレーズが入っている。

ポスターを挟む透明プラスティックの広告板の上に、赤いマーカーで落書きがしてあった。

〝アカは帰れ！〟

ポスターの中の男女の目も赤く塗られている。

ミョンファはポスターの前にスーツケースを置き、空車を待った。埃まじりの風が吹いていた。

*

江界市(カンゲ)を抜けると、道路事情が一気に悪くなった。運転手はトラックがガタガタ揺れるたびに、「ああこん畜生」「またか、ええ？」と声をあげた。どことなくかわいげのある老人だ。髪が真っ白で体つきは貧弱、身なりもみすぼらしかったが、表情は終始一貫して明るく、口調もさばさばしている。見ず知らずの人間を隣に乗せていることからも、彼の楽天的な性格が窺えた。

老人は、子どもの自慢話をしたくて男を乗せてくれたようだ。娘と息子の自慢をさんざん並べ立ててからは、婿と嫁の美点まであれやこれやと並べ立てる。そして目的地に近づいてきた頃になってようやく、自分が乗せたヒッチハイカーに尋ねた。

「俺はそろそろ着くんだが、お宅はどうなさる？　本当に両江道(リャンガンド)に行くのかい？」

「はい。私はどこか都合のいいところで降ろしていただければ、また別の車に乗せてもらいます」

助手席に座った男が答える。運転手とは正反対の印象だ。肩幅が広いうえに全身が筋肉質で、目つきは鋭い。イメージで言ったらシェパードか。さらに目元にナイフによるものと思われる傷跡まであった。そんな外見で、車に乗せてもらえたということ自体が奇跡に近かった。

「気をつけたほうがいいよ。あそこは朝鮮解放軍がのさばってるからな。解放軍って組織はなぁ、よそから来た人間の目にゃあ、いるのかいねえのかわからねえんだ。でもな、ほんの十日暮らして見りゃわかる。慈江道(チャガンド)と両江道を支配してるのは統一過渡政府でも平和維持軍でもなく、朝鮮解放軍だってな。何だろうな、闇の政府？　まあ、そんなもんさ」

　運転手が言った。

「昔の知り合いがそこにいるんです。一緒に仕事をしていた人で」

　チャン・リチョルが答える。

「信頼できる人かい？　……てえのはつまり、成功してるかってことさ。わざわざ遠くから訪ねていったのに、逆に向こうからなんか頼まれごとでもされちゃあ困るだろ？」

「かなり高い地位にいて、稼ぎも相当だと聞きました。まあでも、行ってみないことにはわかりませんが」

　リチョルの言葉に、老人はうんうんとうなずいた。

　彼は、土埃で覆われた古ぼけたトラックを和坪郡(ファピョン)という標識の掲げられている道路ぎわに止めた。

「こんなところで降ろして悪いな。でも、まあきっとうまくいくさ。なぜなら、お宅はなあ、うちの息子の奴と目のあたりが似てるんだ。根性がある目だからさ」

「ここまで乗せてくれただけで感謝しています。道中、お気をつけて」

　リチョルは去ってゆくトラックに向かって丁寧にお辞儀をした。

　蓋馬高原(ケマコウォン)の空気はひんやりしていた。口から出る息が白い。太陽がもう少し高くなればマシになるだろう。明るくなって空気が暖かくなれば、人々の緊張も緩んでヒッチハイカーを一度ぐらい乗せてやろうか、という気になるかもしれない。

リチョルは両手をこすり合わせて暖めてから、ポケットに入れた。冬ではないからと、手袋を用意しなかったことが悔やまれる。彼は朝鮮解放軍が占領しているという土地に向かって一歩一歩、進んでいった。

いくらも経たないうちに、後ろから乗用車が一台走ってきた。車の排気音を聞いたリチョルが立ち止まり、親指を立てた手を掲げる。しかし車は少しもスピードを緩めることなく、リチョルの脇をひゅんと通り過ぎていった。

それでもリチョルは、いま通り過ぎた車から一つ二つ、意味のある情報を得ていた。通り過ぎた車はメルセデスベンツのSUVだった。そんな車が走っているということは、この地域は相当に金回りがよく、治安も悪くないということだ。仮にそのカネが薬物によって稼がれたもので、秩序を維持する役割は朝鮮解放軍が請け負っているとしてもだ。そのうえ、さっきの車はワックスがかけられてツヤツヤだった。少なくともタイヤの上の部分は。近所にガソリンスタンドか洗車場があるということだ。今夜、彼が泊まる街は、もしかしてかなり繁華なところなのかもしれない。そして繁華なところには情報が集まる。両江道でかなり高い地位にいて、カネもよく稼ぐというリチョルの知人についての情報も得られるかもしれない。

かつて信川復讐隊の大隊長で、いまは朝鮮解放軍の総参謀長の地位にいる男についての情報を。リチョルはその男を殺すつもりだった。たとえいまは手が届かないところにいても、どんなに奥深いところに潜んでいても、必ずや捜し出す。

土埃の舞う道をチャン・リチョルは野良犬のようにてくてくと歩いていった。

編註

巻頭

003 **「我らが願い」**……韓国では誰もが知る、統一の悲願を歌った国民的童謡。劇作家の安碩柱（アンソクジュ）による作詞で、一九四七年の発表当初の歌詞は「我らが願いは独立」であったが、一九四八年の南北分断後に「我らが願いは統一」に改められ、小学校の教科書にも掲載されるようになった。一九八九年に韓国の女子大学生、林秀卿（イムスギョン）が国家保安法を破り、北朝鮮で開催された世界青年学生祭典に参加して以来、北でも愛唱される統一歌謡となったが、韓国文化の流入を危惧する金正恩（キムジョンウン）体制下で、二〇一六年に「禁止曲」に指定されている。

プロローグ

013 **非武装地帯**……DMZ（DeMilitarized Zone）。一九五三年、朝鮮戦争の休戦協定に基づき、韓国と北朝鮮の軍事境界線に沿って設定された軍事活動が禁じられた地域。軍事境界線から南北に二キロメートルずつ、約九百七平方キロメートルに及ぶ。DMZ内への武器持ち込みは拳銃等の軽武装に限られ、重火器は禁止されている。

第Ⅰ部

019 **白頭山（ペクトゥサン）**……中朝国境にまたがってそびえる標高二七四四メートルの火山。朝鮮民族発祥の地、ならびに「革命の聖地」として北朝鮮では神聖視されている。中国では長白山と呼ばれる。

020 **苦難の行軍**……金正日（キムジョンイル）体制下の一九九六年に、経済危機や食糧不足、飢饉などの窮状を乗り越えるために北朝鮮で掲げられたスローガン。もともとは日本統治期に金日成（キムイルソン）が繰り広げた抗日運動を指して使われた言葉。

027 **信川復讐隊（シンチョンボクス）**……一九六〇年代に青瓦台（チョンワデ）（韓国大統領官邸）襲撃未遂に関わった朝鮮人民軍一二四部隊の後身

であるエリート特殊部隊「六十狙撃旅団」の別称。

038 **開城（ケソン）工業団地**……南北融和政策の象徴として開城市郊外に経済特別区を開発し、韓国側の技術・資本提供のもと、韓国企業が運営する工場が二〇一六年まで操業していた。

041 **Psy（サイ）**……韓国のラッパー、ミュージシャン。一九七七年生まれ。産業技能要員として会社に勤める形で兵役の義務を果たしたが、その後、それが兵役逃れであるとされ、兵士として軍隊に入隊し、再度兵役に就くことになった。

042 **防衛兵**……徴兵前の身体検査の際、何らかの理由により現役服務は無理ということで補充役に分類され、派出所や役所などで代替勤務をする者。現在は社会服務要員と呼ばれる。

042 **予備役**……除隊後八年以内の者で、有事の際には徴兵される。

042 **KATUSA（カトゥサ）**……米陸軍韓国軍増強兵（Korean Augmentation to the United States Army）。駐韓米国陸軍に派遣されて勤務する韓国陸軍の軍人。

057 **民間人出入統制区域**……軍事境界線に沿って設定された非武装地帯の南方限界線の南側五～十キロメートルにわたり二重に設定されている、民間人の立ち入りを規制している緩衝地帯。

066 **鄭周永（チョンジュヨン）**（一九一五―二〇〇一）……韓国最大級の財閥であった現代（ヒョンデ）財閥の創業者。

066 **李秉喆（イビョンチョル）**（一九一〇―一九八七）……韓国最大の財閥であるサムスングループの創業者。

074 **高試テル**……安価な宿泊施設で、一つひとつの部屋はきわめて小さい。韓国では、もともと公務員試験や司法試験などの受験生が寝泊まりして勉強するための施設だったが、現在はアパートの家賃を払えない人々や日雇い労働者などが居住するようになっている。

075 **汗蒸幕（ハンジュンマク）**……麻布をかぶって温度の高いドームに入る、韓国式伝統サウナ。

075 **チムジルバン**……低温サウナを中心に、食堂や浴場などさまざまな施設が揃った韓国式健康ランド。

093 **兵長**……軍隊階級の一つで、上等兵の上、下士官の下の地位。

096 **点組織**……上下左右のつながりがほとんどなく、自分に指示する者、自分が指示を与える者ぐらいしか知らない、点によるネットワークを構成しているその一つひとつの組織のこと。

102 **成均館（ソンギュングァン）大学校**……朝鮮王朝の最高教育機関だった成均館を母体とする韓国の名門私立大。

105 **ジェイソン・ボーン**……米作家ロバート・ラドラムの冒険小説シリーズの登場人物で、心因性健忘に苦しむ元CIA暗殺者。多くのスパイ小説、映画の主人公として登場している。

114 **領官**……少領、中領、大領の通称。日本の旧軍制での「佐官」に相当する。

第Ⅱ部

131 **モムキャム**……「体(モム)」+「キャム(カメラ)」の造語で、チャットアプリなどを用いて撮影、配信されるわいせつ動画。韓国では、モムキャムにまつわる児童性犯罪やフィッシング詐欺が社会問題化している。

145 **錦繍江山(クムスカンサン)**……北朝鮮で最高級の国産タバコ。「錦繍江山」とは、朝鮮半島は金襴の刺繍を施したように美しい山河があるという意味で、古来より使われてきた言葉。

147 **平和(ピョンファ)自動車**……韓国の自動車メーカー。北朝鮮に設立した合弁会社「平和自動車総会社」で生産を行っている。

147 **金東仁(キムドンイン)**(一九〇〇―一九五一)……朝鮮の小説家。朝鮮文学史において、近代短編小説を確立したとされる。その業績により、韓国で「東仁文学賞」が創設された。

147 **「赤い山」**……金東仁が一九三三年に発表した短編小説。

151 **白頭(ペクトゥ)血統**……北朝鮮で「革命の聖地」とされる白頭山(ペクトゥサン)にちなみ、金日成(キムイルソン)に連なる直系血統のことをいう。歴代の最高指導者および一族を神格化させるための用語として使われる。

156 **耀徳(ヨドク)強制収容所**……咸鏡南道(ハムギョンナムド)にある政治犯収容所。正式名称は「十五号管理所」。北朝鮮では、教化所(刑務所)に送られる犯罪者よりも重い罪を犯したとされた人々が強制収容所(管理所)に収監される。

156 **革命化区域**……強制収容所(管理所)内において、終身刑以外の刑に相当する罪人が収監される区域で、刑期満了後の出所が可能な場合がある。ただし、耀徳(ヨドク)以外の収容所は釈放の可能性がまったくない「完全統制区域」だけであるとみられる。

180 **特別政訓教育**……軍隊内で軍人を対象に施される精神教育。

201 **国軍捕虜**……朝鮮戦争の休戦協定の過程で北側から送還されなかったり、または行方がわからなくなった捕虜のこと。

223 **錦繍山(クムスサン)太陽宮殿**……平壌市内にある霊廟で、金日成と金正日の遺体が安置されている。金日成の主席宮殿を霊廟として改築したもの。

231 **現代峨山(ヒョンデアサン)**……韓国の現代(ヒョンデ)財閥内で、対北朝鮮事業に特化した業務を行ってきた企業。

255 **珍島犬警報**（チンドッケ）……韓国原産の犬種で天然記念物に指定されている珍島犬にちなんだ名で呼ばれる非常事態警報。北朝鮮の武装スパイが侵攻すると韓国側が予想した際に発令される。

259 **『殺人の追憶』**……二〇〇三年公開のサスペンス映画。監督ポン・ジュノ、主演ソン・ガンホ。八〇年代後半に起きた未解決の連続強姦殺人事件である華城（ファソン）連続殺人事件をめぐる刑事たちを描く。

267 **一人デモ**……公共の場所で複数の者が行うデモに届け出が必要な韓国では、一人でのデモが頻繁に行われている。デモが禁止されている場所での行動であっても黙認される場合が多い。

284 **ルームサロン**……韓国の風俗店。ホステスつきの個室クラブで、ホステスを店の外に連れ出し売春を行うこともある。料金は高額で、接待に使われることも多い。

318 **生活総和**……最高指導者を除く北朝鮮の全人民に課せられた〝反省会（批判集会）〟で、週一回程度行われる。児童・生徒は学校で、農民は協同農場で、労働者は職場で、生活態度や職務の失態を自己批判し、同僚や隣人の欠陥を相互批判させられると同時に、最高指導者への忠誠心もチェックされる。

318 **党の唯一思想体系確立の十大原則**……主体（チュチェ）思想に則り、朝鮮労働党が一九七四年に定めた全人民、全組織の行動規範で、事実上の北朝鮮の最高規範。中学生以上の全人民に暗記、暗唱が義務づけられ、「十大原則」からの違反は犯罪とされて処罰の対象となる。最高指導者への絶対服従を明文化したもので、金正恩体制下の二〇一三年に「党の唯一領導体系確立の十大原則」に改定された。

323 **チョ・チョンミ**……人民俳優、メゾソプラノ（洋楽声楽）。一九五七年、福岡県生まれの在日朝鮮人二世で、帰国事業で北朝鮮へ渡った。

第Ⅲ部

340 **白頭山**（ペクトゥサン）**拳銃**……チェコ製のCZ75を模倣して製造された口径九ミリの自動拳銃。軍の指揮官が用いる拳銃とされ、銃身には金日成の直筆を模した「白頭山」の文字が刻まれている。

348 **万寿台**（マンスデ）**芸術団**……音楽家、演劇俳優、舞踊団、管弦楽団など約三百人で構成され、平壌の万寿台芸術劇場を主な公演劇場とし、社会主義リアリズムを体現している。

362 **地震爆弾**……第二次大戦中に考案された爆弾。大型で重量のある爆弾を高所から投下して大きな運動エネルギーを得ることで地中深く潜り込ませ、地下で爆発させて、その際に発生する衝撃波で橋梁やトンネルなどの標的を破壊するというもの。

406 **開城（ケソン）商人**……李王朝に迫害された旧王朝の遺臣たちが、最も卑しまれた身分である商業に生計の道を求め、李朝時代の開城は商業の町として発展を遂げた。開城商人は固有の信用機構を持ち、国内の商業や国際貿易を担い、蓄積された商業資本を元手に高麗人参栽培や紅参の製造などを行った。

416 **清心丸（チョンシムファン）**……強心作用、鎮静作用、鎮頸作用、解熱作用、降圧作用、利胆作用などがある薬。

436 **白頭（ペクトウ）から漢拏（ハルラ）まで**……白頭山（ペクトゥサン）は北朝鮮を象徴する山、漢拏山（ハルラサン）は済州島（チェジュド）にある韓国最高峰の山。

438 **大同江（テドンガン）ビール**……二〇〇〇年代に入り、金正日総書記の指揮で上質なビールの製造工場建設が進められ、大同江ビールが開発された。外国人にも好評を博している。大同江は平壌を流れる朝鮮半島北部最大級の河川。

438 **龍城（リョンソン）ビール**……七〇年代から北朝鮮で製造、販売されているビール。大同江ビールとともに、原料に白米が含まれている。

作家あとがき

『我らが願いは戦争』の背景となる設定について、何人かの北朝鮮情勢専門家の方々にお伺いを立てました。「こんな感じなら、事態急変時の最も理想的なシナリオと見て構いませんでしょうか」と。「大丈夫だ」と断言してくださった方もおり、「理想的なシナリオのうちの一つと表現したほうがよいのでは」とアドバイスをくださった方もいらっしゃいました。また、「あり得なくはないが、あまりに楽観的な見通しだ」と指摘してくださった方も。異見は多少あるかと思いますが、小説の中の表現という点を勘案し、この設定を「専門家たちが最も理想的と見るシナリオ」とプロローグに記すことにしました。

北朝鮮は、二〇一六年の六月に人民保安部を「人民保安省」と改称しました。この組織の名称は、過去にも人民保安省でした。それが改称され、しばらく人民保安部と呼ばれていたかと思ったら、またもや人民保安省に戻ったわけです。組織名はまた変更される可能性もあるもの。だったら韓国の読者にとって耳慣れた用語はこちらだろうという判断から、この小説では「人民保安部」のほうを採択しました。

草稿を精読し、多数の助言をくださった監修者お二人に心よりの感謝を。まずは朝鮮人民軍出身のチュ・スンヒョン博士（統一学）。非武装地帯で任務に就いている際に休戦ラインを越えられ、脱北者としては最年少で博士号取得者となられた方です。もうお一方は、北韓（プッカン）大学院大学（北朝鮮を研究対象とする韓国の大学院）で北の経済について学び、『新東亜』（東亜日報発行の月刊時事雑誌）に北朝鮮・統一問題の記事をたゆまず載せてきたソン・ホングン記者です。お二人のおかげで初期の原稿の考証に関する各種の誤りを正せました。にもかかわらず、なお不適切な記述が残っていたとしたら、それは全面的に作者である私の責任です。

北朝鮮の人権運動、統一準備活動をしている青年団体「ナウ（NAUH）」（https://nauh.or.kr）のチ・ソンホ代表には、北の人民の暮らしを詳細に説明していただきました。脱北者であるチ代表は、私に北の人権問題を初めて意識させてくださった方でもあります。あわせて、ナウが主催した「北南サロン」イベントを通じ、近頃の北の若者の意識や「生活総和」（三一八頁参照）をはじめとする私たちにとっては異色の制度を正確に理解することができました。

この小説を執筆するにあたり、多数の資料を参考にさせていただきました。うち一部ですが、ここに記したいと思います。

チェ・ウンソク「統一後の北朝鮮地域住民の南北境界線離脱と居住・移転の自由および制限に伴う法的問題」（『南北法制研究報告書』二〇一二）。小説の出だしの部分の大まかな枠を設定するのに大いに参考にさせていただきました。また歴史教師出身の人物を描写する際、参考にさせていただいたのは、イ・ジュンテ「南北の歴史教育分析を通じた歴史意識統合方策の模索」（『亜太研究』十六巻二号、二〇〇九）です。

北の文物や各種軍事・武器関連の情報、ゲーム業界の雰囲気については、ナムウィキ（https://namu.wiki/）、リグヴェーダウィキ（http://rigvedawiki.net）の数百件以上の文書を参考にしました。とくに統一以降、さまざまな分野で起こり得る各種の混乱現象についての集団討論の文書が非常に参考になったことをつけ加えておきます。

北の市庭（いちば）経済、薬物中毒の実態、増える暴力組織については、デイリーNK〔韓国の市民団体「北朝鮮民主化ネットワーク」発行のインターネット新聞〕(https://www.dailynk.com)、自由朝鮮放送（RFC）〔韓国から発信している対北ラジオ放送の一つ〕、自由アジア放送（ラジオ・フリー・アジア）(https://www.rfa.org)、北朝鮮戦略センター〔北朝鮮の民主化、自由と人権の保護を目標とする団体〕(https://nksc.co.kr) の記事を参考にさせていただきました。小説の背景となる場所の名前や位置を確認できたのは、北朝鮮地域情報ネット (http://www.cybernk.net) があったからこそです。

作中に出てくる「タンコマ」のエピソード〔二〇〇頁以下参照〕は、アジアプレス・ネットワークの「北朝鮮報道」の記事と北朝鮮人権情報センター〔北朝鮮の人権擁護促進と人権侵害の清算を主な目的とするNGO〕が運営する北朝鮮人権記録保存所のレポート二件をもとに創り上げたものです。

小説の構想から執筆に至るまで、作家のイ・ウンジュンさんの『国家と私生活』〔民音社、二〇〇九〕から多くの影響を受けたことをここに記させていただきます。共に生活するようになった南北の住民が互いへの反感を克服できずにいる描写、北の特殊部隊出身者が暴力団に大挙して吸収されるという設定などがその代表的なものです。北朝鮮に出現が予想される新興企業の姿は、韓国経営学会統一経営研究フォーラムの会員の皆さんによる『統一、企業にとって機会なのか危機なのか』〔アールエイチコリア、二〇一三〕からアイディアを得ました。

二〇一〇年代の北朝鮮の様子や朝鮮人民軍の実態、韓国に対する北の住民の複雑な感情を把握するのにこのうえなく有用だったのは、かつての職場「東亜日報」の同僚チュ・ソンハ記者の手になる書籍でした。『ソウルで書く平壌の物語』〔キパラン、二〇一〇〕、『北朝鮮の真の軍事力』〔リディブックス、二〇一五)、『金正恩時代』『脱北者は三流市民なのか』『華麗な平壌の陰にある北朝鮮』(同、二〇一六)などです。

格闘、追撃の場面を描写する際には、リー・チャイルドの「ジャック・リーチャー」シリーズをほとんど教科書のように参考にさせていただきました。中でも、『Worth Dying For』(未邦訳)(田舎の村を支配する悪党一家とそれに抗い非常連絡網を構成する村人たちが出てきます)、『六十一時間』(講談社文庫)(部下の身体を傷つけ、これ見よがしに見せびらかす悪党のボスや謎の地下建築物が登場します)、『葬られた勲章』(同)(ジャック・リーチャーが敵のアジトに単身侵入し、鮮やかなナイフ捌きで戦いを繰り広げます)には大変お世話になりました。

チャン・リチョルという人物も、ジャック・リーチャーからアイディアを得ました。チャン・リチョルという名前も、実は「ジャック・リーチャー」に似せてつけたものです。元軍人の風来坊だということ、無敵の人間兵器だということ、車の運転が苦手でヒッチハイクで旅をするところ、食欲旺盛なところなどが共通点です。チャン・リチョルはまあ、ジャック・リーチャーとは違ってさほど聡明ではなく、正義感も強いほうではありませんし、また女性を魅了するような魔力も持ち合わせていません。そのうえコーヒーにも必ず砂糖を入れて飲みますけれど。

麻薬カルテル内部の力学や暴力の描写は、ジェイムズ・エルロイの『アメリカン・タブロイド』(文春文庫)、ドン・ウィンズロウの『犬の力』(角川文庫)が非常に参考になりました。どちらも個人的に大好きな小説です。

平壌市の外れにある闘鶏競技場を描写する際には、ハロルド・A・ハーツォグの『ぼくらはそれでも肉を食う』(柏書房)を参考にしました。この本には、米ノースカロライナ州で開かれる闘鶏ルポが出てきます。パク・ウヒがペク・サングの養鶏事業について説明するシーンは、チョン・ウンジョンの『大韓民国チキン伝』（タビ、二〇一四）を参考にして書き上げました。

詩人のユ・ヒギョンさんがいらっしゃらなかったら、おそらくこの小説を書き始めることも、無事に書き終えることもできなかったことでしょう。執筆のオファーをしてくださり、未完成の原稿を送るたびに惜しみない激励とアドバイスをくださったユ・ヒギョンさんに心からの感謝を申し上げるとともに、新たなチャレンジ、心から応援しています！

ウィズダムハウスの編集者イ・ジウンさん、キム・ウンジュ分社長、ヨン・ジュヒョク代表にも心からの感謝を。編集の皆さんは、詳細に原稿をチェックしてくださったうえに、異常に質問の多い私にいつもユーモラスかつ親切にお答えくださいました。分社長と代表は、最初から最後まで私を全面的に信じ、力づけてくださいました。この長い作品にチャレンジできたのも、ひとえにそのおかげです。

小説の前半部分は、韓国文化芸術委員会の助成を得て、「レジデンス辺山パラムコッ」で執筆しました。線路の脇に住んでいることもあり、扶安の静かな海が時折どうしようもなく恋しくなります。辺山パラムコッのソ・ユン院長、オ・シウ社長、どうかいつもお元気で。詩人のチョン・ヨンヒョさんはお変わりありませんでしょうか。

最後に、いつも心強い助力者であり最初の読者であるＨＪに、変わることのない感謝と愛を……。

二〇一六年冬

チャン・ガンミョン

訳者あとがき

本作は、数々の文学賞をさらい、韓国で文学賞多冠王（たぶん五冠王、「若い作家賞」に入賞したのを入れると六冠王？）と呼ばれる新聞記者出身の作家チャン・ガンミョンによる長編小説だ。チャン・ガンミョン作家はSFファンで、推理小説好き。かつてインターネットがまだ普及していなかった頃、パソコン通信を駆使して科学小説同好会活動を繰り広げ、『月刊SFウェブジン』を創刊したりもしたそうだ。そんなチャン・ガンミョン先生の作品には、記者出身らしく社会問題が常に背景にあるが、そこへ絶妙にエンターテインメントの要素が組み込まれているものが多い。初期の頃のインタビューだったかと記憶しているが、「エンタメが好きなので、自分の小説には必ず何らかのエンタメの要素を入れたい」と話していたのが印象的だった。二〇一七年には、『韓国小説が好きで』と題して五十人の文学・出版関係者による書評集を企画、電子版で無料配信している。韓国文学は面白くないという一般的な思い込みをなくすための試みだった。ちなみに、その一番目に載っていた作品が『あの子はもういない』（イ・ドゥオン著、拙訳、文藝春秋、二〇一九）。この本は、翻訳を依頼していただく形で訳すことになったのだが、訳者にとってはステキな偶然だった。チャン・ガンミョン先生の作品の中で、日本で翻訳出版されているものとしては長編小説『韓国が嫌いで』（吉良佳奈江訳、ころから、二〇二〇）、短編集『鳥は飛ぶのが楽しいか』（吉良佳奈江訳、堀之内出版、二〇二二）がある。

先生の話が長くなってしまった。いい加減にこの作品の話に入ろう。この小説は、北朝鮮の金王朝が勝手に崩壊するという、「現在韓国で最善のシナリオとみなされている状況が現実になった後の朝鮮半島」という仮想の世界を舞台に繰り広げられるスリリングかつエキサイティングなアクション小説で、記者出身ならではの簡潔明瞭かつ疾走感あふれる文章とストーリー展開に引き込まれ、原書で五百ページを超える大作でありながら一気読みは必至。さらに舞台が架空の設定とはいえ、半島の実情や人々の認識などがよく反映されている社会派小説でもある。ちなみに、先ほども申し上げたように五百ページを超える作品なのに、本作の中で流れる時間がどれぐらいかというと、三日間。さまざまな人物たちの思惑や願い、思いが錯綜するドラマティックな三日間の闘いを描いた作品なのだ。

その中にどんな思いが込められているかは、チャン・ガンミョン先生が硬軟とりまぜた絶妙なメッセージの中に織り込んでくださっている。これ以上、訳者が何か言うのは蛇足というものだろう。先ほども申し上げたが、この小説はスリリングで、エキサイティングで、スペクタクル……ではないか。ともかくつまりは面白い。多くの方々がそうかとは思うが、訳者はとにかく面白い本でなければ読めない。次はどうなるのか、胸をわくわくさせながらページをめくり続け、気がついたら終わっている……。そんな作品ばかりを読み、訳してきた。これからもそうあれればと切に願っている。一人でも多くの方がこの物語を楽しんでくださることもまた切に願ってはいるけれど、それ以外は、つまりこの作品をどのように受け止め、何を考えるかは、読んだ方の自由であり、権利だ。それを誘導するようなことを言うつもりはない。訳者は黒子だ（と言いきってしまったが、これについては個人差もあり、また作品によっても違ってくるだろう。解説があってこそ理解が深まる作品が）。

訳者があとがきで言いたいことは、いつもひとつ。惚れこんだ作品を、もてる力を振り絞って訳させていただいた。訳者の能力が百億光年分ほど追いついていないのが無念の極みではあるが、ともかく訳者としてそれに勝る歓びがあろうか。そんな貴重な機会をくださった新泉社編集部の安喜健人さん、翻訳助成をしてくださった韓国文学翻訳院ならびに翻訳・出版助成担当として大変なご苦労をされた李善行(イソネン)さん、その他関係者の方々に、心よりの感謝の気持ちをお伝えしたい。そして……この作品を生み出し、世に送り出してくださったチャン・ガンミョン先生に、限りない敬愛の念を……。

二〇二一年六月

小西直子

〔著者〕

チャン・ガンミョン（張康明／장강명／CHANG Kang-myoung）

一九七五年、ソウル生まれ。延世大学都市工学科卒業。

二〇一一年、長編小説『漂白』で作家デビュー。

社会批評からSFまで幅広い作品で知られ、ハンギョレ文学賞、秀林（スリム）文学賞、済州（チェジュ）四・三平和文学賞、文学トンネ作家賞などを受賞。

もともと建築を学び、その分野で就職したが肌に合わず、試験勉強をして新聞社「東亜日報」に入社。新聞記者と作家の二足のわらじを履いていたが、現在は文筆業に専念。SFファンで、一九九四年からPC通信同好会で活動し、『月刊SFウェブジン』を創刊した経歴ももつ。

邦訳書に『韓国が嫌いで』（吉良佳奈江訳、ころから）、『鳥は飛ぶのが楽しいか』（吉良佳奈江訳、堀之内出版）。

〔訳者〕

小西直子（こにしなおこ／KONISHI Naoko）

日韓通訳・翻訳者。

静岡県生まれ。立教大学文学部卒業。八〇年代中頃より独学で韓国語を学び、一九九四年、延世大学韓国語学堂に語学留学。以後、韓国在住。高麗大学教育大学院日本語教育科修了、韓国外国語大学通訳翻訳大学院韓日科修士課程卒業（通訳翻訳学修士）。現在は韓国で通訳・翻訳業に従事。

訳書に、イ・ギホ『舎弟たちの世界史』（新泉社）、イ・ドゥオン『あの子はもういない』（文藝春秋）、キム・ジュンヒョク『ゾンビたち』（論創社）、金学俊（キムハクジュン）『独島（ドクト）研究』（共訳、論創社）。

韓国文学セレクション

我らが願いは戦争

2021年8月31日　初版第1刷発行©

著　者＝チャン・ガンミョン（張康明）
訳　者＝小西直子

発行所＝株式会社 新 泉 社
〒113-0034 東京都文京区湯島1-2-5　聖堂前ビル
TEL 03 (5296) 9620　FAX 03 (5296) 9621

印刷・製本　萩原印刷
ISBN 978-4-7877-2122-8　C0097　Printed in Japan